NORA ROBERTS

Cousins O'Dwyer Trilogy

Смуглая ведьма

•

Родовое проклятие

НОРА
№1 NEW YORK TIMES — BESTSELLING AUTHOR
РОБЕРТС

РОДОВОЕ
ПРОКЛЯТИЕ

ЭКСМО

Москва 2015

УДК 821.111-31(73)
ББК 84(7Сое)-44
Р58

Nora Roberts

SHADOW SPELL

Перевод с английского *С. Володиной*

Художественное формление *Д. Сазонова*

Робертс, Нора.

Р58   Родовое проклятие : [роман] / Нора Робертс ;
[пер. с англ. С. Б. Володиной]. — Москва : Эксмо,
2015. — 368 с. — (Нора Робертс. Мега-звезда современной прозы).

ISBN 978-5-699-78864-4

С самого детства Коннор О'Двайер из семьи потомствен-
ных ведьм не знает отбоя от местных красоток. Но в его сердце
царит одна только Мира Куинн. Девушка с глазами цыганки
и телом богини. Очарованный красотой Миры, Коннор не за-
мечает, как прошлое настигает его, словно гончий пес, угрожая
уничтожить все, что он любит... Сможет ли Коннор защитить
свою семью, друзей и любимую? Хватит ли смелости встретиться со злом лицом к лицу?

УДК 821.111-31(73)
ББК 84(7Сое)-44

ISBN 978-5-699-78864-4

Моему ближнему кругу — родным и друзьям

Будущие события отбрасывают назад свою тень.

Томас Кэмпбелл

Украшение дома — друзья, его посещающие.

Ральф Уолдо Эмерсон

ад водой поднимался туман. Свитый кольцами, он был подобен дыханию. Эймон сидел на веслах. Воспрянувшее от ночного сна солнце разбудило птичий гомон и теперь посылало на землю сияние, бледное и холодное. С зеленых лугов, меж которых вилась река, доносилось петушиное пение. Блеяли овцы.

Какие знакомые звуки. Вот уже пять лет они приветствуют его каждое утро.

Но то был не его родной край. Эти звуки, такие знакомые и такие уютные, все равно никогда не будут для него звуками родного дома.

А он всей душой рвался туда, где родился. При мысли о доме у него начинали ныть кости, как у старика на сырую погоду, и кровоточить сердце, как у отвергнутого влюбленного.

В глубине же, скрытая тоской и болью, тлела ярость, готовая вспыхивать и клокотать, иссушая горло, как жажда.

Бывали ночи, когда ему снился родной дом, их хижина в чаще леса, где ему были знакомы каждое дерево, каждый изгиб тропы. Иногда сновидения были почти осязаемыми, будто это не сон был, а явь, и он почти физически вдыхал дым очага и ощущал идущий от постели запах лаванды, которую мать всегда клала в белье — за ее способность дарить полноценный отдых и сладкие грезы.

Он слышал голос матери, ее негромкое пение снизу, где она смешивала снадобья и готовила отвары.

Смуглая Ведьма — вот как ее называли, надо сказать, со всем уважением, ибо похвастаться такой мощной энергией и магической силой никто больше не мог. А еще мама была добрая и хорошая. В такие ночи, когда ему снился дом, когда до его слуха долетали мелодии песен, Эймон нередко просыпался в слезах.

И быстро вытирал их с лица. Он уже мужчина, ему исполнилось десять лет, и он глава семьи. Как некогда его отец.

А слезы... Слезы — удел женщин.

И еще у него на попечении сестры, напомнил себе Эймон, сложив весла и пустив лодку плыть по течению в ожидании клева. Хоть Брэнног и старшая, но мужчина в семье — он один. Он поклялся оберегать ее и Тейган и от слова своего не отступит. К нему перешел меч их деда. И когда придет время, он возьмет этот меч в руки.

А время придет.

Потому что случались и другие сны — вгонявшие его скорее в ужас, чем в тоску. Сны о Кэвоне, черном колдуне. После этих снов Эймон чувствовал, как в нем зарождаются ледяные комочки страха, от которых остывала даже тлевшая в его душе ярость. Страшно было так, что он хотел крикнуть «мама!», — как малыш в минуту опасности.

Но он не мог позволить себе бояться. Мамы нет, она принесла себя в жертву ради спасения его и его сестренок, и случилось это всего несколько часов спустя после гибели их отца от руки Кэвона.

Отца Эймон вспоминал с трудом. Чтобы вызвать в памяти его образ, образ рослого и горделивого Дайти, белокурого и веселого главы их рода, приходилось все чаще прибегать к помощи огня. Зато чтобы вспомнить маму, достаточно было лишь закрыть глаза. Он так и видел ее, бледную на пороге смерти, видел, как она стоит перед их домиком в лесу тем туманным утром и провожает взглядом их, своих детей, они уезжают, и у него от горя разрывается сердце, а в жилах уже бьется новая, наполненная мощью энергия.

С того самого утра он больше не мальчик, он один из *трех*, отныне в тройном единстве олицетворяющих собой Смуглую Ведьму, и он связан кровью и клятвой — покончить с тем, кого не удалось одолеть их матери.

В глубине души Эймон жаждал одного — чтобы *началось*. Рвался завершить свое пребывание на этом хуторе у родных, где утро начинается с приветственного петушиного кукареканья и поля оглашаются овечьим блеянием. В нем зрели мужчина и маг, обуреваемые желанием ускорить течение времени, быстрее обрести силу, которая дала бы ему возможность с уверенностью, без дрожи в руках орудовать мечом его деда. Желанием приблизить то время, когда он сможет в полной мере пустить в ход свои родовые магические способности и колдовские приемы. Время, когда он прольет кровь Кэвона и обратит ее в пепел.

Однако во сне он оставался мальчишкой, неискушенным и слабым. В ночных сновидениях его преследовал волк, в которого обращался Кэвон, волк с мерцающим красным камнем на шее — этот камень был средоточием черной магической силы Кэвона-волка. И во сне на землю лилась настоящая кровь Эймона — его и сестер, теплая и алая.

Наутро после самых тяжелых снов Эймон уходил на реку, садился на весла и греб к рыбному месту, чтобы побыть там одному, тогда как в обычные дни был охоч до компании, оживленных разговоров сельского дома и аппетитных запахов кухни.

Но после снов, в которых он истекал кровью, ему требовалось уединение — и никто не корил его за то, что он не помогает доить коров, или чистить навоз, или кормить скотину. Нет, только не в такое утро.

И вот он сидел в лодке, худенький десятилетний мальчик с копной взъерошенных со сна каштановых волос, широко распахнутыми синими отцовскими глазами и мощной, еще только зарождающейся в нем энергией, унаследованной от матери.

Он слушал звуки пробуждающегося дня, терпеливо ждал, когда начнется клев, и грыз овсяную лепешку, что прихватил на кухне у тетки.

И вновь обретал себя.

Река, тишина, мягкое покачивание лодки напоминали ему о последнем по-настоящему счастливом дне, проведенном с мамой и сестрами.

Он помнил, что после нездоровья, преследовавшего мать всю долгую и морозную зиму, когда она, бледная и слабая, едва переставляла ноги, в тот день Сорка — так звали мать — выглядела на удивление бодро. Они дружно считали дни до Билтейна[1], когда должен был вернуться отец. Тогда, мечтал Эймон, они все рассядутся вокруг огня, станут пить подслащенный медом чай с чем-нибудь вкусным и слушать рассказы отца о его подвигах на войне и на охоте.

Они закатят настоящий пир, мечталось ему, и мама опять поправится.

В тот день, так врезавшийся ему в память — они рыбачили на реке и беззаботно смеялись, — ему верилось, что все это будет, и грела мысль, что скоро и отец будет с ними.

Но отец не вернулся. Кэвон пустил в ход черные чары и погубил бесстрашного Дайти. И Смуглую Ведьму Сорку, хотя она и обратила его в пепел. Ее он тоже сгубил, а сам каким-то чудом остался жить.

Что Кэвон жив, об этом Эймон тоже знал из снов. И еще — это подсказывали ему мурашки, порой пробегавшие у него по спине. И глаза сестер говорили ему, что это правда.

И все же тот день, яркий весенний день на реке, навсегда останется с ним. Даже сейчас, ощутив клев, он

---

[1] Второй из главных сезонных праздников кельтов. Проводился в середине отрезка между весенним равноденствием и летним солнцестоянием, т.е. выпадал на 30 апреля или 1 мая и сопровождался ритуальными кострами. — *Здесь и далее примеч. пер.*

мысленно возвращался в тот день и видел себя, пятилетнего, вытаскивающего из воды серебристую рыбину.

И наполнялся той же рыбацкой гордостью.

— Айлиш будет довольна, — произнес мамин голос.

Он бросил рыбу в ведро с водой, чтобы не портилась, и мама улыбнулась ему.

Видение пришло, вызванное его неумолчной тоской, и принесло успокоение. Эймон снова насадил на крючок наживку, а солнце уже грело и потихоньку съедало волокна тумана.

— Одной нам не хватит.

В тот давний день мама сказала именно эти слова, он хорошо это помнил.

— Значит, ты поймаешь еще.

— Я бы с большей радостью удил рыбу в нашей реке!

— Однажды так и будет. Настанет день, сынок, и ты вернешься домой. Настанет день, и те, кто пойдет от тебя, будут рыбачить в нашей реке, гулять по нашему лесу. Я обещаю!

На глаза мальчика навернулись слезы, туманя взор, и образ матери стал расплываться. Он сдерживал слезы, чтобы видеть ее яснее. Видеть ее распущенные черные волосы по пояс, ее темные глаза, полные любви. И исходящую от нее лучезарную силу. Он и сейчас ощущал эту энергию, а ведь это было только видение.

— Почему ты не сумела его уничтожить, мам? Почему не осталась жить?

— Так было предначертано богами. Любимый мой, мой мальчик, сердце мое, да чтобы спасти тебя и твоих сестренок, я отдала бы больше, чем жизнь!

— Ты и отдала больше, чем жизнь. Ты отдала нам свою силу, почти до капельки. Если бы ты оставила ее себе...

— Мое время пришло. А вы получили то, что принадлежало вам по праву рождения. И в этом моя главная отрада, и ты не должен думать иначе! — В исчезающем тумане она светилась серебристым светом. — Я всегда буду жить в тебе, Верный Эймон. Я у тебя в крови, в сердце, в мыслях. Ты не один.

— Я по тебе скучаю!

Он ощутил на щеке поцелуй, его окутало тепло, и он почувствовал такой родной мамин запах. И в этот миг, пускай на мгновение, он превратился в ребенка.

— Я хочу быть смелым и сильным. И буду, клянусь тебе! Я не дам Брэнног и Тейган в обиду.

— Вы будете защищать друг друга. Вы трое должны держаться вместе. Вместе вы будете сильнее, чем была я одна.

— Я его убью? — Это была самая сокровенная и самая черная мечта Эймона. — Одолею?

— Этого я тебе сказать не могу. Знаю только, что ему никогда не отнять того, что есть у вас. *Это* можно только дать — как дала вам я. Он несет на себе мое проклятие и мою печать. И все, кто пойдет от него, будут носить этот знак — точно так же, как все, кто пойдет от вас, будут нести свет. Мою кровь, Эймон. — Она повернула руку ладонью вверх и показала тонкий порез. — И твою.

Он ощутил мгновенную боль, увидел на руке рану. И прижал ладонь к материнской руке.

— Кровь вас троих, потомков Сорки, его одолеет, пусть для этого понадобится тысяча лет. Верь в себя! Это главное.

Она поцеловала его еще раз и опять улыбнулась.

— Смотри-ка, у тебя уже не одна!

Удочка изогнулась, видение исчезло.

Ну вот, уже не одна.

Он вытаскивал из реки трепетавшую рыбу, а думал о том, каким он будет бесстрашным. И сильным. И когда придет время, его силы хватит, чтоб победить.

Мальчик внимательно посмотрел на ладонь — никакого следа. Зато теперь в голове у него прояснилось. В нем течет кровь Сорки, живет ее дар. Когда-нибудь он передаст их своим сыновьям и дочерям. И если случится, что ему не суждено уничтожить Кэвона своими руками, это сделают его дети, внуки его или же правнуки...

Но все-таки он всеми силами верил, что все сделает сам, и молил об этом богов.

А пока он порыбачит. Хорошо быть мужчиной, подумалось ему, охотиться и рыбачить, добывать пищу. И тем самым отплачивать родным за приют и заботу.

С тех пор как Эймон осознал себя мужчиной в доме, он научился терпению. И сейчас, когда он причаливал к берегу, в его лодке лежали уже целых четыре рыбины. Он привязал суденышко, а улов нанизал на веревку.

Постоял немного, глядя на воду — сейчас она сверкала под лучами солнца, которое поднялось уже высоко. Он думал о маме, о том, как звучал ее голос, как пахли волосы. Ее слова останутся с ним навсегда.

Эймон решил, что пойдет перелеском. Здесь не такой глухой лес, как дома, но лес, он и есть лес, сказал он себе.

Он принесет Айлиш рыбу, напьется чаю у очага. А потом поможет убирать последний урожай.

И Эймон зашагал в сторону дома на окраине небольшого хутора, но вдруг услышал пронзительный тонкий крик. Улыбнувшись про себя, он сунул руку в холщовую сумку и достал кожаную перчатку. Едва он надел ее и выставил руку, как из облаков, раскинув крылья, спикировал Ройбирд.

— С добрым утром тебя! — Эймон заглянул в золотистые глаза ястреба, ощутил незримую связь с птицей, верным своим другом и наставником. Прикоснулся к магическому амулету на шее, полученному из рук матери — она сделала его для сына сама, применив для защиты магию крови. На амулете был изображен ястреб.

— Славный денек, а? Такой ясный, свежий! Урожай почти убрали, скоро праздник, — продолжал он, шагая и неся на руке птицу. — Равноденствие, как тебе известно. Когда ночь начинает побеждать день, подобно тому, как Грон Лучезарный победил Лей-Лау Гэфеса. Мы будем отмечать рождение Мабона, сына защитника земли,

Модрона[1]. Наверняка будут медовые пряники. Я для тебя припасу кусочек.

Ястреб потерся головой о щеку мальчика, ласковый, как котенок.

— Мне опять приснился Кэвон. Приснился дом, а потом мама — после того, как она отдала нам почти всю свою силу и отослала подальше от дома. Ради нашего спасения. Я это все вижу, Ройбирд. Как она отравила его своим поцелуем, как напрягла остатки воли и воспламенилась, чтобы его уничтожить. А он забрал ее жизнь. И все же... В золе, в которую она его обратила, я видел какое-то шевеление. Движение неких сил зла. И еще — красное мерцание, отблески его энергии.

Эймон замолчал, сконцентрировал энергию, прочувствовал ее. Он ощущал биение сердца кинувшегося в кусты пугливого зайчишки, голод только что оперившегося птенца, дожидающегося матери с завтраком.

Он чувствовал своих сестер. Чувствовал овец, лошадей.

И никакой угрозы.

— Он нас не нашел. Я бы знал. Ты бы тоже увидел его и сказал мне. Но он ищет, он выслеживает, и это я тоже чувствую.

Бесстрашные синие глаза потемнели; мягкий мальчишечий рот сделался по-мужски жестким.

— Я не собираюсь вечно прятаться. Однажды я сам выйду на охоту, недаром во мне течет кровь Дайти и Сорки.

Эймон поднял руку, захватил пригоршней воздуху, сжал в кулаке, покрутил и мягким движением послал в сторону дерева. Качнулись ветки, с них вспорхнули птицы.

— Я ведь буду делаться сильнее и сильнее, правда? — прошептал он и зашагал к дому, спеша порадовать Айлиш богатым уловом.

---

[1] Персонажи валлийской мифологии, одной из ветвей мифологии древних кельтов.

Шел к концу уже пятый год, как Брэнног несла на себе бремя домашних хлопот, не гнушаясь ничем, что ей поручали. Она готовила, убирала, нянчилась с малышами, ведь Айлиш вечно либо держала ребенка у груди, либо носила под сердцем следующего. Брэнног помогала сеять хлеб и ухаживать за посадками. И среди убирающих урожай она была в числе самых сноровистых.

Она честно трудилась, и это ей даже нравилось — все, что она делала, она делала на совесть. Айлиш с мужем были к ней очень добры. Оба отзывчивые, порядочные — соль земли, говорят о таких, — трем сиротам они дали больше, чем кров.

Они дали им семью, а это самый бесценный дар, какой только может получить человек.

Разве мама не знала этого? Стала бы она в ином случае посылать своих детей к Айлиш? Да Сорка и в самый тяжкий час не отдала бы детей никому, не будучи уверена, что их встретят любовь и доброта!

Однако Брэнног в свои двенадцать уже не была ребенком. И то, что в ней зрело, росло и пробуждалось, особенно с тех пор как она год назад начала заниматься, требовало определенных усилий.

Держать в себе такую силу, отворачивать взор от делающегося все ярче неиссякаемого света становилось день ото дня труднее. И досаднее. Но она с почтением относилась к Айлиш, а волшебства и магической энергии, даже своей собственной, ее тетушка опасалась.

То, о чем просила мама тем страшным утром, Брэнног исполнила. Отвезла брата и сестренку на юг, подальше от их дома в Мейо. Маршрут она выбирала в стороне от дорог, а горе свое заперла глубоко в сердце, где лишь она одна могла слышать, как оно делается все горше и горше.

И в этом сердце жила жажда мщения, желание овладеть данной ей силой и учиться дальше, постигать магическое мастерство, чтобы в конце концов одолеть Кэвона, раз и навсегда.

А вот милой Айлиш была нужна лишь ее семья — муж, дети, хозяйство. А почему нет? Ее предназначение в том и состояло, чтобы посвятить себя своему дому и земле, тихой спокойной жизни. Разве она недостаточно рисковала, приютив детей Сорки? Взяв под крыло тех, к кому больше всего рвался Кэвон — и на кого охотился?

Она заслужила признательность, и верность, и уважение.

Но сила, что жила в Брэнног, просилась на волю. Надо было принимать решения.

Она увидела брата, возвращающегося с реки с уловом в компании своей птицы. Почувствовала, как еще на подступах к дому, в стороне от чужих глаз, он опробовал свою силу, как делал это частенько. И их младшая сестренка, Тейган, тоже так делала. Увлеченная разговором о намеченной на сегодня варке варенья, Айлиш ничего не заметила. К недоумению Брэнног, она подавляла в себе способности, которыми обладала, и пользовалась ими лишь по незначительным поводам — чтобы подсластить варенье или заставить кур нести яйца покрупнее.

Брэнног сказала себе, что это стоит жертв — ожидание новых знаний и умений, выхода своего естества на новый, более высокий уровень. Здесь, у своей тетки, брат и сестра были в надежном месте, им не угрожала опасность. Как и хотела того их мать. Тейган, долгое время безутешно горевавшая, теперь снова смеялась и предавалась играм. Она весело несла свою долю домашних хлопот, ухаживала за скотиной, с воинственным видом скакала на своем большом сером Аластаре.

Правда, ночами сестренка порой плакала, но быстро успокаивалась, стоило Брэнног взять ее к себе.

Исключение составляли случаи, когда ей во сне являлся Кэвон. Такие сны бывали и у Тейган, и у Эймона, и у самой Брэнног. В последнее время они участились и сделались более явственными — настолько, что и после пробуждения в ушах Брэнног продолжал звучать голос гнусного колдуна.

Надо принимать решения. Это ожидание, жизнь в этом убежище не могут продолжаться вечно, они должны закончиться — так или иначе.

Вечером Брэнног скоблила картошку, свежеубранную, с мягкой еще кожурой. Помешивала тихонько кипящее на огне жаркое и притопывала ногой в такт мелодии, которую теткин муж извлекал из маленькой губной гармошки.

В доме было тепло и уютно, это был счастливый дом, полный вкусных запахов и веселых голосов. И смеха Айлиш, которая сейчас пустилась в пляс, усадив самого младшего себе на бедро.

Семья, снова подумала Брэнног. Сытая и ухоженная. В теплом и уютном доме, где в кухне сушатся травы, где бегают веселые, розовощекие дети.

Чего ей еще не хватает? Как бы она хотела довольствоваться этим!

Она перехватила взгляд Эймона, взгляд его дерзких и синих отцовских глаз, и кожей ощутила напор его энергии. Да, подумалось ей, Эймон ее насквозь видит. За исключением тех случаев, когда она осознанно ставит перед ним барьер.

Она послала ему легкий ответный тычок — небольшое предостережение, чтобы не лез не в свое дело. Он поморщился, а она добродушно улыбнулась в ответ.

После вечерней трапезы надо было мыть посуду и укладывать детей в постель. Старшая из них, семилетняя Мов, как обычно, захныкала, что спать еще не хочет. Сеймус лег сразу, улыбаясь грядущим сновидениям. Двойняшки, которым Брэнног помогала явиться на свет, без умолку лопотали, как сороки трещат, маленькая Бригид посасывала большой палец, а малыш уснул раньше, чем мама отнесла его в колыбель.

Интересно, гадала Брэнног, знают ли Айлиш и ее сыночек, этот маленький ангел, что без колдовства их обоих не было бы на свете? Если бы не Брэнног с ее даром, ее способностью видеть, исцелять, действовать по обстановке, без страха и промедления, они оба истекли бы кровью — такими тяжелыми, болезненными и неправильными были роды.

Это никогда не обсуждалось вслух, но ей казалось, что Айлиш знает.

Сейчас Айлиш выпрямилась, держа руку на пояснице — в ее чреве уже развивался следующий малыш.

— А теперь всем спокойной ночи и сладких снов. Брэнног, попьешь со мной чаю? Мне бы не повредил какой-нибудь из твоих успокоительных сборов, а то этот паршивец сегодня что-то уж больно разбуянился.

— Конечно. Сейчас заварю. — И, как обычно, добавлю немножко магии для крепкого здоровья и легких родов, мысленно прибавила она. — Он здоровенький и, подозреваю, один потянет не меньше обоих близнецов.

— И это наверняка мальчишка, — добавила Айлиш, когда они спускались с чердака, где была обустроена общая спальня. — Я это чувствую. До сих пор еще ни разу не ошибалась.

— Не ошибаешься и на этот раз. Тебе бы надо отдыхать побольше.

— Какой может быть отдых у женщины с шестью детьми, да еще когда седьмой на подходе? Я себя чувствую вполне сносно. — Она посмотрела на Брэнног, ища подтверждения.

— Независимо от твоего самочувствия отдых тебе необходим.

— Ты моя главная помощница и утешительница, Брэнног.

— Надеюсь.

Что-то тут не так, подумала Брэнног, занимаясь чаем. Она чувствовала, что нервы у тетушки напряжены, а от этого нервничала и сама.

— Теперь, когда урожай убрали, ты можешь засесть за свое шитье. Это вещь необходимая, а тебе как раз будет отдых. Кухню я могу взять на себя, Тейган с Мов мне помогут, да Мов, надо признать, уже и сама отменная кулинарка.

— Да, этого у нее не отнять. Предмет моей особой гордости!

— А коли девочки на кухне сами управятся, мы с Эймоном сможем помочь дяде с охотой. Я знаю, ты не хочешь, чтобы я таскала тяжелый лук, но почему бы каждому не заниматься тем делом, какое у него хорошо получается?

На мгновение Айлиш отвела взор.

Так-так, подумала Брэнног, все-то она понимает, и больше того — ей хочется просить их с Эймоном не применять своего дара.

— Я любила твою маму.

— А она — тебя.

— В последние годы мы мало виделись. Но она то и дело давала о себе знать — по-своему, разумеется. В ту ночь, когда родилась Мов, на ее колыбельке, которую Бардан смастерил своими руками, вдруг появилось то маленькое одеяльце — дочурка и сейчас под ним спит.

— Она всегда о тебе говорила с любовью!

— И послала ко мне вас троих. Тебя, Эймона, Тейган. Она явилась ко мне во сне, попросила вас приютить.

— Ты никогда не рассказывала, — прошептала Брэнног. Она принесла чай и присела к очагу рядом с Айлиш.

— Это было за два дня до вашего появления.

Брэнног сложила руки поверх серой, под цвет ее глаз, юбки и стала смотреть на огонь.

— Восемь дней добирались мы до вашего хутора. Это к тебе ее дух являлся. Как бы мне хотелось снова увидеть ее! Но теперь это случается только во сне.

— Она с тобой. Я ее вижу в тебе. В Эймоне. В Тейган. Но в тебе ее больше всего. Ее сила и красота. Ее страстная любовь к родным. Брэнног, теперь ты большая... В твоем возрасте пора подумать и о семье.

— У меня есть семья.

— Я говорю о твоей собственной. Какая была у твоей мамы. Тебе нужен свой дом, мужчина, чтобы возделывал для тебя землю, нужны свои дети.

Айлиш пила чай, Брэнног хранила молчание.

— Хороший мужчина Фиэл. Надежный. Пока была жива его жена, он был ей добрым мужем, уж ты мне поверь. Ему нужна жена, его детям — мать. У него ладный дом, намного больше, чем наш. Он бы хорошо дал за тебя. И Эймона с Тейган тоже бы принял.

— Ты всерьез говоришь? Как же я могу выйти за Фиэла? Он же такой... — Она хотела сказать «старый», но прикусила язык, осознав, что Айлиш с мужем почти однолетки и ненамного моложе Фиэла.

— С ним тебе славно заживется. И брату с сестрой тоже. — Айлиш взяла шитье, чтобы занять чем-то руки. — Ни за что не начала бы такой разговор, не будь я уверена, что он вас никогда не обидит. Он красивый мужчина, Брэнног. Обходительный. Пойдешь с ним гулять?

— Я... Тетя, я Фиэла как кавалера совсем не воспринимаю.

— А вот пройдешься с ним — может, и станешь воспринимать. — С этими словами Айлиш заулыбалась, словно знала какой-то секрет. — Женщине нужен мужчина — чтобы кормил ее, защищал, давал ей детей. Добрый человек с крепким и справным домом, с приятной внешностью...

— Ты что, за Бардана вышла, потому что он был добрый?

— Да иначе бы я за него ни за что не пошла! Ты пока просто подумай. Ему мы скажем, что вернемся к этому разговору после равноденствия. Подумай. Ладно?

— Ладно.

Брэнног поднялась.

— А он знает, кто я есть, Айлиш?

В ней шевельнулась ее сила, та, которую она все время сдерживала в себе. Она шевельнулась от чувства собственного достоинства. И огонь, заплясавший на ее лице, был не только отблеском очага.

— Я старшая дочь Смуглой Ведьмы Мейо. И прежде чем пожертвовать жизнью, она передала мне свою силу — мне, и Эймону, и Тейган. Мы трое — едины. Мы вместе — Смуглая Ведьма.

— Ты еще дитя!

— Послушать тебя, так для колдовства и магической энергии я еще мала, а для брака с Фиэлом — в самый раз.

Признав справедливость этого замечания, Айлиш зарделась.

— Брэнног, родная, разве тебе было плохо здесь все эти годы?

— Хорошо. И я тебе так благодарна!

— Родные без всякой благодарности должны делиться друг с другом.

— Это верно. Родные должны делиться.

Айлиш отложила шитье и взяла Брэнног за руки.

— Ты будешь как за каменной стеной, дочь моей сестры. И тебе будет хорошо. Я уверена: ты будешь любима. Можно ли желать большего?

— Большее — это я сама, — тихо проговорила Брэнног и ушла спать.

Но сон не шел к ней. Она тихо лежала рядом с Тейган, дожидаясь, пока стихнет разговор между Айлиш и Барданом. Наверняка они говорят об этом браке. Об этой хорошей, разумной партии для нее. И убеждают себя, что ее сопротивление — лишь внешнее, от смущения, она просто нервничает. Ведь она еще совсем девчонка!

Точно так же, как когда-то они убедили себя, что она, Эймон и Тейган — такие же дети, как все другие.

Брэнног тихонько поднялась, сунула ноги в мягкие полусапожки, накинула шаль на плечи. Ей нужен был воздух. Воздух. Ночь. И луна.

Она беззвучно спустилась с чердака и тихо отворила дверь.

Ее пес Катл, спавший подле огня, тут же вскочил и без малейшего промедления выскочил на улицу, опередив ее.

Теперь она могла вздохнуть. Ночная прохлада овевала ей щеки, тишина, как ласковая ладонь, действовала на бушевавшую в душе бурю успокоительно. Здесь была свобода. Здесь она свободна настолько, насколько сама пожелает.

Две тени — девушка и ее верный пес — скользнули в чащу. До слуха доносилось журчание реки, вздохи ветра в кронах деревьев. Брэнног ощущала запах земли и слегка едкого торфяного дыма, идущего из трубы дома.

Можно построить магический круг, попробовать вызвать дух матери. Сегодня ей мама необходима. За пять лет она ни разу не заплакала, не позволила себе проронить ни единой слезинки. Но сейчас ей хотелось сесть на землю, зарыться лицом в мамину грудь и выплакаться.

Брэнног положила руку на амулет, который она носила не снимая, — изображение собаки, колдовство на крови, подарок Сорки.

Сохранять ли верность своей крови, своему естеству? Слушать ли собственные потребности, сокровенные желания и устремления? Или, быть может, отбросить их, как детскую игрушку, взяв за главное безопасность и будущее брата с сестрой?

— Мама, — прошептала она, — что мне делать? Чего бы ты от меня хотела? Ты отдала за нас жизнь. Могу ли я ограничиться меньшим?

Брэнног почувствовала, как к ней приближается энергетическое поле и как сливается с ее собственной энергией — подобно тому, как сплетаются пальцы рук. Развернувшись, она стала вглядываться в тени. Сердце бешено забилось, и мелькнула мысль: мама.

Но это оказался Эймон, он вышел в круг лунного света, держа за руку Тейган.

Когда Брэнног заговорила, в ее голосе слышалась острая нота разочарования:

— Вы должны быть в постели! Что это вы удумали — ночью разгуливать по лесу?

— А сама чем занимаешься? — огрызнулся Эймон.

— Я старшая.

— А я — глава семьи.

— То, что у тебя между ног погремушка, еще не делает тебя главой семьи!

Тейган прыснула, потом кинулась вперед и обхватила сестру руками.

— Не сердись! Мы тебе нужны. Ты была в моем сне. И ты плакала.

— Я не плачу.

— Плачешь. Вот тут. — Тейган положила руку сестре на сердце. Ее бездонные черные глаза — точь-в-точь как у их матери — вгляделись в лицо Брэнног. — О чем ты грустишь?

— Я не грущу. Просто вышла подумать. Побыть одной и подумать.

— Слишком громко ты думаешь! — проворчал Эймон, все еще дуясь на замечание о «погремушке».

— Тебе не говорили, что подслушивать чужие мысли нехорошо?

— Как я могу не слушать, если ты их выкрикиваешь во все горло?

— Прекратите! Не будем ссориться! — Тейган, хоть и самая младшая, имела твердый характер. — Не будем ссориться, — повторила она. — Брэнног сердится, Эймон весь как на иголках, а у меня такое ощущение, какое бывает, когда я объемся пудингом.

— Тебе нездоровится? — Гнев Брэнног как рукой сняло. Она заглянула сестренке в глаза.

— Да нет... дело не в этом... Просто что-то... разладилось. Я это чувствую. Думаю, ты тоже. Даже наверняка. Так что давайте не будем ссориться! Мы ведь родные. — Не выпуская руки Брэнног, Тейган взяла за руку брата. — Скажи, сестра, что тебя печалит?

— Я... я хочу построить круг. Хочу ощутить в себе свет. Хочу очертить круг света и посидеть в нем с вами вместе. С вами обоими.

— Нечасто нам это выдается, — заметила Тейган. — Это оттого, что Айлиш бы это не понравилось.

— Зато она нас приютила. Мы должны уважать ее в ее собственном доме. Но сейчас мы не в ее доме, и ей этого знать необязательно. Мне нужен свет. Хочу поговорить с вами наедине, внутри круга, где нас никто не услышит.

— Давай я сделаю! — вызвалась Тейган. — Я тренируюсь. Когда мы с Аластаром уезжаем, я всегда тренируюсь.

Брэнног со вздохом погладила сестренку по золотистым волосам.

— Вот и молодец. Давай начинай.

2

Брэнног следила за действиями Тейган, смотрела, как сестренка вызывает свет, затем огонь, возносит хвалу богине и формирует круг. Достаточно широкий, чтобы в нем поместился и Катл, с радостью и признательностью подумала Брэнног.

— Ты прекрасно справилась. Надо бы мне побольше с тобой заниматься, но я...

— Ты чтила Айлиш.

— А еще не забывайте, — вставил Эймон, — что если мы станем использовать нашу энергию во всю мощь, то *он* узнает. И непременно придет.

— Да. — Брэнног опустилась на землю и обняла своего верного пса. — А мама хотела, чтобы мы были в безопасности. Она всем ради нас пожертвовала. Своей силой, своей жизнью. Она была убеждена, что одолеет *его* и тогда нам ничто не будет угрожать. Она не могла знать, что силы зла, с которыми он заключил сделку, будут способны возродить его из пепла.

— Возродить — да, но не таким сильным, какой он был.

Она взглянула на брата и кивнула.

— Да, послабее. В тот момент. Мне кажется, он питается чужой энергией. Ищет тех, кто наделен ею, забирает их силу и сам делается сильнее. А мама хотела, чтобы нам ничто не угрожало. — Брэнног помолчала. — Меня хочет взять в жены Фиэл.

Эймон разинул рот.

— Фиэл? Но он же старый!

— Не старее Бардана.

— Старый!

Брэнног рассмеялась и почувствовала, что на душе у нее сделалось чуть легче.

— Похоже, мужчинам нужны молодые жены. Чтобы рожали им кучу детей, продолжали привечать их в постели и варили им еду.

— Ты не выйдешь замуж за Фиэла! — воинственно заявила Тейган.

— Он добрый и даже симпатичный. А дом и хозяйство у него побольше, чем у Айлиш и Бардана. И вас обоих он тоже охотно примет.

— Ты не выйдешь замуж за Фиэла! — упрямо повторила Тейган. — Ты же не любишь его.

— И не стремлюсь полюбить. Мне любовь вообще не нужна.

— А надо бы стремиться! Можешь хоть с закрытыми глазами жить — любовь тебя все равно найдет! Забыла, как мама с папой друг друга любили?

— Не забыла. Просто я не надеюсь, что встречу такую любовь. Вот ты, возможно, когда-нибудь встретишь. Ты такая хорошенькая... Умная!

— Я-то точно встречу. — Тейган не стала возражать. — Как и ты. И Эймон. И то, чем мы владеем, перейдет к тем, кого мы произведем на свет. Этого хотела наша мама. Она хотела, чтобы мы продолжали жить.

— Мы бы и продолжали жить, и жить неплохо, если б я вышла замуж за Фиэла.

— А мне мама наказала вас защищать! — Эймон скрестил на груди руки. — И я тебе запрещаю!

— Не будем ссориться! — еще раз повторила Тейган, схватила их за руки и крепко сжала. По сплетенным пальцам пробежал огонь. — И не надо меня опекать. Я не малышка, Брэнног, мне уже столько лет, сколько было тебе, когда мы покинули дом. Ты не пойдешь замуж, только чтобы дать мне новую крышу над головой! И ты не забудешь, что такое есть ты и какая в тебе живет сила. Ты не Айлиш, а Брэнног, дочь Сорки и Дайти. Ты Смуглая Ведьма — и всегда ею будешь.

— В один прекрасный день мы *его* уничтожим, — торжественно провозгласил Эймон. — Мы отомстим за отца, за нашу мать, и мы уничтожим даже пепел, в который его обратим. Мама сказала мне, что мы это сделаем, даже если на это уйдет тысяча лет.

— Она тебе так и сказала?

— Да. Сегодня утром. Она явилась мне, когда я был на реке, в тиши и тумане. Когда она мне нужна, я всегда ее там нахожу.

— А мне она является только во сне. — У Брэнног перехватило горло, но она не дала воли слезам.

— Ты так сильно сдерживаешь свою энергию! — Утешая сестру, Тейган гладила ее по волосам. — Все стараешься не огорчить Айлиш. И нас защитить. Может быть, ты сама позволяешь маме приходить лишь во сне?

— А к тебе она тоже приходит? И не только во сне?

— Бывает, когда я верхом на Аластаре, мы уходим далеко в лес, я веду себя тихо-тихо, и тогда она приходит. Она мне поет, как пела, когда я была маленькой. Мама сказала мне, что мы встретим любовь и что у нас будут дети. И мы, наш род, покончим с Кэвоном.

— Так, стало быть, мне как раз и надо выйти за Фиэла замуж и нарожать ему деток? А он уже и положит этому конец?

— Нет! — На кончиках пальцев Тейган заплясали искры, но она быстро опомнилась. — Между вами нет никакой любви. Сначала любовь, потом дитя — вот как делается.

— Делается не только так.

— А у нас — так! — Эймон снова взял сестру за руку. — И будет так, а не иначе. Мы будем теми, кем нам предначертано быть, сделаем то, что должны. Если мы не решимся на такую попытку, значит, отец с мамой напрасно отдали ради нас жизни. Значит, умерли ни за что. Ты этого хочешь?

— Нет. Нет! Я хочу *его* убить. Хочу его крови, его смерти. — Охваченная страстью, Брэнног прижалась к Катлу, зарывшись лицом ему в шею. Тепло живого существа подействовало успокаивающе. — Думаю, если бы я отвернулась от своего естества, я бы наполовину умерла. Но если принятое мною решение причинит вред любому из вас, во мне умрет все, это я точно знаю.

— Мы примем решение вместе, — объявил Эймон. — Мы трое — одно целое. Это время, что мы здесь провели, было нам необходимо. Мама отправила нас сюда, чтобы дать нам передышку. Теперь мы уже не дети. Наверное, мы перестали ими быть еще в то утро, когда уехали из дома, зная, что видим маму в последний раз.

— Но уже тогда мы обладали колдовской силой. — Брэнног набрала полную грудь воздуха и распрямила плечи. Хоть Эймон и младше, да еще и парень, но говорит дело. — А мама дала нам еще больше. И я вас обоих просила до поры до времени сдерживать эту силу!

— Это ты правильно делала, хотя время от времени мы и давали ей волю, — с улыбкой признался Эймон. — Это время, что мы здесь прожили, было нам необходимо, но сейчас оно подходит к концу. Я это чувствую.

— Я тоже, — прошептала Брэнног. — Вот я и подумала: а не настало ли время Фиэла? Но нет, вы оба правы. Я не создана для хозяйства, чтобы лишь вести дом. И не смогу ограничиться кухонной магией и семейными утехами. Сейчас мы посмотрим. Пока мы в круге. Посмотрим — и увидим. И будем знать.

— Все вместе? — оживилась Тейган, и Брэнног поняла, что она сдерживала и себя, и брата с сестрой слишком долго.

— Все вместе. — Брэнног сложила ладони ковшиком, сконцентрировала энергию и выпустила ее из себя. Затем уронила руки, так, как падает вниз вода, и сотворила огонь.

От этого действия, первого полученного ею навыка колдовства, ее пронзило ощущение чистой магии. Казалось, она впервые за пять лет задышала полной грудью.

— Ты стала сильнее, — восхитилась Тейган.

— Да. Эта сила таилась во мне. Ждала. Я тоже ждала. Мы все ждали. Но больше ждать мы не станем! В огне и дыму мы отыщем *его*, увидим, где он прячется. Ты видишь дальше, чем я, — повернулась она к Эймону, — но будь осторожен! Если он почует, что мы на него смотрим, он тоже сможет нас увидеть.

— Я знаю, как надо. Мы пройдем сквозь огонь, пролетим по воздуху — над водой, над землей, — туда, где он. — Мальчик положил руку на рукоять небольшого меча. — Мы сможем его убить.

— Твоего меча для этого маловато. Даже мама, при всем ее могуществе, не сумела его одолеть. Тут потребуется нечто большее, и мы это большее — раздобудем. Со временем. Ну а пока поглядим.

— А мы умеем летать... Аластар и я. Мы... — Тейган осеклась под строгим взглядом Брэнног. — Это само собой вышло!

— Мы — то, что мы есть. — Брэнног осуждающе покачала головой. — Не следовало забывать об этом. Ну что — смотрим? Его призываем и тайно глядим — сквозь дым и огонь, чтоб не видел он нас, затмим ему взор. Он пролил кровь рода и жизни лишил родителей наших, и мать, и отца. Пусть сила возмездия в нас зреет, как смерч. Мы вместе, втроем, ему смерть принесем. И воля исполнится наша!

Они взялись за руки и соединили стремящуюся из них лучистую энергию.

Языки пламени заколыхались; дым развеялся.

И им предстал Кэвон с серебряным кубком вина в руке. Его темные волосы ниспадали на плечи, блестели при свете масляных светильников.

Брэнног видела каменные стены, украшенные богатыми гобеленами, постель под пологом из темно-синего бархата.

Наслаждается жизнью, подумала она. Живет в комфорте и богатстве, что и неудивительно. Это на него похоже — пользоваться данными ему свыше способностями ради своей выгоды и удовольствия, ради смерти. Ради чего угодно — лишь бы себе на пользу.

В помещение вошла женщина. На ней было богатое одеяние. Волосы — черные, как ночь. По остекленелому выражению глаз Брэнног догадалась, что незнакомку заколдовали.

И все же... какая-то энергия в ней еще жива, вдруг почувствовала Брэнног. И эта энергия бьется, чтобы разорвать оковы.

Кэвон безмолвно махнул рукой в сторону ложа. Женщина прошла к постели, разделась, чуть постояла, и ее белая кожа сияла при свете факелов, как сияет луна отраженным светом.

В этих остекленелых глазах Брэнног прочла историю борьбы, ожесточенной схватки за освобождение. За выход на свободу.

На мгновение Эймон потерял концентрацию. Он еще никогда не видел взрослой женщины абсолютно раздетой, да еще с такой пышной грудью. Как и сестры, он ощущал эту загнанную в клетку силу — она билась, будто белая птица в черном ящике. Но эта голая кожа, эти мягкие, роскошные груди, этот завораживающий треугольник волос под животом...

Интересно, какие там волосы, если потрогать, — как на голове? Ему захотелось проверить, прямо сейчас, чтобы знать наверняка.

Кэвон повел головой, как принюхивающийся волк. Он поднялся так резко, что опрокинул серебряный кубок, и вино, красное, как кровь, пролилось.

Брэнног больно выкрутила Эймону пальцы. Тот вскрикнул, зарделся, но снова сосредоточился.

И все же на какой-то миг, ужасный миг, глаза Кэвона как будто встретились с его глазами.

Потом он подошел к женщине. Схватил ее за плечо. Лицо пленницы исказилось от боли, но она не издала ни звука.

Не могла издать.

Он ударил ее и повалил спиной на кровать. В уголке ее рта показалась кровь, но она продолжала смотреть в пустоту.

В одно мгновение он оказался раздет. Кэвон излучал сияние, но это был не свет. Это была тьма. Эймон чувствовал, что он подобен льду — холодный, острый и ужасный. Кэвон, как копье, вонзился в тело женщины, у которой из глаз лились слезы, а из губы шла кровь.

Внутри Эймона что-то взорвалось от негодования — от дикой, неимоверной ярости при виде такого обращения с женщиной. Он был готов ринуться ей на помощь сквозь дым и пламя, но Брэнног удержала его за руку и опять больно сжала пальцы.

И пока Кэвон против воли пытался овладеть девушкой — Эймон проник в мысли Кэвона. Это были мысли о Сорке, безумная жажда обладания, так и не нашедшая удовлетворения. А еще это были мысли о... Брэнног. О том, как он сделает это с Брэнног — и не только это, а больше и хуже. О том, какую боль он причинит ей, прежде чем забрать ее силу. И как он заберет у нее эту силу, а потом жизнь.

Брэнног быстро погасила огонь, одним движением убрав видение. И так же быстро схватила Эймона за руки.

— Я же сказала: мы не готовы! Думаешь, я не почувствовала, что ты собрался напасть на него?

— Он делал ей больно. Забрал ее силу, ее тело. Против воли!

— Он тебя чуть не обнаружил — он почуял, как к нему кто-то пробивается.

— Да я бы его за одни мысли прикончил! Ему ни за что не сделать с тобой то, что он делал с ней!

— Да, он хотел сделать ей больно. — Теперь голос Тейган звучал совсем по-детски. — Но думал он не о ней, а о нашей маме. А потом еще — о тебе.

— Его мысли для меня не опасны. — Но они потрясли ее. — Он никогда не сделает ни мне, ни тебе того, что сделал с этой несчастной.

— А мы не могли ей чем-то помочь?

— Ох, Тейган, даже не знаю...

— Мы и не попытались! — возмущенно набросился на нее Эймон. — Ты мне не дала!

— Не дала, но ради твоей жизни. Ради нашей жизни, нашей цели. Неужто ты думаешь, что я не почувствовала того же, что почувствовал ты? — Брэнног обуял такой гнев, что страх потонул в нем. — Что меня тоже не бесило наше бездействие? Но сила на его стороне. Не такая, как раньше, другая. Она не больше и не меньше — она просто другая. И я не знаю, как ей противостоять. Пока не знаю. Мы не знаем, Эймон, а должны узнать.

— Он придет. Не сегодня, не в эту ночь, но придет обязательно. Он знает, что ты... — Эймон покраснел и отвернулся.

— Он знает, что я уже могу иметь детей, — закончила за него Брэнног. — И он хочет, чтобы я родила ему сына. Так вот: он его не получит! Но он придет. Я это тоже почувствовала.

— Тогда нам пора уходить. — Тейган приникла головой к Катлу. — Нельзя, чтобы он пришел за нами сюда.

— Пора уходить, — согласилась Брэнног. — И не будем забывать, кто мы есть.

— И куда пойдем?

— На юг. — Брэнног повернулась к Эймону за подтверждением.

— Да, на юг, потому что он пока еще на севере. Он по-прежнему в Мейо.

— Мы найдем где поселиться и узнаем много нового. И однажды вернемся домой.

Она поднялась, снова взяла обоих за руки и дала энергии пронзить всех троих.

— Клянусь нашей кровью, мы вернемся домой.

— Клянусь нашей кровью, — вступил Эймон, — мы сами или те, кто произойдет от нас, уничтожат само воспоминание о нем.

— Клянусь нашей кровью, — подхватила Тейган, — нас трое, и мы всегда будем едины.

— Сейчас мы закроем круг, но то, что мы есть, чем мы обладаем, что было нам дано, пребудет с нами всегда. — Брэнног разомкнула руки. — Выезжаем утром.

Со слезами на глазах Айлиш смотрела, как Брэнног складывает шаль.

— Умоляю: останьтесь! Подумай о Тейган, она же еще ребенок!

— Ей столько же лет, сколько было и мне, когда мы пришли к тебе.

— Ты и была ребенком, — напомнила Айлиш.

— Я была больше, чем ребенком. Мы все — больше. И мы должны следовать своему предназначению.

— Это я напугала тебя разговором о Фиэле. Ты не должна думать, что мы силой выдали бы тебя замуж.

— Нет. О нет! — Брэнног повернулась и взяла ее за руки. — Ты бы никогда не стала меня принуждать. И мы не из-за Фиэла решили уйти.

Сказав так, Брэнног вернулась к сборам и быстро закончила их.

— Ваша мама не хотела бы для вас такого.

— Мама хотела бы, чтобы мы были дома, счастливы и беззаботны, под их с отцом надежным крылом. Но этому не суждено было сбыться. Мама отдала за нас жизнь, отдала нам свою силу. И передала нам свое предназначение. Мы должны жить своей жизнью, принять свою силу, осуществить свою цель.

— Куда же вы пойдете?

— Наверное, в Клэр. Для начала. Мы вернемся. И поедем домой. Я это знаю так же твердо, как то, что дышу. Сюда *он* не придет.

Брэнног обернулась и посмотрела тетке в глаза.

— Он не придет сюда и не причинит зла тебе или твоей семье. В этом я тебе клянусь кровью матери!

— Откуда тебе знать?

— Я одна из *трех*. Я Смуглая Ведьма Мейо, первая дочь Сорки. Он не явится сюда и не причинит вреда тебе или твоим близким. Вы защищены до конца дней. Я об этом позаботилась. Я не оставила бы вас беззащитными.

— Брэнног...

— Беспокоишься? — Рука Айлиш лежала на животе, Брэнног положила сверху свою ладонь. — Разве я тебе не говорила, что твой мальчик здоров и с ним все в порядке? Роды пройдут легко и быстро. Это я тоже могу тебе обещать — и обещаю. Только...

— Что? Что такое? Скажи мне!

— Ты меня так любишь и все равно продолжаешь бояться того, что во мне есть. Но ты должна меня послушать хотя бы в этом. Твой сын, которого ты носишь, должен стать последним. Он будет здоровенький, и роды пройдут без осложнений. Но со следующим все будет иначе. Если задумаешь рожать опять, ты не выживешь!

— Я... Ты не можешь знать. Я не могу отказать мужу в супружеской постели. И себе тоже.

— Ты не можешь лишить детей матери. Это большой грех, Айлиш.

— Это Богу решать.

— Бог даст тебе семерых, а платой за следующего станет твоя жизнь. И жизнь младенца. Я люблю тебя, поэтому слушай!

Она достала из кармана пузырек.

— Это я сделала для тебя. Для тебя одной. Сейчас ты его уберешь. А потом станешь принимать в первый день каждого цикла — но только по глоточку. И больше зачатия не произойдет. Даже когда выпьешь все, дело будет сделано. И ты сохранишь жизнь. У твоих детей останется мама. А ты доживешь до внуков.

Айлиш вздохнула.

— Я стану бесплодной.

— Ты будешь петь своим детям и детям своих детей! Ты будешь делить ложе со своим мужчиной ради удовольствия! И вы оба будете радоваться тем новым жизням, которые вы произвели на свет. Решать тебе, Айлиш.

Она прикрыла глаза. А когда открыла, они были темнее ночи.

— Ты назовешь его Люэд. Он будет светловолос и белокож, с синими глазами. Сильный мальчик, улыбчивый, и с голосом, как у ангела. Однажды он пустится странствовать и будет добывать себе хлеб пением. Он полюбит крестьянскую дочь и вернется с нею к вам, чтобы возделывать вашу землю. И к вам из полей будет доноситься его голос, ибо радость его никогда не оставит.

Она отпустила видение.

— Я увидела, как все может быть. Ты должна решать.

— Это то самое имя, которое я ему выбрала, — пораженно прошептала Айлиш. — Но я тебе не говорила! И никому не говорила. — Она взяла флакон. — Я сделаю, как ты сказала.

Сжав губы, Айлиш полезла в карман и достала мешочек, совсем небольшой. И сунула его Брэнног в руку.

— Вот, возьми.

— Денег я от тебя не возьму!

— Возьмешь! — По ее щекам ручьем побежали слезы. — Думаешь, я не знаю, что ты нас с Коноллом спасла в родах? Ты и теперь думаешь обо мне и моей семье... Ты мне столько радости принесла! Ты принесла мне Сорку, когда мне ее так не хватало, ведь я каждый день видела ее в тебе! Ты возьмешь эти деньги и дашь мне слово, что вы будете в безопасности и что вы вернетесь. Вы все! Потому что вы — мои, а я — ваша.

Брэнног с пониманием сунула кошелек в карман юбки и расцеловала Айлиш в щеки.

— Даю слово.

На дворе Эймон из кожи вон лез, чтобы развеселить двоюродных братьев и сестер. Они, конечно, умоляли не уезжать, спрашивали, почему это так необходимо, пытались с ним торговаться. Поэтому он плел им небылицы об ожидающих его невероятных приключениях, в которых он будет крушить драконов и ловить волшебных лягушек. Он увидел, как идет Тейган под руку с рыдающей Мов, как дарит ей самодельную тряпичную куклу.

Надо бы Брэнног поторопиться, уж больно тягостно расставание. Аластар стоит наготове. Эймон — в конце концов, он глава семьи — решил, что сестры поедут верхом, а он двинется пешим.

И никаких возражений.

Из небольшой конюшни вышел Бардан, ведя в поводу Слейн — теперь уже старушку Слейн, ибо эта племенная кобыла уже мало на что годилась, но оставалась добродушной лошадкой.

— На племя она уже не пойдет, — как всегда издалека начал Бардан. — Но она хорошая девочка и для тебя как раз сгодится.

— Ну нет, я не могу ее у вас забрать. Вам самим нужно...

— У мужчины должна быть лошадь! — Бардан опустил мозолистую руку Эймону на плечо. — Ты у нас мужскую работу выполнял? Вот и возьми ее. Я бы дал Брэнног Муна, если бы мог без него обойтись, но Слейн ты заберешь, это не обсуждается.

— Я вам так благодарен — и за Слейн, и за все остальное. Обещаю, что буду ходить за ней, как за королевой.

На какой-то миг Эймон позволил себе снова стать мальчишкой и кинулся на шею дяде, который половину прожитой им жизни был для него вместо отца.

— Когда-нибудь мы вернемся.

— Обязательно!

И вот ритуал прощания завершен, сказаны все слова напутствия и пролиты все слезы. Эймон вскочил в седло, к которому он надежно приторочил дедушкин меч в ножнах. Тейган села верхом на Аластара, за ее спиной устроилась Брэнног и в последний раз нагнулась поцеловать Айлиш.

И они покинули хутор, пять лет служивший им домом, и двинулись на юг, в неизвестность.

Эймон оглянулся на хозяев, помахал им в ответ и с удивлением обнаружил, что расставание далось ему тяжелее, чем он того ожидал. Потом над головой раздался клич Ройбирда, птица покружила в небе и тоже устремилась на юг.

Это должно было произойти, решил Эймон. Время пришло.

Он немного сбавил шаг и вопросительно повернулся к Тейган, знатоку лошадей.

— Ну и как это все воспринимает наша старушка Слейн?

Тейган оглядела кобылу и так же задиристо повернулась к брату.

— Да похоже, для нее это большое приключение, на какое она уже и не рассчитывала. Она горда и исполнена благодарности. Будет верной тебе до конца своих дней и сделает для тебя все, что в ее силах.

— А я сделаю все для нее. Давайте не останавливаться до полудня, а там дадим отдых лошадям и сами перекусим. Овсяных лепешек Айлиш нам напекла щедро.

— Вот как? Стало быть, так и поступим? — насмешливо переспросила Брэнног.

Эймон вздернул подбородок.

— Ты у нас, конечно, старшая, но у меня есть кое-что

между ног. Ты, правда, считаешь, что это побрякушка, хотя это совершенно не так. Ройбирд показывает дорогу, мы следуем за ним.

Брэнног задрала голову и проследила за полетом пернатого хищника. Потом перевела взгляд вниз и посмотрела на Катла, который в нетерпении вытанцовывал возле ног Аластара, словно был готов без остановки двигаться вперед круглые сутки.

— Советчик есть не только у тебя, у нас с Тейган тоже. Будем следовать за ними. Айлиш дала мне немного монет, но тратить их станем лишь в крайнем случае. Мы себе сами пропитание добудем.

— И каким, интересно, образом?

— Для этого нам даны наши способности. — Она вытянула руку, обратила ее ладонью вверх — и появился небольшой язычок пламени. Появился и исчез. — Мама берегла и развивала свой дар и успевала нас растить и вести хозяйство. И всему находила время и место. Наверное, мы в состоянии развивать свои способности и заботиться о себе. И найти себе жилье.

— Насколько я слышала, Клэр — порядочная глушь, — вмешалась Тейган.

— Для таких, как мы, — это то, что надо. — С каждым шагом Брэнног все глубже вдыхала воздух свободы. — У нас есть мамина книга, мы будем заниматься, овладеем мастерством. Станем готовить снадобья, лечить людей. Целитель всегда нарасхват, мне мама говорила.

— Когда *он* явится, одним целительством и зельями не отделаешься.

— Это верно, — согласилась Брэнног с братом. — Значит, мы научимся. Пять лет мы провели у родных в безопасности. Если наши проводники приведут нас в Клэр — а сомневаться в этом причин у нас нет, — мы сможем следующие пять лет прожить там. Этого времени будет достаточно, чтобы чему-то научиться и выверить действия. И когда мы вернемся домой, мы будем сильнее, чем он сможет того ожидать.

Они скакали до самого полудня, пока не въехали в дождь. Это был несильный, но затяжной дождик, он сыпал и сыпал из набрякших влагою темных туч. Они дали отдых лошадям, напоили их, разделили между собой лепешки, поделились и с Катлом.

Поднялся ветер, под косым дождем они продолжили путь и вскоре оказались недалеко от немудрящего крестьянского хозяйства. Из трубы дома вился пахнущий торфом дымок. Здесь их могли приютить, напоить чаем и обсушить у огня. В жилище наверняка было тепло и сухо.

Но Катл продолжал бег, Ройбирд кружил в вышине, да и Аластар не собирался сбавлять шаг.

Понемногу близилась ночь, и даже сумрачный свет этого дождливого дня стал гаснуть.

— Слейн начинает уставать, — тихо проговорила Тейган. — Об остановке она не попросит, но чувствуется, что устала. И кости у нее ноют. Может быть, отдохнем немного, найдем местечко посуше...

— Глядите! — прокричал Эймон, показывая вперед. Там, рядом с раскисшей тропой, стояло то, что когда-то, наверное, было местом поклонения богам. Теперь оно было заброшено, какие-то люди, которые только и умеют, что разрушать возведенное чужими руками, предали его огню, и от него остались одни обгорелые развалины.

Ройбирд лишь покружил над руинами, оглашая окрестности призывными криками, и Катл тоже устремился вперед.

— Остановимся там на ночь. Разведем огонь, дадим отдых лошадям и себе.

Брэнног кивнула.

— Стены уцелели — по крайней мере, они укроют нас от ветра, а остальное мы и сами сделаем. Скоро вечер. Надо вознести благодарность Модрону и сыну его Мабону.

Оказалось, что одна из стен здания обвалилась внутрь, но другие устояли. Было даже несколько ступенек, ведущих на не существующий больше второй этаж, и Эймон поспешил испытать их на крепость. От деревянных частей конструкции не осталось и следа — они были сожжены, а пепел разнесен ветром. Но все же это было хоть какое-то укрытие и, как чувствовала Брэнног, подходящее для них место.

Это будет место их первого ночлега, который пришелся как раз на равноденствие — точку в году, когда свет и мрак уравновешены.

— Я займусь лошадьми. — Тейган взяла обеих в повод. — В конце концов кони — это мое дело. Я все сделаю, а вы пока приготовьте нам местечко посуше и разведите огонь, хорошо?

— Я сделаю, — согласилась Брэнног. — Мы воздадим хвалу нашим святым, потом выпьем чаю и поедим сушеной оленины, а затем...

Она осеклась, увидев, как Ройбирд спикировал вниз и уселся на узкий каменный карниз.

И бросил к ногам Эймона жирного зайца.

— Да нас ждет знатный ужин! — возликовал мальчишка. — Я его почищу, ты, Тейган, займешься лошадьми, а Брэнног разведет огонь.

Требуется сухое место, подумала она и представила его себе мысленно, откинув с головы капюшон. Сконцентрировала энергию, подумала о чем-то сухом и теплом — и вызвала такой жар, что чуть всех не спалила, пришлось поспешно снижать обороты.

— Прошу прощения! Никогда этого раньше не делала.

— Как пробка из бутылки, — прокомментировал Эймон. — Слишком сильная струя.

— Ага. — Очень осторожно и аккуратно Брэнног снизила энергетический напор. Сама она сырости не боялась, но Тейган права. У старой лошадки ноют кости, даже Брэнног это почувствовала.

Она убрала влагу, сначала потихоньку, потом чуть увереннее. Энергия билась в ней, как жаворонок, это был чистый восторг. Брэнног высвободила ее, пустила в полет. Теперь огонь. Сегодня он будет зажжен с помощью магии. В другие вечера, учила их мама, человек собирает дрова, вкладывает в это свой труд. Но сегодня этот огонь она наколдует.

Вызвав огонь, Брэнног заключила его в кружок.

— Кусочек овсяной лепешки и каплю вина, — объявила она брату с сестрой. — Подношение богине за равновесие дня и ночи, за новый цикл возрождения. И за это место отдыха, ею нам уготованное.

— В огонь, — сказала она, — сперва хлеб, потом вино. Что добрались сюда втроем, мы благодарность вознесем. Сей скромный дар от нас прими, мы слуги верные твои.

— Когда сойдутся ночь и день, мы восхваляем свет и тень, — подхватил Эймон, сам не понимая, откуда к нему пришли эти слова.

— Мы будем стойкими в борьбе и даром дорожить своим. На благо света и добра мы станем пользоваться им, — прибавила Тейган.

— Здесь, в этом месте, пусть наш дар свободным станет в этот час. То, что от века нам дано, мы вольным сделаем сейчас. Да будет так!

Огонь взметнулся ввысь — красным, оранжевым, золотым столбом, сердцевина которого светилась яркосиним. В нем слышался шепот тысячи голосов, и земля содрогнулась. Потом все вокруг словно вздохнуло.

И снова это был просто огонь, аккуратный круглый очаг на каменном полу.

— Вот наша суть, — сказала Брэнног, все еще излучая сияние от выплеска энергии. — Вот чем мы наделены. Уже завтра ночи станут делаться длиннее. Тьма начнет побеждать свет. Но *ему* нас никогда не одолеть!

Она улыбнулась, и сердце, чуть живое с того момента, как они покинули родной дом, вновь наполнилось жизнью.

— Надо сделать для зайца вертел. Закатим сегодня пир. Наш первый самостоятельный пир. И отдохнем в тепле и сухости, прежде чем продолжим свой путь.

Эймон свернулся калачиком подле огня. Он насытился, согрелся и обсох. И двинулся дальше.

Он почувствовал, как поднимается вверх и летит. Летит на север. Домой.

Подобно Ройбирду, он парил над холмами, реками и полями, где мычали коровы и паслись овцы.

Все вокруг зеленело, дом был все ближе и ближе, а солнце беззвучно посылало из-за облаков лучи.

И сердце сделалось таким легким! Домой.

Домой, да не совсем. Это стало ясно, едва он коснулся земли. Лес как будто и знакомый, и нет. Что-то здесь изменилось. Даже воздух стал другим. И одновременно был тот же.

От всего этого у Эймона закружилась голова. Навалилась слабость.

Он зашагал, свистом призывая к себе сокола. Своего советчика. Освещение вдруг изменилось, помутнело. Или это ночь так быстро опускается?

Но нет, это не ночь, теперь он это видел. Это сгущался туман.

А вместе с ним появился волк. Кэвон!

Эймон услышал рычание и потянулся к мечу. Но меча на боку не оказалось. Безоружный, по щиколотку в тумане, он был один на один с волком, на шее которого сверкал красный камень. Волк вышел вперед и оборотился человеком.

— Добро пожаловать домой, юный Эймон. Я тебя ждал.

— Ты убил моего отца и мою мать. Я пришел за них отомстить!

Кэвон рассмеялся — веселым переливчатым смехом, от которого у Эймона мороз побежал по коже.

— Да ты с характером! Вот и отлично. Что ж, иди. Отомсти за отца, за ведьму, которая тебя выродила. Я заберу то, что у тебя есть, после чего приду за твоими сестренками и сделаю их моими.

— Тебе никогда не получить того, что есть у меня! — Эймон описал круг, лихорадочно пытаясь что-то придумать. Туман поднимался все выше, застилая все вокруг: лес, тропу, сознание. Мальчик схватил в щепоть воздуху и метнул вперед. Прорезалась узкая расплывчатая тропка. Кэвон снова расхохотался.

— Ближе! Иди поближе! Почувствуй меня.

Он и так чувствовал. И боль, и мощь. И еще — страх. Он попробовал вызвать огонь, но тот сразу потух, превратившись в грязную кучку пепла. Кэвон протянул к нему руки. Эймон прижал к груди кулаки и приготовился биться.

Камнем упал вниз Ройбирд, когтями и клювом вцепился Кэвону в руки. Брызнула черная кровь, колдун взвыл и стал вновь оборачиваться волком.

И тут из белесой мглы выступил другой человек. Высокий, с влажными от тумана каштановыми волосами и зелеными глазами, взгляд этих глаз источал силу и гнев.

— Беги! — отрывисто бросил он Эймону.

— От такого, как он? Нет! Не побегу. Не могу.

Волк скреб лапами землю, обнажив клыки в жутком оскале.

— Держи руку!

Незнакомец схватил Эймона чуть выше кисти. Вспыхнул ослепительный свет, тысячами крыльев забила энергия. Ослепленный и оглохший, Эймон вскрикнул. Все вокруг перестало существовать, осталась лишь эта мощь, она поглотила его, наполнила и стала рваться наружу. Рздался оглушительный звериный вой — и туман исчез, оставив Эймона и странного человека вдвоем.

Прерывисто дыша, человек упал на колени, лицо его было белым, в глазах светилась колдовская сила.

— Ты кто? — выкрикнул он.

— Я Эймон, сын Дайти, сын Сорки. Я один из *трех*. Мы Смуглая Ведьма Мейо.

— Я тоже. Значит, Эймон... — Незнакомец неуверенно засмеялся и дотронулся до лица и волос Эймона. — Я произошел от тебя. Ты попал в чужое время, парень.

В мое. Я Коннор, из клана О'Дуайеров. Я потомок Сорки, твой родственник и потомок. Один из *трех*.

— И как мне поверить, что это правда?

— Я твоей крови, а ты — моей. Да ты и сам это знаешь. — Коннор достал из-под рубахи амулет и потер его пальцем. Амулет был точно такой же, что и у Эймона.

Мужчина поднял руку. На его кожаную перчатку мгновенно спикировал Ройбирд.

Нет, конечно, не Ройбирд, сообразил Эймон, и все же...

— Моя птица. Не твоя, но зовут так же. В честь твоей. Проси о чем хочешь — будет служить тебе так же, как служит мне.

— Это... не моя родина.

— Твоя. Время другое, а места твои. И всегда будут твоими.

Глаза Эймона защипало от слез, живот свело от тоски — сильнее, чем от любого голода.

— Так мы вернулись домой?

— Именно.

— А *его* мы победим? Отомстим за отца и мать?

— *Мы* победим. Мы не остановимся, пока это не свершится. Даю тебе слово!

— Мне надо... Я возвращаюсь. Чувствую, Брэнног зовет меня. Ты меня спас от Кэвона.

— Думаю, спасая тебя, я и себя спас.

— Коннор из рода О'Дуайеров. Я запомню.

И он полетел над теми же холмами и летел до рассвета, пока наконец не опустился рядом с разведенным Брэнног костром и обе сестры не набросились на него с расспросами, тряся его и тормоша.

— Отстаньте! Обе! У меня голова идет кругом.

— Бледный какой! — сокрушалась Тейган. — Да что случилось? Ну-ка давай я тебе чаю сделаю.

— Чай — это хорошо. Я путешествовал. Не знаю, как это вышло, но я отправился домой. Только это были не наши места. Мне еще надо во всем разобраться. Но теперь я кое-что знаю, чего не знал раньше. Чего никто из нас не знал.

Он с жадностью выпил принесенной Брэнног воды, потом опять заговорил:

— *Он* не может оттуда уйти. Кэвон. По крайней мере, далеко — не может. Чем дальше он от дома, от того места, где он совершил свою черную сделку и умножил свое могущество, тем он делается слабее. Отдаляясь от этого места, он смертельно рискует. Он не может преследовать нас.

— Откуда тебе это известно? — недоверчиво спросила Брэнног.

— Я... я прочел это в его мыслях. Не знаю, каким образом. Я видел эту слабость. И я встретил одного человека, из наших. Я... — Эймон глубоко вздохнул и прикрыл глаза. — Можно мне все-таки чаю, а? И потом я все расскажу. Это целая история. Мы здесь немного побудем, и я вам все расскажу. Потом — да, все верно, на юг. Учиться, расти, строить планы. Потому что *он* нас тронуть не может. Он до вас и пальцем не дотронется.

Еще недавно мальчик, теперь он стал мужчиной. И внутри его все трепетала и набирала силу энергия.

3

Осень 2013

Коннор проснулся ни свет ни заря. Встреча с далеким предком, как с заклятым врагом его рода, оказалась для него неожиданной и лишила покоя. И уж конечно, он не собирался начинать день с выплеска магической энергии такой силы, что его чуть не сшибло с ног.

Однако случившееся и отозвалось в нем радостью.

Еще только занимался рассвет. Маловероятно, чтобы сестра уже хлопотала на кухне. А своим здоровьем он слишком дорожил, чтобы рискнуть поднять ее в такую рань и предложить приготовить завтрак.

Да он и голоден-то не был, хотя обычно Коннор просыпался, уже готовый наполнить опустевший за ночь желудок. Сейчас же, напротив, он ощущал в себе странную бодрость и большую потребность выйти из дома и прогуляться.

Поэтому он свистнул свою птицу и в компании Ройбирда зашагал в окутанную туманом чащу леса.

В тишину.

Он был не из тех, кто очень нуждается в покое. Чаще он предпочитал компанию, шумный, оживленный разговор. Но этим тихим утром ему было довольно крика сокола, шуршания в подлеске кролика и легкого вздоха утреннего ветерка.

Коннор подумал, не пройтись ли до замка Эшфорд, пустить Ройбирда парить в небе над окрестными лугами — что наверняка приведет в восторг какую-нибудь раннюю пташку из числа постояльцев отеля.

Острые впечатления нередко помогают продвигать бизнес, а у него таковой имелся — школа ловчих птиц.

Вознамерившись осуществить свой план, Коннор двинулся в сторону замка, но вскоре ощутил в себе и в пространстве вокруг колебание магической силы. Его собственная энергия поднималась помимо его воли, а на том месте, где ступила нога колдуна Кэвона, осталось черное пятно, оскверняющее чудесный вид поблескивающих от росы сосен.

И было что-то еще. Что-то еще...

Надо было позвать всех посвященных — сестер, друзей, — но что-то толкало его вперед, по тропе, сквозь деревья, туда, где стеной стояли лианы и лежало опрокинутое бурей дерево, а за ними скрывались развалины некогда стоявшего тут домика Сорки. Туда, где в ночь летнего солнцестояния их отважная группа вступила в бой с Кэвоном.

Именно там густился этот туман, пульсировала энергия, черная — против белой. Он увидел мальчика, и первой и единственной его мыслью было: защитить. Он не стал бы смотреть безучастно — не мог допустить, чтобы пострадал невинный.

Но тот мальчик, хоть его и можно было назвать невинным, был наделен чем-то еще. *Тем самым.*

Туман исчез, вместе с ним испарился и Кэвон, парнишка возвратился в свое время и свое место, а Коннор остался в той же позе, коленями на сырой земле, и все никак не мог отдышаться.

В ушах грохотало, как от взрыва вселенной. Глаза слепило от света, и он был ярче тысячи солнц.

И в нем бушевала энергия, родившаяся в момент сплетения рук — его, Коннора, и того мальчика.

Он медленно поднялся — высокий поджарый мужчина с густой шевелюрой курчавых волос цвета каштана, все еще бледный, с зелеными, как мох, глазами, излучавшими дар, каким наделила его природа.

Лучше вернуться. Пойти домой. Ибо черная сила, выдержавшая их натиск в день солнцестояния и затаившаяся до равноденствия, еще выжидает.

Он ощутил дрожь в ногах — страх или напряженное ожидание неотвратимого боя? Рядом показался его ястреб, покружил и сел на ветку. Сел и стал смотреть. Ждать.

— Пошли, пожалуй, — сказал Коннор. — Думаю, то, что от нас требовалось, мы сегодня уже совершили. К тому же, черт побери, я зверски проголодался.

Вот она, энергия колдовства, усмехнулся он, ступив на тропу. Сшибает с ног. Он повернул к дому и ощутил присутствие пса Катла раньше, чем тот показался поблизости.

— Ты тоже почувствовал, да? — Он погладил Катла по черной спине. — Не удивлюсь, если тряхнуло по всем окрестностям. У меня до сих пор кожа зудит, будто пчелы всего облепили.

В компании птицы и пса Коннор зашагал тверже и вскоре вышел из мрачной лесной глубины в прекрасное жемчужное утро. Он шел по дороге к дому, рядом бежал Катл, а Ройбирд кружил над ними в небе. Прокричала вторая птица, и Коннор увидел питомца своего приятеля Фина — Мерлина.

Потом тишину разорвал стук копыт. Коннор остановился и несколько секунд выждал — и ощутил новый прилив энергии, увидев, как к нему верхом на могучем сером Аластаре приближаются его двоюродная сестра Айона и его старинный приятель Бойл. А следом за ними, на блестящем черном Бару, — Фин.

— На вас яиц не напасешься! — с улыбкой прокричал он, намекая на завтрак. — И бекона, не уверен, что хватит.

— Что случилось? — Айона наклонила взлохмаченную со сна головку и чмокнула брата в щеку. — Я знала, что с тобой все в порядке, иначе бы мы еще раньше примчались.

— Да вы и так прилетели, будто на крыльях. Идемте в дом, там расскажу. До чего же я голоден! Слона бы, кажется, съел.

— Кэвон? — Фин, черноволосый под стать своему коню, с зелеными глазами, какие бывают у Коннора в те моменты, когда в нем вспыхивает магическая сила, обернулся и стал вглядываться в лес.

— И не только. Но Айона права. Со мной все в порядке, только умираю с голоду, так что не будем стоять на дороге. Ты, стало быть, тоже почувствовал, — добавил он и зашагал дальше.

— Фин почувствовал? — Бойл смерил Коннора недоуменным взглядом. — Даже я проснулся, хоть никакими вашими способностями я не наделен и спал очень крепко. Я, конечно, не колдун, но тут такое произошло, что меня из постели выкинуло. — Он кивнул в сторону дома. — Да и Миру, похоже, тоже.

Коннор обернулся и увидел Миру Куинн, ближайшую — с детства — подругу его сестры. Она приближалась к ним быстрым шагом, высокая, статная, как богиня, в своей фланелевой пижаме и накинутой сверху старенькой куртке, с нечесаными длинными каштановыми волосами.

Прекрасно смотрится, подумал он. Впрочем, как и всегда.

— Оставалась у нас на ночь, — объяснил он остальным. — Поскольку ты, сестренка, заночевала у Бойла, мы ее положили в твоей комнате. Доброе утро, Мира!

— К черту церемонии! Что стряслось?

— Как раз собираюсь все рассказать. — Он обхватил ее за талию. — Но сперва мне надо поесть.

— Брэнна так и сказала. Она уже занялась завтраком. Она тоже слегка не в себе, но виду не подает. Это было как землетрясение, только внутри меня. Не лучший способ пробудиться, доложу тебе.

— Я привяжу коней. — Бойл соскочил на землю. — Ступайте в дом, подкрепляйтесь.

— Спасибо. — Коннор опять улыбнулся и поднял руки, принимая из седла Айону. Сестренка обвила его руками.

— Ты меня напугал, — шепнула она.

— И не тебя одну. — Он поцеловал в макушку свою хорошенькую американскую кузину, младшую из них *троих*, и за руку прошел с нею в дом.

От ароматов бекона, кофе и теплого хлеба у Коннора свело живот — будто получил удар кулаком под дых. В этот момент есть он хотел больше, чем жить, — а чтобы жить, поесть ему было просто необходимо.

Катл впереди всех вбежал в кухню, где Брэнна колдовала у плиты. Она забрала назад черные волосы, но была еще в ночных байковых штанах и свободной рубашке. Вот до чего она меня любит, подумал Коннор, ведь, зная, что будут гости — и в особенности Финбар Бэрк, — ей бы следовало первым делом привести себя в порядок.

Сестра молча повернулась к нему и протянула тарелку с яичницей на поджаренном хлебе.

— Храни тебя господь, радость моя! — благодарственно склонил он голову, улыбаясь.

— Это тебе заморить червячка. Потом дам еще. Да ты окоченел! — тихо прибавила она.

— Да? Правда. А я и не заметил. Действительно, есть немного.

Опередив Брэнну, Фин щелкнул пальцами над очагом, и сейчас же занялся огонь.

— Тебя даже трясет! Сядь ты, ради бога, и поешь по-человечески, — приказала Мира и подтолкнула его к стулу.

— Люблю, когда вокруг меня суетятся. По правде говоря, до смерти охота кофе.

— Я сделаю. — Айона поспешила к кофейнику.

— Вот красота! Три прекрасные девы хлопочут вокруг меня одного. Мечта любого мужика! Спасибо, сестренка, — добавил Коннор, принимая из рук Айоны кофе.

— Долго тебя никто ублажать не станет, предупреждаю. Усаживайтесь все! — распорядилась Брэнна. — У меня почти все готово. Когда набьет брюхо, мы с него спросим, почему не удосужился меня позвать.

— Потому что все было очень быстро. Я бы мог вас позвать — вас всех. Но я так рассудил, что опасность угрожает не мне. Сегодня *он* не за мной приходил.

— За кем же тогда, если мы все спали в своих кроватях? — Видя, что Брэнна положила на блюдо и готовится нести на стол целую гору еды, Фин молча взял у нее поднос.

— Садись наконец и слушай. Садись! — повторил он, не дав ей возразить. — Тебя не меньше, чем Коннора, дрожь бьет.

Едва поднос с едой оказался на столе, как Коннор кинулся накладывать себе яичницу, бекон, тосты и картошку, так что на его тарелке быстро образовалась приличная горка.

— Я проснулся затемно, в каком-то возбуждении, — начал он и рассказал все, что с ним случилось, не прекращая с аппетитом уничтожать завтрак.

— Эймон? — не могла скрыть изумления не склонная к излишним эмоциям Брэнна. — Сын Сорки? Тут у нас, нынешним утром? Ты в этом уверен?

— Как и в том, что я хорошо знаю свою сестру. Поначалу я его принял за обыкновенного пацаненка, но когда взял за руку... Сроду такого не испытывал, честное слово! Даже когда мы с тобой и Айоной вместе. Даже в день солнцестояния — уж, казалось бы, энергия зашкаливала! — все равно было не то. Удержать было невозможно, куда там! Меня будто комета пронзила. И мальчишку тоже, но он удержался со мной. И энергию эту удержал. Редкий дар!

— А что Кэвон? — спросила Айона.

— Его здорово потрепало, я чувствовал, — сказал Фин. Он с отсутствующим видом поднес руку к плечу, где красовалось родовое клеймо, поставленный Кэвоном знак. Отметина на теле и на сердце. — Он был ошеломлен. Потрясен не меньше вашего, можешь мне поверить.

— Так он опять улизнул? — Бойл налегал на яичницу. — Вот змей!

— Да, ушел, — вздохнул Коннор. — Он исчез, а вместе с ним и туман. И остались только мы с мальчиком. А потом — я один. Только... Он был я, а я был он — как части одного целого. Я это понял, когда мы взялись за руки. Это больше, чем кровная связь. И не совсем то же самое... Словом, больше, чем общая кровь. В какой-то момент я мог видеть его насквозь, причем отчетливо, как в зеркале.

— И что ты видел? — спросила Мира.

— Любовь. Горе. Бесстрашие. Страх — и мужество, чтобы этот страх перебороть, ради сестер, ради отца с матерью. Ради нас, если уж на то пошло. Обычный мальчишка, лет десять, не больше. Но в тот момент он излучал такую энергию, что ему еще учиться и учиться ее обуздывать.

— Это вроде того, как я летала к бабуле? — задумалась Айона, вспомнив свою американскую бабушку. — Типа астральной проекции? Но не совсем, да? Что-то подобное, только еще с перемещением во времени, то есть... посерьезнее. Такое перемещение во времени может происходить вблизи дома Сорки. Но ты же не был рядом с домом Сорки, Коннор?

— Нет, я был за пределами поляны, хотя довольно близко от нее. — Коннор подумал. — Возможно, этого и достаточно. Это для нас что-то новое. Но я точно знаю: Кэвон такого не ожидал.

— А может быть, это он привел того мальчика, Эймона? — предположила Мира. — Вытащил его из его времени и переместил в наше? Чтобы оторвать его от сестер, чтобы сразиться не со взрослым мужчиной, а с мальчишкой? Он же жалкий трус, мы знаем! Из твоего рассказа следует, что если бы ты, Коннор, вовремя не подоспел, он бы с мальчиком разделался. Уж по крайней мере, причинил бы ему какой-то вред.

— В этом можно не сомневаться. Эймон держался очень храбро, честное слово, даже бежать не захотел, когда я ему велел. И в то же время он был в каком-то замешательстве, напуган, как будто не в силах собраться с духом и сражаться.

— А потом ты проснулся и отправился в лес, — сказала Брэнна. — И это ты, который и шагу утром не ступит, не кинув чего-нибудь существенного в рот! И кликнул своего ястреба. Небось еще до рассвета? — Она покачала головой. — Тебя туда что-то потянуло. Связь между тобой и Эймоном. А может быть, и сама Сорка. Мать, продолжающая защищать свое дитя.

— Мне снилась Тейган, — напомнила Айона. — Как она на Аластаре приезжает к их дому, на могилу матери, и там сражается с Кэвоном. И даже проливает его кровь. Она — моя, точно так же, как Эймон — твой, братишка.

Айона взглянула на Брэнну, та кивнула.

— А Брэнног — моя, это точно. Я ее часто во сне вижу. Но не в таком сне. Это полезно, наверняка от этого есть какая-то польза. Мы придумаем, как ее извлечь, как применить то, что мы теперь знаем. *Он* ведь с самого солнцестояния затаился и ждет.

— Мы его тогда ранили, — напомнил Бойл, обводя друзей изучающим взглядом светло-карих глаз. — В ту ночь он пролил кровь и обгорел, как и мы. Но, думаю, он больше.

— И он все лето зализывает раны, собирается с силами. А сегодня утром опробовал их на мальчике, попытался забрать его силу и...

— Прикончить тебя, Коннор, — договорил Фин. — Убей он мальчонку — и Коннора будто и на свете не было? Во всяком случае, такой вариант возможен. Измени прошлое — изменится и настоящее.

— Что ж, его план блистательно провалился. — Коннор разделался с беконом и вздохнул. — Вот теперь я не просто ожил, но к тому же бодр и весел. Жаль, что сейчас мы не можем дать негодяю еще один бой!

— Чтобы дать ему бой, одного сытого желудка мало. — Мира встала и начала собирать посуду. — И это касается нас всех. В прошлый раз мы ему задали жару, и это радует, но мы его не прикончили. Что мы упустили? Может, как раз самое главное? Мы не сделали чего-то самого необходимого, но чего?

— Вот что значит мыслить практически.

— Станешь, если больше некому! — огрызнулась Мира.

— Мира права. Я изучала книгу Сорки, — сказала Брэнна. — То, что мы делали, что у нас было, как и что мы планировали, должно было привести к результату.

— Но он переместился на другую территорию, — припомнил Бойл. — Принял бой в прошлом.

— И все равно я не вижу, что еще мы могли бы добавить к нашему плану. — Брэнна бросила взгляд на Фина, один короткий взгляд. Он в ответ едва заметно качнул головой. — Будем искать.

— Нет, ты давай сядь. — Опередив Коннора, Айона собрала оставшиеся тарелки. — В свете твоих утренних приключений от кухонных обязанностей ты сегодня освобождаешься. Может быть, это мне летом не хватило силы и умения?

— Напомнить, как ты вызвала смерч? — усмехнулся Бойл.

— Это было скорее интуитивно, умение тут ни при чем. Но я учусь! — Она посмотрела на Брэнну.

— Учишься, подтверждаю. И делаешь большие успехи. Ты вовсе не слабое звено, если ты это себе вбила в голову. И никогда им не была! Проблема в том, что он знает больше, чем мы. Он ведь на свой лад живет уже много веков.

— Это делает его старше, — вставила Мира, — но не умнее.

— У нас есть книги, предания и то, что передавалось из поколения в поколение. Зато он все это прожил, так что умнее он или нет, но опыта и знаний у него больше. И то, чем он владеет, — это нечто темное и могучее. Его магия в отличие от нашей не знает правил. Он нападает на кого вздумается, без разбору. Такого мы себе никогда не позволим, это будет равносильно тому, чтобы изменить себе.

— Источник его колдовской силы заключен в камне у него на шее — неважно, в человечьем он обличье или в зверином. Уничтожим этот камень — уничтожим и его. Я в этом уверен! — объявил Фин, для убедительности пристукнув кулаком по столу. — Для меня это ясно как дважды два, но как это сделать, я не знаю. Пока не знаю.

— Мы найдем способ. Мы должны, — сказал Коннор, — значит — найдем.

Коннор перегнулся через стол и накрыл ладонью руку Брэнны, а Фин поднялся вслед за остальными. В кухне стоял звон тарелок, слышалось урчание воды в мойке.

— Можешь обо мне не беспокоиться, — сказал Коннор сестре. — Что проку? Да в этом и нет необходимости. Чтобы видеть, — прибавил он, — мне не нужно вглядываться.

— А что, если бы он причинил тебе и мальчику вред? Что бы мы сейчас делали?

— Но не причинил же! И, между нами говоря, мы ему здорово врезали. Брэнна, я здесь, с тобой, как всегда. Нам это предначертано, потому мы здесь.

— Сказать по правде, от тебя одна головная боль! — Она шевельнула рукой под его ладонью, и их пальцы плотно сплелись. — Только вот... привыкла я к тебе. Ты будешь осторожен, Коннор?

— Конечно, буду. И ты тоже!

— И мы все.

Его и удивило, и растрогало, когда сопровождать его в птичью школу вызвалась Мира.

— Ты что же, пикап свой бросишь?

— Брошу. После такого плотного завтрака пешая прогулка отлично пойдет на десерт.

— Тело мое охраняешь? — Он обхватил ее руками за плечи и притянул к себе, так что их бедра соприкоснулись.

Одета она была по-рабочему — в грубых штанах и куртке, крепких сапогах, а волосы собрала в косу и выпустила над застежкой видавшей виды бейсболки.

И несмотря ни на что — глаз не отвести, подумал он. Черноглазая Мира, несущая цыганскую кровь.

— Твоему телу сторож не нужен. — Она подняла голову и посмотрела, как в небе кружат хищники. — За тобой вон кто приглядывает!

— И все равно спасибо за компанию! А заодно ты мне расскажешь, что тебя тревожит.

— По-моему, одно то, что какой-то безумный колдун задался целью нас истребить, уже немалый повод для беспокойства.

— Но ты же не по этой причине приехала вчера к Брэнне, да еще и ночевать осталась! Что, мужик напрягает? Хочешь, приструню?

Он согнул руку и показал кулак, заставив ее рассмеяться.

— Можно подумать, я сама не в состоянии приструнить кого хочешь, — отсмеявшись, хмыкнула Мира.

Теперь рассмеялся он, сама беззаботность, и еще раз толкнул ее в бедро.

— В этом я не сомневаюсь. Тогда что, дорогая? Что тебя тревожит? Я так и слышу, как у тебя мысли в голове жужжат, будто растревоженное осиное гнездо.

— А ты не слушай! — Но она действительно была расстроена, так что даже на миг прильнула к Коннору, обдав его запахом мыла из его собственной ванной. Ощущение оказалось неожиданно приятным.

— Да мама на меня насела. Дело вполне житейское. Донал, видишь ли, завел себе девчонку.

— Это я слышал, — ответил Коннор, хорошо знакомый с ее младшим братом. — Шэрон, кажется? Прошлой весной в Конг переехала? Славная девочка, насколько я могу судить. Милая мордашка, улыбка хорошая. Так она тебе не нравится?

— Да мне она очень даже нравится, тем более что Донал от нее без ума. Здорово видеть его таким влюбленным и таким счастливым, причем это у них взаимно.

— Тогда в чем проблема?

— Да он надумал съехать и поселиться со своей Шэрон.

Коннор призадумался. До чего же приятно шагать вот так на работу, да еще таким славным утром!

— Ему сколько? Двадцать четыре?

— Двадцать пять. Он уже не в первый раз от мамы съезжает. Но сейчас мама с моей сестрицей Морин что удумали? Сговорились и твердят, что я должна буду переехать назад к матери.

— Ну, этого они не дождутся.

— А я о чем? — Найдя поддержку в таком достаточно простом и очевидном вопросе, Мира вздохнула с облегчением. — Но они меня обкладывают со всех сторон. Давят на совесть, на логику, будь она неладна — как они ее понимают, конечно. Морин твердит, что мама не может жить одна, а я из нас всех одна несемейная — отсюда следует, что только я могу, так сказать, выровнять лодку. И мать поддакивает — мол, ей есть где меня разместить, а я сэкономлю на арендной плате, и вообще, как ей будет одиноко, если рядом не останется никого из детей...

Она сунула руки в карманы.

— К черту!

— Тебе что нужно — мое мнение или мои соболезнования?

Мира покосилась — недоверчиво и задумчиво одновременно.

— Пожалуй, твое мнение не помешает, но не обижайся, если я велю тебе засунуть его себе в задницу.

— Тогда вот оно. Ничего не меняй, моя радость. Начать с того, что, пока ты не стала жить отдельно, ты и счастлива-то не была. Что, станешь спорить?

— Еще чего! Я только этого и хочу — быть собой, остаться в здравом уме. Только...

— Если твоя мама боится одиночества, а Морин боится, что твоя мама — которая, кстати, и ее мама тоже, — останется одна, почему бы Морин не взять ее к себе? И жила бы старушка с ее семьей, а? По-моему, неплохая идея? Да и у Морин появилась бы помощница — с детьми посидеть, все такое...

— Слушай... Как это я сама не додумалась? — Мира подалась в сторону, ущипнула Коннора за плечо и исполнила энергичное па. — Почему мне эта мысль самой в голову не пришла?

— Ты еще не испила всю чашу угрызений. — По старой привычке он дернул ее за косу. — У Морин нет права принуждать тебя съезжать с квартиры, коверкать всю свою жизнь только из-за того, что ваш брат меняет свою.

— Да я понимаю. Только мама у нас до того беспомощная... Она такая с тех самых пор, как отец ушел. В целом она прекрасно справилась с тяжелейшей ситуацией, но, если останется одна, я представляю, с каким трудом ей будет даваться каждый день и каждая ночь. Она же места себе находить не будет!

— У тебя два брата и две сестры, — напомнил Коннор. — Уж впятером-то вы в состоянии позаботиться о матери?

— Самые умные ловко улизнули, верно? Здесь остались только мы с Доналом. Но я могу подбросить маме идейку перебраться к Морин. По крайней мере, это заставит Морин на время прикусить язык.

— Ну вот тебе и решение. — Вместе с ней Коннор свернул в сторону конюшни.

— Ты куда собрался? — опешила Мира.

— Провожу тебя до работы.

— Мне провожатые не нужны, спасибо. Шагай себе! — Она ткнула его пальцем в грудь и легонько пихнула. — У тебя своей работы полно.

День не предвещал никаких неожиданностей — во всяком случае, опасности Коннор не чувствовал. И после утреннего столкновения Кэвон наверняка забился в какую-нибудь нору и собирается с силами.

— На сегодня у нас уже заказано пять соколиных прогулок, и это еще не предел. Может быть, еще в лесу пересечемся.

— Может быть.

— Если гуднешь мне, когда закончишь, могу тебя здесь встретить и проводить до дома.

— Посмотрим, как пойдет. Поосторожней там, Коннор!

— Обязательно. Спасибо.

Мира свела брови, Коннор чмокнул ее в лоб и зашагал в свою сторону. Вид у него, на взгляд Миры, был самый беспечный, никогда не скажешь, что у него на плечах висит такой груз.

Оптимист до мозга костей, подумала она с оттенком зависти.

Она свернула на тропинку к конюшне и достала из кармана мобильник.

— Мам, доброе утро. — А потом она задаст жару своей надоедливой сестрице.

4

На территорию школы Коннор прошмыгнул через служебную калитку. Как всегда, он почувствовал в сердце и под кожей легкий трепет — словно биение крыльев. Для него это всегда была Птица — именно с большой буквы. Связь с Ройбирдом, как и магическая энергия, была у него в жилах.

Он бы охотно уделил какое-то время прогулке по вольерам и птичникам, поздоровался бы с ястребами, с крупной совой, которую они нарекли Брутом, — просто чтобы посмотреть, что да как, и услышать птичий клекот.

Но сегодня он уже на несколько минут припозднился. Коннор заметил, что один из его работников, тощий, как жердь, восемнадцатилетний Брайан, уже проверяет кормушки и поилки.

Так что он лишь бросил вокруг беглый взгляд, убедился, что все в порядке, и сразу прошел в контору, мимо огороженного участка, где его ассистентка Кайра обычно держала своего симпатягу спаниеля.

— Как дела, Ромео? — наклонился он к собаке.

В ответ пес принялся радостно извиваться всем телом, схватил зубами изжеванный синий мячик и с надеждой в глазах принес к заборчику.

— Поиграем потом.

Войдя в контору, Коннор застал Кайру за компьютером. На голове у нее, как всегда, был ярко-синий ежик.

— Ты что-то задержался.

При росте в пять футов два дюйма Кайра имела голос не слабее иерихонской трубы.

— Повезло, что я сам начальник, да?

— Начальник у нас — Фин.

— Тогда повезло, что я с ним вместе завтракал, так что он в курсе дела. — Коннор прошел к столу, на ходу легонько щелкнув девушку по затылку. На столе были навалены бланки, планшеты с зажимами, бумаги и буклеты, здесь же можно было найти приваленные бумагами запасную перчатку, путы, миску с промытыми камнями и прочий хлам.

— Утром еще одна заявка пришла. На двоих. Отец с сыном, мальчику всего шестнадцать. Я поставила тебя, у тебя с подростками получается лучше, чем у Брайана или Полин. Явятся в десять. Американцы.

Помолчав, она повернула к Коннору круглое веснушчатое лицо и неодобрительно добавила:

— Шестнадцать. Почему он не в школе, хотелось бы знать.

— Уж больно ты строга, Кайра. А съездить в другую страну, узнать что-то новое про птиц — чем не учеба?

— От этого два и два сложить не научишься. На всякий случай напоминаю, вдруг забыл: Шон сегодня с двенадцати. Везет жену к врачу на осмотр.

Коннор поднял голову — он действительно забыл.

— Там у них все в порядке? И с ней, и с ребенком?

— Все в полном порядке, просто она хочет, чтобы он тоже присутствовал, потому что сегодня им скажут, мальчик или девочка. Так что в девять даму из Донегала поведет Брайан, ты пойдешь в десять, а у Полин в половине одиннадцатого — дублинские новобрачные.

Она стучала по клавиатуре, выстраивая утренний график. Кайра была резковата и любила покомандовать, но в умении делать сразу несколько дел не имела себе равных.

И, что несколько раздражало Коннора, ждала такого же умения от других.

— Еще я тебя поставила на два, — добавила она. — Тоже американцы, семейная пара из Бостона. Они только приехали из Клэра, были там в Дромоленде и теперь три дня проведут в Эшфорде. У них трехнедельный отпуск по случаю серебряной свадьбы.

— Стало быть, в десять и в два.

— Представляешь, люди женаты столько же, сколько мне лет! Есть над чем задуматься.

Слушая вполуха, Коннор уселся за бумажную работу, которую нельзя было переложить на Кайру.

— Судя по тому, что ты в семье самая младшая, твои родители женаты еще дольше.

— Родители — другое дело, — категорично заявила она, оставив Коннора в недоумении. — Да, забыла. Брайан говорит, утром было землетрясение, его чуть с кровати не скинуло.

Коннор с невозмутимым видом оторвался от бумаг.

— Землетрясение? Да ну!

Синеволосая девушка усмехнулась, продолжая стучать по клавиатуре — пальцы с розовыми ногтями так и летали над клавиатурой.

— Уверяет, что весь дом тряхнуло. — Она закатила глаза, нажала кнопку печати и, крутнувшись на стуле, потянулась за планшетом. — А поскольку в новостях на этот счет не было ни слова — только в Интернете пара упоминаний, — он решил, что дело секретное. И в его устах землетрясение мигом превратилось в ядерные испытания какой-то иностранной державы. Он тебе еще с этим надоест, мне так уже все уши прожужжал.

— А под тобой кровать не тряслась?

Кайра ухмыльнулась.

— Только не от землетрясения.

Коннор рассмеялся и вернулся к бумажкам.

— А как Лиэм поживает?

— Замечательно. Подумываю, не выйти ли мне за него.

— Ого! Уже и к свадьбе дело идет?

— Почему бы и нет? Надо же когда-нибудь открывать счет годовщинам. Я сообщу ему, когда приму решение.

Зазвонил телефон, Коннор предоставил ответить Кайре, а сам вернулся к расчистке бумажных завалов на столе.

Интересно, подумал он, кто-то почувствовал, кто-то — нет. Одни люди более открыты, другие, наоборот, заперты на глухой засов.

С Кайрой они сто лет знакомы, и она знает — не может не знать, — кто он такой. Но никогда об этом не говорит. Несмотря на свои синие волосы и колечко в левой брови, она как раз из породы наглухо закрытых.

Коннор плодотворно трудился, пока не явился Брайан и, в полном соответствии с прогнозом, не начал вываливать на него все свои версии о землетрясении и ядерных испытаниях, проводимых какой-то секретной службой, и даже — боже упаси! — о признаках конца света.

Оставив Брайана с Кайрой пережевывать эту тему, Коннор пошел выбрать птицу для первой прогулки.

Поскольку свидетелей не было, он поступил самым простым и быстрым способом: открыл вольер, посмотрел в глаза первой понравившейся птице и выставил руку в перчатке.

Сокол взлетел и опустился на руку — среагировал не хуже дрессированной собаки.

— Привет, Тор. Готов поработать? Если будешь хорошо слушаться Брайна, я тебя потом на настоящую охоту свожу. Если получится. Как тебе такой план?

Спутав хищнику лапы, он вернулся в контору и привязал его к насесту, дожидаться прогулки.

Тор терпеливо сложил крылья и стал ждать, внимательно поглядывая по сторонам.

— Не исключено, что дождик будет, — повернулся Коннор к Брайану. — Но сильный — вряд ли. Не похоже.

— Из-за глобального потепления с погодой по всей планете происходят странные вещи. Вполне возможно, что это было землетрясение.

— При чем здесь землетрясение и погода? — заметила Кайра.

— Все взаимосвязано, — пробурчал Брайан.

— Думаю, сегодня максимум, что тебе грозит, это ливень. Если же случится землетрясение или извержение вулкана, будь добр, верни Тора на место. — Коннор похлопал Брайана по плечу. — А вот и твои клиенты, у ворот — видишь? Иди впусти их и поводи тут. На десять я возьму Ройбирда с Уильямом, — повернулся он к Кайре. Брайан уже спешил к воротам. — А Полин пойдет с Мусом.

— Отлично, я помечу.

— Шону оставим Рекса. Он Шона уважает, а вот Брайану это еще надо заслужить. Рекса пока лучше с Брайаном не отпускать. А на два я возьму Мерлина, а то он у нас засиделся, уже несколько дней без дела.

— Птицы Фина сейчас нет.

— Летает неподалеку, — небрежно бросил Коннор. — Полин после обеда пусть опять возьмет Тора. А на последнюю прогулку — не знаю, кто там у тебя, Брайан или Шон? — пускай снова берут Рекса.

— А Нестер?

— Он сегодня не в духе. У него выходной.

В ответ на эту реплику Кайра лишь чуть подняла бровь.

— Как скажешь.

— Так и скажу.

Круглое личико Кайры приняло встревоженное выражение.

— Его не надо понаблюдать?

— Да нет, он не болен, просто не в настроении. Попозже я его прогуляю, пусть полетает в свое удовольствие, может, повеселеет.

Коннор оказался прав насчет ливня, но дождь, как

это часто бывает, то принимался, то затихал. Польет, польет — и снова солнце из-за туч.

К началу его парной прогулки дождь ушел дальше, оставив после себя сырой воздух и легкий туман. На самом деле, подумал Коннор, сопровождая отца с сыном, это только добавляет местного колорита, американцам интереснее будет.

— А как вы их различаете? — с несколько скучающим видом поинтересовался парень по имени Тейлор, костлявый и лопоухий.

— Внешне они действительно похожи, все одной породы — пустынный канюк, из ястребиных. Но характеры у всех разные — на свой, птичий манер, разумеется. Вот смотри: Мус, он крупный, отсюда и кличка такая. А рядом с ним — Рекс, у него даже осанка царственная.

— А почему, когда вы их выносите, они у вас не улетают?

— Да с чего бы им улетать? Им здесь неплохо живется, даже шикарно, можно сказать. И работа хорошая, уважаемая. Некоторые здесь и родились, так что это их родной дом.

— Вы их тут и обучаете? — спросил отец.

— Да, с самого юного возраста. Они рождены летать и охотиться, верно? При надлежащем воспитании — а это подразумевает своевременную похвалу, доброту, любовь, — их можно научить делать то, что им дано от природы, и возвращаться на руку человека.

— А почему вы для прогулок выбираете именно эту породу?

— Пустынный канюк — птица общительная. А кроме того, они очень маневренны в полете, поэтому в наших краях с ними удобнее. Сапсаны — вот эти, видите? Еще их называют сокол обыкновенный. — Он подвел туристов к крупной серой птице с черными и желтыми отметинами. — Конечно, они великолепны, и когда они ныряют, то есть стремительно падают вниз, быстрее их

никого нет во всем животном мире. Они любят подняться повыше, а затем нырнуть за добычей.

— Я думал, самый быстрый — гепард... — протянул
Тейлор.

— Смотри. Вот тут у нас Аполлон. — Услышав свое
имя, сокол распростер крылья — впечатляющее зрелище,
так что даже юный скептик ахнул, но быстро спохватился
и пожал плечами. — Он любого гепарда заткнет за пояс, развивает скорость до трехсот километров в час. По-
вашему — двести миль, — улыбнулся Коннор. — Но при
всей своей скорости и красоте сапсаны требуют откры-
того пространства, а канюк умеет и сквозь крону дерева
протанцевать. Вот на этих обратите внимание. — Коннор продолжал экскурсию. — Эти птицы только весной
на моих глазах вылупились, и мы их здесь обучали, пока
они не начали свободно летать. Одного из их братьев зовут Уильям, он сегодня пойдет с вами, мистер Лири.

— Такой молодой? Это что же получается? Всего ше-
сти месяцев отроду?

— Рожденный летать, — повторил Коннор. Он чувствовал, что парень совсем заскучал, значит, надо пото-
рапливаться. — Давайте войдем внутрь, ваши птицы уже
ждут.

— Вот это, я понимаю, приключение, Тейлор! —
Отец, ростом как минимум шесть футов четыре дюйма,
положил руку сыну на плечо.

— Да мне это мало интересно. Небось опять дождь
зарядит.

— По-моему, до вечера погода удержится, — заверил
Коннор. — А у вас, мистер Лири, в Мейо, стало быть,
родня?

— Зовите меня Том. По слухам, наши предки — ир-
ландцы, но сейчас родни, кажется, не осталось.

— И вы здесь вдвоем с сыном?

— Нет, жена с дочкой рванули в Конг по магазинам. — Он закатил глаза. — Спасайся кто может!

— А у моей сестры в Конге лавка. «Смуглая Ведьма» называется. Может, тоже заглянут между делом.

— Если она существует и в ней что-то продается — зайдут наверняка. А завтрашний день мы хотели посвятить верховой езде.

— Отличное решение! Здесь есть где прокатиться. Главное, скажите: Коннор велел все сделать как надо.

Он шагнул в птичье царство и повернулся к насестам.

— А вот и Ройбирд с Уильямом. Ройбирд — это моя птица, сегодня с ним пойдешь ты, Тейлор. Я его взял сразу, как он вылупился. Том, контракт для вас Кайра подготовила, не подпишете? А я пока Тейлора с птицей познакомлю.

— И что это за имя такое? — вскинул брови юный скептик.

Вбил себе в голову, что его сюда притащили силком, подумал Коннор. А ему бы лучше сидеть дома с приятелями, биться в компьютерные игры.

— Такое уж у него имя, очень давнее. Он потомок ястребов, которые охотились в этих лесах веками. Вот твоя перчатка. Без нее он тебе руку когтями раздерет, при всем его уме и сноровке. Руку надо выставить вот так, видишь? — Коннор показал, вытянув левую руку под прямым углом к туловищу. — А пока будем идти, держи ее внизу. Поднимешь, только когда надо будет дать ему сигнал лететь. Лапы я ему сначала свяжу, пока на место не придем.

Коннор сделал Ройбирду сигнал сесть на руку в перчатке и почувствовал, как парня охватил легкий трепет — нервы, волнение, — хоть он и старался этого не показать.

— Канюк, я уже говорил, птица быстрая, стремительная. И охотник он свирепый, хотя у нас с собой есть куриное мясо. — Коннор показал на мешок с приманкой. — Так что о птичках и кроликах они пока и думать забудут.

А вот, Том, ваша птица. Наш юный Уильям. Красавец! И воспитание хорошее. Его хлебом не корми — дай по лесу полетать, особенно если в конце дают полакомиться курочкой.

— Красивый! Оба очень красивые. — Том нервно хохотнул. — Что-то мне как-то боязно...

— Устроим себе маленькое приключение! Как вам в замке живется? — Коннор вышел из помещения и перевел разговор на другую тему.

— Потрясающе! Мы с Энни намеревались позволить себе такое один раз в жизни, но сейчас уже поговариваем о том, чтобы приехать снова.

— В Ирландию одним приездом не ограничишься.

Коннор вел непринужденную беседу, а сам всем сердцем и всеми мыслями был со своими птицами, в полной боевой готовности.

Они ушли подальше от птичьей школы, по тропе дошли до мощеной дороги и попали на открытое место с высокими деревьями по обеим сторонам.

Тут Коннор ослабил путы.

— Теперь поднимайте руки. Мягко, скользящим движением — и птицы полетят.

Какая же красота этот подъем в воздухе, этот размах крыльев, почти беззвучный! Почти. Парень тихонько ахнул, все еще напуская на себя скучающий вид, а оба канюка уселись на ветку, сложили крылья и взирали вниз, как золоченые идолы.

— Том, доверите мне свою камеру?

— Конечно! Я хотел Тейлора с птицей щелкнуть. Как ее? Ройбирд?

— Я сниму. Тейлор, повернись-ка, встань к ним спиной и смотри на них через левое плечо. — Хотя Ройбирд откликнулся бы и так, Коннор для верности поместил на перчатку кусок курятины.

— Ну и кусище!

— Для птицы — в самый раз.

Коннор повернулся.

— Руку поднимаешь — как вначале делал. И держишь твердо!

— Да пожалуйста, — буркнул Тейлор, но сделал как было велено.

И ястреб сверкнул глазами, с воинственной грацией взмахнул крыльями, слетел вниз и уселся мальчику на руку.

Заглотнул курятину и замер, глядя подростку в глаза.

Точно уловив момент, Коннор запечатлел изумленное и восторженное лицо мальчика.

— Ого! Вот это да! Пап, ты видел?

— Да. А он не... — Том повернулся к Коннору. — Клюв-то...

— Не стоит беспокоиться, я вам обещаю. Тейлор, замри!

Он сделал еще один кадр, который наверняка украсит каминную полку или письменный стол там, в Америке: мальчик и птица смотрят друг на друга в упор.

— Теперь, Том, ваша очередь.

Коннор повторил все еще раз, сделал снимок и слушал, как взволнованно делятся впечатлениями отец с сыном.

— Вы еще, считай, ничего не видели, — посулил Коннор. — Давайте немного углубимся в лес. Там все вместе немножко поиграем.

Ему это никогда не наскучит, каждый раз не похож на предыдущие. Полет хищной птицы, ее парение в небесах и стремительное падение сквозь кроны деревьев всегда очаровывали его, словно впервые. Сегодня к этому прибавлялся искренний восторг отца и сына.

На вкус Коннора, топать по лесу, следуя птицам, как раз и надо в такой день — когда воздух влажен, как губка — хоть отжимай, сквозь деревья просачиваются лучи света и во всем чувствуется приближение осени.

— Можно мне еще раз прийти? — Тейлор подошел к воротам питомника, держа на руке Ройбирда. — Ну...

просто поглазеть на них. Они такие классные, особенно Ройбирд!

— Конечно, можно. Они компанию любят.

— Хорошо. Мы до отъезда повторим это, — пообещал отец.

— А я бы вообще конную прогулку на это заменил.

— Уверяю тебя, прокатиться в седле тебе тоже очень понравится. — Коннор неспешно вошел с ними в здание. — Прогуляться по лесу верхом на добром коне очень даже приятно: все видишь с другой точки. А на конюшне у нас отличные гиды работают.

— А вы верхом ездите? — полюбопытствовал Том.

— Езжу, конечно. Но не так часто, как хотелось бы. Но самое классное — это соколиная охота в седле.

— Ого! А можно и мне так?

— Тейлор, такого варианта никто не предлагает! — одернул его отец.

— Это верно, — поддакнул Коннор, ласково усаживая Ройбирда на насест. — Это не входит в наше постоянное меню, если можно так выразиться. А сейчас мне надо кое-что уладить с твоим папой, раз ты хочешь еще раз взглянуть на птиц.

— Ага, о'кей. — Мальчик не мог оторвать влюбленных глаз от Ройбирда. — Спасибо! Спасибо, Коннор. Это было потрясно!

— На здоровье. — Тейлор умчался на улицу, а Коннор пересадил второго ястреба. — Не хотел при мальчике говорить, но я бы, пожалуй, мог организовать для него то, что мы называем конной соколиной прогулкой. Мне только надо будет уточнить, сможет ли сопровождать вашу семью Мира, она у нас гид на конюшне и одновременно хорошо ладит с птицами. Если, конечно, вам это интересно.

— Даже не припомню, когда я в последний раз видел Тейлора таким возбужденным — если не считать компьютерных игр и музыки. Было бы замечательно, если б вам удалось это устроить!

— Попробую что-нибудь сделать. Минутку обождите, пожалуйста.

Том вышел, а Коннор присел на край стола и достал телефон.

— Мира, радость моя, у меня к тебе особое дело.

До чего же здорово было создавать кому-то повод для приятных воспоминаний! То же самое Коннор постарался проделать и с последним на сегодня клиентом, но ничто не могло сравниться с впечатлениями, которые получили отец и сын из Америки.

В промежутке между маршрутами Коннор вывел на прогулку сапсанов, включая Аполлона, дал им полетать на просторе, за лесом. Здесь он мог наблюдать полет хищников бесконечно, с непреходящим восхищением. И восторг, который вызывала у него стремительность, с какой птицы падали вниз, завидя добычу, он ощущал всем своим естеством.

Будучи не менее общительным по натуре, чем его птицы, Коннор с удовольствием водил туристов, но моменты, когда он оставался с пернатыми хищниками наедине, оставались самыми любимыми.

Аполлон нырнул и схватил ворону — великолепный бросок. Пускай мы их кормим, подумал Коннор, присев на невысокую каменную ограду с пакетиком чипсов и яблоком в руке. Пускай ухаживаем за ними, дрессируем... Все равно они — дети природы, и летать на воле им просто необходимо, такова их натура.

И он сидел, готовый часами смотреть, как птицы парят в вышине, ныряют за жертвой, выслеживают другую, и наслаждался покоем этого напоенного влагой дня.

Здесь нет ни тумана, ни теней, подумалось ему. Пока нет. И никогда не будет, если он со своими товарищами отыщет способ уберечь этот свет от тьмы.

Где-то ты сейчас, черный колдун Кэвон? Не здесь и не сейчас, решил Коннор, вглядываясь в уходящие далеко за горизонт холмы, покрытые сочной зеленью.

Он проследил глазами за полетом Аполлона, тот снова парил в вышине, теперь уже просто ради удовольствия, и сердце Коннора наполнилось радостью. За этот счастливый миг он готов сразиться с силами тьмы и победить их!

Он поднялся и одну за другой подозвал птиц.

В завершение рабочего дня он еще раз обошел вольеры, проверил все, что нужно, сунул перчатку в задний карман и запер ворота.

И расслабленной походкой зашагал к конюшням.

Первым он почувствовал Ройбирда. Достал перчатку и натянул на руку. Не успел поднять руку, как почувствовал, что и Мира здесь.

Ястреб описал круг — в свое удовольствие — и спустился Коннору на руку.

— Ну как? Приключение состоялось? — заговорил он с птицей. — Готов спорить, такие впечатления парень не скоро забудет! — Он остановился и дождался, пока из-за поворота выйдет Мира.

Она шагала широким, размашистым шагом — внешность этой красавицы, да еще с такой уверенной походкой, привела бы в восхищение любого мужика. Коннор приветственно улыбнулся.

— А вот и она. Как наш мальчуган?

— Без памяти влюбился в Ройбирда. И Спада тоже полюбил. Тот его прекрасно прокатил. Один раз пришлось остановиться и задать сестрице взбучку, иначе они бы с братом передрались. Ей тоже понравилось, но не настолько, как парню. А за лишнее время мы с них, конечно, денег не возьмем.

— Конечно. — Коннор взял ее за руку, поднес к губам, легонько поцеловал и отпустил. — Спасибо тебе.

— Ты мне еще не такое спасибо скажешь: папаша-то мне лишнюю сотню отвалил.

— Сотню? Сверх тарифа?

— Да, но оговорился, что рассчитывает на мою честность — чтобы я с тобой разделила поровну. Я, естественно, сказала, что чаевые совсем необязательны, но он настоял. Обижать я его не стала и, как вежливый человек, больше не возражала.

— Естественно, — усмехнулся Коннор и сделал выразительный жест, требуя наличных.

Мира достала купюры из кармана и пересчитала.

— Так. И что же мы сделаем с этим нежданным золотым дождем? Может, по пивку?

— Иногда, я бы сказала, тебя посещают просто прекрасные идеи. Может, и наших позовем? — предложила Мира.

— Запросто. Ты пиши Брэнне, а я — Бойлу. Посмотрим, кто на хвост припадет. Брэнне будет полезно вечерком куда-нибудь выбраться.

— Согласна. Тогда почему ты ей сам не напишешь?

— Брату отказать легче, чем подруге. — Он встретился глазами с Ройбирдом и какое-то время шел молча. И птица взлетела, взмыла в небо и исчезла из виду.

Мира тоже с восхищением следила за полетом ястреба.

— Интересно, куда он?

— Домой полетел. Хочу, чтобы он был рядом, так что сегодня он ночует дома.

— Завидую вам. — Мира достала телефон. — Ты разговариваешь с птицами, Айона — с лошадьми, Брэнна — с собаками, а Фин — со всеми сразу, было бы желание. Будь у меня хоть капля магических способностей, я бы, наверное, ни о чем другом и не мечтала.

— У тебя они есть. Я видел, как ты общаешься с лошадьми, с птицами, с собаками.

— Это всего лишь опыт. И природная склонность. Совсем не то, чем владеете вы. — Мира отправила сообщение и убрала телефон. — Но я бы ограничилась пониманием животных. Я бы с ума сошла, если бы начала читать чужие мысли, понимать, о чем люди думают и что чувствуют, как это делаете вы. Я бы без конца вслушивалась, а потом злилась бы на то, что удалось подслушать.

— Лучше такому соблазну не поддаваться.

Она легонько пихнула его локтем и понимающе взглянула своими темно-карими глазами.

— Бьюсь об заклад, когда тебе надо узнать, расположена ли девчонка выпить с тобой пивка и дать тебе ее потом проводить, ты себе в этом ни за что не откажешь.

— Такое бывало только по молодости, пока не повзрослел.

Она засмеялась чудесным звонким смехом.

— А теперь, ты считаешь, повзрослел?

— Почти. Ага, Бойл уже ответил. Пишет, Айона дома, тренируется под руководством Брэнны. Бойл скоро будет и притащит Фина. И договорится с Айоной, чтобы привела Брэнну.

— Люблю, когда мы все вместе. Как одна семья.

Коннор уловил в голосе Миры завистливые нотки и обнял ее за плечи.

— Мы и есть семья, самая настоящая.

— Скучаешь по родителям? Они ведь уже давно в Керри перебрались?

— Бывает. Но им так нравится на этом озере, они с головой заняты своим семейным пансионом, да и мамины сестры все близко. И от Скайпа они прямо-таки балдеют, кто бы мог подумать? Так что мы с ними видимся и в курсе всех их дел.

Он потер Миру по плечу. Они уже шагали по дороге в Конг.

— И по правде сказать, я рад, что они пока осели на юге.

— Я бы тоже была рада, если бы мама куда-нибудь переехала, и тоже из весьма эгоистических соображений.

— Это у тебя пройдет. Просто новая стадия.

— Ага. Новая стадия, которая длится уже пятнадцать лет. Но ты прав. — Она повела плечами, словно стряхивая с себя груз. — Ты прав. Сегодня я ей заронила мыслишку, что ей бы очень понравилось погостить подольше у моей сестры, понянчить внуков. Это, конечно, будет большой пинок для Морин, но она его заслужила. Если этот вариант не сработает, буду подкидывать ее по очереди то к брату, то к сестре и обратно в надежде, что она в конце концов выберет, где ей хорошо. Я со своей квартиры ни за что не съеду!

— Представь, как бы ты бесилась, если бы тебе пришлось опять жить с мамой! Вам обеим это совершенно ни к чему. Хорошо, когда с ней жил Донал, он молодец, но и ты тоже! Ты ей уделяешь время, выслушиваешь, помогаешь с покупками. За ее жилье платишь в конце концов.

При этих словах Мира дернулась и прищурилась, а Коннор лишь слегка повел бровью.

— Помилуй бог, Мира, ведь она снимает жилье у Фина. Как это можно утаить? Я хочу сказать, ты хорошая дочь, и нечего упрекать себя в каком-то эгоизме.

— А не эгоизм — хотеть ее сплавить? Но не могу отделаться от этого желания. Кстати, Фин за свой домик берет очень по-божески, это жилье раза в два дороже стоит.

— Семья, одним словом, — удовлетворенно проговорил Коннор. Мира вздохнула.

— Ты, как всегда, прав. — Мира сунула руки в карманы куртки. — И хватит мне ворчать и ныть! Такой сегодня день был удачный, к чему его портить? Еще и полтинник как с неба упал.

Они миновали старинное аббатство, где бродили запоздалые туристы с фотоаппаратами.

— Тебе вечно кто-то в жилетку плачется. Интересно, почему так?

— Может, мне нравится выслушивать.

Она качнула головой.

— Нет, не то. Нравится тебе или нет — ты слушаешь. А я часто просто отключаюсь и думаю о своем.

Коннор сунул руку Мире в карман и стиснул ей пальцы.

— А в среднем мы с тобой как раз являем собой образцы человеческой натуры.

Нет, подумала Мира. Ничего подобного! Коннор О'Дуайер ни в какие средние параметры не вписывается. Ни сейчас, ни когда-либо еще.

Она отбросила все тревоги и вопросы и бок о бок с Коннором шагнула в тепло и гомон паба.

Первым приветствовали Коннора — все, кто его знал, а таких было большинство. Приветственный возглас, кокетливая улыбка, быстрый взмах руки. Он был из тех, кому всегда рады и кто везде чувствует себя как дома.

Хороший, легкий нрав, решила Мира, очередной предмет ее зависти.

— Найди нам столик, — попросил он, — а я пока выпить возьму.

Она покружила по залу, отыскала стол на шестерых. Расположилась и достала телефон, понимая, что у стойки Коннор наверняка задержится за разговором.

Первым делом она послала сообщение Брэнне.
Кончай возиться с прической! Мы уже здесь.

Потом сверилась со своим завтрашним графиком. Утром урок на плацу, потом три прогулки — это не считая таких рутинных дел, как вывезти навоз, задать корм, почистить лошадей и несколько раз напомнить Бойлу, чтобы не запускал бумажные дела. Потом надо будет закупить продуктов, она уже давно в магазине не была, и для себя, и для мамы. И еще стирка — тоже сколько дней откладывает.

Если не зависать в пабе слишком надолго, можно успеть что-то простирнуть уже сегодня вечером.

Мира пролистнула календарь, увидела напоминание о скором дне рождения старшего брата и добавила к списку ближайших дел приобретение подарка.

И еще Айона давно уже ждет очередного урока фехтования. Она делает успехи, размышляла Мира, но сейчас, когда Кэвон снова объявился, будет нелишним вернуться к регулярным тренировкам.

— Сейчас же убери телефон и забудь о делах! — Коннор поставил на стол кружки с пивом. — Рабочий день окончен.

— Смотрела, что у меня на завтра запланировано.

— Это-то тебя и губит, дорогая моя Мира! Не можешь жить без мысли о предстоящих делах.

— А ты — о предстоящем расслабоне.

Он с улыбкой поднял кружку.

— Если живешь правильно, вся жизнь — сплошной расслабон. — Он заметил Бойла с Айоной и покивал им. — А вот и семья.

Мира обернулась. И убрала телефон.

5

Славно потрудиться, выпить пинту, да еще с друзьями — по мнению Коннора, о большем нельзя и мечтать. Ну, разве что о горячем ужине и покладистой женщине...

Но, хотя он знал, что посылающая ему взгляды прелестная блондинка по имени Элис будет очень даже покладистой, решил ограничиться пинтой с друзьями.

— Ну вот, и Фин здесь, — начал Коннор. — Я тут что подумал? Вы могли бы включить в перечень предлагаемых услуг комбинированные маршруты — с птицами, но верхом, как мы сегодня с Мирой этим американцам устроили.

Бойл призадумался.

— Для этого нужен гид, способный обращаться с птицами, а это у нас только Мира умеет.

— Я бы тоже смогла, — возразила Айона.

— Ты с соколами имела дело всего несколько раз, — заметил Бойл. — Причем всякий раз в сопровождении опытного человека.

— И мне понравилось. Ты сам говорил, что мне это дано от природы! — возразила она Коннору.

— У тебя неплохо получалось, но надо еще попробовать верхом. И даже на велосипеде — мы так делаем зимой, когда надо птиц проветрить.

— Я попрактикуюсь.

— Тебе в фехтовании надо практиковаться! — напомнила Мира.

— Все равно ты меня всякий раз побеждаешь!

— Это точно. — Мира усмехнулась. — Так и есть.

— Девочка у нас быстро учится, — вступил в разговор Фин. — А идея интересная.

— Если все продумать... — Бойл потягивал пиво и размышлял. — Клиентам, которые закажут такую прогулку, надо будет иметь приличные навыки верховой езды. Мы же не хотим, чтобы какой-то неумеха впал в панику и напугал лошадь, когда ему сокол сядет на руку.

— Согласен.

— Лошади не станут пугаться, я с ними поговорю. — Айона наклонила голову и заулыбалась. — А вот и Брэнна.

Она, конечно же, повозилась с волосами и принарядилась: на ней был темно-синий жакет и красный шарф. Сапоги на низком каблуке говорили о том, что путь от дома она проделала пешком.

Брэнна погладила Миру по плечу и опустилась на соседний стул.

— По какому поводу?

— Мы с Мирой отхватили приличные чаевые от американцев.

— Отлично! Значит, угостишь сестренку пивом, да? Мне «Харп»*

— Моя очередь. — Мира поднялась.

Дождавшись, когда она удалится из зоны слышимости, Коннор рассказал:

— Из-за матери переживает. Расслабиться ей не повредит. Давайте здесь и поужинаем, заодно Мире настроение поднимем. Жареная рыба с картошкой была бы самое то.

— Это ты о чьем желудке радеешь? — уточнила Брэнна.

— О своем желудке и о Мирином настроении. — Он поднял кружку. — За хорошую компанию!

Компания в самом деле была теплая. Мира планировала выпить пинту пива, немного посидеть и поехать домой, поскрести по сусекам и соорудить ужин на скорую руку. Сейчас она принималась уже за вторую пинту и куриный пай.

Надо опять оставить пикап у дома Брэнны, а из паба пройтись домой пешком. Загрузить стиральную машину, составить список покупок для себя и для мамы. Лечь не поздно — тогда, если удастся пораньше встать, можно будет успеть провернуть еще одну стирку — и покончить с этим.

В магазин сбегать в обеденный перерыв. После работы — к маме (господи, помоги!), исполнять дочерний долг. Заронить еще пару зерен насчет переезда к Морин.

Она ощутила тычок в бок. Коннор.

— Ты слишком много думаешь! Лучше наслаждайся моментом. Сама удивишься, как это здорово!

— Что меня здесь может удивить? Куриный пай в пабе?

— Но он ведь вкусный, а?

Она откусила еще кусочек.

— Очень! Ты мне лучше скажи: что ты решил насчет Элис?

— Хмм?

— Насчет Элис Кинан. Она тебе целый вечер флюиды через весь зал посылает, все равно как флагом размахивает. — Мира сделала соответствующий жест.

— Мордашка симпатичная, ничего не скажешь. Но не для меня.

Мира напустила на себя недоуменный вид и обвела взором друзей.

— Вы это слышали? Коннор О'Дуайер говорит, что хорошенькая мордашка не для него.

— Наверное, кольцо на палец просит? — предположил Фин.

— Само собой, а поскольку в мои планы это совершенно не входит, то я и говорю: эта мордашка не для меня. Но и впрямь хороша!

Он нагнулся к Мире.

— Ты вот что: поцелуй-ка меня, она решит, что я уже занят, и перестанет по мне страдать.

— Она все равно будет страдать. Как все эти дурочки. — Мира подцепила на вилку курятины. — И вообще у меня рот едой занят.

— А было время, ты меня не отталкивала...

— Да ты что? — Айона отодвинула тарелку и приготовилась слушать. — А ну, давай рассказывай всем!

— Да мне всего двенадцать лет было! — запротестовала Мира.

— Почти тринадцать!

— Почти тринадцать — это и есть двенадцать. — Она игриво ткнула его вилкой в бок. — И меня разбирало любопытство.

— И что, приятно оказалось?

— Откуда мне знать? — возразила Мира. — Это же был мой первый поцелуй! Все познается в сравнении.

— О-о... — Айона вздохнула. — Первый поцелуй разве забудешь?

— Но у него это был не первый.

Коннор расхохотался и дернул Миру за косу.

— Да, не первый, но я же не забыл?

— А мне было одиннадцать. Акселератка... — пустилась в воспоминания Айона. — Его звали Джесси Лэттимер. Было так сладко! Я решила, что когда-нибудь мы поженимся, станем жить на ферме и я целыми днями буду ездить верхом.

— И что же случилось с этим Джесси Лэттимером? — живо заинтересовался Бойл.

— Поцеловал другую девочку и разбил мое сердце. Потом они переехали в Таксон. Или в Толедо? Помню, что на Т. А теперь вот я собираюсь замуж за ирландца. — Она перегнулась и поцеловала Бойла. — И целыми днями езжу верхом.

Бойл сплел свои пальцы с ее, и глаза Айоны засветились от счастья.

— А у тебя, Брэнна, какой был первый поцелуй?

Слова сорвались невольно, и сияющий взор тут же потускнел: ответ Айона и так знала. Тут все было ясно, даже до того, как Брэнна бросила взгляд на Фина.

— Мне тоже было двенадцать. Не могла же я допустить, чтобы лучшая подруга меня обскакала? А Фин был как раз под рукой — как Коннор для Миры.

— Это уж точно, — поддакнул Коннор. — Он же каждую минуту должен был находиться там, где ты.

— Ну, не каждую... У него это тоже был не первый поцелуй.

— Да, я немного попрактиковался. — Фин откинулся к спинке стула с кружкой в руке. — Я же хотел, чтобы ты свой первый поцелуй запомнила! В тени дерев... — прошептал он. — Ласковым летним днем... И воздух пах рекой и дождем... И тобой.

Она не смотрела в его сторону. Как и он — на нее.

— Потом ударила молния, отвесно из тучи — в землю. — Брэнна помнила этот миг. Как было не помнить! Воздух тряхнуло, и грянул гром. А мы ничего не поняли.

— Мы были детьми.

— Это продолжалось недолго.

— Я тебя расстроила, — тихо проговорила Айона. — Прости.

— Я не расстроилась. — Брэнна покачала головой. — Ностальгия... Затосковала по невинности, уж больно быстро она проходит. Быстрее, чем тает снежинка в лучах солнца. А теперь — какая уж невинность... Особенно учитывая, что на нас свалилось. И свалится опять. Так что... давайте выпьем чаю с виски и насладимся моментом — как любит говорить мой брат. Может, помузицируем, а, Мира? Исполним пару песен? А то завтра еще неизвестно, что с нами будет.

— Схожу за скрипкой, — сказал Коннор, встал и направился к бармену, на ходу погладив сестру по волосам. Так, не сказав ни слова, он мгновенно дал ей утешение, в котором она так нуждалась.

Мира засиделась в пабе намного дольше, чем планировала, так что ни о какой стирке или составлении списка покупок уже не было речи. Несмотря на ее возражения, Коннор настоял на том, чтобы проводить ее до дому.

— Это глупо! Тут тебе не пять минут ходу.

— Да мне времени не жалко. И спасибо тебе, что посидела с нами, Брэнне ты действительно была нужна.

— Она бы для меня сделала то же самое. Да и у меня настроение поднялось. Хотя стирки от этого не убавилось, — с усмешкой добавила Мира.

Они шагали по безлюдной улице, идущей в гору. В пабах жизнь еще кипела, но лавки давно закрылись, и им не встретился ни один автомобиль.

Поднялся ветер, воздух пришел в движение. С какого-то окна донесся аромат гелиотропа, звезды тонкими иголочками протыкали обрывки облаков.

— Тебе никогда не хотелось отсюда уехать? — спросила Мира. — Поселиться в другом месте? Если предположить, что здесь у тебя нет никаких обязательств?

— Нет, никогда. Мой дом здесь. Здесь я хочу жить. А тебе хотелось бы?

— Нет. У меня одни друзья перебрались в Дублин, другие — в Гэлоуэй-Сити, в Корк-Сити, кто-то даже в Америку. Думаю, я бы легко могла последовать их примеру. Маме посылать деньги, а самой уехать куда-нибудь далеко-далеко — разве не заманчиво? Но только больше мне всегда хотелось жить здесь.

— А разве не заманчиво — сражаться с древним колдуном, воплощением сил зла?

— Но у нас тут все же не Графтон-стрит, согласен? — Они вместе посмеялись и завернули за угол к ее дому. — А знаешь, в глубине души я до конца не верила, что это произойдет. То, что случилось в ночь солнцестояния на той поляне. А потом оно произошло, да так быстро и так страшно, что было уже не до размышлений.

— Ты была великолепна!

Мира опять рассмеялась и покачала головой.

— Я даже не помню, что я делала. Сплошное сияние, огонь и ветер. У тебя волосы дыбом. Сам весь светишься, изнутри и снаружи. Никогда тебя таким не видела! Твои чары — как солнце, прямо глаза слепит.

— Не только я — мы все там отличились. Иначе нам бы от него не отбиться!

— Я знаю. Почувствовала. — Мира немного постояла, вглядываясь в ночную тьму и окутанную мраком деревню, где прожила всю жизнь. — Но он все еще жив.

— Ему ни за что не победить! — Он довел ее до дверей.

— Откуда ты знаешь, Коннор?

— Мне надо в это верить. Чего мы будем стоить, если позволим злу одержать верх? Какой тогда во всем этом смысл, если зло восторжествует? Значит, мы этого не допустим.

Она еще постояла рядом с лиловыми и красными петуньями в подвесной корзинке.

— Зря ты не дал Фину довезти тебя домой.

— Мне надо переварить эту рыбу с картошкой. И пиво, кстати. На ходу оно лучше.

— Будь осторожен, Коннор! Без тебя нам не победить. Да и привыкла я к тебе...

— О, тогда я точно буду осторожен. — Он протянул руку, немного помялся, но все же дернул ее за косу. — И ты тоже. Спокойной ночи, Мира.

— Спокойной ночи.

Коннор дождался, пока она войдет в дом, закроет дверь и запрется на ключ.

Он понял, что был близок к тому, чтобы ее поцеловать, и, пожалуй, не совсем по-братски. Не следовало добавлять в чай виски, решил он, раз оно так туманит голову.

Мира — друг, очень хороший друг. И портить эти отношения он ни за что не намерен.

Но сейчас он был на взводе и чувствовал неудовлетворенность. Наверное, нужно было все-таки дать себе вкусить Элис и ее ласк.

Но в данной ситуации, когда столько всего происходит и столько поставлено на карту, он чувствовал бы себя не в своей тарелке, оставляя Брэнну на ночь одну. Даже если бы Айона ночевала дома. А приводить сейчас женщину домой он бы тоже не посмел — опять же, учитывая обстоятельства.

Сплошные неудобства, мысленно проворчал Коннор, оставляя за спиной деревню и ступая на вьющуюся лесом дорогу. Вот — еще одна причина, почему Кэвона следует отправить в ад.

Коннор любил женщин. Ему нравилось с ними разговаривать, флиртовать. Нравилось танцевать, гулять, смеяться. И конечно — кто бы спорил? — заниматься сексом.

Нежность и жар. Запахи и вздохи.

Но сейчас все эти радости жизни под временным запретом. Сплошные неудобства, удрученно повторил он.

Интересно, долго ли продлится эта пауза перед следующей атакой Кэвона?

Не успев додумать мысль, Коннор остановился. Замер, и мыслями, и телом, и встал на темной дороге, которую знал как свои пять пальцев. И изо всех сил прислушался.

Он здесь, точно здесь. Невдалеке. Не настолько близко, чтобы его обнаружить, но и не настолько далеко, чтобы чувствовать себя в полной безопасности.

Коннор сунул руку под свитер и нащупал амулет, ощутил его форму и тепло. Потом раскинул руки в стороны, словно желая охватить ими все пространство вокруг себя.

Зашептал ветер, запел свою тихую песню, тронул его волосы, поцеловал кожу. Магическая энергия прибывала. Зрение сделалось острее, сильнее.

Стали видны деревья, подлесок, слышен шелест ветра в ветвях, биение сердец ночных хищников, учащенный пульс их несчастных жертв. Коннор ощутил запах и звук воды.

И еще одно ощущение — словно какое-то пятно, тень мелькнула и слилась с другими тенями. Зарылась в их гущу так, чтобы он не смог ее выделить из остальных, различить как отдельную сущность.

Река. За рекой, несомненно. Но переправа через реку причиняет *тебе* боль. Вода, необходимость войти в нее тебе не по душе. Я чувствую тебя, ощущаю как холодную грязную жижу. Настанет день, и я отыщу твое логово! Дай только срок!

Внезапно его ожег короткий удар. Несильный — как щелчок статического электричества. Коннор подобрался, втянул магическую силу в себя. И улыбнулся.

— А ты пока слаб, еще не оправился. Мы с мальчишкой тебя хорошо потрепали! А будет еще хуже, много хуже, кровью своей клянусь, мерзавец. Тебе несдобровать!

Напряжение и досада спали, и теперь уже с бодрым свистом Коннор продолжил путь.

Пришли дожди и задержались надолго, вымочив всю округу. Постояльцы отеля «Замок Эшфорд» — а именно они составляли основную их клиентуру — не желали тем не менее отказываться от прогулок с птицами.

Коннору дождь был нипочем, и он не переставал поражаться, как много одежды навьючивают на себя туристы. Его забавлял вид людей в разноцветных резиновых сапогах, новомодных дождевиках всевозможных фасонов и расцветок, пухлых шарфах и перчатках — и все из-за какого-то сентябрьского дождика.

Но, мысленно потешаясь над приезжими, он не переставал вглядываться в туман, который то вился, то подкрадывался, однако пока не таил в себе ничего, кроме влаги. Пока.

Однажды сырым вечером, после работы, Коннор сидел на крыльце с чашкой хорошего, крепкого чая и смотрел, как Мира тренирует Айону. Мечи звенели не по-детски, хотя Брэнна и заколдовала их таким образом, чтобы при столкновении с живой плотью клинки делались мягкими, как резиновые ленты.

Коннор отметил, что сестренка делает успехи, хотя элегантной резкости в движениях, которую демонстрировала Мира, ей, пожалуй, не достичь.

Чтобы так обращаться с мечом, как Мира, надо было с ним родиться. И чтобы так же классно смотреться с оружием в руке: высокая гибкая фигура богини, густые и длинные каштановые волосы заплетены в косички за спиной.

Ее сапоги, поношенные, как и у Коннора, опустились на мягкую землю и тут же снова оторвались в изящном прыжке. Мира теснила Айону, не давая ученице никаких поблажек. Ее темные глаза, такие же прекрасные, как и доставшаяся от предков-цыган, с золотым отливом, кожа, гневно сверкнули — она отбила атаку противницы.

Ее фехтованием Коннор мог бы любоваться весь день. Хотя он с сочувствуем наблюдал, как Мира беспощадным натиском загоняет в угол его миниатюрную сестренку.

Из дома, тоже с кружкой чая, вышла Брэнна и села рядом.

— Прогресс очевиден.

— А? У Айоны? Да. Я тоже так подумал.

Брэнна расслабленно отхлебывала чай.

— Правда?

— Да. По сравнению с тем, какой она приехала, Айона стала намного сильнее, хотя она и тогда слабой не была. Но сейчас сделалась еще сильнее и увереннее в себе. И увереннее в своих способностях. Отчасти это наша с тобой заслуга, а отчасти — Бойла: любовь ведь творит чудеса, и с телом, и с душой. Но главное, конечно, уже было заложено в ней самой, просто ждало своего часа.

Он потрепал Брэнну по коленке.

— Вот мы с тобой везучие.

— Меня эта мысль тоже не раз посещала.

— Нам повезло с предками. Мы всегда знали, что нас любят и ценят. И то, чем мы обладаем и кем являемся, было настоящим даром, не какой-то ерундой, какую легко похоронить или предать забвению. А вот этим двум, что машут мечами под дождем, повезло меньше. У Айоны хотя бы была и есть ее бабушка, это уже большое счастье. А в остальном семейка, что у нее, что у Миры — не позавидуешь. Недаром Мира о них в приличных выражениях не отзывается.

— Для них мы — семья.

— Да знаю я. И они это знают. Но у них в душе рана, которую ничем не залечишь. Представь: сознавать, что тебя не любят родные мать с отцом! К Айоне дома всегда были безразличны, а у Миры родители вообще полный атас.

— Как думаешь, что хуже? Это безразличие, которое выше моего понимания, или, как ты выражаешься, «полный атас»? Как у Миры отец подался в сторону моря, прихватив те жалкие деньги, что оставались в семье, после того как он все спустил? Бросил жену с пятью детьми и ни разу за все время ничем не помог?

— Думаю, страдаешь в обоих случаях. И посмотри теперь на них! Валькирии!

Айона, оступившись, поскользнулась и приземлилась задом на сырую траву. Мира нагнулась и подала ей руку, но Айона дернула головой, закусив губу. Быстро перекатилась на бок и вскочила — легко, пружинно. И снова метнулась вперед.

Коннор заулыбался и шлепнул сестру по ноге.

— «Хоть она и маленькая, но жестокая»![1].

— Прощаю тебе цитату из английского поэта, поскольку это святая правда. А не следовало бы, ведь у меня

---

[1] Цитата из комедии В. Шекспира «Сон в летнюю ночь».

на плите самое что ни есть ирландское блюдо — жаркое с «Гиннессом»!

Мысли брата мгновенно переключились на еду.

— Жаркое с «Гиннессом»?

— Оно самое. И хлеб из дрожжевого теста, твой любимый, с маком.

Глаза Коннора вспыхнули и на мгновение сощурились.

— И что я должен буду сделать взамен?

— В следующий выходной ты мне понадобишься. Надо будет немного потрудиться.

— Конечно. Не вопрос!

— То колдовство, что мы придумали для солнцестояния... Я была настолько уверена, что сработает. Но что-то я, видимо, недоучла — как не учла Сорка, когда пожертвовала собой и отравила Кэвона. В те стародавние времена... Сколько веков прошло, а каждая из нашего рода что-то, да упускала. И нам необходимо разобраться, что именно.

— Разберемся. Только, Брэнна, ты не должна говорить в единственном числе. Это не ты что-то упустила, а мы все. Фин...

— Я понимаю, что мне с ним тоже надо поработать. Я должна — и я это сделаю.

— Тебе станет легче, если я скажу, что он мучается не меньше тебя?

— Немного легче. — Сестра положила голову ему на плечо. — Подло, да?

— Нормальная человеческая реакция. Ведьма — такой же человек, как и все, папа нам это всегда говорил.

— Говорил.

Они замолчали, прильнув друг к другу. Тишину нарушал лишь звон мечей.

— Кэвон поправляется, да? — спросила Брэнна вполголоса, так, чтобы слышал только Коннор. — Собирается с силами для следующего удара. В воздухе что-то витает.

— Да, я тоже почувствовал. — Коннор вслед за сестрой вгляделся в темно-зеленую гущу деревьев. — Фин еще лучше учует, он же с ним одной крови. А твоего жаркого хватит на всех?

Брэнна вздохнула, давая понять, что он опять прочел ее мысли.

— Думаю, хватит. Поди знай.... — проворчала она и поднялась. — Надо сходить и убедиться.

Коннор взял ее руку и поцеловал.

— Такой же человек, как все, но бесстрашнее многих — вот какая у меня сестра!

— При мысли о жарком с «Гиннессом» ты делаешься сентиментальным, — усмехнулась Брэнна, но, уходя, сжала ему руку.

Жаркое, конечно, было совсем ни при чем, хотя вкусный ужин еще никому не вредил. Но сейчас Коннор беспокоился о сестре больше, чем она думала.

Айона в этот момент сделала обманный шаг влево, развернулась и ударила справа. И на этот раз споткнулась и поскользнулась Мира. И так же шлепнулась на мокрую траву.

Айона издала победный вопль и принялась скакать по кругу, высоко подняв меч.

— Молодец, сестренка! — похвалил Коннор, перекрывая звонкий, гортанный смех Миры.

Айона картинно раскланялась, затем взвизгнула и резко выпрямилась — Мира шлепнула ее по мягкому месту плоской стороной клинка.

— И впрямь молодец! — согласилась Мира. — Но пока ты тут исполняла победный танец, я бы тебе запросто могла кишки выпустить. В другой раз доводи дело до конца.

— Поняла. Последний разочек. — Она еще раз взвизгнула и подпрыгнула. — Ну, хватит, пожалуй. Уберу мечи и пойду похвалюсь Брэнне.

— Имеешь право.

Айона собрала клинки, взмахнула двумя сразу, еще раз раскланялась перед Коннором и убежала в дом.

— Ты ее отлично выучила! — похвалил он Миру, подошел и угостил своим чаем.

— Тогда за меня!

— Признайся: нарочно поддалась?

— Нет, хотя уже почти собралась — чтобы поднять
ее моральный дух. Оказалось излишним. Быстроты в
движениях ей с самого начала хватало, а теперь она и хи-
трить научилась. — Мира потерла мокрые штаны. — Ну
вот, подмочила себе репутацию.

— Это легко исправить. — Коннор придвинулся ближе и обнял ее. Его ладони легко скользнули по ее мо-
крым брюкам.

Он ощутил тепло, руки затосковали по ласкам. Что-
то есть в этих глазах, подумал он, в этих темных, восточ-
ных глазах. Он был готов притянуть ее к себе, но Мира
отстранилась.

— Спасибо. — Она допила его чай. — И за чай тоже,
хотя я бы сейчас не отказалась от любимого винца твоей
сестры.

— Тогда идем в дом и выпьем. Я звоню остальным,
пусть приедут на ужин. Брэнна там жаркое с «Гиннессом» затеяла да еще хлеба напекла.

— Я, пожалуй, поеду. — Мира сделала шаг назад и
обернулась на свой пикап. — А то я у вас тут совсем при-
жилась.

— Мира, мы ей нужны! Я тебе буду очень признателен, если останешься.

Теперь она оглянулась на лес, словно чувствуя приближение опасности.

— *Он* что, уже совсем близко?

— Не могу сказать. Не знаю. Будем надеяться, Фин
скажет точнее. Так что давай войдем, выпьем вина, от-
ведаем Брэнниной стряпни — побудем все вместе.

Приехали все, в чем Коннор и не сомневался. И кухня наполнилась голосами, теплой дружеской атмосфе-
рой, в которой прекрасно чувствовал себя растянувший-

ся перед небольшим камином Катл, а на плите тушилось наваристое жаркое.

Поскольку «Гиннесс» уже содержался в еде, Коннор решил выпить вина. Прикладываясь к бокалу, он наблюдал, как заулыбался его влюбленный друг, когда Айона опять принялась вспоминать о своем сегодняшнем триумфе.

Кто бы мог подумать, что Бойл Макграф так увлечется? Мужчина, который произносит так мало слов и больше занят мыслями о своих лошадях, чем о девушках, вдруг втюрился с головой, окончательно и бесповоротно. Самый верный друг, какого только можно себе представить, и большой забияка — но научившийся держать себя в руках.

И вот этот самый Бойл, с разбитыми, как и полагается любителю подраться, костяшками пальцев и взрывным нравом, восторженно смотрит в рот маленькой ведьме, умеющей разговаривать с лошадьми.

— У тебя очень довольный и заговорщицкий вид, — заметила Мира.

— Мне нравится, как Бойл смотрит на Айону. Напоминает большого лохматого щенка.

— Они прекрасно друг другу подходят, и у них все сложится хорошо. Редкий случай!

— Ну уж, и редкий! — Горько было слышать от нее такое, тем более что Коннор знал, что она говорит искренне. — В жизни такие пары необходимы, иначе как бы она продолжалась? Вечно сам по себе? Как-то это тоскливо...

— Сам по себе — значит иметь возможность быть самим собой. Куда лучше, чем сперва почувствовать себя единым целым с другим человеком, а, когда все рухнет, закончить все в том же одиночестве.

— Да ты циник, Мира!

— И прекрасно себя чувствую. — Она взглянула удивленно. — А ты, Коннор, романтичен.

— И прекрасно себя чувствую в этом качестве.

Мира непринужденно засмеялась и принялась раскладывать на столе салфетки.

— Брэнна говорит, сегодня самообслуживание, так что занимай очередь.

— Пойду.

Но сначала он сходил за вином к ужину, чтобы дать себе время немного приоткрыться, «понюхать воздух» — не появится ли какое-либо ощущение или знак, пока все не уселись за стол, где пойдет разговор про магию. Про свет и тьму.

Жаркое само по себе уже было волшебным. Впрочем, кулинарное искусство Брэнны ни для кого не являлось секретом.

— Боже, до чего вкусно! — Айона положила себе добавки. — Надо непременно научиться так готовить!

— Гарниры у тебя уже хорошо получаются, — сказала Брэнна. — А Бойл и так отлично готовит. Предоставь это ему, а сама займись фехтованием.

— Пожалуй, — с готовностью подхватила Айона. — Как ни крути, а Миру-то я на попу усадила!

— И сколько можно это повторять? — удивилась Мира. — Вижу, придется раз десять усадить ее саму, пока не перестанет задаваться.

— И даже это не поможет! — Айона улыбнулась и снова села к столу. — Ты же не нарочно плюхнулась, да?

— Нет, не нарочно. А надо было — тогда бы мы тебя сейчас все дружно жалели.

— Есть тост. — Фин поднял бокал. — За тебя, сестренка, воительницу, с которой нельзя не считаться. И за тебя, темноглазая красавица, — добавил он по-ирландски, повернувшись к Мире, — которая ее такой сделала.

— Складно вышло, — проворчала Брэнна и выпила.

— Правда тоже порой бывает складной. А порой — совсем наоборот.

— Да какая разница, складная или нет? Правда она и есть правда, — согласилась Брэнна.

— Тогда вот вам моя правда, хоть и небольшая. Вы

его подранили, — повернулся Фин к Коннору, — ты и мальчик. Эймон. Но он залечивает раны. И вы *трое* это уже чувствуете. Как и я.

— Он копит силы, — подтвердил Коннор.

— Да. Собирает вокруг себя все темное и черное. Вбирает в себя. Не знаю, как, но мы могли бы найти способ это остановить. И тем самым остановить *его*.

— Красный камень! Источник его силы, — подсказала Айона.

Фин кивнул.

— Да, но как он ему достался? Откуда он появился? Как его забрать и уничтожить? Какую цену он за него отдал? Ответы знает только он, и мне никак не удается проникнуть в его сознание, чтобы до них докопаться. И даже — чтобы его найти.

— Он за рекой, — сказал Коннор. — Не могу сказать, как далеко, но пока он по ту сторону реки, не по нашу.

— И останется там до тех пор, пока снова не наберется сил. Если бы нам удалось вызвать его на бой раньше, чем он восполнит растраченное в столкновении с тобой и Эймоном, мы бы его одолели. Я в этом уверен. Но сколько бы я ни искал, обнаружить его логово не удается.

— В одиночку? — Голос Брэнны зазвенел от негодования. — Ты шарил по лесу один в поисках злодея?!

— Ну, знаешь, Фин, это уже пощечина нам всем. — Бойл говорил спокойно, но внутри весь кипел. — Неправильно это!

— Я следовал зову крови, ведь только во мне течет та же кровь, что и в нем.

— Мы же команда! — В голосе и в лице Айоны не было возмущения, скорее — разочарование, но это было, пожалуй, еще больнее. — Мы одна семья!

От этих слов глаза Фина наполнились такой глубокой признательностью, таким безмерным сожалением и тоской, что, не в силах этого вынести, заговорил Коннор:

— Мы и семья, и команда, и это нерушимо. Действовать в одиночку, конечно, не дело, но я и сам об этом подумывал. Как и ты, не отпирайся! — добавил он, повернув голову к Бойлу. — Как и все мы в тот или иной момент. Фин носит *его* отметину, и это не его вина. Признайтесь, только начистоту: неужто любой из нас на его месте не предпринял бы такой же попытки?

— Я бы непременно предприняла, — согласилась Мира. — Коннор прав! Мы бы все поступили так же.

— Ладно. — И все же Айона нагнулась к Фину: — Только больше так не делай, а?

— Я бы взял с собой на подмогу тебя с твоим мечом, да смысла нет. Он нашел способ не обнаруживать своего местонахождения, и я пока его не разгадал.

— Будем работать дальше и еще упорнее, — подвела черту Брэнна и взялась за бокал. — Нам всем тоже требовалось время после того, что случилось в июне, только мы не прятались во тьме, зализывая раны. Мы станем работать больше. И вместе, и поодиночке. И вычислим, что именно мы недоучли в тот раз.

— Надо нам собираться почаще, мы очень редко это делаем. — Бойл обвел взором товарищей, подложил себе добавки. — И необязательно каждый раз здесь, хотя Брэнна готовит намного вкуснее, чем я. Но мы могли бы встречаться и у Фина.

— Я не против того, чтобы приготовить еду, — отозвалась хозяйка дома. — Готовить я люблю. Кроме того, в большинстве случаев я нахожусь или здесь, или в мастерской, так что меня это отнюдь не затрудняет.

— Было бы легче, если бы мы планировали наши собрания, тогда мы бы и помочь тебе могли, — решила Айона и по примеру Бойла оглядела всех. — Итак: когда нам встретиться вновь?

Брэнна возвела глаза к небу:

— Опять Шекспир, только не совсем точно![1] Раз в неделю, не реже. Теперь это минимум. Если увидим необ-

---

[1] Имеются в виду слова одной из ведьм в трагедии «Макбет».

ходимость — можно и чаще. Коннор и ты, Айона, будете в свободные дни работать со мной.

— Да сколько угодно! И в свободные дни, и по вечерам — когда скажешь.

Повисла пауза, грозящая перейти в неловкость.

— Ты тоже, Фин. — Брэнна отломила кусочек хлеба. — Когда будет возможность.

— Постараюсь освободить себе побольше времени.

— Договорились. Если мы сделаем как решили и станем действовать заодно — этого будет достаточно, — подытожил Коннор и уткнулся в тарелку.

6

Ему снился мальчик. Он сидел рядом с ним у ограниченного кружком серых камней костра, отбрасывавшего на их лица дрожащие отблески пламени. Висела полная луна, белый шар, плывущий в океане звезд. Он вдыхал запах дыма и земли. И коня. Это был не Аластар — ни тот, давнишний, ни нынешний, — а крепкая кобыла, которая стоя спала, совершенно обмякшая.

На сучке над ее головой нес вахту ястреб.

И еще он слышал звуки ночи, шепотом отдающиеся во вздохах ветра.

Мальчик сидел, подобрав колени и упершись в них подбородком.

— Я спал, — сказал он.

— Я тоже. В каком мы времени — твоем или моем?

— Не знаю. Но это мой дом. И твой?

Коннор посмотрел в сторону развалин дома, перевел взгляд на надгробие Сорки.

— Время наше, а дом — ее. Ты что там видишь?

Эймон взглянул на камни.

— Наш дом, таким, каким мы его оставили в то утро, когда мама нас отослала к тетке.

— Каким вы его оставили? — переспросил Коннор.

— Ага. Мне хочется попасть туда, но дверь не открывается. Я знаю, что мамы там нет, и мы увезли все, что она велела. Но меня все равно тянет зайти, как если бы она по-прежнему ждала меня у очага.

Эймон подобрал длинную палку и пошурудил в костре, как часто делают мальчишки.

— А ты что видишь?

Сказать ему, что он видит заросшие травой развалины, значит разбить ему сердце. Развалины и могильный камень.

— Похоже, ты в своем времени, а я — в своем. И тем не менее, — Коннор протянул руку и тронул Эймона за плечо, — ты чувствуешь мою руку.

— Да, чувствую. Мы спим и одновременно бодрствуем.

— В этом месте правит магическая энергия. Сила твоей мамы и, боюсь, Кэвона. Мы с тобой его ранили, поэтому сегодня он сюда свою силу не направит. По-твоему, сколько прошло времени с нашей последней встречи?

— Три недели и пять дней. А по-твоему сколько?

— Меньше. Значит, время для нас течет по-разному. Как у вас дела, Эймон? Все в порядке? И с сестрами тоже?

— Мы поехали в Клэр, соорудили небольшой домик в лесу. — Он снова влажным взором окинул родной дом. — Применили колдовство. Руками и горбом, конечно, тоже потрудились, но мы подумали, с магией будет надежнее. И суше, — с мимолетной улыбкой добавил он. — Пока мы странствовали, Брэнног немного занималась знахарством. А теперь делает это здесь, где мы осели. Это неплохой заработок. У нас есть курица, она несет яйца, и это большое дело. А еще мы охотимся — кроме Тейган, которая отказывается выпускать стрелу в живое существо. У нее такое мягкое сердце, что она даже попытаться не может себя заставить, зато она ухаживает за несушкой и лошадьми. Мы немного зарабатывали — принимали роды, занимались целительством, готовили разные снадобья, а нам платили картошкой, репой, зерном и прочей едой. Когда получится, мы сами начнем сажать и сеять. Я знаю, как сеять и ухаживать за посевами.

— Если сумеешь, приходи ко мне, когда будет нужда. Может, я добуду вам еду, одеяла — что потребуется.

Хоть какое-то утешение для тоскующего вдали от дома парнишки, подумал Коннор.

— Спасибо за предложение, но у нас все есть, да еще Айлиш с Барданом нам монет дали. Только вот...

— Что такое? Проси смелей!

— Можно мне что-то от тебя на память? Что-нибудь небольшое, чтобы я мог взять с собой? А я тебе что-нибудь дам взамен. — Эймон протянул Коннору какой-то камень — похожую на яйцо гальку чисто-белого цвета, зажатую в ладони. — Вот какой я камень нашел, красивый, правда?

— Красивый. Даже не знаю, что у меня с собой есть. — И тут Коннор вспомнил об одной вещице и снял с шеи узкий кристалл на кожаном ремешке.

— Это синий тигровый глаз — иначе еще называется «ястребиный глаз». Мне он достался от отца.

— Я не могу это взять!

— Можешь! Мы оба — твои потомки, и отец, и я. Он будет доволен, что я тебе его подарил. — Чтобы пресечь споры, Коннор надел шнурок мальчику на шею. — Это равноценный обмен.

Эймон потрогал камень, потом стал рассматривать его при свете костра.

— Покажу сестрам. Когда я им рассказал о тебе, о том, как мы с тобой отбивались от Кэвона, то-то они удивились! Одолели вопросами. И завидовали, конечно. Они жаждут с тобой познакомиться.

— Как и я — с ними. Может, когда-нибудь и настанет такой день. А *его* ты не чувствуешь?

— С того дня — нет. Брэнног говорит, ему до нас теперь не добраться. Он не может выходить за собственную территорию, поэтому в Клэре ему нас не достать. Когда мы вырастем и станем сильнее, мы вернемся. Снова приедем домой.

— Я знаю, что приедете, но пока время не пришло, вам лучше пожить там, где сейчас, это безопаснее.

— А ты его чувствуешь?

— Чувствую, но не сегодня. И не здесь. А сейчас тебе надо отдохнуть, — сказал Коннор, видя, что у мальчишки слипаются глаза.

— А ты еще побудешь?

— Побуду, сколько смогу.

Эймон свернулся калачиком и укутался в свой короткий плащ.

— Музыка — слышишь ее? Ты слышишь музыку?

— Да, слышу. — Это играла Брэнна. Песню, исполненную сердечной тоски.

— Красивая... — прошептал Эймон, уже погружаясь в сон. — Грустная и красивая. Кто это играет?

— Это играет любовь.

Коннор дал мальчику уснуть и смотрел на огонь, пока не пробудился в собственной постели с первыми лучами солнца.

Раскрыв кулак, он увидел гладкий белый камень, похожий на яйцо.

Когда Брэнна спустилась на кухню к утреннему кофе, он показал ей камень. Сон с нее как рукой сняло.

— Камень вернулся с тобой.

— Мы оба были там, такие же реальные, как мы с тобой, при этом каждый — в своем времени. Я отдал ему «ястребиный глаз», который мне папа подарил, помнишь?

— Конечно, помню. Ты в детстве его носил не снимая. Он висит на раме зеркала у тебя в спальне.

— Больше не висит. И вот что интересно: вчера, когда я ложился, я его не надевал и даже в руки не брал. Но во сне я был в одежде, и камень висел у меня на шее. А теперь он на шее у Эймона.

— Каждый в своем времени, говоришь... — Брэнна

прошла к двери и впустила Катла, успевшего совершить утренний моцион для естественных отправлений. — Однако вы сидели вместе, разговаривали. И его амулет проник сюда из твоего сна. Надо подумать, как нам это использовать.

Она открыла холодильник, и по тому, с какой неторопливой значительностью она вынимала масло, яйца, бекон, стало ясно, что за сегодняшний завтрак он должен заплатить максимально подробным рассказом, чтобы Брэнна могла разобраться в его загадочном сне.

— Мы слышали, как ты играла...

— Что? — резко обернулась она.

— Там, на поляне! Мы тебя слышали. Он уже почти засыпал, глаза совсем не смотрели. И тут послышалась музыка, твоя музыка. Он уснул под ее звуки. Ты ночью, случаем, не играла?

— Играла... В самом деле играла! Проснулась среди ночи в каком-то беспокойстве и немного поиграла.

— Вот мы тебя и слышали. Музыка долетела от твоей комнаты до поляны.

При этих словах, заметил Коннор, по лицу сестры скользнуло секундное замешательство.

— Ты была не в комнате! — догадался он. — Где же тогда?

Брэнна, отвернувшись, кинула на сковороду несколько ломтей бекона, сало зашипело.

— Подышать захотелось. Потянуло вдохнуть частицу ночи. Вышла на поле за домом. У меня было ощущение, что без воздуха и без музыки я просто задохнусь.

— Пора тебе наконец придумать, как наладить отношения с Фином.

— Коннор, не начинай! Пожалуйста.

— Я вас обоих люблю. Больше пока ничего не скажу. — Он топтался по кухне, потирая в ладонях белый камень, подаренный Эймоном. — Это поле слишком далеко от развалин, чтобы звук донесся обычным путем.

Брэнна нарезала хлеб, разбила на сковороду яйца, а Коннор все топтался по кухне.

— Мы все связаны. Мы трое — и те трое. Эймон слышал твою музыку. Я уже дважды с ним общался. Айона видела Тейган.

— Зато я никого из них не видела и не слышала.

Коннор помолчал, взял себе кофе.

— Эймон тоже сказал, что сестры ревнуют его.

— Я не ревную. Разве что самую малость. Но больше я расстроена и, пожалуй, задета...

— Он взял твою музыку в свои сны и уснул с улыбкой, хотя до этого был очень печален.

— Ну, хоть что-то. — Брэнна выложила на тарелку яичницу с беконом. Передала брату.

— Сама не будешь?

— Ограничусь кофе и тостами.

— Тогда спасибо за заботу.

— Можешь сделать мне за это одолжение иного рода. — Она выудила хлеб из тостера, положила один кусок ему на тарелку, второй — себе на блюдце. — Носи при себе его камень.

— Этот? — Он снова достал камешек, который успел сунуть в карман.

— Постоянно носи этот камень, Коннор, как носишь свой амулет. В нем есть сила.

Брэнна принесла на стол свою чашку и тост, дождалась, пока брат сядет рядом.

— Не знаю, не могу сказать, что это — подозрение, интуиция или подлинное знание, но в нем есть магическая сила. И это добрая сила — если помнить, откуда и от кого он тебе достался. И из какого времени.

— Ладно. Будем надеяться, что Эймону и его сестрам мой «ястребиный глаз» тоже поможет.

Работа школы ловчих птиц состояла не только в прогулках с восторженными туристами или групповых экскурсиях для школьников. Существенной ее частью являлся уход за птицами и их обучение. Чистые клетки, чистая вода в поилках, регулярное взвешивание и разнообразный рацион, постоянное проветривание благодаря крепким односкатным крышам, чтобы птицы дышали свежим воздухом, чувствовали его. Коннор гордился тем, что у него такие здоровые, сметливые и надежные в деле воспитанники — и те, кого он растил с самого гнезда, и те, кого подобрал в лесу птенцами и спас от хищников.

Ему не претило убирать помет или тщательно обсушивать крылья промокшей под дождем птицы. И тренировал своих питомцев он с удовольствием.

Самой же трудной частью его работы была и всегда будет необходимость время от времени продавать кого-то из своих питомцев другому сокольнику.

На этот раз, как и было условлено, Коннор встречался с заказчицей в поле километрах в десяти от школы. Туда, с согласия знакомого фермера, он привозил своих птиц и обучал охоте на открытой местности.

Прелестную самочку звали Салли, он привязал ее к руке, чтобы прогуляться и немного побеседовать с ней, объясниться.

— Слушай, я не виноват. Это Фин отыскал эту барышню, что захотела тебя купить. Но ты не думай: он даже твой новый дом осмотрел, на случай если вы поладите. Она из самого Клэра приедет. Там у нее, по слухам, прекрасный дом и отличный вольер. Не одна ты тренировалась — она тоже готовилась. Ты у нее будешь первая.

Салли не спускала с него золотистых глаз и прихорашивалась, держась на его затянутом в перчатку кулаке.

По дороге промчался шикарный «БМВ» и встал рядом с его пикапом.

— А вот и она. Веди себя вежливо, надо произвести хорошее впечатление.

Коннор напустил на себя деловой вид, но при появлении гибкой блондинки с внешностью кинозвезды его брови сами поползли вверх.

— Мисс Стэнли?

— Меган Стэнли. А вы — Коннор О'Дуайер?

Еще одним сюрпризом стал ее американский акцент. А Фин ни словом не обмолвился!

— Мы с Салли рады с вами познакомиться.

Салли, как и было велено, вела себя примерно, просто замерла и смотрела.

— Я не знал, что вы американка.

— Каюсь. — Она с улыбкой направилась к Коннору и заработала еще пару очков тем, что прежде всего огляделы птицу. — Хотя в Ирландии я живу уже пять лет и уезжать не собираюсь. Ирландия прекрасна!

— Ваша правда!

— Фин сказал, вы эту птицу вырастили и воспитали.

— Она вылупилась у нас в школе весной. Умная, сразу скажу. Приручилась моментально. Прыгнула мне на перчатку и будто говорит: «И что дальше?» У меня ее карта, тут все написано: состояние здоровья, вес, рацион, обучение. Вы в Америке птицами занимались?

— Нет. Мы с мужем поселились в Клэре — по соседству с Эннисом, а у нашего соседа два канюка. По профессии я фотограф, начала их снимать, потом заинтересовалась более серьезно. Сосед меня и научил с ними обращаться, потом показал, какой сделать вольер, где и как выгуливать, где что покупать. Он строгий, сказал: о птицах и думать не смей, пока всерьез не подготовишься. Дескать, быстрее, чем за год, никак не получится.

— Это правильно. И для всех лучше.

— У меня на подготовку ушло два, поскольку в промежутке муж отбыл назад в Штаты и мы оформили развод.

— Ох... Неприятное дело.

— Могло быть и хуже. В Клэре я чувствую себя дома, а теперь вот еще это новое увлечение... Я ведь, прежде чем выйти на Финбара Бэрка, настоящее исследование провела. У вашей школы превосходная репутация.

— Он мой начальник, строго говоря.

— Сам он вас называет партнером. Говорит, во всем, что касается ловчих птиц, требуются глаз, слух, рука и сердце Коннора О'Дуайера. — Лицо кинозвезды вновь озарила улыбка. — Цитирую слово в слово. Я бы хотела взглянуть на нее в полете.

— Для этого мы и здесь. Я зову ее Салли, но если вы с ней найдете общий язык, то можете называть ее как вам больше нравится.

— Бубенцов, радиопередатчика не будет?

— Здесь они не требуются, она эти поля хорошо знает. — Коннор распустил веревку. — А вот в Клэре понадобятся.

Он едва заметно двинул рукой, и Салли вспорхнула, раскрыла крылья и взмыла ввысь.

В глазах Меган Коннор прочел правильную реакцию — как раз ту, на какую надеялся. Благоговение как проявление любви.

— Вижу, вы с собой и перчатку взяли. Надевайте и подзовите ее.

— Но я не захватила приманку!

— Ей приманка не нужна. Если вы ей приглянулись, она к вам и так сядет.

— Что-то я нервничаю. — Это слышалось и в смехе Меган, когда она доставала из кармана и натягивала на руку перчатку. — Давно вы этим занимаетесь?

— Всю жизнь. — Коннор проследил за полетом птицы и послал ей мысленный приказ: если хочешь, спускайся к ней.

Салли покружила и нырнула. И аккуратно опустилась Меган на руку.

— Ах ты, красавица! Фин был прав: домой я без нее не уеду.

А значит, подумал Коннор, ему ее больше никогда не видать.

— Хотите посмотреть, как она охотится?

— Ну конечно!

— Просто дайте ей знать, что разрешаете. А вы с птицами не разговариваете, мисс Стэнли?

— Меган, пожалуйста. Разговариваю, почему же... — Ее обращенная к Коннору улыбка стала задумчивой. — Я мало кому в том признаюсь. Хорошо, Салли, пусть остается Салли, давай поохотимся!

Птица поднялась и закружила высоко в небе. Следуя ее траектории, Коннор вместе с Меган зашагали по полю.

— И что же привело вас в Ирландию и конкретно в Клэр? — поинтересовался он.

— Попытка спасти брак. Которая не удалась. Зато, кажется, я спасла себя, чему необычайно рада. Так что теперь наша с Бруно компания пополнится Салли.

— Бруно?

— Так моего пса зовут. Симпатичная маленькая дворняжка, которая пару лет назад появилась на моем крыльце. Неухоженная, хромая, едва живая от голода. Мы друг друга сразу приняли. Бруно к птицам привык. Во всяком случае, соседских он никак не беспокоит.

— Собака на охоте — большое дело. Правда, Салли и без собаки справляется. — В этот момент птица спикировала — пулей упала на землю. Сверкнули когти, и Меган легонько ахнула.

— Всякий раз поражаюсь! Это их стихия, они иначе не могут. Господь, сама природа — кто во что верит — сотворили их для охоты. Чтобы ловили и пожирали зверушек, которых, признаться, мне всегда немножко жаль. И еще я не сразу привыкла их кормить во время линьки, долго боялась[1]. А вы всегда в Мейо жили?

— Да, с рождения.

Они немного поболтали о том о сем — о погоде, о соколах, об одном пабе в Эннисе, который Коннор знал, — а Салли тем временем расправлялась с пойманным зайчишкой.

— Я уже почти в нее влюблена. — Меган вытянула

---

[1] Ловчие птицы линяют раз в год, и этот процесс протекает у них болезненно: птицы требуют особенно бережного обращения и усиленного питания.

руку, и птица отозвалась, подлетела и села. — Отчасти причиной тому — возбуждение и восторг, но, думаю, мы друг другу подойдем, как вы и сказали. Так что, отдаете?

— Так вы ведь с Фином уже договорились! — начал было Коннор.

— Договорились, но он сказал, решать все равно вам.

— Она уже ваша, Меган. — Он перевел взгляд с птицы на ее новую хозяйку. — В противном случае она бы после еды к вам не прилетела. Небось сразу домой и увезете?

— Да-да, конечно! У меня все с собой. Я, правда, боялась сглазить. Я даже Бруно хотела взять, но потом решила, им лучше сперва познакомиться, а потом уж ехать куда-то на машине.

Она посмотрела на Салли и засмеялась.

— Подумать только, теперь у меня есть свой сокол!

— А у нее есть вы.

— А у нее есть я. А вы у нее будете всегда, мне так кажется. Можно я вас вдвоем щелкну?

— Конечно, если хотите.

— Камера у меня в машине. — Меган передала птицу Коннору и побежала за фотоаппаратом. Это оказался внушительного вида «Никон».

— Это я понимаю — камера!

— И я с ней прилично управляюсь. Зайдите на мой сайт и убедитесь. Я сделаю пару кадров, не против? — говорила она, проверяя освещение и ракурс. — Главное — расслабьтесь, терпеть не могу постановочных фото. Это будет юный ирландский бог с Салли, королевой соколов.

Коннор расхохотался, а Меган уловила момент и быстро сделала три кадра.

— Отлично! И еще один — как вы смотрите на нее.

Коннор послушно посмотрел на птицу. «Тебе будет с ней хорошо, — мысленно сказал он, — она тебя долго ждала».

— Замечательно. Спасибо! — Американка повесила камеру на шею. — Если хотите, я выберу, какие лучше, и сброшу вам на электронную почту.

— Конечно, хочу! — Коннор порылся в заднем кармане и достал визитку — хорошо, что утром пополнил запас.

— А вот вам моя. Там есть адрес моего сайта. А адрес моего почтового ящика на обороте, я специально черкнула, когда за камерой ходила — вдруг вам захочется узнать, как у нас дела, какие-нибудь вопросы появятся... Насчет Салли.

— Отлично. — Он сунул карточку в карман.

Оставалось только помочь Меган посадить птицу в переносной контейнер и сесть в свой пикап. Что он и сделал.

— «Отлично»? И это все, что ты мог изречь? — Он скривил лицо, будто передразнивал сам себя. — Да что на тебя нашло, Коннор О'Дуайер? Роскошная женщина, одинокая, умная, к тому же умеет обращаться с птицами... Она же тебя практически открытым текстом пригласила! А ты что? Не заметил? Проигнорировал! «Отлично!» — вот был твой ответ. А приглашение так и повисло в воздухе.

Или он был рассеян, весь погружен в мысли о предстоящем деле и удручен неизвестностью? Ведь до сих пор неясно, когда можно или нужно будет к этому делу приступать? Но эта проблема существовала давно, эти вопросы всегда его мучили, однако романтическим похождениям отродясь не мешали...

Или это на него солнцестояние так сильно повлияло? Коннор знал, что никогда прежде не испытывал такого страха, как тот, что обуял его тогда при виде Бойла с объятыми пламенем руками и распростертой на земле, побитой и истекающей кровью Айоны. И при осознании того, что только от их совместных с Брэнной и Фином действий зависит, выживут друзья или умрут.

Да ладно, подумал он, может, и лучше пока не втягиваться ни в какие романы. А принять это не высказанное вслух приглашение он и потом сможет, почему нет?

Сейчас надо заскочить на большую конюшню и доложить Фину, что дело сделано. А потом его ждет сестра, ведь теоретически сегодня у него выходной.

Коннор заехал на конюшню, где в красивом каменном доме у Фина было обустроено и жилье, причем с комфортом: горячая вода, огромная, как пруд, ванна на задней террасе и специальное помещение на третьем этаже, где он держал свои колдовские принадлежности, книги и все, что может понадобиться колдуну, особенно если он поставил себе целью изничтожить черного мага одной с ним крови.

По соседству с квартирой Фина стоял гараж, над которым жил Бойл — а скоро станет жить и Айона. И сарай для лошадей, племенных и рабочих, использовавшихся на близлежащей конюшне.

За тренировочным плацем для конкура, на выгоне, паслись несколько лошадей. Коннор с удивлением заметил, что одного скакуна ведет под уздцы Мира.

Он выпрыгнул из машины и поспешил поздороваться с Багсом, веселым псом, облюбовавшим сарай в качестве своего места жительства, а потом помахал Мире.

— Вот кого никак не ожидал увидеть, так это тебя. Заехал переброситься с Фином парой слов.

— А я приехала взять Руфуса. У нас сегодня на маршрут намечен Цезарь, но Айона говорит, у него небольшое растяжение. Левая передняя.

— Надеюсь, ничего серьезного?

— Она говорит — нет. — Мира привязала Руфуса к ограде. — Но мы решили дать ему небольшой отдых и посмотреть, как пойдет. Фин тоже где-то тут крутится. А я думала, у тебя выходной.

— Выходной-то выходной, да только встреча с клиенткой была назначена. За фермой Маллигана — ну, ты знаешь. Представляешь, купила Салли — помнишь, из весеннего помета?

— И ты поэтому малость взгрустнул.

— Ничего я не взгрустнул!

— Я сказала — малость, — повторила Мира и нагнулась потрепать Багса. — Тяжело растить живое существо, привязаться к нему, а потом — бац! — и отдать кому-то другому. Но невозможно же их всех оставить себе!

— Мне это знакомо, — согласился Коннор, мысленно желая обратного. — Но это удачный выбор. Салли к ней сразу расположилась, я видел.

Губы Миры растянулись в улыбке, брови поползли вверх.

— Поди, красотка?

— Да. А что?

— Да ничего, просто я по твоему тону поняла. И живет в наших краях?

— Не совсем. В Клэре. Охоты еще немного побаивается, но рука хорошая, и птиц, видно, любит. Вот заехал Фину доложить, что сделка состоялась. И сразу домой — Брэнне обещал, что поработаем вместе.

— Я тоже поеду. — Мира взялась за поводья. — Раз ты с Брэнной раньше меня увидишься, передай ей, что Айона собралась в Гэлоуэй-Сити за свадебным платьем.

— Так ведь еще не скоро!

— Каких-то шесть месяцев, а невеста хочет решить вопрос с платьем прежде, чем уйдет с головой в другие хлопоты.

— Думаешь, жить здесь будут?

Мира собралась было сесть в седло, но остановилась и оглянулась на жилище Бойла над гаражом.

— А где же еще? С трудом представляю, что они вдвоем могли бы втиснуться в комнатушку Айоны, да еще надолго.

Коннор понял, что будет скучать по сестренке. Точнее, по их общению. По разговорам за завтраком, спорам перед сном — в те дни, когда оба оказывались дома.

— Да, у Бойла квартира все же побольше одной комнаты, но если пойдут дети, там, конечно, тоже не развернешься.

— Что-то ты заспешил, с детьми-то... — усмехнулась Мира.

— Почему? У таких шустрых ребят, как Бойл с Айоной, не заржавеет. — Коннор рассеянно погладил коня и оглядел возведенные Фином постройки — для себя и для других. — Им захочется жить в собственном доме, а не в двух комнатах над гаражом, правда же?

— Я об этом как-то не думала. Пусть сами решат. — Мира вскочила в седло. — Пока что ее волнуют платья и букеты, и это правильно. А вон и Фин, Анью ведет.

Она оглядела молодую изящную кобылку, которую Фин вывел из сарая.

— Скоро тоже невестой станет, как мы ее к Аластару посватаем.

— Ну, этой хоть белого платья и цветов не нужно.

— Зато она получит породистого жеребца, а об этом любая девчонка мечтает, — хмыкнула Мира и ускакала под хохот Коннора.

Он посмотрел, как она пустила Руфуса в галоп, конь пошел гладким, как по маслу, размашистым шагом, после чего Коннор направился к Фину.

Приятель присел на корточки приласкать Багса и с улыбкой смотрел, как пес извивается всем телом и глухо рычит.

Общаются, подумал Коннор. Он знал, что Фин это умеет, — как сам он умел говорить с птицами, Айона — с лошадьми, Брэнна — с собаками.

— Он чем-то недоволен? — спросил Коннор.

— Интересуется, не забыл ли я чего. — Фин полез в карман кожаного пальто и достал собачье печеньице. Багс сел и впился умными глазами в печенье.

— Ты хороший мальчик, и вот тебе награда.

Багс аккуратно взял зубами угощенье и с победным видом затрусил в сторонку.

— Как мало ему надо для счастья! — прокомментировал Коннор.

— Он доволен своей жизнью и о другой даже не мечтает. Можно только позавидовать!

— А ты тоже доволен жизнью, Фин?

— Временами. Но мне для счастья печенья и коврика в сарае маловато. Правда, и имею я больше, — добавил он и погладил Анью по шее.

— Красивая лошадка! Другой такой в жизни не видел.

— И она это знает. Правду сказать, в красивой женщине скромность всегда выглядит как-то фальшиво. Вот, собрался на ней прокатиться, пускай они с Аластаром друг на друга мельком взглянут. Для начала. Ну и как тебе Меган?

— Еще одна красотка. Они с Салли друг другу сразу понравились. Расплатилась на месте. — Коннор протянул чек.

— Я так и думал, что они поладят. — Фин кивнул и, не глядя, сунул чек в карман. — Через месяц-другой за второй птицей явится.

Теперь заулыбался Коннор.

— Я тоже так подумал.

— А ты? Не планируешь навещать их в Клэре?

— Такая мысль приходила мне в голову. Но вряд ли. А причина в том, что сейчас слишком много другого на уме. — Коннор взъерошил шевелюру. — Каждое утро просыпаюсь и думаю о нашем деле. И *о нем*. Раньше такого не было.

— Мы его потрепали, но и он нас тоже. Мы ведь тогда Айоне на помощь едва-едва поспели. Конечно, мы не можем этого забыть! Приложили столько усилий — и все равно оказалось мало. И он этого тоже не забудет.

— В следующий раз приложим еще больше. Мы с Брэнной собираемся вместе поломать голову. — Коннор легонько коснулся руки Фина. — Тебе бы тоже надо прийти.

— Не сегодня. Сегодня она мне не обрадуется — она же готовится поработать с тобой вдвоем, без посторонних.

— Брэнна не станет мешать дело с личной жизнью.

— Святая правда, — согласился Фин и, вскочив в седло, дал Анье погарцевать на месте. — Коннор, нам надо жить. Вопреки, благодаря, превозмогая — выбирай любое. Надо жить изо всех сил!

— Думаешь, *он* нас побьет?

— Нет. Нет, ему вас не побить.

Коннор решительно сунул руку под уздечку кобылы и в упор посмотрел Фину в мятежные зеленые очи.

— *Нас*, Фин. Не вас, а *нас*. И так будет всегда.

Тот согласно кивнул.

— Ему не победить! Но до того, как мы с ним сразимся, — а бой будет беспощадный, кровавый, — мы должны жить. Если бы было возможно, я бы, возможно, и выбрал себе другую жизнь, но я намерен получать максимум от той, что у меня есть. Я приеду, довольно скоро, — добавил он.

Фин пустил Анью рысью и скрылся из виду.

Со смешанными чувствами Коннор отправился прямиком домой. Из окон мастерской сочился свет, играя на разноцветных пузырьках и флаконах, в которые Брэнна разливала свои кремы, лосьоны, сыворотки, отвары и настойки. Богатый набор ступок и пестиков, все ее инструменты, свечи и растения были расставлены строго по порядку.

Брэнна сидела за рабочим столом, уткнувшись носом в толстый фолиант — Коннор узнал книгу Сорки, — а рядом устроился на ковре Катл.

В очаге потрескивал огонь, а на плитке перед Брэнной булькал какой-то отвар.

Еще одна красотка, подумал Коннор. Куда ни глянь — всюду они.

Черные волосы Брэнны были убраны назад, рукава свитера закатаны. Она подняла на брата глаза, серые, как дым из трубы.

— А вот наконец и ты. Я тебя раньше ждала. Полдня прошло!

— Были кое-какие дела, я же тебе ясно сказал!

Она вскинула брови.

— Что это с тобой? Какая муха тебя укусила?

— В данный момент ты.

Нет, это не смешанные чувства, понял он про себя. Это уже называется «не в духе». Но на сестре-то зачем срываться?

Коннор подошел к столу, где рядом с плиткой стояло блюдо, обычно полное домашнего печенья, и слегка успокоился, обнаружив там мягкие рогалики, обвалянные в сахаре и корице.

— Как смог, так и приехал. Надо было птицу одну продать.

— Из твоих любимых? Неважно, они у тебя все любимые. Коннор, будь реалистом!

— Я реалист, еще какой! Я продал сокола, покупательница оказалась писаной красавицей, к тому же как будто не ломака и проявила интерес. И я еще какой реалист, раз не забыл, что должен быть здесь, а не польстился на славный перепихон!

— Если для тебя перепихон так важен — пойди и займись! — огрызнулась Брэнна, прищурясь. — Уж лучше я поработаю одна, чем с тобой, когда ты так возбужден и зол.

— Меня бесит то, что это не было для меня важным. И перестало быть важным с того момента, как мы начали готовиться к солнцестоянию, — а это еще когда было! — Коннор сунул печенье в рот, тут же взял второе и подкинул на ладони.

— Налью-ка я тебе чаю.

— Не хочу я твоего чая! Нет, хочу. — Он плюхнулся на табурет рядом со стойкой и почесал Катла, с готовностью водрузившего ему на бедро мохнатую голову. — Дело не в сексе, и не в дамочке, и не в птице. Дело ты сама знаешь в чем. Во всем вот этом. Это дело сидит у меня занозой в заднице, а я не сопротивляюсь.

— А у меня бывают дни, когда хочется залезть на крышу и выть. Орать на всех и вся.

Уже спокойнее, Коннор впился зубами во второе печенье.

— Но ты не орешь.

— Пока нет, но скоро до этого дойдет. Давай выпьем чаю — и за работу.

Он кивнул.

— Спасибо.

Проходя мимо брата к плите, Брэнна погладила его по спине.

— Пока дело не сделано, у нас будут и хорошие, и плохие дни. Но мы должны получать от жизни максимум возможного.

Она занялась чайником, а он уперся взглядом ей в спину и решил не говорить, что точно такие же выражения он только что слышал от Фина.

7

Коннор подумывал, не завалиться ли в паб. Надоело колдовать, заклинать, смешивать зелья. Хотелось света, музыки, разговора, который бы не вертелся вокруг белого и черного, а то и вовсе конца всему, что он знает.

Всему, что он любит.

А если там окажется Элис, можно будет проверить, не отпала ли у нее охота.

Надо же человеку отвлечься, когда сама его жизнь висит на волоске! Отвлечься, развлечься, получить немного тепла. Услышать сладкий стон женщины в своей постели.

А больше всего человеку — мужчине — требуется удрать из дома, когда три самые дорогие ему женщины устроили там сборище клуш, посвященное подготовке к свадьбе. Конечно, слово «клуша» он ни за что не рискнул бы произнести вслух, ему его шкура пока еще дорога.

Но Коннору хватило нескольких шагов, чтобы понять, что никакой паб, толпа друзей и никакая Элис ему не нужны. Вот почему, направляясь к своему пикапу, он достал телефон и набрал сообщение Фину.

В доме одни бабы и разговоры о свадьбе. Если ты у себя, я сейчас буду.

Не успел он завести мотор, как пришел ответ:

Валяй, несчастный.

Он хохотнул и отрулил от дома.

Будет неплохо, решил Коннор, проведя большую часть дня с сестрой за колдовскими книгами и магией крови, оказаться в мужском доме и в мужской компании. Наверняка и Бойл подвалит, они пропустят по паре пива, возможно даже, погоняют в снукер у Фина в так называемой «игровой».

В порядке противоядия от долгого и не вполне приятного дня.

Он поехал лесной дорогой, через зеленую чащу. Вечерние краски меркли, спускались сумерки. Рыжим пятном мелькнула и пропала в кустах лиса, он успел лишь разглядеть, что в зубах у нее еще бьется добыча.

Природа — это не только красота, но и жестокость, это Коннор усвоил с детства.

И для того чтобы эта лиса выжила, полевка должна была умереть. Таков порядок вещей. Для того чтобы выжили они, придется умереть Кэвону. Вот почему он, Коннор, который никогда не вступал в драку, если мог решить дело миром, который в жизни никого не обидел, теперь готов убить без колебаний и сожалений. И больше того — убьет, ясное дело, с гадким наслаждением.

Но нет, сегодня он не станет думать о Кэвоне, об убийстве или о выживании. Сегодня ему нужны только его друзья, пиво и разве что снукер.

Не доезжая с полкилометра до дома Фина, пикап чихнул, дернулся и заглох.

— Вот черт!

Бензина было достаточно, он только вчера залил полный бак. И меньше месяца, как возил машину на полный техосмотр, где проверили все — от двигателя до глушителя.

Машинка должна бежать бодро, как козочка.

Ругаясь, Коннор достал из бардачка фонарь и вылез из машины, чтобы открыть капот.

В двигателях он немного разбирался — как и в трубах, в плотницком или строительном деле, в электропроводке. Если бы его сердцем и умом не завладели ловчие птицы, он бы, возможно, открыл свой бизнес как мастер на все руки.

Умелые руки оказывались весьма кстати в ситуациях подобных этой.

Коннор посветил фонариком на мотор, проверил контакты аккумулятора, затем карбюратор, щелкнул пальцами, чтобы ключ повернулся в зажигании, и стал смотреть, как мотор с противным непонятным скрежетом тщетно пытается завестись.

Все было как будто в полном порядке.

Конечно, можно все бросить, запереть машину и добраться к друзьям, пиву и бильярдному столу пешком.

Но это был вопрос чести.

Поэтому Коннор проверил топливный шланг, еще раз убедился, что контакты аккумулятора в порядке, и совершенно не замечал, как землю заволакивало туманом.

— Ну что за черт!

Он раскрыл ладони над мотором, чтобы сделать последнюю, колдовскую, проверку, прежде чем окончательно сдаться.

И почувствовал в воздухе какой-то мерзкий дым.

Медленно развернувшись, Коннор увидел, что стоит по щиколотку в тумане, который при каждом движении обдает его ледяным холодом. Его обступили тени, темным пологом закрывшие деревья, дорогу и весь мир. За ними не видно было даже неба.

Он явился в облике человека, с красным камнем на шее, который сверкал особенно ярко на фоне внезапно спустившейся кромешной тьмы.

— Один, юный Коннор?

— Как и ты.

Кэвон развел руками и улыбнулся.

— Вот мне любопытно: тебе ведь, чтобы попасть из одного места в другое, никакой машины не нужно. Достаточно лишь...

Кэвон простер руки, воздел выше. И переместился на пару футов без каких-либо видимых усилий.

— Такие, как мы, слишком высоко ценим свой дар, свое искусство, чтобы растрачивать его по мелочам. У меня есть ноги, а при необходимости — машина или конь.

— А в результате ты застрял здесь один, один посреди дороги.

— У меня и семья, и друзья совсем рядом, только кликни. — Говоря это, он предпринял попытку пробиться к ним энергетическим полем, но понял, что эту толстую и плотную стену тумана ему не преодолеть. — А что есть у тебя, Кэвон?

— Власть. — Он произносил это слово с каким-то жадным благоговением. — Власть, которая выше твоего понимания.

— А еще — логово по ту сторону реки, где ты прячешься, один, в темноте. Я же сяду у теплого огня, при свете и пропущу пивка с друзьями и родными.

— Ты из них самый слабый. — Слова сожаления монотонными каплями дождя срывались с его языка. — И ты это знаешь. И они это знают. Ты годишься только для веселья. И для работы. Но из вашей троицы ты самый слабый. У твоего отца хватило ума передать амулет не тебе, а сестре. Не единственному сыну, заметь, а девчонке!

— И из этого ты делаешь вывод о моей слабости?

— Да я это знаю! Ну чем ты можешь похвастаться? Только тем, что дала тебе тетка — и то из жалости. Даже твоя приехавшая издалека сестренка способна на большее. Твоя энергетика — ничто, ты сам — ничто, эдакий шут, прислуживающий другим, которых ты напыщенно именуешь семьей и друзьями. Твой большой друг Финбар выбирает тебя себе в партнеры, поскольку ты не имеешь над ним никакой власти, — и вот ты пашешь на него за зарплату по его прихоти. Ты ничто, и вся твоя сила — ноль!

Колдун говорил, а сам подступал ближе, и красный камень испускал ритмичное мерцание, словно это билось живое сердце.

— Я нечто большее, чем тебе кажется, — возразил Коннор.

— И что же ты такое, мальчик?

— Я — Коннор из рода О'Дуайеров. Я один из *трех*. Я часть Смуглой Ведьмы Мейо. — Коннор вгляделся в темные глаза колдуна и прочел в них решимость. — Мне подвластен огонь. — Он выбросил вперед правую руку, на ладони возник огненный шар. — И воздух. — Выставил один палец, чуть покрутил — и образовался маленький вихрь. — Земля, — продолжал он, и земля задрожала. — Вода. — Пролился дождь, такой горячий, что, падая на землю, капли шипели. — И ястреб.

С пронзительным криком вниз сорвался Ройбирд и с легкостью перышка опустился Коннору на плечо.

— Дешевые трюки и домашние питомцы, вот все, чем ты можешь похвастать! — презрительно процедил Кэвон. Затем высоко воздел руки, широко расставив пальцы. Камень на его шее окрасился в ярко-алый цвет крови.

В нескольких дюймах от сапог Коннора в землю вошла молния, и сразу едко запахло серой.

— Я мог бы убить тебя одной силой мысли. — Голос Кэвона перекрывал раскаты грома.

Уж это вряд ли, решил про себя Коннор и с улыбкой склонил голову набок.

— Дешевые трюки и домашние питомцы? Я могу вызвать огонь, воду, землю, воздух. Испытай мою силу, если тебе самому это по силам! И ястреб мой верный мне предан безмерно. Мы с ним и мы *трое* долг наш исполним. Мой меч — это свет, правда — мой щит, путь предо мною от века лежит. И я принимаю его добровольно, чтоб землю избавить от черного зла.

С этими словами Коннор нанес удар. Мечом, возникшим из огненного шара, рассек воздух, но по противнику не попал. Бицепс левой руки пронзила боль, будто в него вонзился раскаленный клинок.

Не замечая боли, Коннор двинулся вперед и снова занес меч. Волосы его развевались в бешеном вихре, клинок блестел в темноте.

И когда он ударил на этот раз, Кэвон исчез.

Тени расступились, туман уполз.

— Вот моя воля, — негромко, но страстно проговорил Коннор. — Да будет так!

Он выдохнул, набрал полную грудь воздуха, ощутил вкус ночи — сладковатой, влажной и зеленой. Где-то вдалеке с вопросительной интонацией протяжно ухнула сова, какая-то зверушка торопливо бежала через подлесок.

— Ну вот. — Ройбирд подался к хозяину, и их щеки соприкоснулись. — Занятно. Сколько ставишь на то, что мой пикап заведется с полоборота как миленький? Я сейчас к Фину, а ты проводи меня и нанеси визит Мерлину. Или лети назад, домой. Сам решай, брат, — прибавил он по-ирландски.

С тобой, услышал Коннор — и мысленно, и сердцем. Всегда с тобой.

Ройбирд взмыл в небо и устремился вперед.

Еще чувствуя слабость и головокружение от последствий противостояния белой и черной магической силы, Коннор забрался в машину. Она завелась легко, заурчала и быстро домчала его до жилища Фина.

Он сразу прошел в дом. В камине трещал огонь, и это был знак гостеприимства, однако на диване с пивом наготове его никто не ждал.

Зная этот дом не хуже собственного, Коннор прошел в его заднюю часть и услышал голоса.

— Если хочешь горячей еды, — громыхал Бойл, — женись на ком-то, кто тебе ее будет готовить!

— Зачем, если у меня всегда ты под рукой?

— Затем, что я себя прекрасно чувствовал дома с бутербродом и чипсами!

— А у меня в холодильнике прекрасный кусок свинины...

— Зачем ты покупаешь прекрасный кусок свинины, если не знаешь, что с ним делать?

— Вот те на! А с чего бы мне его не купить, если я знаю, что у меня рядом ты?

Несмотря на легкую головную боль, как от больного зуба, перебранка заставила Коннора рассмеяться. Он прошел дальше.

Странно, у него было такое чувство, будто он уже выпил пива, причем немало. Его вроде бы несло верным курсом, но пол под ногами словно имел уклон от середины к стенам.

Коннор вошел на кухню, где так ярко горел свет, что он невольно заморгал, а в голове запульсировала боль.

— Свининка бы сейчас хорошо пошла!

— Ну вот видишь? — Фин с усмешкой обернулся — и лицо у него вытянулось. — Что стряслось?

— Так, мелкая стычка двух магий... Господи, да у вас тут африканская жара!

Слегка пошатываясь, Коннор стал стягивать куртку. И уставился на свою левую руку.

— А ну, гляньте-ка! Что-то у меня рука дымится.

Его качнуло вперед, друзья кинулись подхватить.

— Это еще что за чертовщина? — воскликнул Бойл. — Да он у нас сейчас сгорит!

— Здесь очень жарко! — твердил Коннор.

— Да ничего не жарко! Это все Кэвон, — определил Фин. — Чую его запах.

— Дай-ка я с тебя рубашку сниму.

— О, обычно мне это девушки говорят...

Фин в нетерпении стянул с него рубашку.

Коннор смотрел на свою руку, на огромный черный ожог, на облезающую, в волдырях, кожу. Смотрел как бы со стороны, словно разглядывал какую-то диковину под стеклом.

— Нет, вы только гляньте! — прошептал он. И потерял сознание.

Фин наложил на обожженное место ладони. Его пронзила боль, но он не убирал рук. Не давал ожогу разойтись.

— Говори, что делать! — потребовал Бойл.

— Дай ему воды! Я могу предотвратить растекание, но... Тут нужна Брэнна.

— Я ее привезу.

— Слишком долго! Неси воды!

Фин закрыл глаза и распахнул свое энергетическое поле, дал ему выйти за пределы оболочки. *Коннор ранен. Приходи. Приходи скорей!*

— Вода тут не поможет. — Бойл опустился на колени. — Ни ему, ни тебе. Посмотри на свои руки, они тоже горят! Мне это знакомо.

— И ты знаешь, что это поправимо. — По лицу Фина струился пот, тонкой струйкой бежал по спине. — Если не буду держать — неизвестно, чем это для него закончится.

— Может, льда? Фин, он же горит! Может, сунуть его в ванну со льдом?

— Обычные средства тут не помогут. Быстро иди в мою мастерскую и принеси... Уже не нужно, — с облегчением выдохнул он, видя, как в кухню влетают Брэнна с Айоной, а между ними — Мира с выпученными глазами.

Брэнна кинулась к Коннору.

— Что случилось? — набросилась она на Фина.

— Не знаю. Кэвон — это без всякого сомнения, но ничего более определенного сказать не могу. У него жар, даже небольшой бред. У меня под руками черный ожог, глубокий и расползающийся. Я его пока сдерживаю.

— Дай взглянуть. Дай я сделаю!

— Брэнна, я его сдерживаю. Я мог бы сделать больше, но, боюсь, мне не все под силу. А вот у тебя получится. — Он стиснул зубы от боли. — Но я его не отпущу, даже ради тебя!

— Ну хорошо, хорошо. Но мне надо увидеть. Почувствовать, понять. — Она закрыла глаза, сконцентрировала всю энергию и положила руки поверх рук Фина.

Глаза ее вновь распахнулись, в них стояли слезы, ибо боль у нее под руками была нестерпимой.

— Смотри на меня! — велела она Фину. — Сам он не в состоянии, так что ты смотри за него. Стань им. Почувствуй то, что чувствует он. И исцелись за него. Смотри на меня! — Ее глаза приобрели цвета серой озерной воды и сделались спокойными, очень спокойными.

— Айона, ты положи свои руки поверх моих, отдай мне свою силу.

— Бери всю!

— Холод чувствуешь? Чувствуешь? — повернулась она к Фину.

— Чувствую.

— Холодная и ясная — это сила исцеления. Она заливает огонь, уносит все черное.

Когда Коннора забила дрожь и он застонал, Мира села на пол и положила голову раненого себе на колени.

— Тшш, тшш... — Очень легко и нежно она гладила его волосы, его лицо. — Тшш... Мы с тобой. Сейчас, сейчас полегчает.

Коннор обливался потом — и Фин вместе с ним.

Брэнна вобрала в себя часть жара и боли, и дыхание ее стало поверхностным.

— Держу, — сквозь зубы процедил Фин.

— Теперь ты не один. Целительство — болезненная штука, такова его цена. Смотри на меня, пусть боль перейдет ко мне. Пусть боль уйдет из того, что нам дорог, уйдет медленно, принеся прохладу. Пусть выходит из него, входит в тебя, в меня. Из него, в тебя, в меня. Из него, в тебя, в меня...

Она его почти загипнотизировала. Ее лицо, ее глаза, ее голос завораживали. И постепенно боль утихала, обожженную кожу заливала приятная прохлада.

— Из него, — раскачиваясь, монотонно повторяла Брэнна, — в тебя, в меня... И прочь... Прочь!

— Посмотри-ка на меня! — приказал теперь Фин, почувствовав, как ее руки задрожали. — Мы почти все сделали. Бойл, у меня в мастерской коричневый аптечный флакон с зеленой пробкой. За верстаком на верхней полке.

Очень бережно он отнял руки от раны, чтобы осмотреть ее. Ожог, красный, до мяса, теперь был не больше женского кулака.

— Жар спал, — проговорила Мира, все гладя и гладя Коннора по голове. — Он весь липкий, но уже не такой горячий и дышит ровнее.

— Черноты под ожогом нет, значит, и яда тоже. — Айона повернулась к Брэнне и Фину за подтверждением.

— Все верно. Теперь это просто сильный ожог. Я закончу. — Брэнна наложила руки на больное место и вздохнула. — Просто ожог. И заживает хорошо.

С пузырьком в руке ворвался Бойл:

— Это?

— Оно самое. — Фин взял лекарство, отвинтил крышку и дал Брэнне понюхать.

— Да-да, то, что надо. Отлично! — кивнула Брэнна и подставила ладони, чтобы Фин полил их бальзамом.

— Ну вот, все хорошо, мой милый! — Она мягкими нежными движениями принялась втирать бальзам Коннору в воспаленную кожу. Ожог на глазах уменьшался в размере.

Брэнна все втирала лекарство и ласково ворковала над братом, когда тот вдруг открыл глаза. И увидел над собой бледное лицо Миры и глаза, полные слез.

— Что такое? Что это я на полу? Я еще не пил! — Он протянул руку и смахнул со щеки Миры слезу. — Не плачь, дорогая. — Он попробовал привстать, но его резко повело вбок. — Что я вижу? Вся компания сидит у Фина на полу. Если собрались играть в бутылочку, чур, опустошу ее я.

— На, попей. — Бойл протянул бутылку приятелю.

Жадно, как верблюд в пустыне, Коннор влил в себя воду и вернул пустую емкость.

— Мне бы чего покрепче! Ах да, рука... — вдруг вспомнил он. — У меня же рука была обожена. Теперь вроде все в порядке.

И, увидев выражение Брэнны, он распахнул объятия.

— Это ты меня вылечила!

— Ты меня до смерти напугал! — Она крепко обняла его и держала так, пока не убедилась, что все действительно в порядке. — Так что с тобой произошло?

— Расскажу, только... Спасибо! — Коннор выхватил у Бойла стакан и выпил залпом. Поморщился. — Господи... Брэнди! А в этом доме виски для человека не найдется?

— Брэнди при обмороке — самое то, — назидательно произнес Бойл.

— Я в обморок не падал! — оскорбился Коннор. — Я отключился из-за ран, а это разные вещи. Я бы все же предпочел виски.

— Я принесу. — Мира поднялась, Айона нагнулась и чмокнула Коннора в щеку.

— Ну вот, хоть порозовел чуть-чуть. Ты был такой бледный! И горячий. Пожалуйста, больше так не делай!

— Могу только обещать, что постараюсь впредь избегать подобного инцидента.

— Так в чем он состоял, твой инцидент? — накинулась на него Брэнна.

— Расскажу, все расскажу, но сначала мне надо поесть. Умираю с голоду! Того и гляди грохнусь, а мне не хотелось бы, чтобы меня опять в обмороке обвинили. Но голова у меня кружится, честное слово.

— Есть свинина, но она сырая, — начал Фин.

— Да ты что, даже ничего на ужин не приготовил? — Брэнна вскочила на ноги.

— Я рассчитывал на Бойла, а тут как раз Коннор... Дальше уже не до ужина было.

— Свинину не приготовишь по мановению руки.

Фин криво улыбнулся.

— У тебя бы вышло.

— Ладно, забудь это несчастное мясо и дай какую-нибудь посудину. Блюдо побольше.

— Там вроде есть что-то в этом духе... — Фин махнул в сторону примыкающей к кухне просторной обеденной зоны, где стояли массивные буфеты и горки с посудой.

Брэнна подскочила к шкафам и принялась выдвигать ящики. И быстро обнаружила большое блюдо белликского фарфора. Убрав со стола красивую композицию из выращенных в теплице лилий, она водрузила на середину блюдо.

— Так пользоваться магией, конечно, не дело, но я не могу дать родному брату умереть голодной смертью. Тем более что я сегодня уже зажарила курицу с картошкой и морковью. Итак...

Брэнна подняла руки и щелкнула пальцами. И воздух наполнился ароматами жареной курятины с шалфеем.

— Благодарение богам и богиням! — выдохнул Коннор, ринулся к еде и в мгновение ока обглодал куриную ножку.

— Коннор О'Дуайер!

— Умираю есть хочу, — отозвался он с полным ртом, повернувшись к укоризненно подбоченившейся сестре. — Честное слово! А остальные что едят?

— Кто-нибудь, накройте, ради бога, стол! Мне надо умыться. — Она повернулась к Фину. — Где у тебя гостевой туалет?

— Сейчас покажу.

А ведь она у меня впервые, подумалось ему. Наотрез отказывалась переступить порог этого дома. Чтобы это произошло, понадобилось, чтобы жизнь брата оказалась под угрозой.

Он показал ей дверь, аккуратно врезанную в подлестничное пространство.

— Дай-ка на твои руки взгляну. — Брэнна держалась

очень прямо. А из кухни уже неслись голоса и веселый, беззаботный смех.

Фин выставил руки тыльной стороной. Брэнна со вздохом нетерпения повернула их ладонями вверх.

Все в волдырях, на пальцах рубцы.

— Бальзам поможет, — отмахнулся он.

— Стой-ка.

Она приложила к его ладоням свои, плотно прижала пальцы.

— Я должна сказать тебе спасибо. Я знаю, тебе никакие «спасибо» не нужны. Я знаю, он твой брат — так же, как и мой. Брат по духу, по сердцу. Но для меня он родной, поэтому я тебе очень благодарна.

На глаза ее опять навернулись слезы, дымчато-серые радужки заблестели. Брэнна сдержалась, сглотнула слезу.

— Он был очень плох, по-настоящему плох. Даже не знаю, чем бы все закончилось, если бы ты не сделал для него то, что сделал.

— Я же его люблю!

— Я знаю. — Брэнна вгляделась в заживающие на глазах ладони Фина и помолчала. Потом взяла его руки и поднесла к губам. — Я это знаю, — повторила она и юркнула в туалет.

Как бы глубоко и искренне он ни любил Коннора, это было лишь жалкое подобие его чувств к Брэнне, признался себе Фин и с этой мыслью вернулся в кухню и стал смотреть, как друзья готовятся к первой совместной трапезе в его доме.

— Что же ты нас не позвал? — упрекнула Коннора Брэнна, когда все расселись за столом, чтобы поесть и выслушать рассказ о схватке.

— Я звал. Пытался, по крайней мере. В этих тенях и тумане было что-то новое, не такое, как всегда. Как будто... как будто меня заперли в какой-то ящик, накрепко, и все вокруг исчезло, даже небо. Не знаю, как меня

Ройбирд-то услышал — разве что он и сам был, так сказать, внутри этого ящика. Как бы то ни было, он ко мне пробился. На шее у Кэвона, как всегда, висел камень, он пульсировал в ритме сердца, а когда я призвал стихии, забился чаще.

— В унисон с его состоянием? — удивился Фин. — Отражая его возбуждение, злость и страх?

— Насчет страха я не уверен, он меня ни в грош не ставит.

— Чушь собачья! — Мира ткнула вилкой в кусок моркови. — Это он тебе мозги сбивал набекрень, чтобы твою самооценку понизить.

— Мира права, — поддержал ее Бойл. — Он просто хотел вывести тебя из равновесия. Ослабить твою оборону. Вполне обычная тактика в драке.

— Да видела я тебя как-то в драке! — Айона улыбнулась при воспоминании. — Не больно-то ты с противником разговаривал!

— Это потому, что я дрался с идиотом. А когда считаешь оппонента опытным бойцом или даже сильнее себя, сбивание мозгов набекрень, как выражается наша Мира, бывает очень даже кстати.

— В любом случае, что думает обо мне этот мерзавец, меня нисколько не волнует, — убежденно заявил Коннор, уминая картошку. — А вот удар молнии, надо признать, здорово меня шарахнул.

— Кэвон не пошел в атаку, потому что на тебе был амулет, а это хорошая защита, — рассуждала Брэнна. — И еще потому, что не смерть твоя нужна, а то, чем ты обладаешь. Он попытался подорвать твою веру в себя, испортить наши с тобой отношения, твои отношения с Фином.

— И по всем статьям просчитался. И вот еще что. Когда я нанес ему удар, его камень вспыхнул ярче, но потом у меня мелькнуло ощущение, будто что-то вспыхнуло. Не тот огонь, что меня потом ожог, а что-то мимолетное. И после этого камень потускнел, причем существенно. Потом я ударил снова, и Кэвон исчез, а вместе с ним и тени.

— Он изрядно поистратил на тебя сил. — Брэнна провела рукой по его руке. — Отсечь тебя от всего вокруг, затем ранить, наконец, покрасоваться перед тобой — все это не далось ему даром.

— Если бы только получилось до вас докричаться... Если бы мы все там были...

— Не уверена, — задумчиво произнесла Брэнна.

— Мы твердо знаем, что он не собирался так рисковать, — вступил в разговор Фин. — Он еще не готов снова принять бой от нас всех. Ну то есть кишка у него тонка. А это уже победа!

— Но я вам скажу, слабым он не был. Я чувствовал, как из него сила бьет ключом. Черная сила. И жажда умножить ее еще больше. Я не видел, чтобы он бил, я готов поклясться, что он до меня даже не дотронулся — и тем не менее я получил ожог.

— Ни куртка, ни рубашка у тебя не опалены. Но рукав дымился. — Бойл сделал винтообразное движение вилкой. — Рубашка пропускала дым от твоей горящей руки. Однако же сейчас она на тебе — и никакого следа.

— И прекрасно, потому что это моя любимая рубашка.

— И он оставался в облике человека, — добавила Мира. — Решил не тратить силы на перевоплощение? Все силы, что у него оставались, потребовались, чтобы причинить максимальный вред Коннору. Если бы Фин до прибытия Брэнны не удержал ожог от распространения, все ведь было бы намного хуже, так?

— Намного хуже! — подтвердила Брэнна.

— А это значит, что ослабла бы ваша совокупная энергия. Сила вас троих. Он вас всю жизнь тем или иным образом изучает, и, уж конечно, он знал, что Брэнна примчится и использует все свои возможности, чтобы залечить Коннору рану. И что Айона тоже приложит свою силу. Но если бы рана оказалась серьезнее — как он рассчитывал, — то Коннор на пару дней выбыл бы из строя, а значит, вы трое оказались бы обескровлены. Этого он и добивался, ради этой цели пошел на риск. Но он не учел Фина, — высказала свои соображения Мира.

— Я уже был совсем рядом, — заметил Коннор. — Мог бы додуматься, что я сюда примчусь.

Брэнна нетерпеливо мотнула головой.

— Погодите... Он наблюдал за тобой. Изучал тебя. Но Фина он не понимает совершенно. То есть совсем. Его сбивает с толку тот факт, что они одной крови. Ведь что получилось? Что меня вызовут и я примчусь — это да, ему было ясно, но что Фин примет на себя боль и риск, чтобы остановить расползание ожога?.. Этого он не ожидал! Он тебя совсем не знает, — повернулась она к Фину. — И никогда тебя не поймет. И весьма вероятно, это его и погубит.

— Ему неведомо самое понятие «семья», а соответственно он ее и в грош не ставит. А семью одолеть ему не по зубам! — сыто возгласил Коннор, убежденно накладывая себе еще картошки.

После еды и уборки Коннор повез Брэнну домой. Мира поехала с ними.

— Останешься? — спросил он.

— Нет. Если только я тебе не нужна, — добавила она, обращаясь к Брэнне. — Помнится, какие-то были планы на вечер?

— Поезжай и выспись в своей постели. Свои планы на вечер мы осуществим в другой раз. И свадебные дела обсудим. Коннор тебя домой отвезет.

— Я пришла пешком с работы, машина стоит у конюшен. Можешь меня там высадить. — Мира перегнулась к Коннору из-за плеча Брэнны.

— Я тебя отвезу. Поздно уже, а вечер выдался не из легких. Мягко выражаясь.

— Да уж...

Он довез Брэнну, дождался, пока она войдет в дом,

хотя было сомнительно, чтобы Кэвон еще на что-то был сегодня способен.

— Ей захочется провести вечер с тобой наедине, — тихо произнесла Мира.

— Ты у нас никогда лишней не бываешь.

— Да, но сегодня ей никто больше не нужен. Никогда не видела ее охваченной таким ужасом. Представь: стоим все на кухне, сестрица твоя как раз достает из духовки курицу, мы над чем-то хохочем — даже не вспомню теперь, над чем. И вдруг она становится белее смерти. Это ее призвал Фин, хотя в каких выражениях — мне неизвестно.

Мира помолчала, взяла себя в руки.

— Но она только выкрикнула: «Коннор ранен, он у Фина!» И схватила меня за руку. Айона — за другую. И я полетела. Сколько мы летели, не скажу, может, один миг, а может, час. Сколько лет вас с Брэнной знаю, но такого и вообразить не могла. Очнулась, когда мы уже были на кухне у Фина: ты на полу, еще белее, чем твоя сестра... — Мира помолчала. — И я подумала, ты умер.

— Жалкими потугами какой-то черной магии меня не возьмешь!

— Останови машину.

— Что такое? Тебе нехорошо? Извини. — Коннор съехал на обочину и остановился. — Не надо было мне так шутить...

Все его слова, мысли, сознание куда-то подевались, когда Мира притянула его к себе, обвила руками и, как безумная, впилась поцелуем в его губы.

Как возбужденная, обезумевшая, отчаявшаяся женщина.

Прежде чем Коннор успел шевельнуться, как-то отреагировать и что-то подумать, она отпрянула.

— Что... Что это было? Мы где?

— Я думала, ты умер, — повторила Мира и снова прижалась к нему своим возбужденным, безумным, отчаянным поцелуем.

На этот раз Коннор отреагировал, заключил ее в объятия и немного подвинул, ища более удобную позу. И все время, пока длился поцелуй, он жадно вбирал в себя ее вкус, доселе неведомый и с каждым мигом все более желанный, как незнакомый и неимоверно сладостный наркотик. И все более желанной становилась она. Вся целиком.

— Мира. Дай-ка...

Она вновь отпрянула.

— Нет. Нет! Мы не станем этого делать. Мы не можем.

— Уже сделали.

— Ну, только это... — Она повела рукой в воздухе. — И все, на этом остановимся!

— Вообще-то это еще далеко не все, если только ты...

— Нет! — Мира выставила вперед руку и шлепнула его по груди, не желая, чтобы он продолжал. — Едем. Едем! Езжай!

— Еду. — Коннор вырулил назад на дорогу и вдруг понял, что у него кружится голова. Как после нападения Кэвона.

— Об этом мы говорить не будем, потому что говорить тут не о чем. Я подумала, что ты умер, и меня это потрясло сильнее, чем я ожидала, потому что я не хочу, чтобы ты умер!

Коннор чувствовал, что в душе и в голове у Миры полная неразбериха, и постарался, чтобы его слова прозвучали спокойно и непринужденно.

— Я очень рад, что ты не хочешь моей смерти и что я еще жив. Но...

— Никаких «но» тут нет и быть не может. И точка!

Мира чуть не на ходу выскочила из машины и кинулась к дому.

— Езжай домой, к Брэнне! — тоном приказа выдохнула она. И мягче: — Ты ей нужен.

Если бы не это добавление, он был готов прямиком идти за ней и даже ворваться силой, если придется. И тогда еще посмотрим...

Но, сознавая ее правоту, он лишь дождался, пока она запрет за собой дверь. И поехал домой, мучимый неопределенностью, какой еще никогда не испытывал по отношению к женщине.

И как никогда сильным влечением.

8

Мира приказала себе все забыть. Выкинуть из головы, как минутное помешательство, вызванное небывало сильным стрессом. Не каждый день две лучшие подруги хватают тебя под руки и в мгновение ока переносят по воздуху в другое место! Закрыла глаза в одном месте, а открываешь уже в другом.

И что видишь? Мужчину, о котором ты мечтала всю жизнь, распростертым на полу, без каких-либо признаков жизни.

Другая бы закричала, рассуждала про себя Мира, старательно вычищая денники. А кто-то вообще впал бы в истерику.

А что она? Всего лишь поцеловала этого мужчину, который, к счастью, оказался жив.

— Я его и раньше целовала, и что? — проворчала она, забрасывая в тачку грязное сено. — А что удивительного, если мы знакомы с детства, всю жизнь бок о бок, да с его сестрой — ближайшие подруги? Это ничего не значит. Ровным счетом ничего!

О боже!

Она зажмурилась и оперлась на вилы.

Конечно, она целовала его раньше. А он целовал ее.

Но не так! Совсем не так, и сравнивать нечего. Без этой страсти, без ищущего языка и бешено скачущего сердца.

Что он теперь должен думать? А что думает она сама?

А главное — как, черт возьми, ей себя вести, когда в другой раз его увидит?

— Ну ладно, — возникла сзади Айона и оперлась на свои вилы. — Я тебе дала тридцать две минуты, по часам. Больше не могу. Что происходит?

— А что происходит? — Мира в раздражении надвинула на лоб козырек бейсболки и закинула в тачку еще одну охапку сена. — Вот, навоз вожу. Как и ты.

— Мира, ты сегодня на меня даже не взглянула и за все утро не сказала ни слова. А теперь тут бормочешь сама с собой. Если я тебя чем-то обидела...

— Нет! Конечно, нет.

— Я так и подумала. Но есть же причина, почему ты бубнишь и отворачиваешься.

— Может, у меня месячные.

— Может?

— Н-не знаю... Ляпнула не подумав. — Не помню: в последнее время, когда у меня действительно были эти дни, на меня находит... или нет? Вообще-то... Понимаешь, моя мама...

Айона обличающе ткнула в нее пальцем, оборвав на полуслове.

— Опять ляпнула не подумав. Если, как ты говоришь, мама, ты плюешься и чертыхаешься. А сейчас с тобой что-то другое, ты не плюешься и не чертыхаешься — ты прячешься.

— Ничего я не прячусь! — оскорбилась Мира. — Просто мне надо было кое о чем подумать.

— По поводу вчерашнего?

Мира выпрямилась.

— А что по поводу вчерашнего?

— Ну... Коннор... Его ожог...

— А-а... Ну да, конечно. Конечно, дело как раз в этом.

Айона задумчиво прищурилась и нарисовала пальцем круг в воздухе.

— И?

— Что — и? Разве этого не достаточно? Да любой нормальный человек после такого очутился бы в клинике с нервным расстройством!

— Но ты же не «любой человек»? — Айона приблизилась, заслонив собой свет. — Что у вас произошло, после того как вы уехали от Фина?

— Почему что-то обязательно должно было произойти?

— Ага! — торжествующе вскричала Айона. — А сама в пол уставилась! Что-то было, ты просто говорить не хочешь.

Ну почему она совсем не умеет врать, даже когда это необходимо?

— Я уставилась в пол, потому что тут еще остался навоз и мне его надо подцепить на вилы.

— А я думала, мы подруги...

— Ну, знаешь! Это уже ниже пояса. — Настал черед Миры с укоризной ткнуть в подругу пальцем. — И вид такой жалкий-жалкий! Даже голосок задрожал...

— Вот именно, — усмехнулась Айона. — И все равно я угадала.

Уже готовая сдаться, Мира снова оперлась на вилы.

— Даже не знаю, что сказать. И что теперь делать.

— Поэтому и следует поделиться с подругой. Вы с Брэнной близкие подруги — только не говори, что это опять удар ниже пояса! — и, если ты захочешь с ней потолковать, я готова тебя тут прикрыть.

— Да? — вздохнула Мира. — Мне и впрямь надо будет с ней поговорить. Только не знаю, получится ли. В данный момент было бы легче поделиться не с родной сестрой, а с двоюродной. Так сказать, двигаться постепенно... Дело в том, что...

Она шагнула к воротам и убедилась, что рядом нет ни Бойла, ни Мика, ни кого другого из конюхов.

— Понимаешь, вчера я очень испугалась. Начать с того, что меня подхватили и в один миг, по волшебству, перенесли из одной кухни в другую. У меня вообще в голове все перемешалось!

— Ты что, раньше никогда не летала? Еще бы в голове все не перемешалось! Я-то думала, Брэнна тебя хоть изредка да катала. В порядке развлечения.

— Время от времени она развлекает меня своими штучками. Но она к этому подходит чересчур ответственно.

— Можешь мне не говорить...

— Так вот, рассказываю дальше. Мы оказались в другом месте, и тут я вижу, что Коннор... Я решила, он уже умер.

— Ой, Мира... — Айона импульсивно обняла подругу. — Я-то знала, что он жив, — мы трое друг друга хорошо чувствуем, — но я совсем упустила из виду...

— Ну вот. А я решила, что я — то есть мы — уже его потеряли. Голова и без того шла кругом, а тут внутри все будто скрутило. Потом Брэнна с Фином стали его спасать, и ты тоже. А я ничем не могла помочь!

— Это неправда! — Айона отодвинулась и слегка встряхнула Миру. — Мы все участвовали. Вся команда. Вся наша семья.

— Я все равно чувствовала себя бесполезной. Но это неважно! Было такое облегчение, когда он пришел в себя. Вроде такой же, как всегда. И я думала, я успокоилась. Но когда он повез меня домой, на меня снова накатило, и я — совершенно неосознанно — попросила его встать на обочине.

— Тебе сделалось плохо? Ох ты, жалость какая!

— Нет-нет. Он, кстати, тоже так решил. Но на меня просто что-то нашло, какое-то безумие, правда! Как наброшусь на него, прямо там, в машине!

От изумления Айона разинула рот и отступила назад.

— Ты что — его ударила?

— Не будь идиоткой! Я его поцеловала. И совсем не как брата или друга. И не как человека, которого хочешь поздравить с возвращением с того света.

— Ух! — выдохнула Айона.

— Ух... — эхом отозвалась Мира, нервно шагая взад-вперед. — Хуже того: после этого я его оттолкнула, и можно было бы подумать, что у меня в голове все встало на место — но нет! Я сделала это опять! Естественно, будучи мужчиной, он возражать не стал и даже был согласен на продолжение, если бы я вовремя не опомнилась.

— Что ж тут удивительного? Я, во всяком случае, нисколько не удивлена. Я догадывалась, что что-то тут есть. Правда, когда я зимой приехала, мне сначала показалось, что у вас что-то с Бойлом...

— О господи! — Окончательно добитая, Мира закрыла лицо руками.

— Я знаю, ничего такого не было, максимум — родственные, дружеские отношения. Поэтому я и про Коннора подумала то же самое.

— Так и есть! Конечно! Я просто была потрясена. Последствия травмы, так сказать.

— Последствия травмы — это кома. А любовь в грузовике... то есть в пикапе — нечто совсем иное.

— Да какая любовь? Два раза поцеловались. Больше ничего не было!

— А язык участвовал?

— Черт! — Мира сдернула бейсболку, швырнула наземь и растоптала.

— Помогает? — ехидно поинтересовалась Айона.

— Нет! — Мира сердито подняла кепку и выбила о бедро. — Что я теперь Брэнне скажу? Что я обжималась с ее братом в машине, как сексуально озабоченная школьница?

— Скажи то же, что и мне. А как насчет...

— Вы что, обе будете все утро стоять и чесать языками? Или все-таки немного поработаете? — прикрикнул на них Бойл.

— Мы почти закончили, — ответила Айона. — И нам есть что обсудить.

— Потом обсудите, а сейчас надо навоз вывезти.

— Уйди!

— Я здесь вроде начальник?

Она молча выразительно смотрела на него, пока он не удалился, сердито сунув руки в карманы.

— Не переживай, я ему ничего не скажу.

— Да плевать. — Мира, убитая горем, кидала навоз в тачку. — Вот Коннор — это куда хуже. Мужчины в таких вопросах щепетильнее женщин.

— А что ты сказала Коннору? Потом?

— Я сказала, что никакого продолжения не будет и что я не намерена говорить на эту тему.

— Правильно. — Айоне удалось сдержать смех, но от улыбки она не удержалась. — Это сработает.

— Мы не можем допустить, чтобы из-за минутного помутнения все пошло кувырком! У нас есть куда более серьезные проблемы. У нас у всех.

Айона немного помолчала, потом шагнула к Мире и обняла ее.

— Я понимаю. Если захочешь, я могу пойти с тобой к Брэнне, когда надумаешь с ней поделиться.

— Спасибо за предложение, но я уж лучше сама.

— Иди прямо сейчас, облегчи душу. Я тебя тут подменю.

— И правда, будет лучше снять камень с души, да? — Может, тогда и живот перестанет крутить, подумала Мира и прижала руку к желудку. — Я сейчас тут закончу и сразу сгоняю. Выговорюсь — и снова можно будет сосредоточиться на текущем, не думая ни о чем.

— С Бойлом я улажу.

— Скажи, у меня месячные или еще какая женская хворь. В таких случаях ему обычно крыть нечем.

— Мне ли не знать, — засмеялась Айона и пошла работать дальше.

Не тяни с этим, приказала себе Мира, быстро шагая по лесной дороге. Реши одним махом. Вряд ли Брэнна станет сердиться — скорее посмеется и сочтет все удачной шуткой.

Это было бы прекрасно, тогда и она тоже сможет считать это шуткой.

Только представьте: Мира Куинн вешается на шею Коннору О'Дуайеру! Причем она готова была признать, что отдельные очажки влечения в глубине души у нее еще не остыли.

Но разговор с Брэнной их затушит, и все опять встанет на свои места.

Что с того, что время от времени ее к нему тянуло? А какую женщину не тянуло бы к такому парню, как Коннор О'Дуайер?

Красавец хоть куда, ведь правда? Высокий, поджарый, да еще эта курчавая шевелюра, красивое лицо, многозначительная ухмылка... Прибавьте сюда предусмотрительность, обходительные манеры — этого у него не отнять!

Характер, ясное дело, не сахар, но намного мягче, нежели у нее. Неизмеримо мягче, говоря по правде. И куда более уверенный и оптимистичный взгляд на жизнь, чем у многих, включая ее.

Сколько ему всего выпало — а он не растерял этого своего оптимизма. И заботливого отношения к окружающим. Еще эта энергетика — а ведь куда как непросто обладать такой силой, даже для человека, который варится в этом всю жизнь. Да, Коннор О'Дуайер может сразить наповал.

И он себя знает и умело этим пользуется, причем с женщинами — чаще, чем ей бы хотелось.

Впрочем, Мира его не осуждала. Почему бы по дороге не нарвать цветочков?

С точки зрения здравого смысла и логики она бы предпочла оставаться с Коннором в друзьях, чем пополнить его букет.

Мира вздохнула и обхватила себя за плечи, так как стало довольно прохладно. Придется с ним тоже объясниться — и глупо убеждать себя, что это излишне. Но только после того, как она расскажет все Брэнне и они всласть посмеются.

Вот расскажет Брэнне — тогда можно и с Коннором поговорить. И обратить все в шутку.

Задул сильный ветер, и Мира достала из кармана перчатки. А еще обещали ясное утро, подумала она, глядя, как солнце заволакивают облака.

И вдруг ветер будто прошептал ее имя.

Она остановилась и посмотрела туда, откуда шел звук. И обнаружила, что стоит перед поваленным деревом, рядом с толстыми лианами. На том месте, за которым лежат развалины дома Сорки и земля, способная перемещаться во времени по прихоти Кэвона.

Раньше колдун никогда к ней не обращался. Не удостаивал, не считал нужным. С чего бы теперь? Никакой силой она не обладает, а значит, не представляет для него угрозы. Но сейчас он ее звал, и исполненный искушения голос тронул какие-то струны в ее душе.

Она понимала, в чем состоит опасность, помнила все предостережения и сознавала риск и все же, не помня как, очутилась перед стеной лиан. И, сама того не желая, протянула вперед руку.

Только взглянуть. Взглянуть одним глазком — и все.

Ладонь коснулась упругих веток, и с этим прикосновением в нее влилась дремотная теплота. Мира с улыбкой стала их раздвигать, а сквозь туго переплетенные стебли уже сочился туман.

Высоко в небе крикнул ястреб. И камнем упал вниз. Узкой полосой прорезал густую завесу, и Мира попятилась. Туман уже обвивал ее по колено. Миру стала колотить дрожь.

Ройбирд опустился на поваленный ствол и ясными, бесстрашными глазами воззрился на нее.

— Я хотела войти и взглянуть. Ты *его* тоже слышишь? Он зовет меня. Я только хочу посмотреть.

Она вновь протянула руку, но Ройбирд предостерегающе распростер крылья. А откуда-то сзади донеслось негромкое рычание собаки Брэнны — Катла.

— Идем со мной, если хочешь! Почему бы тебе не пойти со мной?

Катл схватил зубами полу ее куртки и потянул назад.

— Прекрати! Что с тобой такое? Что... Что *со мной* такое? — прошептала Мира, чувствуя, как ее шатает, подгибаются колени и кружится голова.

— Вот черт! — Она положила дрожащую руку на массивную собачью голову. — Хороший пес, умный и верный. Идем отсюда! — Она обернулась на Ройбирда, на сгущающиеся тени и туман, сквозь которые с трудом пробивалось солнце. — Давайте все отсюда уйдем.

И она быстро зашагала, продолжая держать руку на голове пса, а птица сопровождала их, кружа в вышине. Никогда еще Мира не испытывала такой радости, как сейчас, когда оставила позади лесную чащу и дом Смуглой Ведьмы.

Она нисколько не стыдилась того, что бежит сломя голову — так быстро, что, запыхавшаяся, влетела в мастерскую к Брэнне впереди Катла.

Продолжая наливать во флакон некую субстанцию с ароматом сдобного печенья, Брэнна посмотрела на подругу. И немедленно отставила кастрюлю в сторону.

— Что такое? Да ты вся дрожишь! Ну-ка иди сюда, к огню.

— *Он* звал меня, — с трудом выдавила Мира. Брэнна кинулась к ней. — Звал!

— Кэвон. — Брэнна обхватила Миру за талию и подтолкнула в кресло подле огня. — На конюшне?

— Нет, нет, в лесу. Я шла к тебе. В том месте, — знаешь? — рядом с домом Сорки. Брэнна, он меня окликнул, и я пошла. Я хотела войти, хотела идти к нему. Сама хотела!

— Ну-ну, все хорошо. Ты у меня. — Она потерла холодные щеки Миры, и к ним вернулась кровь.

— Я сама этого хотела, понимаешь?

— Он хитер. Он специально делает так, чтобы тебе хотелось. Но теперь ты здесь.

— Я бы не была здесь, если бы не Ройбирд. Он как с неба свалился — в буквальном смысле — и остановил меня. А потом прибежал Катл и стал тянуть меня назад, вцепился в куртку и тянул.

— Они тебя любят — как и я. — Брэнна наклонилась и прижалась щекой к мохнатой голове своего пса, обняла его. — Я сейчас тебе чаю сделаю. Не спорь! Тебе нужно выпить горячего. Да и мне не помешает.

Но сначала она дала собаке печенья и на секунду вышла из дома.

Пошла поблагодарить Ройбирда, догадалась Мира. Дать ему знать, что все в порядке и что она ему за это благодарна. Преданность Брэнна ценить умела.

Желая сказать спасибо и от себя и немного согреться, Мира соскользнула с кресла и тоже обняла Катла.

— Сильный, храбрый, верный! — шептала она. — На свете нет лучше собаки, чем наш Катл!

— Ни одной! Сядь, отдышись. — Брэнна вернулась в дом и занялась чаем.

— С чего бы *ему* меня звать? Что ему от меня понадобилось?

— Ты одна из нас.

— Но я колдовством не владею!

— Не быть ведьмой еще не значит не владеть магией. У тебя есть сердце, есть характер. Ты такая же сильная, храбрая и верная, как и Катл.

— Никогда ничего подобного не испытывала! Как будто все вокруг куда-то отступило, остался только его голос и неодолимое желание ответить на призыв.

— Я тебе сделаю амулет, будешь носить не снимая.

Мира наконец согрелась и сняла куртку.

— Ты мне уже делала амулеты.

— Это будет другой. Посильнее, можно сказать — направленного действия. — Брэнна принесла чай. — А теперь расскажи подробнее, как все было.

Закончив рассказ, Мира выпрямилась.

— Как я теперь понимаю, все произошло в какую-то минуту-другую. А казалось, время тянется и тянется, как во сне. Почему он на меня просто не напал?

— Зачем пускать в расход юную деву? Ею еще можно попользоваться.

— Я уже давно не дева. — Мира опять поежилась. — Даже подумать страшно! А самое ужасное — я бы, наверное, и добровольно пошла.

— Под действием чар — не значит добровольно. Думаю, он бы тобой воспользовался только в том случае, если бы ты к нему пришла. Перенес бы тебя в другое время, попользовал и сделал все возможное, чтобы переманить на свою сторону.

— Тут ему никакое колдовство не помогло бы. Ни за что!

— Конечно, не помогло бы. Но ты же сама говорила, ему понятия семьи и любви неведомы. — Брэнна взяла ее руку и поднесла к щеке. — Он бы нанес тебе вред, Мира, и тем самым ослабил бы нас всех. Сделаю амулет, будешь его носить.

— Конечно, буду.

— Надо ребятам рассказать. За Бойлом тоже не мешает приглядеть. Но у него есть Айона и Фин. А ты переедешь к нам с Коннором.

— Я не могу.

— Я знаю, ты дорожишь независимостью, это совершенно понятно, но пока мы не поймем, как нам действовать, будет лучше, если ты...

— Я его поцеловала.

— Что? Что?! — От неожиданности Брэнна чуть не выронила чашку. — Ты поцеловала Кэвона? Но ты же говоришь, ты туда не пошла?! Что...

— Коннора! Я поцеловала Коннора. Вчера вечером. Я на него чуть не набросилась по дороге. Какое-то помутнение нашло, не иначе. Наверняка из-за нашего полета. Да еще я видела, как он лежит на полу бездыханный, лицо совсем белое. А потом исказилось от боли — ну, когда вы его лечить начали... Я сперва решила, он умер, потом оказалось — нет. Потом... его всего стало трясти, выяснилось, что он горит заживо... А после всего, не успев толком даже рубашку надеть, — как кинется эту курицу поедать! У меня от этого всего мозги закипели — вот и кончилось тем, что я на него набросилась с поцелуями.

— Так... — только и вымолвила Брэнна, когда Мира умолкла, затаив дыхание.

— Но я себя остановила, ты должна это знать. После второго раза.

Брэнна чуть заметно усмехнулась, но невозмутимым тоном переспросила:

— Второго раза?

— Я... Он... Это была ненормальная реакция на все, что случилось.

— А у него тоже была ненормальная реакция на все, что случилось?

— Ну, если подумать... Я бы сказала, первый поцелуй застал его врасплох, что и неудивительно. А второй... Слушай, он все-таки мужик, а?

— Мужик, разумеется, кто б сомневался.

— Но дальше этого не зашло. В этом можешь не сомневаться. Я его заставила меня высадить у дома и сразу уехать. Дальше не зашло.

— Почему?

— Как почему? — Мира уставилась на нее в недоумении. — Он высадил меня у дома, я же говорю!

— Почему он не пошел с тобой?

— Со мной? Ему же надо было домой, к тебе.

— Слушай, Мира, не болтай ерунды! — В голосе слышалось раздражение. — Я не хочу, чтобы из меня делали отмазку.

— Я не это имела в виду, совсем нет! Я... думала, ты рассердишься или посмеешься надо мной, в лучшем случае — не поймешь. А ты...

— А я — ни то, ни другое, ни третье. И даже не удивлена. Меня больше удивляет, почему вам двоим потребовалось столько времени, чтобы к этому прийти.

— К чему прийти?

— К тому, чтобы быть вместе.

— Вместе? — Мира вскочила на ноги. — Я и Коннор? Нет, это невозможно!

— Это почему же?

— Потому что мы друзья!

Мира отхлебнула чаю и уставилась в огонь.

— Когда я думаю о возлюбленном, который был бы мне близок не только телом, но и душой, я думаю о друге. Жар без тепла? На какое-то время сработает, и срабатывает, но ненадолго, — произнесла Брэнна.

— А куда девается дружба, когда заканчивается любовь?

— Не знаю. У меня перед глазами наши с Коннором родители: они до сих пор счастливы вместе. Не то чтобы ежедневно и ежесекундно испытывали восторг, да и кто бы это выдержал? Но счастливы и в большинстве случаев настроены на одну волну.

— А у меня перед глазами мои.

— Я знаю. — Брэнна протянула руку и усадила Миру на место. — Те, кто нас сотворил, дали нам с тобой разные жизненные платформы, да? Когда я позволяю себе мечтать, то мечтаю о таком счастливом браке, как у моих родителей. Чтобы быть с любимым на одной волне. А ты вообще запретила себе что-либо желать, потому что перед тобой пример распада семьи, в основе которого — малодушие и эгоизм.

— Коннор для меня слишком дорог, чтобы пойти на риск все это разрушить. И сегодняшний, и вчерашний день лишний раз доказывают, что нам еще предстоит слишком серьезная борьба, чтобы заводить интимные отношения в нашей дружной команде.

— Мне казалось, Айона с Бойлом такие отношения поддерживают, причем делают это при каждом удобном случае.

Мира расхохоталась.

— Они безумно влюблены и прекрасно друг другу подходят, так что тут иное дело.

— Конечно, решать тебе. И Коннору. — А у Коннора, про себя добавила Брэнна, наверняка будут собственные соображения на сей счет. — Но имей в виду: лично у меня — никаких возражений, если тебя это беспокоило. Да и с чего бы? Я вас обоих нежно люблю. И еще скажу, что, по моему убеждению, секс сам по себе — сильнейшая магия.

— Значит, мне следует спать с Коннором, и это будет только на пользу дела?

— Тебе следует принять такое решение, какое сделает тебя счастливой.

— Сейчас не разберешь, что меня сделает счастливой, а что — наоборот. Вот что мне сейчас точно нужно делать, так это бегом возвращаться на работу, пока Бойл меня не уволил.

— Сначала я сооружу тебе оберег, а потом Катл с Ройбирдом тебя проводят. Держись подальше от того места, Мира!

— Можешь не сомневаться, больше и близко не сунусь!

— Обо всем случившемся расскажи Айоне с Бойлом. Бойл потом передаст Фину, а я поставлю в известность Коннора. Кэвон опять осмелел, так что лучше нам быть начеку.

Рассказывать что-либо Коннору Брэнне не пришлось — после обеда Фин заехал в соколиный питомник и отвел приятеля в сторонку.

— С ней все в порядке? Ты уверен?

— Я час назад с ней виделся. Она в полном порядке и, как всегда, кипит энергией.

— Я был занят, — продолжил Коннор, — и не обратил внимания, что Ройбирд куда-то подевался. А когда заметил, решил, что он на конюшне. Ему нравится болтаться рядом с лошадьми. И с Мирой. Так что я совсем не тревожился, да и он мне сигнала бедствия не послал.

— Потому что они вдвоем с Катлом справились. Теперь Брэнна ей оберег сделала. Сильный, надо сказать: мне Мира показала. Под моим нажимом, разумеется. И сама она у нас тоже девушка сильная. Тем не менее сейчас нам надо всем быть особенно внимательными.

Коннор зашагал взад-вперед, хрустя сапогами по гравию.

— Он бы ее изнасиловал! Неважно, что она сильная — с ним бы она все равно не справилась. Я видел, что он в свое время с женщинами проделывал.

— Слава богу, он до нее и не дотронулся. И не дотронется, Коннор. Мы все тому порукой.

— Да я и за Брэнну боюсь. Он жаждет магической энергии, которой у нее хоть отбавляй. Недаром ведь ее назвали в честь старшей дочери Сорки, и она первая из нас троих, даже фамильный амулет носит она. И еще...

— И еще она — женщина, которую я люблю и которая любит меня, даже если она меня и не желает. Ты не одинок в своих опасениях.

— А Мира для Брэнны все равно что сестра. И это, наверное, делает ее в глазах Кэвона особенно лакомой добычей... — задумчиво предположил Коннор.

— Ударить по Брэнне через Миру? — подхватил Фин и кивнул. — Да, это его стиль.

— Вот именно. А после вчерашнего...

— После того что он причинил тебе? Мира-то тут при чем?

— Ни при чем. Совсем ни при чем. Но косвенно... — Мужчина не должен лгать или прибегать к недомолвкам, когда говорит с друзьями. В любом случае на карту было поставлено нечто куда большее, чем соблюдение приличий. — Вчера, когда я вез ее домой, между нами кое-что произошло. Так, мимолетно, в машине на обочине.

Брови Фина взметнулись.

— Ты полез к Мире?

— Наоборот. — Коннор рассеянно покрутил пальцем в воздухе. — Она — ко мне. Причем с большим энтузиазмом. Потом будто протрезвела, заявила, что никакого продолжения не будет и, мол, вези меня домой. Фин, я люблю женщин, ты же знаешь. Я их люблю целиком, с головы до пят. Их образ мысли, сердце, тело — мне все в них мило. И грудь... Скажи, что такого необыкновенного в женской груди?

— Нам долго надо это обсуждать?

Коннор рассмеялся.

— Ты прав. Об одних сиськах можно говорить часами. Я обожаю женщин, Фин, но, честное слово, в них столько для меня непостижимого!

— На эту тему можно говорить много дней подряд, и все равно ни до чего не договоришься. — Явно заинтригованный, Фин вгляделся в лицо Коннора. — Ты мне вот что скажи: сам-то ты тоже хотел, чтобы продолжения не было?

— Сначала я недоумевал, где это все в нас скрывалось. В нас обоих. Всю жизнь. А потом... Что тебе сказать? Нет, не хотел. И не хочу!

— Тогда, мой дорогой, — Фин потрепал друга по плечу, — все от тебя зависит.

— Я над этим размышляю. И еще думаю: не стал ли этот поцелуй на обочине дороги причиной того, что Кэвон сегодня проявил к ней интерес? Как знать, возможно, все из-за меня? Из-за того, что я о ней думал? Это логично, согласись.

— Да, логично. Вчера он навредил тебе. Может быть, сегодня, через Миру, он решил повторить гнусную вылазку? Так что будьте настороже, вы оба.

— Буду. И прослежу, чтобы Мира тоже не зевала. Ох ты, уже три часа! У меня супружеская пара из Уэльса. Не хочешь составить компанию? Приманку и перчатки я на твою долю захвачу.

Фин хотел было отказаться, но вдруг понял, что уже очень давно не ходил с Коннором на соколиную охоту.

— Я не против, только я все свое принесу.

Коннор поднял глаза и увидел высоко в небе Мерлина.

— Возьмешь его? Доверишь неумехам?

— Он тоже с удовольствием разомнется.

— Тогда, значит, как в старые добрые времена... — И Фин ушел за снаряжением.

Коннор бросил взгляд на часы. Как только выпадет подходящий момент, он отыщет Миру. Хочешь не хочешь, а поговорить им есть о чем.

9

Как будто у Миры сегодня забот было мало! Так нет же — еще и позвонила мама, пришлось выслушивать ее невразумительные стенания, после которых Мира поспешила на поиски Бойла.

Тот сидел в кабинете мрачнее тучи, то есть пребывал в своем обычном состоянии, когда занимался бухгалтерией.

— Бойл!

— Почему цифры с первого раза никогда не сходятся, а? Можешь мне объяснить?

— Не знаю, Бойл. Послушай, мне стыдно тебя просить, но мне надо уйти. Кажется, у мамы в доме пожар.

— Пожар? — Он вскочил — с таким видом, будто собрался мчаться его тушить своими руками.

— Если я правильно поняла, что-то на кухне. Добиться толком от нее я ничего не сумела, она бьется в истерике. Усвоила только, что она не пострадала и что дом тоже дотла не сгорел. Но я, как ни билась, не поняла, насколько там все серьезно, так что...

— Иди. Отправляйся! — Он вышел из-за конторки, взял ее за локоть и вытолкал из комнаты. — Как только сможешь, дай знать, что там и как.

— Обязательно. Спасибо! Завтра отработаю.

— Иди побыстрей, ради Христа!

— Иду, иду.

Мира запрыгнула в машину.

Ничего страшного не случилось, стала уговаривать она себя. Если только не наоборот. С ее мамой никогда не знаешь...

По телефону мама говорила совсем невразумительно — то плакала, то бормотала что-то невнятное. Только знай, «кухня», «дым» и «горит».

А вдруг она пострадала?

Перед мысленным взором Миры возник Коннор с обожженной до черноты рукой.

Горит.

Кэвон.

При мысли, что к несчастью мог приложить руку колдун, Мира похолодела. Неужели в отместку за то, что она не пошла на его зов, он решил добраться до ее матери?

Мира вдавила педаль газа в пол и, не помня себя, на бешеной скорости просвистывала повороты, с замиранием сердца спеша к маленькому «пряничному» домику, с горсткой других таких же примостившемуся на окраине Конга.

Дом стоял на месте, на белых стенах, серой крыше и в аккуратном палисаднике следов какого-либо ущерба Мира не обнаружила. Палисадник и впрямь был образцовым, ведь садик перед домом и позади него был единственным, что по-настоящему интересовало в жизни Колин Куинн.

Мира рванула калитку, которую сама красила прошлой весной, и пронеслась по дорожке, на ходу роясь в сумке в поисках ключей — мать упорно денно и нощно запиралась на все замки, опасаясь грабителей, насильников и инопланетян.

Но Колин уже выскочила ей навстречу, молитвенно сложив на груди руки.

— Ой, Мира, слава богу, ты уже здесь! Что бы я без тебя делала? Что бы я делала?

И она рухнула в объятия дочери, вся в слезах, трепещущий комок отчаяния.

— Ты цела? Дай я посмотрю!

— Я обожгла пальцы! — Колин, как ребенок, подняла к ее лицу руку, демонстрируя ожог.

К своему облегчению, Мира увидела, что ожог совсем небольшой и быстро пройдет, надо только правильно наложить мазь.

— Хорошо, хорошо. — Мира легонько поцеловала пострадавшее место. — Ты цела, это самое главное.

— Ты бы видела, какой ужас! Кухня в руинах. Что теперь делать? Ой, Мира, что же теперь делать?

— Пойдем сперва посмотрим, тогда и будем думать, что делать.

Развернуть Колин и втолкнуть ее в дом труда не составило. Свой рост Мира унаследовала от давно исчезнувшего из ее жизни отца. Колин же была миниатюрной и худенькой. И с неизменной аккуратной прической — обстоятельство, частенько заставлявшее Миру чувствовать себя неуклюжим медведем, ведущим на поводке пуделя с безупречной родословной.

В передней никаких разрушений — уф! Хотя запах гари ударил в нос, и перед глазами повисла полупрозрачная пелена.

Дым, с облегчением определила Мира. Все лучше, чем туман.

В три шага она очутилась в компактной кухне-столовой, где дым сгустился тонкой завесой.

Разрушений нет, однако разгром налицо. Правда, сразу поняла Мира, не в результате воздействия злокозненной силы, а как следствие неряшливости и неорганизованности хозяйки.

Продолжая обнимать за плечи рыдающую мать, она огляделась.

Обгоревшая сковорода. Обугленная баранья нога на полу. Рядом с незадавшимся мясным блюдом — мокрая и обгорелая же тряпица. Все ясно.

— Ты сожгла мясо, — осторожно высказалась Мира.

— Затеяла запечь баранину, сегодня ко мне на ужин должен прийти Донал со своей девушкой. Я, конечно, не могу одобрить, что он сошелся с Шэрон до брака, но я все равно его мать!

— Значит, ты запекала баранину... — пробормотала Мира уточненный вариант.

— Ты же знаешь, как Донал любит баранью ногу. Я и вышла-то всего на минутку. У меня в саду завелись улитки, и я пошла поменять пиво в лотках. Я их так приманиваю.

От волнения Колин кудахтала, как квочка. Она жестом указала на заднюю дверь кухни, как будто Мира не знала, где у нее сад.

— Они едят мой бальзамин! Вот... приходится принимать меры.

— Ладно. — Мира принялась открывать окна, так как Колин об этом почему-то не подумала.

— Меня не было совсем недолго! Я просто подумала, раз уж я вышла, надо бы и букет для стола нарвать. На званый ужин полагается ставить на стол цветы.

— Хмм... — промычала Мира, собирая с мокрого пола раскиданные цветы.

— А потом вхожу — а вся кухня в дыму, представляешь? — Все еще охваченная возбуждением, Колин в слезах оглядела помещение. — Я бросилась к духовке, баранина горела, я схватила тряпку, чтобы прихватить...

— Понятно. — Мира выключила духовку, отыскала свежую тряпку, подняла с полу сковороду и обугленное мясо.

— Тряпка тоже почему-то загорелась... Пришлось все бросить и заливать водой вон из той кастрюли, я как раз картошку поставила.

Пока бедная женщина заламывала руки, Мира собрала картошку и сложила в раковину, чтобы потом перемыть заново.

— Мира, это катастрофа, просто катастрофа! Что мне теперь делать? Что делать?

Матушка, как это не раз случалось, была выбита из колеи, раздосадована и во власти обманутых ожиданий — обычный для нее житейский коктейль эмоций. Смирившись со своей участью, Мира вытерла руки о рабочие штаны.

— Пока я тут вытираю пол, надо бы открыть окна в гостиной.

— Мира, но ведь дым потянет туда, и он попортит там краску! А пол? Посмотри: он же весь черный от этой тряпки! Страшно подумать, как я хозяину признаюсь. Меня же в два счета выставят!

— Никто тебя не выставит, мам. Если стены пойдут пятнами, мы их подкрасим. Открой окна, как я тебе говорю, а потом смажь руки мазью, что тебе Брэнна дала.

Но Колин продолжала стоять, всплескивать руками и хлюпать носом. Ее полные слез глаза взирали на учиненный ею кухонный катаклизм страдальчески и потерянно.

— А в семь уже ребята явятся!

— Мам, давай не все сразу, — ответила Мира, орудуя шваброй.

— Не могла же я ему позвонить и сказать, что у меня тут несчастье! Он же на работе!

«А мне — можно, — подумала Мира, — ты же никогда не понимала, что не только мужчины, но и женщины могут работать. И работают, и нуждаются в этом».

— Ок-на! — повторила она вслух.

И ведь это не от подлости характера, успокаивала себя Мира, надраивая полы, отнюдь не испорченные, а всего лишь запачканные копотью. И даже не от обычного эгоизма. Просто мама сделалась совсем какой-то беспомощной.

И разве можно ее в этом винить, если она всю жизнь жила как у Христа за пазухой? Всю жизнь о ней кто-то заботился — сначала родители, потом муж, теперь вот дети.

Она и не знает, как самой управляться. И даже, подумала Мира, со злостью глядя на противень, как зажарить чертову рульку.

Она отжала швабру и послала сообщение Бойлу. Незачем ему зря волноваться.

Никакого пожара, сгорела баранья нога. Разгром впечатляет. Ущерб нулевой.

Мира соскребла погибшее мясо и отправила его на помойку. Потом отмыла картошку и положила сушиться — она была еще сырая, потому что мама, к счастью, забыла включить под ней огонь.

Противень она положила в раковину отмокать, после чего поставила чайник, пока Колин продолжала сокрушаться, что ее теперь выселят.

— Мам, сядь.

— Как я могу сесть, когда я так расстроена?

— Сядь! И выпей чаю.

— Но Донал... Что я буду делать? Изуродовала кухню, а они сегодня придут на ужин. А хозяин? Он наверняка взбесится.

Мира в уме повторяла таблицу умножения. На семь — данный раздел ей особенно не давался. Благодаря этому, повернувшись к матери, она сдержалась и не повысила голос.

— Во-первых, раскрой глаза: где ты видишь изуродованную кухню?

— Но я... — Словно увидев собственную кухню в первый раз, Колин закудахтала: — Чудесно отмылось, правда?

— Да.

— Но дымом еще попахивает.

— Подержишь окна открытыми, и все выветрится. В худшем случае придется помыть стены. — Мира заварила чай, выложила шоколадное печенье на одну из любимых маминых красивых тарелочек и — поскольку это была ее мама — достала белую льняную салфетку.

— Сядь и попей чаю. И давай руки твои посмотрим.

— Уже намного лучше. — Колин, теперь уже с улыбкой, показала пальцы и проворно пошевелила ими. — Брэнна свое дело знает, правда же? Все эти лосьоны, кремы, свечи, всякие прочие штучки у нее так хорошо получаются! Я обожаю отовариваться в «Смуглой Ведьме». Как ни зайду — непременно себе что-нибудь подберу. У нее такой симпатичный магазинчик!

— Да уж.

— Она и сюда то и дело наведывается, приносит мне новое на пробу. Я ей потом рассказываю, понравилось или нет.

— Я знаю. — Как знала она и то, что тем самым Колин получает разные «штучки» с минимальными затратами.

— Брэнна славная девочка. И всегда так хорошо выглядит!

— Это правда, — согласилась Мира, отлично зная, что Колин хотела бы видеть дочь в модных платьях, а не в рабочих штанах конюха.

«Уж придется нам с тобой, мам, смириться с тем, что мы друг друга разочаровываем», — подумала Мира, но больше ничего не сказала.

— Кухня превосходно отмылась, Мира, спасибо тебе! Но теперь у меня никакой еды нет, да и времени совсем не осталось, чтобы приготовить ребятам приличный ужин. Что обо мне подумает Шэрон?

— Она подумает, что у тебя на кухне случилась досадная неприятность и поэтому ты позвонила в отель «Райан» и заказала столик на троих.

— Ой, но ведь...

— Я все устрою, счет выпишут на мое имя. Вы чудесно поужинаете, а потом придете сюда и выпьете чаю с легким десертом — который я сейчас куплю в кафе «Монкс». Ты подашь его на своем прекрасном фарфоре, и все будет отлично. У вас получится замечательный вечер!

Щеки Колин разрумянились от предвкушаемого удовольствия.

— Звучит чудесно, просто чудесно!

— Скажи мне, мам, ты хорошо помнишь, как тушить пожар на кухне?

— Ну, как? Заливать водой. Я так и сделала.

— А лучше огонь чем-то накрыть, чтобы воздух не поступал к пламени. В шкафу со шваброй у тебя есть огнетушитель, помнишь? Его еще Фин привозил, а Донал повесил на стенку, чтобы всегда был под рукой. На стене в маленькой кладовке!

— Ой, а я о нем и не подумала... Я так перепугалась! Да я и не помню, как с ним управляться-то.

Вот те на, мысленно взвыла Мира.

— Если не огнетушитель, то можно засыпать огонь питьевой содой, а лучше посыпать ею вокруг, а огонь закрыть крышкой от кастрюли — перекрыть доступ воздуха. А самое надежное — не уходить из кухни, пока у тебя что-то готовится. Можешь установить на духовку таймер, тогда тебе не придется сидеть привязанной, пока печешь или жаришь.

— Я собиралась...

— Не сомневаюсь.

— Мира, прости, что я тебя дернула, мне правда жаль.

— Я знаю. Но теперь, кажется, все в порядке, да? — Она положила свою руку на мамину. — Мам, неужели тебе будет хуже жить рядом с внуками?

Мира еще немного бесславно поагитировала матушку за переезд к Морин, а потом поспешила в кафе, где купила роскошный торт с кремом, несколько сконов и сладких булочек. И заскочила по пути в ресторан и договорилась с управляющей, своей школьной подругой, после чего вернулась назад к матери — сгрузить покупки.

Возвращаться на работу было поздновато, да и голова все равно разболелась, поэтому Мира прямиком покатила домой, откуда позвонила сестре.

— Морин, пора тебе забирать маму. Твоя очередь.

Целый час они спорили, торговались, ссорились, хохотали, плакались друг другу, после чего Мира наконец достала таблетки от головной боли и прямо над раковиной запила их водой.

После чего долго изучала себя в зеркале. Под глазами круги — это от недосыпа. Невероятная усталость тоже красоты не прибавляет. И еще она с неудовольствием потерла морщинку между бровями.

Еще один такой день, заключила Мира, и ей понадобятся все лосьоны и кремы, которые только сможет изобрести Брэнна, иначе выглядеть ей настоящим страшилищем. И конечно, не помешает капелька волшебства...

Хоть на один вечер забыть обо всем, сказала она себе. О Конноре, о Кэвоне, о маме и остальной родне. Один спокойный вечер, взмолилась она, уповая на высшие силы, расслабленный, в пижаме — и с толстым слоем чудодейственного крема на физиономии. Добавить сюда пинту пива, чипсы — или что у нее найдется на кухонных полках — и телевизор.

И больше ничего не надо.

Решив начать с пива — у нее была привычка брать холодную банку с собой в душ, — Мира направилась было в кухню, но тут в дверь постучали.

— Уходи! — проворчала она. — Кто б ты ни был — пошел немедленно вон! И никогда не возвращайся.

Тот, кто там был, постучал опять, и она бы снова его проигнорировала, если бы не услышала:

— Мира, открывай! Я знаю, ты здесь.

Коннор. Она вздохнула, но все же поплелась к двери. Открыла.

— Слушай, я собралась немного отдохнуть, так что лучше проваливай.

— Что это было — пожар у твоей мамы?

— Да ничего. Отвали, а?

Он прищурился.

— Выглядишь ты ужасно!

— Ну, спасибо. Именно подобных комплиментов мне и не хватало — после такого-то дня!

Она хотела захлопнуть перед ним дверь, но Коннор успел вставить плечо. Они принялись пихать дверь каждый со своей стороны, и выглядело это очень глупо. Только Мира забыла, что этот парень сильнее, чем кажется.

— Хорошо, хорошо, входи. Все равно день, считай, пропал.

— У тебя болит голова, ты устала и поэтому злишься.

Не дав ей уклониться, он прижал ладони к ее вискам, пробежал пальцами по всей голове и вниз, к основанию черепа.

И пульсирующая боль отступила.

— Я уже приняла таблетку.

— Этот способ быстрее. — Он несильно помассировал ей плечи, убрав скованность мышц. — Сядь и сними сапоги, я принесу тебе пивка.

— Я тебя не приглашала ни на пиво, ни на посиделки. — После того как он избавил ее от головной боли и проявил к ней столько внимания, Мира сама устыдилась своей злости. А устыдившись, разозлилась еще пуще.

Коннор склонил голову набок, его лицо выражало долготерпение и сострадание. За это ей захотелось его треснуть. И посильнее.

И еще — положить голову ему на плечо и так замереть. Просто дышать.

— Еще, поди, и не ела?

— Да я только что приехала.

— Сядь, — отрывисто скомандовал он.

Коннор прошел на кухню, вернее, в то место, которое так называлось. Двухконфорочная плита, невысокий холодильник, крошечная мойка и небольшая рабочая поверхность были компактно втиснуты в угол ее комнаты и вполне удовлетворяли ее потребностям.

Мира тихонько выругалась, но села и стянула с ног

сапоги, с прищуром наблюдая, как Коннор роется по шкафам.

— Что ты там хочешь найти?

— Кажется, быстрее всего будет запечь пиццу из морозилки. Я и сам не откажусь, потому что тоже еще не ел.

Коннор снял упаковку и сунул пиццу в духовку. Достал из холодильника пару бутылок «Харпа», откупорил и вернулся к Мире.

Протянул ей пиво, а сам сел рядом и по-хозяйски задрал ноги на журнальный стол.

— Начнем с конца. У твоей матери был пожар. На кухне, говоришь?

— Да и это громко сказано. Сожгла баранью ногу, а по ее реакции можно было подумать, что она учинила такой пожар, от которого вся деревня выгорела.

— Положим, кулинарными способностями твоя мама никогда не блистала...

Мира фыркнула и глотнула пивка.

— Готовит она ужасно. Ума не приложу, что ей вздумалось устраивать этот званый ужин с Доналом и его девушкой. Наверное, потому, что так положено, — тут же предположила она. — В ее представлении так принято, а она не может не «соответствовать». У нее же сплошь Беллик, Ройял Тара и Уотерфорд, ни больше ни меньше, а на окнах тончайшие ирландские кружева. Не поверишь, для работы в саду или пробежаться по магазинам она наряжается так, будто идет на ланч в пятизвездочный отель. Прическа всегда волосок к волоску, и не дай бог, если помада чуть не того оттенка. А начнет варить картошку — непременно все вкривь и вкось.

Мира умолкла и опять поднесла ко рту пиво. Коннор молча потрепал ее по коленке.

— Живет в арендованном домушке размером не больше того сарайчика, где они по молодости ютились с отцом, и запирается на сто замков, потому что ей всюду мерещатся воры и злодеи, которые, в ее воображении, целыми бандами лежат в засаде. Ей даже в голову не приходит, когда дом полон дыма, открыть окна.

— И тогда она позвонила тебе.

— Естественно, кому же еще! Доналу она звонить не решается — он же на работе! А я просто так, развлекаюсь с лошадками. В свое удовольствие.

Мира вздохнула.

— Я знаю, умом она вроде и понимает, что это не так, но в глубине души... Сама она в жизни не работала. Выскочила замуж совсем девчонкой, он ее вытащил из грязи, со временем поселил в шикарном доме с прислугой, одаривал драгоценностями. Единственной ее обязанностью было служить ему изящным украшением и растить детей — ну, и принимать гостей, конечно, это как часть «украшения». Но для кухни у нее имелась миссис Хэнниган, а для всего другого — горничные.

На Миру вновь навалилась усталость, и она посмотрела на свое пиво.

— А потом ее мир в одночасье рухнул. Неудивительно, что она такая беспомощная и ранимая в самых простых вещах.

— Твой мир тоже рухнул.

— Это другое. Я была еще маленькая, мне было легко перестроиться, да и стыда в отличие от нее я не испытывала. У меня были вы с Брэнной, Бойл и Фин. А она отца любила. Мужчину по имени Джозеф Куинн.

— А ты, Мира, разве не любила отца?

— Любовь иногда умирает. — Она глотнула. — А ее любовь не умерла. Она хранит его фотографию у себя в комнате в серебряной рамке. Всякий раз, как вижу это фото, мне хочется кричать. Он к ней никогда не вернется, а если бы и вернулся, ей не следует его пускать. Но она бы пустила.

— Это ее сердце, а не твое. Чужая душа потемки.

— Ее душа держится за иллюзию, а не за реальность. Но ты прав. Это ее сердце, не мое.

Она откинулась назад и прикрыла глаза.

— То есть ты в очередной раз ее утешала?

— Я наводила порядок, она же заливала огонь из кастрюли с картошкой, и все это было на полу. Спасибо еще, конфорку под кастрюлей включить забыла, обошлось одной катастрофой. Теперь вот будет принимать Донала с его девушкой в отеле «Райан».

Коннор снова погладил ее по ноге.

— За твой счет.

— Да деньги — это пустяк! Я позвонила Морин, и мы имели длинный разговор. Ее очередь, черт бы ее побрал! Мэри Клэр слишком далеко живет. Но если бы мама жила с Морин, оттуда она могла бы и Мэри Клэр с детьми навещать, и сюда иногда наведываться. А брат... Жена у него прекрасная, но все же, мне кажется, легче ужиться с родной дочерью, чем с невесткой. И лишняя комната у Морин в доме имеется. И муж у нее чудесный, доброжелательный парень.

— А чего мама хочет?

— Она хочет, чтобы вернулся отец, вернулась та жизнь, которую она знает и помнит. Но это нереально... А с малышней ей было бы хорошо. Ребят она любит, хорошо с ними ладит, у нее на них терпения — позавидуешь. Сегодня я под конец попробовала уговорить ее переехать к Морин, хотя бы в порядке эксперимента. Я убеждена — честное слово! — что так будет лучше для всех. Она очень поможет Морин с ребятней, тем более что они ее обожают. Она там будет счастлива, да еще жить станет в большом, хорошем доме. И подальше отсюда, где ей все напоминает о былом.

— Думаю, ты права, если, конечно, мое мнение имеет какое-то значение.

Мира опять вздохнула и сделала еще глоток.

— Имеет. Понимаешь, мама не из тех, кто может легко жить в одиночку и радоваться. А Доналу пора свою жизнь начинать. Мне нужна своя. Морин — вот решение, причем она только выиграет оттого, что с детьми будет кому посидеть, когда ей захочется куда-то завалиться.

— Это хороший вариант. Для всех вас. — Он потрепал ее по руке. Загудел таймер, и Коннор встал. — Ну вот, пицца готова. Садимся есть, и ты мне расскажешь, что у тебя вышло с Кэвоном.

Не так она представляла себе этот вечер, но несмотря на это, почувствовала, что напряжение уходит. Не пересаживаясь с дивана, Мира проглотила свою долю пиццы и только тогда поняла, насколько была голодна. И второе пиво пошло легко.

— Я Брэнне уже говорила, все было как во сне. Будто сквозь вату. Теперь я понимаю, что имела в виду Айона, когда рассказывала о первом с ним столкновении. Тебя словно несет по течению, ты вроде даже не в своем теле. Да, и еще было очень холодно, — добавила она. — Это я как-то упустила.

— Холодно?

— Да, перед тем как все началось. Внезапно так похолодало, что я даже перчатки надела. И ветер сильный поднялся. Изменилось освещение. Утро было ясное, как и обещали, но внезапно сделалось серым и мрачным. Я подумала, на солнце облако нашло, но нет...

Теперь Мира усиленно напрягала память, стремясь припомнить все, как было. Увидеть все заново.

— Тени! Были тени. Откуда взяться тенями, если солнце скрылось? Об этом я тоже забыла, Брэнне не сказала. Наверное, слишком была взвинчена.

— Не страшно. Теперь зато мне рассказала.

— Тени двигались вместе со мной, и внутри их мне было тепло, хотя на самом деле — наоборот, я просто коченела, понимаешь? Коченела, а сама думала, что мне тепло. Бред, да?

— Если тебя интересует, понятно ли мне, о чем ты говоришь, отвечаю: понятно. Характерные черты его магии — не только мрак, но и холод. Тепло было лишь трюком, оно существовало только в твоем сознании. Как и охватившее тебя влечение.

— Остальное я тебе все рассказала правильно. Он

звал меня по имени, я стояла перед этими лианами и уже тянулась к ним рукой, чтобы их раздвинуть, хотела пройти туда, куда он звал, прямо-таки жаждала. И жаждала откликнуться на обращенный ко мне зов. Хорошо, что Ройбирд с Катлом поспешили на помощь.

— Если у тебя опять появится желание прогуляться от работы до нашего дома, пожалуйста, держись от этого места как можно дальше. И во время своих маршрутов с клиентами — тоже.

— Конечно, я теперь туда ни ногой! Меня в это место по привычке занесло, а привычка штука такая: как привыкла, так и отвыкну. В любом случае Брэнна сделала мне оберег. И Айона тоже. А еще один Фин силой всучил.

Коннор порылся в кармане и достал мешочек.

— А вот и от меня изволь получить.

— Что же мне теперь, с полными карманами амулетов ходить?

— Да уж, будь так добра. Один держи здесь, рядом с дверью, один — в пикапе, один — возле кровати: сон — вещь уязвимая. Остается один, чтобы носить в кармане. — Коннор вложил мешочек в ее ладонь и сомкнул ей пальцы. — Постоянно, Мира!

— Ладно. Все-то у вас продумано...

— И еще носи вот это. — Он достал из кармана тонкий кожаный шнурок с нанизанными на него полированными бусинами.

— Симпатичные! А зачем мне их носить?

— Я сделал эти бусы, когда мне и шестнадцати не было. Вот это голубой халцедон, это яшма, а это нефрит. Халцедон хорошо защищает от черной магии, нефрит помогает в случае физического воздействия — ты как раз такое сегодня перенесла. Яшма вообще считается отличным защитным средством. Так что носи их не снимая, ладно?

— Ладно. — Мира нацепила бусы. — Когда все закончим, получишь назад. Искусно сделаны! — пригляделась она. — Но у тебя всегда руками хорошо получалось.

От этих слов, невольно слетевших с языка, ее покоробило.

— Итак, я перед тобой отчиталась о своих сегодняшних успехах и поражениях. И спасибо тебе за пиццу, хоть она и была из моего холодильника.

Мира хотела было встать и пойти мыть посуду, однако Коннор молча взял ее за локоть и усадил на место.

— Мы отмотали события назад, но еще не до конца. Теперь давай перейдем к вчерашнему вечеру.

— Я тебе уже сказала: то, что было вчера, ничего не значит.

— То, что ты сказала, — полная чушь.

Коннор произнес это таким беспечным, почти веселым тоном, что ей захотелось огрызнуться, но она сделала над собой усилие и заговорила нарочито ровным голосом:

— Коннор, для одного дня мне потрясений достаточно.

— Почему бы нам не разобраться с этим раз и навсегда? Мы же друзья, правда, Мира?

— Друзья. Именно об этом я и толкую.

— Но с твоей стороны это не был дружеский поцелуй, при всех поправках на нервы и потрясения. И я тоже, когда оправился от удивления, ответил тебе далеко не дружеским поцелуем.

Мира пожала плечами, желая показать, что это для нее абсолютно ничего не значит, и только молилась, чтобы прекратилось предательское трепетание в животе. Как будто она не полпиццы съела, а целую стаю бабочек.

— Знай я, что ты до такой степени заведешься от одного поцелуя, — ни за что бы не дала себе воли.

— Не завестись от такого поцелуя может лишь мужик, который полгода как умер. Но подозреваю, даже он бы почувствовал некоторое возбуждение.

— Это говорит только о том, что я хорошо целуюсь.

Коннор улыбнулся.

— Твое искусство я сомнению не подвергаю. Я только говорю, что на дружеский поцелуй это не тянет. И на утешение тоже. Там еще кое-что было.

— Значит, прибавь сюда капельку любопытства. Это неудивительно, правда? Мы взрослые люди, мы живые люди, и мы оказались в очень необычной ситуации. Ну, было... случилось на нервной почве — и хватит об этом!

Коннор покивал, словно взвешивая ее аргументы.

— Я бы не стал спорить, если бы не одна вещь.

— Что еще за вещь?

Только что он сидел, небрежно развалясь, и вдруг так проворно передвинулся, что застиг ее врасплох. Приподнял, притянул к себе и прильнул губами к ее губам.

И случилось опять, быстро, жарко и со всей страстью. Внутренний голос твердил Мире, что надо его оттолкнуть, поставить на место, но она осталась к нему глуха, поскольку была чересчур увлечена происходящим.

Потом Коннор потянул ее за косу, привычным дружеским жестом, губы их разомкнулись, но они остались глаза в глаза. Глаза Коннора, хорошо знакомые, приобрели более глубокие, более темные оттенки зеленого и засверкали золотистыми блестками.

— Вот такая вещь.

— Это... — На сей раз Мира, не в силах устоять, прильнула к нему теснее и ощутила биение его сердца. — Это всего лишь физическое влечение.

— Да?

— Да. — Мира заставила себя податься назад — так безопаснее, решила она. — А главное, Коннор, нам надо хорошенько подумать. Нам обоим. Мы с тобой друзья, мы всегда были друзьями. А теперь еще и часть команды, которой мы не можем рисковать.

— А чем мы рискуем?

— Если мы займемся сексом...

— О, отличная мысль! Я — за.

Она покачала головой, но расхохоталась.

— Да тебя хлебом не корми... Но сейчас это будем ты и я. И представь, что произойдет, если вдруг наши отношения как-то осложнятся — мы ведь знаем, какая может возникнуть напряженность, и она неизбежно будет, если дело дойдет до секса.

— Если все делать правильно, секс, наоборот, снимает всякое напряжение.

— Ненадолго, — согласилась Мира. Правда, в данный момент одна мысль о сексе с Коннором ее напряжение только усиливала. — Но мы можем накликать большие неприятности и друг на друга, и на ребят, причем в то время, когда это будет совсем некстати. Нам сейчас следует целиком сосредоточиться на том, что предстоит сделать, и по мере сил избегать всяких осложнений личного характера.

Как всегда беспечно, Коннор взял свое пиво и осушил до дна.

— Вот в чем твоя беда: ты слишком много думаешь, все время просчитываешь последствия и не даешь себе насладиться моментом.

— За одним моментом следует другой.

— Вот именно. Поэтому, если ты какой-то момент пропустила, а уже наступил другой — какой тогда вообще смысл?

— Смысл в том, чтобы ясно видеть продолжение и быть готовой к следующему моменту, а после него — к следующему. И нам нужно все это взвесить, причем самым серьезным образом. Мы не можем запрыгнуть в койку только потому, что у обоих зачесалось. Ты мне небезразличен, но и все остальные тоже.

— Мою дружбу ты ничем поколебать не сможешь, ни словом, ни делом. И даже отказом в тот момент, когда мне больше всего хочется получить твое согласие. Даже больше, чем я сам бы хотел.

Коннор тоже поднялся.

— Ну что? Подумаем, немного подождем и посмотрим, во что трансформируются наши чувства.

— Это же самое правильное, так? Всего-то и нужно, что дать себе время остынуть, чтобы решить все на холодную голову, а не поддаваться порыву, о котором потом можем пожалеть. У нас обоих для этого хватит и ума, и устойчивости.

— Значит, так и поступим.

Он протянул руку, чтобы скрепить уговор. Мира ответила на рукопожатие.

Они просто стояли, и ни один не двигался с места, ни вперед, ни назад, держась за руки.

— К черту! Не будем мы ничего думать!

Коннор лишь усмехнулся.

— Будем, но не сегодня.

И они набросились друг на друга.

10

Обычно он с женщинами в постели не сражался. Но сегодня было что-то особенное, что-то такое... взрывоопасное, что он сбился с характерного для себя ритма и стиля. Он жадно хватал то, что мог схватить, брал все, что мог взять. А его было так много, этого рослого, статного тела.

Он жаждал получить еще и еще и в нетерпении чуть не порвал на ней рубашку.

Ни она, ни он были не в силах остановиться. Теперь ими руководили страсти и плотские желания, а не рациональное, взвешенное мышление. Вот момент, который надо прожить, а следующий и следующий — пусть обождут.

Этот новый для него голод, жажда обладать ею, и только ею, требовали незамедлительного утоления.

Но только не стоя в ее гостиной и не катаясь по полу, понял он.

Он поднял ее на руки.

— О господи! Только не надо меня нести — спину надорвешь!

— У меня спина крепкая.

Он изогнулся, впился в нее губами и понес в спальню.

Безумие, подумала Мира. Мы оба сошли с ума. Но ей было абсолютно плевать. Коннор нес ее на руках, и при всем охватившем их нетерпении выглядело это по-идиотски романтически.

Если бы он споткнулся — что ж, они завершили бы начатое прямо там, где приземлились.

Но он не споткнулся. Он повалился вместе с нею на кровать, и допотопные пружины удивленно взвизгнули и со стоном подались, принимая обоих на продавленный матрас и подушки.

И эти руки, руки искусника-мага, принялись творить чудеса.

Своим рукам Мира тоже задала работу, судорожно, слой за слоем, стягивая с него одежду, пока не добралась — господи, ну наконец-то! — до голой кожи. Теплой, гладкой кожи, обтягивающей тренированные мускулы мужчины, привыкшего эти мускулы пускать в ход.

Вместе с ним она перекатывалась с одного бока на другой, устраняя последние препятствия.

— Черт, сколько всего понадето-то! — проворчал он, и она расхохоталась, сама тоже продолжая биться с пряжкой ремня.

— Мы же оба на улице работаем!

— Ничего, есть за что побороться. Ага, вот! — пробормотал Коннор, заключая в ладони ее полные груди.

Крепкие, мягкие, роскошные. Красивые, пышные. В честь бюста Миры Куинн он готов был написать оду. Но пока ему хотелось их только трогать, пробовать на вкус. И чувствовать, как под его пальцами, губами, языком ее сердце переходит с рыси на галоп.

Единственное, чего не хватало...

Он вызвал свет, мягкий и золотистый, как ее кожа. Их глаза встретились, и она улыбнулась.

— Хочу тебя видеть. Красавица Мира. Глаза цыганки, тело богини.

Он говорил и касался ее. Но теперь в его движениях уже не было резкости и спешки; он наконец поймал ритм. Зачем спешить, если можно растянуть удовольствие? Он мог бы до конца дней лакомиться ее грудью. А еще были ее губы, мягкие и полные, такие же жадные, как и его. И ее плечи, сильные, выносливые. Неожиданно сладостный ствол ее шеи. Особенно чувствительной в том особом месте — и только там, сразу под подбородком, — чувствительной настолько, что, когда он целовал ее туда, она вся трепетала.

Ему нравилось, как она реагирует, когда он, дюйм за дюймом, обследует ее прелестное тело, как она вздрагивает, затаив дыхание, как издает гортанный стон.

С улицы донеслось чье-то пьяное приветствие и дикий хохот.

Но здесь, в уютной постели, слышались только вздохи, шепот и легкий скрип пружин.

Он взял бразды, поняла она. Мира не знала, как это случилось, потому что никому этого никогда не позволяла. Но где-то в промежутке между поспешностью и выдержкой она сама ему их отдала.

Его руки скользили по ней так неспешно, словно на ласки и объятия у него была целая вечность. И на всем пути эти руки разжигали пожар, пока не стало казаться, что ее тело вот-вот начнет светиться от страсти, что под кожей вспыхнет сияние, подобное тому, каким он осветил комнату.

Ей нравилось чувствовать его, эту большую спину, тонкие губы, твердые, рабочие ладони. От него пахло лесом, землей и свободой, такими же были на вкус его губы и кожа.

От него веяло домом.

Он касался ее в тех местах, где она больше всего этого жаждала, пробовал ее на вкус там, где губы его были самыми желанными. И находил новые сокровенные чувствительные места, о которых она даже не подозревала. Сгиб локтя, поджилка, внутренняя сторона запястья. Он шептал ей нежные слова, проникавшие в самое сердце. Зажигавшие все новые и новые огоньки.

Он как будто знал наперед, когда каждый из этих огоньков начнет пульсировать и превратится в ритмично бьющую жажду. И он отвечал на эту жажду, подводил ее к пику блаженства — и вновь отступал, ввергая в пучину разочарования.

Ослабев от этого чередования, с затуманенным от подъемов и спадов сознанием, она вцепилась в него и попыталась перенять у него бразды.

— Погоди! Погоди секунду.

— Пора, — сказал он. — Сейчас.

И скользнул в нее. Впился в нее губами и стал пить, медленно и жадно.

Пора, снова подумал он. Она раскрылась ему навстречу и ждет, когда он заполнит пустоту. Ждет, теплая и влажная.

Ее стон — как приветствие; ее руки — как могучие канаты, крепко притягивающие его к себе.

Она изогнулась ему навстречу, обвила ногами его торс. Стала двигаться с ним в такт, так слаженно, будто они уже тысячу раз, тысячу жизней делалали это синхронно. От них исходило свечение, окрасившее комнату в новые тона. И при этом волшебном свете он не мог отвести от нее глаз.

Dubheasa[1], мелькнуло в голове ирландское слово. Темноокая красавица.

Он смотрел на ее лицо до тех пор, пока сотворенное ими чудо не захлестнуло его целиком и блаженство не сделалось бездонным, как ее глаза. Все смешалось — и мрак, и свет. И он целиком сдался на ее милость, как она сдалась ему. И позволил унести себя туда, где была она.

Мира нежилась в постели. Примирившись с тем, что занялась сексом с Коннором О'Дуйаером, она ожидала, что это будет нечто пылкое, резкое и нетерпеливое.

---

[1] Dubheasa — темноглазая *(ир.)*.

А вместо этого ее ласкали, доставляли ей удовольствие, даже соблазняли ее, и все это — очень нежными, деликатными и бережными прикосновениями.

И почему-то возражений у нее это не вызвало.

Сейчас ее тело было восхитительно обмякшим и расслабленным.

Она знала, что Коннор будет хорош в постели — с его-то опытом! — но и подумать не могла, что он настолько превзойдет все ее ожидания.

И теперь она могла вздохнуть с чувством полного удовлетворения — и держа руку на его восхитительной спине.

Вздохнув, она вдруг испугалась, что сама оказалась не на высоте. Ведь он застиг ее врасплох, и конечно, она не могла продемонстрировать всего, на что, так сказать, способна.

Не по этой ли причине он теперь лежит на ней недвижимо, как покойник?

Она шевельнула рукой, не вполне понимая, что сказать или сделать.

Коннор ожил.

— Наверное, хочешь, чтобы я с тебя слез?

— Хмм... Пожалуй.

Он перекатился на спину и вытянулся. Больше не дождавшись от него ни слова, Мира кашлянула.

— И что теперь?

— Я вот думаю, — сказал он, — сейчас чуть передохнем — и повторим еще разок.

— Имей в виду: я способна на большее.

— По сравнению с чем?

— По сравнению с тем, что ты получил. Ты меня застал врасплох.

Коннор лениво провел пальцем по ее боку.

— Если бы я получил еще больше, мне бы месяц пришлось восстанавливать силы.

Не вполне понимая, что это может означать, Мира приподнялась на локте и посмотрела ему в лицо. И поскольку вид удовлетворенного мужчины был ей знаком, она тотчас же снова откинулась на спину.

— То есть тебе понравилось.

Коннор распахнул глаза и посмотрел на нее в упор.

— Пытаюсь придумать, как половчей ответить. Если правду — ты, чего доброго, скажешь: раз тебе было так хорошо, то и хватит на сегодня. А я хочу тебя еще, даже готов не дожидаться, пока дыхание восстановится.

Он просунул под нее руку, притянул к себе, прижал тесно-тесно, так, что они оказались нос к носу.

— А тебе было хорошо?

— Пытаюсь придумать, как половчей ответить, — в тон ему ответила она. Он улыбнулся.

— Знаешь, а я, оказывается, скучал по виду твоего обнаженного тела.

— Скучал? Моего обнаженного тела ты до сегодняшнего дня не видел.

— Конечно же, видел. Ты что, забыла, как ты, мы с Брэнной и Бойл с Фином улизнули купаться на речку?

— Мы никогда не... Ах, вот ты о чем. — Довольная, Мира сплела ноги с его ногами. — Мне было всего девять лет, извращенец!

— Но ты же была голая! Должен сказать, ты здорово выросла и очень симпатично округлилась в некоторых местах. — Он провел рукой по ее спине, ягодицам и задержался там. — Очень-очень симпатично, честное слово.

— А ты, если мне не изменяет память, был тогда худой как щепка. Ты тоже молодец. Мы тогда славно повеселились, — припомнила она. — Поотморозили хвосты, но время провели классно. Какие мы все были невинные! И беззаботные. Но *он* уже тогда за нами наблюдал.

— Нет. — Коннор поднес палец к ее губам. — Не надо о нем. Только не здесь и не сегодня.

— Ты прав. — Она запустила пальцы в его шевелюру. — Как ты думаешь, много таких, как мы, кого связывает столько лет и столько воспоминаний?

— Думаю, немного.

— Коннор, мы не можем это растерять. Не можем утратить то, чем мы друг для друга являемся. И для Брэнны, и для остальных. Мы должны поклясться. Что бы ни случилось, мы даже каплю этой дружбы не можем потерять!

— Тогда я дам клятву тебе, а ты — мне. — Он взял ее за руку, сплел ее пальцы со своими. — Священную клятву. Нерушимую. Друзьями мы были, друзьями останемся.

Мира увидела, как по их переплетенным пальцам бежит свет, ощутила его тепло.

— Даю тебе эту клятву.

— А я — тебе. — Он поцеловал ей пальцы, потом лицо, потом губы. — Мне нужно тебе еще кое-что сказать.

— Что такое?

— Дыхание у меня восстановилось.

И когда она засмеялась, он перекатился на живот и вновь очутился на ней.

Ей уже доводилось с ним завтракать. Бессчетное множество раз. Но никогда — за маленьким столом в ее квартире. И никогда — после совместного душа.

Может считать, ему повезло, подумалось ей, что вчера, когда она ездила в кондитерскую за десертом для мамы, прихватила и несколько свежих круассанов для себя.

Помимо этого, Мира сварила свою излюбленную овсянку — палочку-выручалочку, а Коннор тем временем возился с чаем, так как кофе в доме не оказалось.

— Сегодня собрание, — напомнил он, впиваясь зубами в круассан. — До чего же вкусные!

— Да уж. Я стараюсь пореже заходить в это кафе, а то меня там тянет скупать все дюжинами. Я к вам приеду прямо с работы, — добавила она. — Помогу Брэнне с готовкой, если сумею. Хорошо, что мы теперь видимся регулярно, хотя пока не видно гениальных идей насчет того, что и когда делать. Никого что-то не осеняет.

— Зато мы думаем, причем коллективно, и в итоге наверняка что-нибудь да родим.

Коннор говорил уверенно, а круассаны лишь добавляли ему оптимизма.

— А давай я по дороге завезу тебя на конюшню, а вечером заберу к нам? Сэкономишь бензин. И вообще глупо две машины гонять.

— Но тогда тебе придется потом отвозить меня домой.

— В том-то и состоит главная хитрость моего плана. — Коннор поднял чашку с чаем, салютуя сам себе. — Я привезу тебя домой и опять останусь у тебя — на ночь, если ты не против. Или ты можешь заночевать у нас.

Мира допила чай, который он заварил так крепко, что впору свалить слона.

— А что на это скажет Брэнна?

— Скоро узнаем. Мы же не станем от нее таиться — ни ты, ни я, даже если бы это было возможно. Но это невозможно, — добавил он, беззаботно поведя плечом. — Она все равно узнает.

— Ребятам всем надо это знать. — Мира решила, это не тот случай, чтобы скрытничать. — Так будет правильно. Не только потому, что мы друзья и одна семья, но потому что мы команда. В этом и состоит командный дух. Ведь правда?

Она размешивала кашу в тарелке, а Коннор изучал ее взглядом.

— Тебе не нужно на этот счет беспокоиться, Мира. Мы с тобой имеем право на такие отношения — ровно до того момента, пока нам это нравится. И никто из тех, кому мы дороги, не подумает осуждать нас за это.

— Это верно. Но что касается моей второй семьи — я о родственниках говорю, — то я бы предпочла, чтобы они оставались в неведении.

— Это уж как скажешь.

— Не в том дело, что я стыжусь, Коннор, ты только не подумай.

— Я и не думаю, — поднял он брови. Потом зачерпнул ложкой кашу и поднес к ее рту. — Я же тебя знаю. А раз знаю — с чего бы мне так думать?

— В этом преимущество наших с тобой отношений. Просто мать начнет охать и ахать, надумает пригласить тебя на ужин. А мне совсем не хочется возить грязь после очередного катаклизма на ее кухне. И новый счет из ресторана, боюсь, мне не потянуть. Да и вообще она скоро отправится гостить к Морин, и будем надеяться, что визит перейдет в фазу постоянного пребывания — если только это не обернется очередной катастрофой.

— Ты будешь по ней скучать.

— Хотелось бы получить такой шанс. — Мира шумно вздохнула, съела еще немного каши, а потом Коннору вздумалось опять покормить ее с ложки. — Звучит не очень красиво, но это чистая правда. Думаю, наши отношения только выиграют от того, что мы будем на некотором отдалении. И...

— И?

— Вчера, когда я к ней мчалась, гадая, что я там застану, я в какой-то момент подумала: а что, если это Кэвон на нее напал, как перед этим — на меня? Глупо, конечно, какие у него на это причины? Да и никогда их не было. Но я помню, как ты сказал, что тебе легче оттого, что в данной ситуации ваши родители далеко. И мне стало бы легче, если бы я могла то же самое сказать о своей маме. Проблема наша — нам и решать.

— Мы и решим.

Коннор высадил ее у конюшни, развернулся и поехал домой сменить вчерашнюю одежду на свежую.

Брэнна уже была на ногах — еще не одета, но уже с чашкой кофе и раскрытой книгой заклинаний Сорки на столе.

— А, Коннор, доброе утро.

— И тебе доброе утро, Брэнна.

Она смерила его испытующим взглядом поверх чашки.

— А как таким чудесным утром поживает наша Мира?

— Хорошо поживает. Я только что завез ее на работу, а сам вот решил переодеться. И взглянуть, как тут у тебя дела.

— Я в полном порядке, хотя могу признать, ты выглядишь много бодрее. Я так понимаю, ты уже завтракал?

— Да, завтракал. — Все же ему приглянулись блестящие зеленые яблоки, которые Брэнна выложила в вазу, и он взял одно. — Ты не возражаешь, Брэнна? Ну... чтобы мы с Мирой...

— С чего бы? Я вас обоих люблю и годами наблюдала, как и ты, и она старательно избегаете того, что, как мне логика подсказывает, вчера наконец произошло.

— Никогда не воспринимал ее в таком ключе. Пока не...

— Воспринимал. Только запрещал себе, а это большая разница. Ты не хотел ее обидеть.

— И никогда не обижу.

— Вот и она не хотела тебя обижать. — Что, по мнению Брэнны, тоже не имело к влечению или его отсутствию никакого касательства. — Секс — могучая штука, и я думаю, он только придаст нашей команде дополнительного могущества.

— Я так понимаю, нам бы давно следовало затащить друг друга в койку!

Сестра рассмеялась.

— Вам обоим для этого недоставало желания и влечения. А заниматься сексом, чтобы показать свою власть? Это эгоизм. И в конечном счете — штука разрушительная.

— Можешь не сомневаться, теперь и желания, и влечения у нас хватает. — Коннор впился зубами в яблоко, которое оказалось ровно таким хрустким и сочным, как он и рассчитывал. — Слушай, меня только сейчас осенило: я же тебя вчера одну бросил!

— Обижаешь! — отмахнулась Брэнна. — А то ты не

знаешь, что я в состоянии позаботиться о себе и о нашем доме. И не только.

— Это я знаю. — Он взялся за кофейник, чтобы подлить ей кофе. — И все равно не люблю оставлять тебя одну.

— Я научилась терпеть полный дом народу и даже получать от этого удовольствие. Но ты же знаешь, как я люблю побыть одна и чтобы в доме было тихо.

— А у меня как раз все наоборот. Иногда я даже удивляюсь, что мы с тобой — от одних родителей.

— А может быть, ты подкидыш и тебя только из жалости подобрали. Но тебя удобно иметь под рукой, когда течет кран или скрипит дверь.

Он дернул сестру за волосы и опять откусил от яблока.

— Однако же, пока главная проблема не решена, ты вряд ли можешь рассчитывать на тишину и одиночество в этом доме.

— Я и не рассчитываю. Сегодня планирую приготовить на всю ораву говядину по-бургундски.

Коннор оживился.

— Не будничное блюдо!

— Да что-то мне захотелось праздничного, а ты, пожалуйста, позаботься, чтобы кто-нибудь принес хорошего красного вина, да побольше.

— Сделаем. — Он зашвырнул огрызок в мусорное ведро, подошел к сестре и чмокнул ее в макушку. — Брэнна, я тебя люблю.

— Я знаю. Иди переодевайся, а то на работу опоздаешь.

Коннор удалился, а Брэнна стала смотреть в окно. Она желала ему счастья — даже больше, чем самой себе. И в то же время мысль, что брат наконец начал постигать, чего именно хочет от жизни, вызывала у нее горькое чувство одиночества.

Почувствовав настроение хозяйки, Катл вылез из-под стола и водрузил голову ей на колени. Брэнна еще немного посидела, гладя собаку, и вернулась к своей колдовской книге.

Айона вошла в комнату, где хранилась упряжь и где Мира подбирала себе и клиентам снаряжение для первого сегодняшнего маршрута.

— Пора бы тут заново как следует прибраться, — бодро объявила Мира. — Веду сегодня компанию из четырех человек — два брата с женами, приехали в Эшфорд на свадьбу какой-то родни. Кажется, их племянница выходит замуж, венчаться будут в аббатстве Бэллинтаббер, там же, где весной вы с Бойлом. Потом они возвращаются в Эшфорд на банкет.

— У вас с Коннором был секс.

Мира подняла голову и, картинно хлопая глазами, принялась охлопывать себя по спине и груди.

— У меня это где-то написано?

— Ты все утро сияешь и песенки поешь.

— Я и раньше улыбалась и пела, и без всякого секса.

— Обычно, когда ты чистишь навоз, ты не поешь безостановочно. И вид у тебя такой... блаженный, понимаешь? Невозможно поверить — после всего, что на тебя вчера свалилось... А поскольку целовалась ты с Коннором, значит, и секс был с ним.

— Мало ли кто с кем целуется? Вовсе не обязательно это связано с сексом. А у тебя сейчас разве не урок на плацу?

— У меня еще пять минут, а я за все утро тебя в первый раз застала одну. Если, конечно, в твои планы не входит оповестить Бойла. По твоему счастливому виду могу предположить, что все прошло превосходно и даже замечательно.

— И превосходно, и замечательно, и это никакая не тайна. Мы с Коннором решили, раз мы команда, а иногда такие вещи чреваты осложнениями — только у нас этого не будет! — то мы должны всех поставить в известность. Причем прямо сейчас.

Она взяла поводья, удила, седло и попону.

— Так что знай: мы с Коннором теперь вместе.

— И вам вместе хорошо, и ты счастлива, — добавила

Айона, тоже захватила кое-какое снаряжение и вышла вместе с подругой. — Значит, вам хорошо вместе. Но почему ты говоришь «прямо сейчас»?

— Потому что сейчас — это сейчас, а что будет завтра, одному богу известно. Вы с Бойлом можете загадывать далеко вперед, вы с ним так устроены. — Мира вошла в денник к Мэгги, кобыле, которую выбрала для одной из сегодняшних клиенток. — А я в таких делах предпочитаю жить одним днем.

— А Коннор?

— А он, по-моему, во всех делах такой. Это для Цезаря, — показала она на кипу снаряжения. — Бросай здесь, я сама разберу. У тебя же урок.

— Ну хоть скажи: ваш секс можно было назвать романтическим?

— До чего же у тебя нежное сердце, Айона! Скажу: да. И это было неожиданно и по-настоящему чудесно. — Она на мгновение прильнула щекой к мягкой шее Мэгги. — Я думала, раз уж мы решились, сейчас ринемся очертя голову. Но он... Он наполнил комнату волшебным сиянием. И меня тоже.

— Ой, как здорово! — Айона шагнула и крепко обняла Миру. — Просто дивно. Вот теперь я тоже счастлива.

Айона взяла под уздцы уже оседланного Аластара, своего могучего серого красавца, и вывела на плац. И заулыбалась, слыша, как Мира снова запела.

— Она влюблена, — шепнула Айона своему коню и потерла его мощную шею. — Только еще сама этого не понимает. — Аластар ткнулся в нее носом, Айона рассмеялась. — До сих пор так и светится, ты видел?

Продолжая тихонько напевать, Мира повела лошадей в загон и привязала к изгороди. Потом собралась идти за последним конем, но тут увидела Бойла, который уже вел Руфуса под уздцы.

— Вот спасибо! У Айоны урок конкура, а я пока повожу здесь своих клиентов, надо убедиться, что они умеют сидеть в седле, как утверждают.

Она подняла голову.

— Славный денек, да? Удачно, что они целый час заказали.

— Только что был звонок — еще один заказ на четверых на двенадцать. Благодаря этой свадьбе тут столпотворение.

— Могу и этих взять. — Сил у Миры хватило бы и на то, чтобы весь день и полночи чистить конюшню, не то что водить верховые группы. — Я тебе за вчерашний день задолжала.

— Давай не будем здесь считать, кто кому и сколько должен, — отмахнулся Бойл. — Но было бы неплохо, если бы ты действительно взяла эту группу, потому что Айона в десять ведет двоих, Пэтти с утра у стоматолога, а у Деборы группа на час, так что мы забиты под завязку. Если нет — я сам поведу.

— Ты же терпеть не можешь водить эти группы, а я ничего не имею против. — Мира потрепала его по щеке, он в ответ взглянул на нее с прищуром.

— Что-то ты сегодня очень радуешься.

— А чего бы мне не радоваться? — отозвалась Мира, видя, что к конюшне уже приближаются четверо. — Наконец-то распогодилось, моя мать отбывает на побывку к Морин — будем надеяться, что навсегда, — и у меня вчера был незабываемый секс с Коннором.

— Хорошо, что твоя мать наконец решилась ехать к... Что ты сказала?

Бойл разинул рот, и Мира подавила смешок.

— Вчера вечером у нас был секс с Коннором. И сегодня утром тоже.

— Вы с Коннором... — Он умолк и сунул руки в карманы, и это было так по-бойловски, что она не удержалась и снова потрепала его по щеке.

— Подозреваю, он тоже доволен, но ты лучше у него сам спроси, когда появится возможность. Вы ведь Маккинноны, верно? — окликнула она небольшую группу туристов и с улыбкой зашагала к ним.

Быстро покончив с бумажными делами, не замечая недоуменных взглядов Бойла, Мира раздала снаряжение и рассадила клиентов по лошадям.

— Что ж, теперь я вижу, вы все знаете, что к чему, — объявила она, после того как группа сделала несколько кругов верхом. Тогда Мира открыла ворота, а сама вскочила на Куин Би.

— Вы выбрали чудесное утро. Самый лучший способ ознакомиться с окрестностями — это прокатиться в седле. А как вам в Эшфорде, нравится? — как всегда, начала она с непринужденной беседы, выводя туристов за ворота.

Она отвечала на вопросы, давала спутникам возможность поболтать между собой, то и дело оборачивалась в седле проверить, все ли в порядке, — и показать, что она о них не забыла.

До чего здорово, думала Мира, ехать верхом через лес, когда над головой голубое небо, а в мягком, ласкающем ветерке витают легкие ароматы осени. Эти запахи напоминали ей о Конноре, отчего ее лицо мгновенно озаряла улыбка.

А потом показался и он во главе своей группы на прогулке с птицами. Он был в рабочем жилете, но без шапки, и волосы плясали вокруг его лица, поддразниваемые этим мягким, ласковым ветром. Он послал Мире улыбку, выдал клиенту кусок курятины для приманки, а вторая туристка, жена, изготовилась делать снимки.

— Ваши родственники? — спросила Мира своих, когда они обменялись приветственными возгласами с группой Коннора.

— Двоюродный брат наших мужей и его жена. — Женщина, Дейдра, чуть пришпорила коня и поравнялась с Мирой. — Мы и сами подумывали о соколиной охоте.

— Непременно сходите! Будет о чем вспомнить.

— А у вас тут все сокольничьи так выглядят?

— Это Коннор, он управляет всей школой. Уникальный парень. — «И утром я была с ним в постели», — мысленно добавила она, послала ему ответную улыбку и прошла со своей группой дальше.

— Коннор, значит, — повторила женщина, встраиваясь следом за Мирой. — Джек! Нужно записаться на соколиную прогулку!

И учитывая все обстоятельства, Мира ее очень хорошо понимала.

Она провела их вдоль реки, ей было хорошо — и от прогулки, и от удачно подобравшейся группы. Потом они углубились в лес, где тени делались гуще, а выйдя на поляну, снова увидели синее небо над кронами деревьев.

Мира начала описывать дугу, чтобы потихоньку двигаться назад, как вдруг увидела волка.

Не более чем тень среди теней, с утопающими в тумане лапами. Волк и сам был подобен туману, колышущемуся из стороны в сторону, а камень на его шее светился наподобие глаза.

Куин Би под Мирой раздула ноздри.

— Тише, тише! — успокаивала Мира кобылу, поглаживая ее шею и не спуская глаз с волка. — Держись ровненько, а все остальные — за тобой. Не забывай, ты у нас королева!

Волк двигался параллельно, но не приближался.

Птицы в лесу больше не пели; не сновали по стволам деловитые белки.

Мира вытащила из-под свитера бусы, что вручил ей Коннор, и выставила руку чуть вперед, дав камням поймать солнечный луч.

Позади туристы беспечно болтали, не замечая опасности.

Зверь обнажил клыки; Мира положила руку на рукоять ножа, который всегда брала с собой в лес. Вдруг нападет, подумала она. Надо защитить людей, за которых она в ответе, лошадей, себя.

Без боя она не сдастся.

С неба, пронзая кроны деревьев, камнем упал ястреб.

Мира и глазом моргнуть не успела, как волк исчез.

— Ой, смотрите: вон одна из тех птиц! — воскликнула Дейдра, указывая на сучок, где, сложив крылья, устроился пернатый хищник. — Он что у них, улетел?

— Нет, что вы! — Мира взяла себя в руки, вновь нацепила улыбку и повернулась в седле. — Это собственная птица Коннора, ее зовут Ройбирд. Просто решил поразвлечься немного, прежде чем возвращаться назад в школу.

Она еще раз коснулась рукой ожерелья и спокойно повернула коня в обратный путь.

11

Как только выдалась минутка, Коннор сел в машину и поехал на конюшню. Слишком много народу, чтобы поговорить наедине, сразу подумал он, но, увидев Миру за разговором с туристами, вернувшимися с маршрута, он хотя бы знал, где она и чем занята.

Бойла он нашел на конюшне, где тот обтирал Цезаря.

— Насыщенный день, — проговорил Бойл. — Благодаря этой свадьбе у нас клиентов хоть отбавляй. Знай успевай поворачиваться.

— У нас то же самое. Две последние прогулки еще продолжаются.

— У нас тоже две группы на маршруте, хотя Мира с минуты на минуту должна вернуться.

— Только что вернулась. — Коннор рассеянно гладил крупного жеребца, а Бойл продолжал орудовать щеткой. — Ты ее не можешь отпустить? Или она тебе здесь еще нужна?

— У нас еще вечерняя кормежка, а у Айоны урок на большой конюшне.

— Значит, ты будешь рядом? Тогда я двину назад и закончу свои вечерние дела. А Фин с Айоной?

— Он здесь. Когда оба освободятся, он обещал Айону к вам доставить. — До Бойла вдруг дошло, что Коннор не просто так спрашивает. — Тебя что-то беспокоит. В чем дело?

— Кэвон. Он сегодня опять вылезал, караулил Миру на ее верховой прогулке. И меня в некотором смысле тоже. Ничего не случилось, — поспешил добавить он, когда Бойл ругнулся. — Он не то чтобы был там, я имею в виду — физически.

— Так был или не был? — рассердился Бойл.

— Был, но в виде тени. Это что-то новенькое, надо сегодня обсудить всем вместе. Но мне было бы спокойнее знать, что ты будешь с Мирой, пока я не освобожусь.

— Не волнуйся, буду держать при себе. — Бойл вынул телефон. — И позабочусь, чтобы Фин Айону от себя тоже не отпускал. А как же Брэнна?

— Ройбирд держит все под контролем, и Мерлин с ним. Но окончательно я успокоюсь только тогда, когда мы все шестеро соберемся у нас дома.

Час ушел на то, чтобы отправить птиц спать и закончить кое-какую бумажную работу, которую Кайра многозначительно оставила на его столе. После этого какое-то время Коннор потратил на то, чтобы усилить защиту школы от черных сил дополнительным магическим заслоном. Кэвон уже однажды проникал на конюшню. Он может попытаться сделать это и с птицами.

Когда Коннор наконец завершил все дела и накрепко запер ворота, день уже клонился к закату. Просто дни стали короче, отметил он про себя и постоял немного, раскрывая свое энергетическое поле. Он не почувствовал никакой угрозы, никакого постороннего присутствия. Он связался с Ройбирдом, слился с ним — и глазами ястреба, так ясно, будто сам парил в вышине, увидел конюшни, лес, живущий мирной жизнью родной дом.

Вот Мик, приземистый и плотный, сверху похожий на свечу зажигания, садится в пикап и машет рукой Пэтти, которая седлает велосипед.

А вот под ним распростерся солидный каменный дом Фина, и рядом — огороженные выгоны и поля. И Айона, на Аластаре перелезающая через препятствие.

Короткий мысленный полет, парение на крыльях ветра — и вот уже внизу Брэнна рвет с огорода пряные травы. Вот она выпрямляется, смотрит вверх — такое впечатление, что прямо ему в глаза.

Улыбается, поднимает руку и только потом уходит в дом с пучком трав.

Все хорошо, сказал себе Коннор и, испытывая обычное в таких случаях сожаление, окончательно спустился на землю. Удовлетворенный произведенной инспекцией, он сел в пикап.

Коннор сделал небольшой крюк и подъехал к конюшне. И немедленно ощутил теплую вибрацию в жилах, увидев выходящую вместе с Бойлом Миру. Какая же она красивая, подумал он, такая земная, в крепкой куртке и рабочих брюках, сапогах, преодолевших многие сотни километров — и пешком, и в седле.

Уж потом он доставит себе удовольствие стянуть эти видавшие виды сапоги и эти жокейские брюки! И расплести эту тугую косу, чтобы утонуть в копне каштановых волос.

— Бойл, тебя не подвезти? — прокричал он в открытое окно.

— Спасибо, не надо. Я следом поеду.

Он перегнулся и открыл пассажирскую дверь для Миры.

Та запрыгнула в машину, вся пропахшая лошадьми, зерном и седельным мылом.

— Уф, ну и денек! Полторы нагрузки вывезла. Эти Маккинноны до того неугомонные! Завтра в пять у них свадьба, так они еще до двух у нас маршруты забронировали в несколько групп.

— У нас то же самое.

Видя, что инициативы Мира не проявляет, Коннор положил ей руку на затылок, притянул к себе и поцеловал.

— Добрый вечер.

— И тебе. — Она улыбнулась. — Я боялась, по зрелом размышлении ты будешь чувствовать себя не в своей тарелке.

— Времени на размышления у меня особенно не было, но я никакого неудобства не ощущаю.

Он вывернул руль и выехал на дорогу, оставив Бойла позади.

— Волка видела? — спросил он.

— Видела. Бойл не вдавался в подробности — у нас все время народ толпился, — сказал только, что ты тоже видел. Но в моем случае это была скорее тень. — Мира повернулась к нему и нахмурилась. — Нет, все-таки не вполне тень, ведь он скалил клыки, и я их отчетливо видела, и его красный камень тоже. Это ты прислал Ройбирда?

— Не потребовалось, он сам к тебе полетел. Но от него я узнал, что волк сопровождал тебя всего пару минут.

— Этого хватило, чтобы кони учуяли. Если честно, я больше всего боялась, что лошади понесут. Это было весьма вероятно. Хорошо, группа подготовленная попалась. А они, кстати, ничего и не заметили.

— Я тут размышлял, что да почему. Хочу теперь послушать, что Брэнна с Фином скажут. И еще хочу тебя попросить переночевать сегодня у нас.

— Я вещей с собой не взяла, — попробовала возразить она.

— У нас лежат кое-какие твои вещи — хватит, чтобы переночевать. Смотри на это так, будто мы с тобой чередуемся. Останься сегодня, Мира! Раздели со мной постель.

— Ты просишь, потому что хочешь, чтоб я разделила с тобой постель, или потому что боишься оставлять меня одну?

— И то и другое, но если ты не согласишься, я тогда поеду ночевать к тебе. И разделю с тобой постель в твоем доме.

— Хороший ответ, — решила она. — Меня устраивает. Ладно, останусь.

Остановив машину перед домом, он взял Миру за руку и подался к ней. Их губы еще не встретились, а он уже чувствовал, как все его тело трепещет в предвкушении поцелуя.

Внезапно машина задрожала, как от землетрясения. Ее резко тряхнуло — это ударил волк.

Зверь оскалил клыки, глаза и камень на шее засверкали красным, после чего хищник с победным рыком отскочил. И был таков.

— Господи Иисусе! — только и сумела воскликнуть Мира, а Коннор уже выскочил из машины. — Погоди, стой! Вдруг он еще там! — Она потянула свою дверь, дернула, но та не поддавалась.

— Черт побери, Коннор, выпусти меня!

Он едва взглянул в ее сторону, а на плечо к нему уже спикировал Ройбирд.

В этот момент Мира его с трудом узнавала, настолько он весь пылал гневом и энергией. Вокруг него взвился светящийся вихрь, подобный электрическому разряду: казалось, тронь — и ударит.

«Знаю его всю жизнь, перестав дышать, — подумала в этот миг Мира, но его подлинное естество вижу впервые только теперь, когда в полной мере проявились кипящие в его жилах сила и ярость».

Тут из дома выскочила Брэнна, с нею рядом зашелся лаем Катл. За спиной у нее развевались черные, как вороново крыло, волосы. В одной руке она сжимала короткий клинок, а в другой уже формировался огненный шар голубого цвета.

Мира видела, как брат и сестра встретились взглядами. И в этом безмолвном контакте было единство, которого ей с ним никогда не достичь, которого она никогда даже не знала. Единство не только силы и магии, но и крови, и предназначения, и знания.

Это было родство такой глубины и такого масштаба, что с ним не могла сравниться даже любовь.

Мира еще не успела прийти в себя, как примчался Фин на своей шикарной машине. Они с Айоной дружно выскочили из кабины. И четверо магов встали, образовав колдовской круг, в котором свет плескался и распространялся все шире и шире, ярче и ярче, пока не стало больно глазам.

Потом свет померк, и лишь ее друзья и ее возлюбленный остались стоять перед симпатичным домиком, утопающим в цветах.

Она снова попыталась открыть дверцу автомобиля — и та поддалась без усилия.

Она сразу побежала к Коннору и толкнула его с такой силой, что он вынужден был отступить назад.

— Никогда больше не смей меня запирать, слышишь? Я не потерплю, чтобы меня держали взаперти или задвигали в угол, как какую-то размазню!

— Прости! Я плохо соображал. Я был не прав и прошу прощения.

— Ты не имеешь никакого права оставлять меня вне игры!

— Как и меня! — прибавил Бойл, свирепо вставший с Мирой рядом. — Скажи спасибо, что я тебе башку за это не проломил.

— Спасибо! И ты меня извини, братишка.

Мира вдруг осознала, что Аластар тоже тут, он, должно быть, прилетел из конюшни на крыльях. Таким образом, все были в сборе: конь, ястреб, собака; Смуглая Ведьма — в трех лицах; и потомок Кэвона со своим пернатым советчиком, который вместе с Ройбирдом примостился на ближайшем суку.

И здесь были они с Бойлом.

— Мы или команда, или нет!

— Мы команда. — Коннор взял ее руки в свои и, когда она попыталась высвободиться, сжал еще сильнее. — Мы команда! Я был не прав. Я поддался приступу гнева и в этом тоже был не прав. Это было глупо. И я оставил тебя — вас обоих — в стороне, что было неуважением с моей стороны. Еще раз прошу у вас прощения!

— Ну ладно. — Бойл запустил пятерню в волосы. — Черт подери, сейчас бы пивка...

— Марш в дом! — скомандовала Брэнна и оглядела всех. — Угощайтесь кто чем хочет. Мне надо переговорить с Мирой. С Мирой! — повторила она, видя, что Коннор не собирается выпускать рук любимой. — Отправляйся, выпей пива и открой вино, которое Фин должен был привезти.

— И привез.

Фин сходил к машине и принес три бутылки.

— Идем же, Коннор. После такого дня нам всем выпить будет весьма кстати.

— Ага. — Коннор нехотя отпустил Миру и вслед за приятелями вошел в дом.

— У меня есть все основания злиться! — объявила Мира, и тут же ее руки снова оказались в плену.

— Конечно, кто бы спорил. Причем не на одного Коннора. Должна тебе сказать, когда я выбежала из дома, я сразу поняла, что он сделал, и у меня будто камень с плеч свалился. Извини меня, но я не могу видеть, как ты во всем обвиняешь его одного.

Мира, ошеломленная и оскорбленная до глубины души, уставилась на подругу.

— Ты что же, считаешь, раз у нас с Бойлом нет ваших способностей, мы и сражаться с вами рядом не можем?

— Ничего подобного! И Коннор тоже так не считает. Как и Айона. Подозреваю, что она ровно такое же признание сделает Бойлу. — Брэнна с сожалением вздохнула.

— Мира, это был всего один миг, и слабость проявила не ты, а мы. Ты же была вместе с нами на солнцестояние, и мне даже думать страшно, чем бы все закончилось, не будь с нами вас с Бойлом. Но сегодня на один только миг, в самый разгар столкновения, у меня мелькнула одна мысль: слава богу, они останутся целы. Это была слабость с моей стороны. Больше такого не повторится.

— Я все равно возмущена.

— И я тебя отлично понимаю. Пойдем в дом, выпьем вина, все обсудим.

— Никакой слабости в вас четверых не было и в помине, — проворчала Мира, следуя за Брэнной в дом. — Вы излучали ослепительную энергию. А до вашего появления Коннор в одиночку... Я наблюдала его в июне, но тогда все смешалось — энергия, страх, натиск... А таким, каков он был сейчас, я его никогда не видела. Один, с ястребом на плече и весь — воплощение своей сути... Он прямо светился — да, это, пожалуй, верное слово, хотя все равно не отражает в полной мере того состояния... Я даже подумала, прикоснись к нему — и обожжешься.

— Ты же знаешь нашего Коннора, разозлить его не так просто. Но если уж он вышел из себя — знай держись! И при этом он никогда не бывает жестоким.

Прежде чем закрыть дверь, Брэнна внимательно оглядела все вокруг — лес, дорогу, яркие краски цветов в палисаднике. Вместе с Мирой они прошли в заднюю часть дома, на кухню, где уже было откупорено вино и в воздухе витали умопомрачительные запахи мяса в подливе, на приготовление которого она угрохала полдня.

— Практически готово, — объявила Брэнна и взяла из рук Фина бокал с вином. — Так что вы все можете сделать что-то полезное и накрыть на стол.

— Запах восхитительный! — похвалила Айона.

— И вкус тоже. Пока будем пировать, как раз все и обсудим. Коннор, вон там в полотенце хлеб завернут.

Он принес хлеб, выложил на стол и повернулся к Мире.

— Я могу рассчитывать на прощение?

— До этого еще не дошло. Но, кажется, дело движется в этом направлении.

— Буду тебе крайне признателен.

Брэнна подала говядину по-бургундски на длинном

блюде, наилучшим образом подходящем для сервировки пряного мяса в темном соусе, с румяной молодой картошкой и веточками розмарина.

— Действительно, пир на весь мир, — застонала Айона. — Долго небось у плиты стоять пришлось?

— Дело небыстрое, так что попрошу есть не спеша, чтобы посмаковать. — Брэнна разложила мясо по красивым глубоким тарелкам, после чего тоже села к столу. — Итак? Последние день или два у всех нас выдались с приключениями. — Прежде чем начать есть, она застелила колени салфеткой. — Мира, тебе начинать.

— Ну, что ж... Полагаю, нам всем известно положение дел на сегодняшнее утро, но обсудить последние события мы еще не успели. Я вела группу из четырех человек. Мы проходили рядом с Коннором, который тоже вел группу. Своих я повела самым длинным из наших маршрутов, даже дала им немного прокатиться в свое удовольствие, поскольку все оказались опытными наездниками. Все случилось, когда мы повернули назад и двигались лесом, теперь уже по узкой тропе. Я увидела в лесу волка, он следил за нами и двигался параллельным курсом. Но... — Она замялась в поисках нужного слова. — Он был похож на тени, которые колышутся в лесу, когда солнце пробивается сквозь листву. Очертания чуть более оформленные, но не совсем. Было ощущение, что я могу видеть сквозь него, однако же я ничего не видела. Кони почуяли — или заметили? сказать трудно, — но всадники за моей спиной ничего не увидели. Они продолжали болтать как ни в чем не бывало и даже смеялись. Не прошло и минуты, как ко мне слетел Ройбирд. А волк... он не то чтобы убежал, а как бы растворился.

— Проекция, — предположил Фин.

— Только уж больно необычная. — Продолжая жевать, Коннор покачал головой. — Я ведь его тоже видел. Видел надвигающуюся тень. У меня было ощущение, что он и здесь, и не здесь. Его вроде бы и не было, во всяком случае, не было чего-то осязаемого, наделенного формой и плотью, но энергия от него определенно исходила.

— Стало быть, опять что-то новенькое, — решил Фин. — Он балансирует между двумя уровнями, возможно, перемещается между ними — умеет же он перемещаться во времени, когда находится рядом с домиком Сорки.

— И одновременно его энергетическое поле активно. Если последить за камнем, источником его силы, то он пульсирует и колышется. — Мира взглянула на Коннора, ища подтверждения.

— Это верно. Не забывайте: любое мастерство растет, если его оттачивать.

— А Маккинноны — ну, те, кто был в моей группе, — так ничего и не заметили, — повторила Мира.

— Для них он был не более чем тень, — сказал Фин.

— Не просто тень... — Брэнна задумалась. — Магия тени! Мне попадалась пара вещей в книге Сорки, которые могут помочь нам.

— А рецепт ты тоже в ее книге вычитала? — спросил Фин, облизываясь. — Потому что мясо просто волшебное. Я это блюдо ел в новомодном парижском ресторане, так до твоего ему далеко.

— Согласна, сегодня удачно вышло.

— Не просто удачно, а бесподобно! — поддакнул Бойл.

— Спорить не стану, — рассмеялась Брэнна. — Только готовится целую вечность, над соусом приходится поколдовать, поэтому часто его делать не будешь. Но сегодня оно дало мне время поразмыслить над нашими делами. Теперь *он* пытается достать Миру, как было с Айоной. Щупает почву, так сказать. А Миру — думаю, потому что на самом деле он целит в Коннора.

— Сначала он предпринял атаку на мальчишку, — напомнил Фин, потягивая вино. — Наверное, решил, что мальчик — легкая мишень. Но вдвоем Коннор с Эймоном от него отбились и даже нанесли ему определенный урон, и ему опять пришлось отступить. А это довольно обидно.

— Значит, теперь он жаждет мщения, — подхватил Бойл. — И попытался напасть на Коннора, но опять получил удар. Правда, недостаточно сильный, чтобы помешать ему немедленно приняться за Миру.

— Сразу после того, как у них с Коннором произошла жаркая сцена в машине, — уточнила Айона. — Вот что творит поцелуй!

— О господи, нельзя ли... — проворчала Мира.

— Все правильно, — поддакнул Коннор и под столом провел рукой по ее бедру вверх и потом вниз. — А когда все идет так, как идет, он является снова. Теперь уже со своей магией теней.

— А в такой форме, которая и не форма вовсе, он был опасен? — спросила Мира.

— Думаю, да. Насколько мне известно, это тонкое балансирование на грани, — добавила Брэнна. — И колдун, который прибегает к таким чарам, должен уметь быстро, не нарушая этого хрупкого равновесия, удалиться на свою территорию либо принять телесную форму.

— Если он на это способен, что же он сегодня за мной не пришел? Я, конечно, не совсем беспомощна, у меня даже нож есть, но думаю, преимущество было бы на его стороне.

— Он стремится не столько причинить тебе вред, сколько деморализовать тебя, — предположил Фин. — Конечно, нанесение тебе любого ущерба его радует, поскольку он этим подпитывается. Но ты для него интереснее в другом плане.

— Ты для него желанна, — проговорил Коннор ровным тоном, без намека на бьющую через край ярость, свидетелем которой она была, — потому что ты желанна для меня. Он рассчитывает тебя соблазнить — околдовать или потрясти до такой степени, что ты лишишься способности к сопротивлению и либо пустишься бежать, либо сама станешь его умолять...

Глаза Миры сверкнули, как два черных солнца.

— Этого не будет никогда! — перебила она.

— Не будем его недооценивать! — с жаром возразил Коннор. — Он этого и добивается, в расчете на то, чтобы тобой завладеть. А если ему это удастся — в том виде, как он намеревается, — то пострадаем мы все. Он понимает, что мы неразрывно связаны, но видит в этом лишь способ усиления энергетических полей, не больше. Забрать тебя — значит разрушить цепочку. Радуйся, что он не понимает, что нас связывает не желание умножить свои силы, а любовь и верность. Если бы он это понял, если бы понял, какую силу дают такие отношения, он бы гонялся за тобой беспрестанно.

— Ты ему приглянулась, — добавил Фин, — потому что он отлично понимает секс — хотя секс во всех его истинных радостях и глубине ему недоступен. Для него это еще одна разновидность энергетики, потому он его так и жаждет.

— Так что выходит? Последние пара дней — это было... ухаживание, что ли?

— Ты недалека от истины, — повернулась к Мире Брэнна. — Сорка в своей книге пишет, как он неделями ее обхаживал, пытаясь соблазнить, подкупить, взять угрозами, измотать ее разум и душу. Несомненно, он рвался к ее энергетике, но с не меньшей силой — к обладанию ее телом. И думаю, он хотел сделать ей ребенка.

— Да я лучше себе горло перережу, чем дам ему меня изнасиловать!

— Не говори так! — развернулся к ней Коннор, едва сдерживая клокочущий гнев. — Никогда больше таких слов не произноси!

— Правда, не надо! — тихо поддержала его Айона, не дав Мире огрызнуться в ответ. — Коннор прав. Не говори так. Мы тебя защитим. Мы команда, и мы друг друга в обиду не даем. Ты себя защитишь, но ты должна быть уверена, что и мы встанем на твою защиту.

— Дайте-ка мне сказать, — заговорил Бойл, зачерпывая себе еще одну ложку жаркого. — Вы четверо не понимаете и не можете в полной мере понять, что все это значит для нас с Мирой. У нас есть кулаки, мозги, клинок, интуиция, стратегия. Но все это — обычные вещи. Не хочу сыпать соль на свежую рану, но, когда вы одной силой мысли оставляете нас вне игры, поневоле вспомнишь, что у нас ничего, кроме этих обычных вещей, и нет.

— Бойл, ты должен знать...

Айону едва заметным движением руки остановил Фин.

— А мне есть что на это ответить — я тут вроде как аутсайдер. Погоди! — сказал он Айоне, поймав ее сочувственный взгляд. — Мы — не *трое*, но мы вместе с вами тремя. Можно сказать, еще один пример хрупкого равновесия. И то, что мы даем этой команде, не менее важно, чем то, что на другой чаше весов. Время от времени *трое* могут иметь на этот счет иные мысли, и те, кто *с тремя*, тоже могут считать по-другому, но мы имеем то, что имеем, и мы все должны это помнить и уважать.

— Вы сейчас едите за моим столом, — негромко проговорила Брэнна, — приготовленную мной еду. А это значит, что я выказала вам уважение.

— Это так, и я тебе за это благодарен. Но, Брэнна, пойми: настал момент, когда ты должна снова открыть дверь и пустить меня работать с тобой, а не так, чтобы я в эту дверь напрашивался. Речь идет о Мире и обо всем нашем деле, которое поставлено на карту.

Брэнна сжала пальцами ножку бокала, потом отпустила.

— Ты прав, и прошу меня извинить. Вижу, он нас сильно потрепал. Для него это победа, но это будет его последний триумф.

— Мы не можем понять, каково это — быть не такими, как мы. Наверное, Айоне это легче, — произнес Коннор, — потому что ей так долго не давали раскрыть то, что в ней есть. Но думаю, что вы — и ты, Фин, тоже, — не понимаете, что, решив остаться с нами, продолжать наше дело, вы проявляете куда больше мужества, чем мы с Брэнной, а теперь и Айона. Особенно Мира с Бойлом, которые не имеют наших возможностей. Мы делаем это, потому что должны, вы же трое — потому что сами так решили. И Фин тоже легко мог бы отправиться в Париж и проводить время в любимом новомодном ресторане. Мы об этом не забываем. И вы не должны думать — никогда, слышите? — что мы можем это забыть.

— Нам благодарность не нужна, — начал было Бойл.

— Нужна или не нужна — мы все равно вам признательны. И восхищаемся вами, хотя не всегда это показываем.

Брэнна встала, принесла на стол еще бутылку вина и разлила по бокалам.

— Черт подери, вы что думаете — я ради себя простояла столько времени у плиты? Мне достаточно бутерброда с ветчиной. Так что давайте-ка перестанем себя жалеть, извиняться друг перед дружкой, и пусть все будет как есть.

Мира с решительным видом положила себе добавки.

— Брэнна, еда безумно вкусная!

— О чем я и говорю! И если не хотите в другой раз получить по бутерброду, немедленно прекращайте такие разговоры! Вы мне лучше скажите: с чего бы это Кэвону кидаться на капот твоей машины, Коннор?

— Рискую остаться с одним бутербродом — хотя ничего не имею против, — проговорил Фин, — но, по-моему, чтобы ответить на твой вопрос, придется опять завести серьезный разговор.

— Что ж, валяй. — Брэнна махнула рукой. — А я решу, кормить ли тебя вообще в другой раз.

— Он хотел посмотреть, что будет. И он был не тенью, а абсолютно оформившейся фигурой.

— Точно, — подтвердила Мира. — Мышцы, кости, кровь — все было.

— Но действовал он очень стремительно. Внезапный наскок — и в том месте, где Коннор этого никак не ожидал. Я, кстати, тоже ничего не почувствовал, хотя все происходило совсем рядом. Потом такой же стремительный прыжок назад, туда, где он таится. И что ему это дало?

— Что-то я не врубаюсь, — проворчал Бойл.

— Что он увидел? Как повел себя Коннор? Вышел один, чтобы сразиться с ним лицом к лицу, — намеренно один, ведь вас с Мирой он запер внутри. Для вашей же безопасности. И он увидел, что Брэнна выскочила брату на помощь — с оружием, но опять-таки одна.

— А потом — вы с Айоной, — добавила Мира.

— К тому моменту, как я прибыл и мы образовали круг, его уже и след простыл. Следил за нами? Точно сказать не могу, но я его присутствия не ощущал.

— Я тоже, — согласился Коннор в ответ на вопросительный взгляд Фина.

— Значит, он убедился, что первое движение Коннора — защитить. Защитить свою женщину — ой, только не надо строить из себя хрупкую куколку! — повернулся он к Мире, собравшейся возмутиться. — Свою женщину, своего друга. Отвести угрозу и защитить. Первое движение Брэнны — кинуться на помощь Коннору, так же, как он бы бросился помогать ей. Но она тоже защищает тех, кто не может постоять за себя, ведь она не выпустила Миру с Бойлом, чтобы увеличить численный перевес.

— Тут я тоже была не права, и перед Мирой я уже извинилась. А теперь приношу извинения и Бойлу.

— Хватит об этом! Забыли.

— Но *он* не забудет. — Айона обвела всех многозначительным взглядом. — И воспользуется полученным знанием, попытается на нем сыграть, извлечь из него какую-то пользу.

— А мы тогда найдем способ обратить против него тот факт, что мы догадались о его затее. — Довольная своим планом, Мира заулыбалась. — Будем ловить на живца — на меня то есть. Только как?

— Этого мы делать не станем! — Коннор решительно отмел все возражения. — Мы уже опробовали этот способ с Айоной, помните? И план не сработал — с трудом девчонку отбили.

— С первого раза редко что получается.

— К черту! Будем искать другие пути, — подвел черту Коннор.

— Это я буду решать, — возразила Мира. — Вспомни собственные замечательные слова. Я вот Фина спрошу, — повернулась она. — Есть у нас способ выманить его на меня как на приманку?

— Не могу сказать — и не потому, что не хочу ссориться с Коннором. Или с Брэнной, если уж на то пошло. А потому, что нам всем надо не спеша все обдумать, и самым скрупулезным образом. Меня не меньше Коннора пугает то, что вышло у нас с Айоной в июне.

— Против этого у меня возражений не будет.

— Мы все обдумаем, после чего должны выработать единое мнение. — Он бросил взгляд на Коннора, тот кивнул. — И все детально проработаем, опираясь на то, что нам теперь известно. Внесем какие-то коррективы в прежний план — ведь он был близок к осуществлению. — Он повернулся к Брэнне.

— Да, близок. Но и попытка Сорки его отравить тоже почти увенчалась успехом. Однако ни то ни другое не погубило его окончательно. Пока я не могу разобраться, что мы упустили. И конечно, мы должны работать вместе, тут ты совершенно прав. У тебя хорошо получаются зелья и заклинания. Времени у нас — до Сауина[1].

— Почему до Сауина? — не понял Коннор.

— Начало зимы, преддверие наступления нового года — по нашему, кельтскому, календарю. Я сегодня, пока стояла у плиты, об этом размышляла. Мы думали, луч-

---

[1] С а у и н, иначе Самайн (*Samhain*) — один из четырех сезонных праздников ирландцев и шотландцев, выпадающий на 31 октября — 1 ноября (т.е. примерно на середину между осенним равноденствием и зимним солнцестоянием) и символизирующий окончание уборки урожая.

шим моментом будет солнцестояние — самый длинный день в году, торжество света над тьмой. Но мне кажется, мы ошиблись. Возможно, это и есть то, что мы упустили. Неправильно выбранный момент. Сауин — потому что нам еще нужно время, но долго тянуть мы не можем, ведь он начал нагло атаковать одного из нас.

— В ночь, когда граница между мирами особенно тонка, — задумчиво произнес Коннор. — И когда, как говорят, можно переходить из одного царства в другое, не зная пароля. Да, это может быть. То, что мы упустили. Он умеет легко перемещаться во времени и пространстве — для него это как комнату пересечь. А в эту ночь мы тоже сможем так делать, никаких усилий не потребуется. И не надо будет искать, где и когда.

— Ночь, когда мертвые приходят погреться у огня Сауина, — добавил Фин. — И получить свою порцию тепла от тех, кто одной с ними крови.

— Мертвые... — то есть призраки? — удивилась Мира. — Одних колдунов нам теперь уже мало!

— Сорка, — лаконично пояснила Брэнна.

— А-а. Ты считаешь, она может прийти и прибавить вам силы. Сорка, а вместе с ней и первая троица?

— Мы будем над этим думать. Работать. Если ни у кого нет возражений.

— Мне этот план нравится, — заявил Бойл и чокнулся с Брэнной. — Канун Дня Всех Святых.

— Если только нам удастся до этого времени отбивать его атаки. И узнать все, что нам требуется, — подытожила Брэнна.

— Удастся. Мы это сделаем! — решительно объявил Коннор. — Всегда любил Сауин — и не только из-за угощений. Однажды именно в Сауин у меня произошел замечательный разговор с прабабушкой.

— Которая, надо полагать, к тому моменту уже была в могиле.

Он подмигнул Мире.

— Она умерла задолго до моего рождения. Когда граница между мирами делается тоньше, мне намного легче видеть через нее, чем в другое время. А поскольку мы сошлись во мнении, что меня он испытывает в особенности, может быть, именно мне и следует сыграть роль приманки. Ты ведь тоже об этом думал? — обратился он к Фину.

— Мне приходило это в голову. Мы еще раз все как следует продумаем, обговорим и тщательно проработаем. Брэнна, можешь рассчитывать на меня в полной мере, не считаясь со временем. И в любое время дня и ночи!

— Никаких поездок не намечается? — небрежно поинтересовалась она.

— Ничего такого, что нельзя было бы отложить или перенести. Пока дело не сделано, я здесь.

— А потом?

Он долго смотрел на нее и ничего не говорил.

— А потом увидим, что будет.

— Одного *он* добился, — Айона взяла Бойла за руку, — сделал нас сильнее. С семьей всегда так: она борется и совершает ошибки. Но благодаря им делается сильнее. Вот мы уже и стали сильнее.

— Тогда — за ссоры и косяки!

Коннор поднял бокал, остальные последовали его примеру, со звоном чокнулись и выпили.

12

Коннор понимал, что это сон. Мысленным взором он видел себя, раздетого, уютно укрытого одеялом, в постели с Мирой, и чувствовал — когда возвращался мыслями назад, — как сердце ее бьется рядом с его собственным.

В тепле и безопасности. В постели, думал он.

Но, когда он шел лесом, в воздухе висела ночная прохлада, а облака, затеявшие игру с выросшей до трех четвертей луны, делали еще глубже и темнее лесные тени.

— Что мы ищем? — спросила Мира.

— Пока не найду — не узнаю. Тебя здесь быть не должно. — Он остановился, взял в ладони ее лицо. — Оставайся в постели и спокойно спи.

— Ты меня не запрешь! И не оставишь в стороне. — Она решительно взяла его за запястья. — Ты обещал! И это не только твой сон, но и мой.

Он мог отослать ее назад, в сновидения, которых она и не вспомнит. Но это будет равносильно тому, что солгать.

— Тогда держись поближе. Я здесь дороги не знаю.

— Мы не дома.

— Вот именно.

Мира подняла меч, который оказался у нее с собой, и лезвие сверкнуло в слабом отсвете луны.

— Это ты мне дал меч? Или я его сама взяла?

— Я тоже не знаю. — Его кожа заблестела, рецепторы обострились. — Что-то есть в воздухе.

— Дым.

— Да, и что-то еще. — Коннор поднял руку и сотворил светящийся шар. И использовал его как импровизированный фонарь, чтобы разогнать тени и осветить путь.

На лесную тропу шагнул олень, увенчанный рогами, как серебряной короной. Шкура его отливала золотом. Он постоял с минуту, неподвижный, как статуя, будто давая людям возможность насладиться его красотой, затем повернулся и с царственным величием зашагал сквозь клубящийся туман.

— Нам идти за оленем? — удивилась Мира. — Как в той песне?

— Да. — Но света он не погасил. Теперь они оказались в густой чаще леса, где витали запахи зелени, земли и дыма, а олень продолжал шагать с неспешной грацией.

— И часто с тобой это бывает? Такого рода сны?

— Нечасто, но и не в первый раз. Хотя со мной впервые кто-то свой. Вон там, видишь? Еще огонек?

— Слабо, но вижу. Это может быть ловушка. Ты *его* не чувствуешь, Коннор? Он здесь, с нами?

— Воздух пронизан магией. — Настолько, что было удивительно, как этого не чувствовала Мира. — И черной, и белой. Тьмой и светом. Они колотятся, как удары сердца.

— И пробирают по коже.

Значит, она тоже их чувствует.

— Не хочешь вернуться?

— Нет, не хочу. — Но она стала держаться еще ближе к нему, а олень вел их в направлении света.

Коннор простер свое энергетическое поле вперед и посмотрел, что там. И в тусклом свете различил очертания, а затем и лицо.

— Это Эймон.

— Мальчик? Сын Сорки? Мы вернулись на несколько столетий в прошлое?

— Похоже на то. Он стал старше. Еще не взрослый, но постарше, чем в тот раз, когда мы встречались. — Коннор заглянул вперед еще раз и вступил в мысленный диалог. *Это Коннор из рода О'Дуайеров. Твоя кровь. Твой друг.*

Он почувствовал, как парнишка расслабился, но только самую малость. *Тогда добро пожаловать. Но ты не один.*

Я привел друга. Девушку. Она и твой друг.

Свет от двух источников слился в один, и олень шагнул в темноту. Взгляду Коннора предстал небольшой домишко, с аккуратным навесом для лошадей и ухоженным садиком, где росли пряные и лекарственные травы.

Они обжились здесь, подумал он, трое детей Сорки. И обжились неплохо.

— Добро пожаловать! — повторил Эймон и отложил в сторону шар света, чтобы пожать Коннору руку. — И тебе тоже, — обратился он к Мире. — Не чаял тебя снова увидеть.

— Снова?

Теперь мальчик вгляделся пристальнее — глаза у него были такими же синими, как надетый на шею самоцвет под названием «ястребиный глаз».

— Ты разве не Анья?

— Богиня? — рассмеялась Мира. — Нет, не она.

— Не богиня, а цыганка, названная ее именем. Ты на нее очень похожа, но теперь я вижу, ты совсем не она.

— Это Мира, мой и твой друг. Она из нашей команды. Скажи-ка мне, братишка, сколько, по-твоему, прошло времени с тех пор, как мы с тобой виделись?

— Три года. Но я знал, что увижу тебя снова. Мне цыганка нагадала, а я видел, что она в этом знает толк. Как-то по весне она пришла к нам утром, чтобы совершить кое-какой обмен, и сказала, что к нашему порогу ее привели магические знаки и предзнаменования. Она сказала, что у меня есть родственник в другом времени и мы с ним еще повидаемся и во сне и наяву.

— Во сне и наяву... — Коннор задумался.

— Она сказала, мы вернемся домой и встретим свою судьбу. У тебя, прекрасная дама, ее лицо и ее повадки. Ты из ее рода — из рода той, что называла себя Анья. Поэтому, как и ее, я благодарю тебя за то, что дали мне надежду, когда я так в ней нуждался.

Он взглянул на Коннора.

— Это было после нашей первой зимы в этих краях, когда казалось, что тьма никогда не рассеется. Я очень тосковал по дому, страстно жаждал увидеть его снова.

А он вытянулся, подумалось Коннору, и обрел уверенность.

— Вы обустроили себе дом здесь.

— Мы живем и учимся. Это хороший край, его первозданность привлекает. Но нам троим — той самой *троице* — необходимо снова увидеть родной дом, прежде чем обзавестись собственным. И мы обязаны его сберечь.

— Но время еще не пришло, да? Уверен, когда придет, ты это почувствуешь. Как сестры? Все в порядке?

— Все хорошо, спасибо. Надеюсь, и у твоей сестры тоже.

— Да. Нас теперь шестеро. К нам троим примкнули еще трое, и мы тоже учимся. *Он* овладел чем-то новым. Магией теней. Способом балансировать на грани миров и форм. Твоя мама что-то писала о тенях, и Брэнна изучает ее книгу.

— Как и моя сестра. Я ей об этом расскажу. Или, может быть, вы войдете? Я разбужу их с Тейган, они будут рады познакомиться с вами.

И Эймон сделал движение в сторону дома.

Для Миры все произошло мгновенно.

Коннор резко развернулся, и вместе с ним — Эймон, словно они были единым целым. Из-под навеса рванулся большой серый жеребец — она с изумлением увидела Аластара, точь-в-точь как тот, что у них на конюшне. И почти одновременно с высоты упал Ройбирд и откуда-то взялся Катл.

Мира не успела повернуться, а Коннор уже увлек ее назад, себе за спину. В этот момент прыгнул волк.

Он возник ниоткуда, беззвучно, как призрак, и стремительно, как змея.

Словно в тумане, она видела, как он уклонился от резвых копыт Аластара и напал. Целит прямо в мальчика, мелькнуло у нее, и она не раздумывая отшвырнула Эймона вбок и взмахнула мечом.

Удар пришелся по воздуху, но от мышечного напряжения боль пронзила всю ее руку, до самого плеча. После чего на Миру всей мощью обрушился зверь, и она полетела кувырком. Боль, шок, ледяной холод прошили ее. Инстинкт самосохранения заставил сомкнуть руки на шее зверя, чтобы не дать ему впиться в нее зубами.

И опять все случилось мгновенно.

Пес бросился в атаку, и вспыхнул такой яркий свет, что воздух сделался алым. Эту пылающую завесу пронзили крики и рычание, а ее мышцы дрожали от напряжения — она продолжала отпихивать от себя разверстую пасть. Мира услышала свой голос, она пронзительно кричала, но это было не стыдно, потому что и волк ревел.

Она видела, как с безумной, убийственной яростью в глазах он подался назад, очертания его расплылись и исчезли так же быстро, как появились. Из ниоткуда в никуда.

Ее имя. Коннор повторял его снова и снова. Она не могла отдышаться, просто не могла набрать в грудь воздуха — воздуха, пахнущего серой.

К ее раненому боку прижались теплые ладони, к ее губам — теплые губы.

— Дай посмотрю, дай я посмотрю! О боже, боже! Не волнуйся, любовь моя, сейчас я все сделаю. Лежи спокойно.

— Я тебе помогу.

Она услышала голос, увидела лицо. Лицо Брэнны, только моложе. Она помнит это лицо, подумала Мира сквозь боль, сквозь жидкую пелену, туманившую сознание. Помнит со времен своей юности.

— Через несколько лет ты будешь как она сейчас. Наша Брэнна — редкая красавица.

— Лежите спокойно, леди. Тейган, принеси... ага, уже несет. Сестренка несет все, что мне понадобится. Я это умею, брат, — сказала она Коннору. — Доверишь мне?

— Доверю. — А сам взял Миру за руку. — Тише, тише, душа моя, ну-ка, смотри на меня. На меня! И... в меня.

И она провалилась в сон, в глубину этих зеленых глаз, за пределы боли, за пределы всего. Остался только он. Остались его ласковые слова, которые он шептал и шептал по-ирландски, как делал, когда они занимались любовью.

Потом Айона — нет, Тейган, младшая, да, Тейган — поднесла к ее губам питье, и вкус его на языке и в горле был очень приятным.

Теперь, когда Мира вдохнула — по-настоящему, полной грудью, — воздух уже был напоен зеленью, землей, дымом от горящего торфа, растущими поблизости травами.

— Со мной все в порядке.

— Еще минутку, одну минутку. Как он здесь оказался? — повернулась Брэнног к Коннору. — Здесь он нас достать не может.

— Но меня зато может. Каким-то образом я привел его за собой, открыл ему проход. Все-таки это была ловушка! Он использовал меня, чтобы проникнуть к тебе и сестрам, Эймон. И привел его я!

— Нет, он использовал нас обоих. Наши сны.

— И нас тоже втянул, — подхватила Брэнног. — Теперь, благородная дама, в вас не осталось и следа его черной силы. Вы можете сесть? Только не спеша, аккуратненько!

— Я себя хорошо чувствую. Лучше, чем до ранения. Ты такая же искусная, как она. Вернее — она, как ты.

— Вы закрыли собой моего брата. Если бы не вы, он бы пострадал. Или еще хуже — ведь Кэвон жаждет его крови. Его смерти.

— Ваш меч. — Тейган положила его Мире на колени.

— На нем кровь. А мне казалось, я промахнулась.

— Нет, вы попали.

— Это магия теней, — заключила Брэнног.

— Верно, — согласился Коннор. — И пока я здесь, он может вернуться. Так что, если я останусь, от меня будет больше вреда, чем пользы.

— Вы не могли бы взять с собой вот это? — Тейган протянула ей зацветающее растеньице. — И, когда сможете, посадить его рядом с маминой могилой? Она больше всего любила колокольчики.

— Конечно, возьму и посажу при первой возможности. Мне надо уходить. И отвести назад Миру.

— Да со мной все в порядке! — повторила та.

— А со мной — нет! Берегите себя, вы все. — Коннор обхватил ее за плечи, зарылся лицом в ее волосы.

Мира проснулась в постели. Она сидела в объятиях Коннора, и он качал ее, как маленькую.

— Я видела сон.

— Это был не сон. Не только сон. Тшш, погоди минутку.

Он стал целовать ей волосы, виски, щеки — очень медленно, с расстановкой.

— Дай взгляну на твой бок.

— Да все в порядке. Все в порядке! — твердила она, но он повернул ее и провел руками по коже. — У меня такое чувство, будто меня усыпили каким-то волшебным эликсиром. Подозреваю, именно так и было. Как это случилось? Что-то из того, что я видела, было на самом деле? Или было все, что я видела?

— Эймон видел во сне меня, а я — его. Он утащил меня в своей сон, а я утащил с собой тебя. И похоже, все это было подстроено Кэвоном.

Руки Коннора, гладившие ее по волосам, сжались в кулаки, но он сделал над собой усилие и заставил себя расслабиться.

— Он хотел использовать меня, мой сон, для того чтобы напасть на Эймона.

— Ты закрыл меня собой.

— А ты закрыла собой Эймона. Мы делаем то, что должно. — Коннор со вздохом прижался к ней лбом. — Ты рассекла ему бок мечом, а он разорвал тебе бок клыками, и при этом он частично оставался в тени, так что клинок хоть и ранил его до крови, но остановить не смог. Это моя версия событий.

— Коннор, он материализовался прямо из воздуха. Как нам сражаться с тем, кто появляется из ниоткуда?

— Как и сражались. Его отпугнул свет — сначала мой и Эймона, потом и девочки присоединились.

— Он ревел, — вспомнила Мира. — И это был не звериный рев, а скорее человеческий.

— Балансирует между мирами и формами. Думаю, в момент перехода ему приходится тяжко. Уже светает.

Сейчас я сделаю нечто ужасное — разбужу Брэнну. А тебе предоставляю обзвонить остальных. То, что случилось, необходимо обсудить со всеми, и безотлагательно.

Но сперва он заключил в ладони ее лицо, как было и во сне.

— В другой раз не надо столько героизма, не то я умру на месте.

— Коннор, он же совсем мальчик! И оказался прямо у него по курсу. И он так на тебя похож... Или ты — на него. Овал лица, — добавила Мира, — рот, нос. Даже осанка.

— Правда?

— Тебе самому этого, наверное, не видно, но это так. Позвоню Айоне, она поднимет Бойла, а тот — Фина.

— Идет. — Он провел руками по ее волосам, длинным и волнистым, которые он сам расплел накануне вечером. — Кто первым спустится, тот и ставит этот долбаный кофе.

— Согласна. — Видя его встревоженные глаза, она потянулась поцеловаться. — Отправляйся, у тебя сейчас самая нелегкая задача — будить Брэнну, пока еще и солнце не встало.

— Готовь аптечку. — Коннор выпрыгнул из постели и натянул штаны.

После его ухода Мира протянула руку за телефоном и увидела колокольчики. Размышляя о Тейган, которая, наверное, как две капли воды похожа на Айону в отрочестве, Мира встала, принесла из ванной стакан воды и опустила туда луковицу.

Для Сорки, подумала она, после чего позвонила Айоне.

Вниз Мира спустилась раньше всех и занялась приготовлением кофе. Подумала, не сварить ли овсянки — единственное утреннее блюдо, которое у нее хорошо получалось. Тем более что Коннор, когда его ставили ответственным за завтрак, вечно пережаривал яйца.

Ее спасло появление Брэнны. На той были сине-зеленые полосатые фланелевые штаны и тонкий зеленый топ. Поверх она накинула и завязала голубой свитерок, который таинственным образом гармонировал с ее толстыми носками. Волосы были рассыпаны по спине.

Первым делом Брэнна потянулась за кофе.

— Не говори ни слова, пока не выпью чашку. Поставь варить картошку, а когда наполовину сварится, порежь ее на сковороду.

Сегодня в отличие от обычного для себя кофе с густыми сливками Брэнна выпила черный.

— Клянусь, близок тот день, когда я на месяц отлучу себя от плиты.

— И это будет заслуженно. Это я не с тобой говорю, а вообще, — поспешила добавить Мира, энергично моя картошку в раковине. — Наблюдения общего характера.

— Чертов колдун! — выругалась Брэнна себе под нос и полезла в холодильник. — Еще одна клятва: убью его собственными руками за то, что из-за него столько раз поднималась с рассветом. Яйца будут в виде болтуньи, а кому не нравится — может не есть.

Мира благоразумно промолчала и поставила на огонь картошку.

Сопровождая свои действия ворчанием, Брэнна достала колбасу, поставила жарить бекон и нарезала хлеб для тостов.

Потом выпила еще кофе.

— Мне нужно осмотреть твой бок.

Мира хотела сказать, что все в порядке, но прикусила язык и молча задрала рубашку.

Брэнна наложила руки на больное место — откуда она только узнала, куда именно? — и какое-то время его обследовала. Мира чувствовала, как в ее тело входит тепло и будто выходит наружу.

После сеанса Брэнна встретилась с ней взглядом, придвинулась и крепко обняла.

— Прекрасно зажило. Черт бы его побрал, Мира!

— Не начинай. Мне уже Коннор все высказал. Вас послушать, так меня не царапнули по боку, а кишки мне выпустили.

— А ты думаешь, чего он добивался? Конечно, хотел тебе кишки выпустить! — Однако Брэнна отошла назад и прижала ладони к глазам. Глубоко вдохнула и опустила руки.

— Ну, ладно. Давай займемся завтраком, будь он неладен. Коннор Шон Майкл О'Дуайер! Изволь спуститься и поучаствовать в завтраке не только за столом!

Тот появился через несколько секунд, явно выждав, пока сестра остынет.

— Чего изволите? Могу яичницу пожарить.

— К яйцам ты даже не прикоснешься! Накрой на стол, потому что я, похоже, обречена готовить на шестерых всю оставшуюся жизнь. А когда накроешь, можешь поджарить тосты.

Когда все собрались, картошка уже жарилась на сковороде.

— Как ты? — бросилась к Мире Айона. — Уверена, что все хорошо закончилось?

— Да. И больше того, энергия во мне так и кипит — эффект того зелья, что они в меня влили.

— Дай посмотрю, — отодвинул Айону Фин.

— Мне что, перед каждым теперь рубашку задирать? — Но Мира повиновалась, только чуть поморщилась от его прикосновения. — Брэнна меня уже обследовала.

— Он одной крови со мной. Если там осталась хоть капля его яда, я это сразу узнаю. Но тут все чисто. — Фин бережно опустил полу ее рубашки. — Я бы ни за что не сделал тебе больно, сестренка.

— Я знаю. Был один болезненный момент, и мне бы не хотелось его повторения, но все остальное... Это было как в сказке. У вас же с Айоной что-то похожее однажды произошло? — повернулась она к Бойлу.

— Да, было дело, так что это чувство мне знакомо. Вроде и спишь, но больше — ходишь, разговариваешь, что-то делаешь во сне. От этого немного голова идет кругом.

— Тебе надо сесть, — скомандовала Айона. — Просто сядь и посиди. Я помогу Брэнне закончить с завтраком.

— Только не это! — испугалась Брэнна. — Бойл, кроме тебя, тут все безрукие. Иди жарь яичницу, остальное я почти закончила.

Тот подошел к плите и вылил взбитые яйца на сковородку, где уже шипело масло.

— Порядок? — спросил он.

— Почти. — Брэнна на мгновение прислонилась к нему.

Она выключила огонь под картошкой и принялась вынимать ее шумовкой и обсушивать бумажными полотенцами.

— Почему я ничего не почувствовала? — удивлялась она. — Я все проспала. Ни сном ни духом...

— А почему ни я, ни Айона ничего не почувствовали? — ответил откуда-то из-за спины Фин. — Это был не наш сон. Нам там места не было.

— Но я же находилась с ними в одном доме, только по коридору пройти... Я должна была что-то учуять!

— Понятно. Раз на тебе все держится, тебе должно доставаться наравне со всеми, да?

Она резко развернулась, глаза засверкали, сузились, но вмешалась Айона.

— Прекратите! Прекратите оба! Каждый из вас обвиняет себя, и это очень глупо. Никто из вас не в ответе. Единственный, кто виноват, — это Кэвон, так что прекращайте! Мой брат, моя кровь, — передразнила она, прежде чем кто-либо из них обрел дар речи. — И так далее и тому подобное. И что с того? Мы все причастны. Может быть, лучше выясним, что в точности произошло, прежде чем себя корить?

— А ты женишься на женщине с командными задатками, братишка, — обратился Фин к Бойлу. — Но при этом весьма благоразумной. Сядь, Айона, и ты, Мира, тоже. Я принесу вам кофе.

Айона села и аккуратно положила руки на стол.

— Было бы очень мило с твоей стороны.

— Смотри не разлей! — предостерегла Мира и села рядом с Айоной.

Под руководством Брэнны Бойл выложил на блюдо яичницу, колбасу, бекон, картошку, жареные помидоры и черный пудинг[1].

Все это он доставил к столу, а Фин с Коннором тем временем разливали кофе и сок.

— Расскажи, как все было, — попросил Фин Коннора.

— Началось, как это обычно бывает: ты как будто бодрствуешь и все осознаешь и одновременно находишься в каком-то другом месте. Мы были в Клэре, хотя поначалу я этого не понял. В Клэре и во времена Эймона.

Коннор продолжал рассказ, а все накладывали себе еду с огромного подноса.

— Олень? — переспросила Брэнна. — Он был настоящий, или это ты его туда вызвал?

— Мне бы и в голову не пришло. Если бы мне понадобился проводник, я бы скорее взял Ройбирда. Это был крупный самец, роскошный. Царственный, с рогами — скорее золотыми, чем коричневыми.

— И голубыми глазами, — припомнила Мира.

— Верно. Глаза были голубые. Синие и бесстрашные. Если вдуматься — в точности как у Эймона.

— Или у его отца, — напомнила Брэнна. — Сорка пишет в своей книге, что сын цветом глаз и волос пошел в отца.

— То есть ты думаешь, олень был Дайти, — рассудил Коннор. — Или его перевоплощение. Может быть, он принял такой облик, чтобы находиться рядом с детьми и по возможности защитить их от опасности.

— Надеюсь, что так, — тихо проговорила Айона. — Ведь Дайти погиб, когда спешил домой, как раз чтобы их защитить.

— Ну так вот. Этот олень — будем считать, что это

---

[1] Кровяная колбаса.

была душа Дайти, — привел нас к свету, и этим светом оказался Эймон. Для него это все происходило спустя три года после нашей прошлой встречи. Он стал выше ростом, черты лица его заострились — как бывает, когда кончается детство. Красивый парнишка.

Он улыбнулся Мире.

— Другого от тебя и ждать не приходится: вас же друг к другу так и тянет, — заметила она. — И хотя волосы и глаза у вас разного цвета, сразу видно, что вы родня.

— А Миру он принял за Анью. Цыганку, — продолжал Коннор. — Та однажды проходила мимо их жилья и нагадала Эймону, что настанет день — и они с сестрами непременно вернутся домой.

— Любопытно. В тебе же есть цыганская кровь, — заметила Айона.

— Есть.

— А Фин назвал Аньей кобылу, которую подобрал для Аластара.

— Об этом я тоже думала, но надеюсь, на кобылу я все же не похожа.

— Это не просто кобыла, а лошадь необычайной красоты и темперамента, — возразил Фин. — Это имя ей так подходило, что ни о каком другом я даже и думать не стал. Как увидел ее — сразу понял, кто она и как ее зовут. Поневоле поражаешься, насколько в жизни все взаимосвязано и переплетено!

— Но главное, — продолжал Коннор, — что, пока мы с Эймоном разговаривали, стоя перед домом, ни он, ни я ничего не чувствовали. Мы его расспрашивали о семье. Я рассказывал о магии теней. Все произошло в тот момент, когда парнишка пригласил нас в дом. Только что я ничего не чувствовал — и вот *он* уже здесь. А в следующее мгновение прямо из воздуха на нас выскочил волк. И Эймон это все тоже чувствовал.

— Я видела: вы с ним развернулись синхронно — как будто это были не два человека, а один, — добавила Мира. — Все произошло моментально. Коннор отпихнул меня себе за спину, но я *ему* была не нужна — он жаждал добраться до мальчика.

— И тогда Мира оттолкнула Эймона в сторону, бросилась вперед и взмахнула мечом, а в следующий миг — я даже блока поставить не успел — *он* ударил что было сил, стал рвать зубами. Брызнула ее кровь. И его. В этот момент напал пес. Мы с Эймоном тоже вступили в бой, а тут и девочки подоспели. Они-то как раз поставили блок и не дали мне ринуться вперед, а направили свою энергию на *него*, мне осталось лишь присоединиться к ним, в эти несколько секунд я просто больше ничего не успел. Но нашего совместного удара оказалось достаточно, чтобы причинить ему боль, тем более что вместе с нами его атаковали Катл, Ройбирд и Аластар. Он кричал, как девчонка.

— Полегче! — возмутилась Айона.

Коннор улыбнулся.

— Без обид! И тогда, зажатый между нами и Катлом, между копытами Аластара и когтями Ройбирда, он ретировался так же, как пришел. Исчез, испарился, оставив после себя только запах преисподней. И истекающую кровью Миру на земле. И двух минут не прошло: сейчас, оглядываясь назад, я это могу сказать наверняка. Две минуты — от начала и до конца схватки.

— Ведь все последние столкновения с ним были краткими, да? Над этим надо поразмыслить, — сказала Брэнна. — Не исключено, что, когда он применяет магию теней, его энергии хватает только на такие короткие вылазки.

— Пока что, — добавил Фин.

— На данный момент это все, что мы можем заключить. Он проник в сон Коннора, просочился в него, чтобы добраться до мальчика — или до одной из сестер, если бы они вышли тебя поприветствовать, Коннор. В дом он попасть не может, зато может проникнуть в сон, стоит тебе выйти из-под защиты... Мне все ясно. Он не может добраться до них в их времени и в этом месте, но он может войти в сновидение и таким отбразом попасть туда.

— Туда, где мальчик уязвим, — добавил Фин. — То есть когда находится в состоянии активного сна, когда спит и одновременно совершает какие-то действия. Вот тогда-то Кэвон и караулит его на краю этого мира, ждет, чтобы наброситься — пока не обратит вас в бегство.

— Жалкий трус! — проворчал Бойл.

— Вы говорите, Мира пролила его кровь. А где сейчас твой меч? — спросила Брэнна.

— Дома. Я его сюда не приносила. Он был у меня в руке только во сне.

— Я сгоняю, — вызвался Фин. — Где он у тебя?

— На полке в шкафу в моей спальне. Я дам тебе ключи. — Видя его улыбку, Мира выпрямила спину. — Ну конечно, они тебе не нужны, да? Совсем из головы вылетело. Ведь вы четверо можете входить в любой дом, когда заблагорассудится.

— Я его добуду. Всего секунду...

— Ты знаешь, что я сторонница уважительного отношения к магии и против того, чтобы выбирать легкий путь, когда затраты времени и сил совсем невелики. Но... — Брэнна вздохнула. — Сейчас не тот случай, и было бы глупо гонять тебя в деревню и обратно.

Фин коротко кивнул. Он поднял руку — и меч Миры оказался у него.

Мира ахнула и рассмеялась.

— Блестяще! Вы так редко балуете исполнением подобных вещей, что я порой забываю, что вы это умеете.

— Фин не настолько принципиален в этом вопросе, как Брэнна, — заметил Бойл.

— У каждого из нас свои принципы. — Фин перевернул клинок. — Здесь кровь, причем вполне свежая.

— На столе окровавленным мечам не место. — Брэнна поднялась и забрала клинок. — Будет над чем поработать. И еще от солнцестояния кое-что осталось. Но ты сказал, кровь свежая — и это *его* кровь, и пролил он ее под защитой магии теней.

— Как только освобожусь, я приеду, и мы с тобой вдвоем поработаем, — пообещал Коннор.

— И я тоже, — добавила Айона. — Утро у нас сегодня напряженное, но после обеда, надеюсь, мои боссы дадут мне послабление.

Бойл погладил ее по коротко стриженной голове.

— Боссы же у тебя люди вменяемые. Я и Миру привезу, если от нас с ней есть толк. Ну, хоть еды привезем.

— Это уже кое-что. — Брэнна продолжала рассматривать меч. — Поскольку французского жаркого на всю ораву у меня уже не хватит.

— Тогда мы с Мирой берем это на себя и приедем сразу, как закончим дела на конюшне. А как только получится, пришлю Айону.

— Я за ней заскочу, — вызвался Коннор. — Думаю, нам надо хотя бы на время вернуться к такому порядку, чтобы никто в одиночку никуда не ходил и не ездил. Сегодня я могу перетасовать график и освободиться часам к трем, если это всех устроит.

— Отлично.

— А я пока останусь здесь, — заговорил Фин, и все умолкли. — Если никто не против.

— Не против. — Брэнна опустила меч. — А сейчас можете дружно привести в порядок мою кухню. Как освободишься, — повернулась она к Фину, — найдешь меня в мастерской.

Она вышла.

13

Следующий день у Миры был выходной, и большую его часть она провела у матери, помогая собирать вещи для «долгого визита», как они все это называли. А поскольку сборы требовали принятия решений — что брать, что оставлять, что отдать, а что просто выбросить на помойку, — то почти весь выходной день прошел у Миры под знаком пульсирующей головной боли.

Необходимость принимать какие бы то ни было решения приводила Колин Куинн, Мире ли не знать, в состояние мятущегося беспокойства. Простое, казалось бы, решение — брать или не брать три свои любимые узамбарские фиалки, — повергло ее в рыдания.

— Ну конечно, ты их возьмешь. — Мира всеми силами старалась балансировать на тонкой грани, разделяющей оптимизм и жесткость.

— Если я их оставлю, вам с Доналом придется забивать голову поливом и подкормками. А вдруг вы забудете?

— Обещаю не забывать. — Надо будет сразу отвезти их к Брэнне, которая умеет ухаживать за цветами. — Но думаю, тебе лучше взять их с собой.

— А вдруг Морин не захочет, чтобы они у нее в доме стояли?

— С чего бы Морин отказываться от цветов? — Балансируя на той же зыбкой грани, Мира нацепила решительную улыбку и взяла в руки одно из растений с пушистыми листочками и фиолетовыми бутонами. — Они такие очаровательные!

— Но ведь это ее дом, ты не забыла?

— А ты — ее мама, и это твои цветы.

Когда решение — хвала Господу! — наконец было принято, Мира с облегчением рассовала горшки с цветами в коробки, которые заранее выпросила в какой-то лавке.

— Но ведь...

— Прекрасно доедут, не волнуйся. — Семью семь — черт побери! — сорок девять. — Ты мне сама говорила, цветы — живые существа и чутко реагируют на музыку, человеческую речь и заботу. Без тебя они затоскуют и, скорее всего, завянут, как бы тщательно я за ними ни ухаживала.

Вдохновленная успехом, Мира запела «Снова в дорогу» и заложила пустоты в коробках скомканной бумагой. Пение дочери вызвало у Колин улыбку.

— Какой у тебя чудесный голос!

— От мамы достался, разве нет?

— У отца тоже был сильный, красивый голос.

— Хмм... — только и ответила Мира, продолжая повторять в уме таблицу умножения. — Так. И еще тебе понадобятся любимые фотографии, чтобы повесить на стену.

— Ой! — Колин моментально сомкнула пальцы рук — этот жест выражал у нее высшую степень неуверенности. — Даже не знаю... А как я их отберу?

— Я сама отберу, а ты потом их откроешь — и будет для тебя сюрприз. Слушай, я бы не прочь чайку выпить.

— Ой! Сейчас заварю.

— Было бы здорово. — Пять минут покоя.

Пока Колин хлопотала на кухне, Мира быстро выбрала фотографии — заключенные в рамки моменты прошлого: ее детство, братья и сестры и, хоть это было и не совсем кстати, родители вместе.

На одного из родителей она посмотрела особенно пристально — на снимке он стоял на фоне цветущего сада при солидном доме, где они жили когда-то, и улыбался. Красивое лицо. Приятный, статный мужчина — и море обаяния.

И полное отсутствие внутреннего стержня.

Мира обернула фотографию тканевой салфеткой, чтобы не пострадало стекло, и сунула в коробку. Может, матери лучше бы обойтись без постоянных напоминаний о том, что было, но, в конце концов, решать ей, ведь это ее жизнь.

И в данный момент эта жизнь уложилась в два чемодана, сумку через плечо и три картонные коробки.

Если визит превратится в переселение, то будут еще вещи, но пока Морин об этом и слышать не желает. Будут новые сборы, но главное, по мнению Миры, — будет и новая жизнь.

Сочтя, что дело сделано — или почти сделано, — она прошла в заднюю часть дома на кухню, где застала маму в слезах. Она тихо сидела за столом, спрятав лицо в ладонях.

— Ну, мам...

— Прости, прости. Чай так и не сделала. Мира, я в полной растерянности! Я всю жизнь прожила в Конге, знаю здесь все окрестности. А теперь...

— Мам, это совсем рядом. Ты уезжаешь не за тридевять земель. — Мира села и взяла мать за руки. — Меньше часа езды.

Колин подняла заплаканное лицо.

— Но я перестану видеться с тобой и Доналом!

— Мам, ты едешь погостить.

— А вдруг я никогда не вернусь? Вы же только об этом и мечтаете!

Загнанная в угол, Мира устыдилась.

— Мы мечтаем не о том, чтобы тебя сплавить, а чтобы тебе было хорошо. Я уверена: ты скоро сама захочешь там жить. А если надумаешь остаться с Морин, Шоном и ребятишками в Голоуэе, то мы будем вас навещать. Конечно! А как же? А если тебе там не понравится — вернешься сюда. Разве я не говорила, что оставлю дом за тобой?

— Я ненавижу этот дом! Мне здесь все ненавистно!

Ошеломленная, Мира разинула рот, но так и не нашлась, что на это сказать.

— Нет, нет, это не так, это неправда. — Колин, раскачиваясь, снова закрыла лицо руками. — Я люблю палисадник и сад за домом. Правда! Мне нравится смотреть на цветы и работать в саду. И я благодарна тебе за этот домик, он просто очаровательный!

Колин вынула из кармана бумажный платок и промокнула слезы.

— И спасибо Финбару Бэрку, что сдает мне его по цене гораздо ниже рыночной. И тебе — за то, что его оплачиваешь. И Доналу — за то, что так долго жил со мной. Всем вам за то, что вы не забывали мне звонить и справляться о моих делах. За то, что брали меня в поездки. Я знаю, вы все сговорились, чтобы я переехала к Морин в Гэлоуэй, но это ради моего же блага. Я же не совсем глупая.

— Ты совсем не глупая!

— Ну да, «не глупая»! Мне пятьдесят пять лет, и я не в состоянии запечь баранью ногу!

Поскольку это вызвало новый поток слез, Мира попробовала сменить тактику:

— Кулинар из тебя действительно никудышный. Помню, как я приходила из школы и, унюхав запах твоей стряпни, спрашивала Господа, чем я заслужила такое наказание.

Колин долго смотрела на дочь с недоумением, и на щеках ее блестели слезы. И вдруг она расхохоталась. Звук был несколько диковатый, но все равно это был смех.

— Моя мать готовила еще хуже.

— А это возможно?

— А ты думаешь, почему бабушка держала кухарку? Потому что в противном случае мы бы умерли с голоду. Да и Морин не лучше, Господи прости.

— Вот для этого и существует еда на вынос. — В надежде, что слез больше не последует, Мира поднялась и поставила чайник. — Я не знала, что тебе в этом доме не нравится.

— Да нравится, нравится! Это я сгоряча брякнула. Неблагодарная я! У меня есть крыша над головой, есть сад, которым я горжусь. Соседи хорошие, вы с Доналом рядом. Мне не нравилось то, что это единственное, что у меня осталось — очередное жилье, за которое платит моя дочь.

— Это не единственное, что у тебя осталось. — Как же она была слепа, подумала о себе Мира, что не видела, насколько ее мать уязвлена тем, что живет в арендованном доме, оплачиваемом дочкой.

— Мам, это всего лишь место, где жить. Всего лишь дом. Но у тебя еще есть твои дети и внуки, которые любят тебя так сильно, что сговариваются, как лучше устроить твое счастье. У тебя есть ты, ужасная повариха, но замечательный садовник. И внукам от тебя будет только польза.

— Думаешь?

— Ну конечно! Ты же такая терпеливая, и тебя всегда интересует, чем они занимаются и что у них на душе. С родителями совсем по-другому, ведь правда же? Ребятам вечно приходится терзаться, ответить «да» или «нет», сказать сейчас или потом... Но им же не только дисциплина и порядок нужны, им нужна любовь и нужна забота. От тебя требуется только любовь, и они будут ее впитывать, как губка.

— Я правда жалею, что они не рядом, что я не могу их баловать.

— Так вот тебе шанс!

— А вдруг Морин не позволит их баловать?

— Тогда я приеду в Гэлоуэй и надаю ей по заднице.

Колин опять улыбнулась. Мира заварила чай.

— Ты у меня всегда была боевая. Такая дерзкая и отважная. Я очень надеюсь, что однажды мне доведется побаловать и твоих ребятишек.

— Хорошо.

— Я слышала, вы с Коннором О'Дуайером... встречаетесь?

— Я встречаюсь с Коннором О'Дуайером всю свою жизнь.

— Мира!

Решив, что скрыть правду все равно не удастся, Мира сдалась:

— Ну хорошо, мы... встречаемся. — Она поставила на стол чай и чашки.

— Мне он очень и очень симпатичен. Человек хороший, да еще и красавчик в придачу! Отзывчивое сердце, добрая душа. Он иногда меня навещает — просто поинтересоваться, как у меня дела и не нужно ли помочь по дому.

— Я не знала. Но это на него похоже.

— Есть в нем что-то такое... Но, хотя я понимаю, какая теперь жизнь пошла, все же не могу одобрить... ну... секса до брака.

Пресвятая богородица, взмолилась Мира, спаси и сохрани. И избави меня от разговоров о сексе.

— Ясно.

— У меня такое же чувство в отношении Донала с Шэрон, но... В конце концов, мужчина есть мужчина, а все они только этого и хотят, и лучше, если без всяких брачных уз.

— Как и женщины, мам. И, как мне ни неприятно тебе это говорить, я уже давно взрослая женщина.

— Хоть и взрослая женщина, — Колин поджала губы, — а все равно моя дочь. И вдобавок к тому, что говорит на этот счет святая церковь, я рассчитываю на твою осмотрительность.

— В этом можешь не сомневаться. Не волнуйся.

— Я перестану волноваться, когда ты будешь счастлива, выйдешь замуж и заживешь своей семьей в своем доме. Я уже сказала, Коннора я очень люблю, но не секрет, что он порядочный бабник. Так что будь осмотрительна, Мира! — повторила она.

Послышался звук отпираемой двери, и Мира энергично закивала головой.

— А вот и Донал. Сейчас повезет тебя в Гэлоуэй, — бодро объявила она. — Достану ему чашку.

Мира думала поехать домой, посидеть, глядя в стену, пока не пройдут усталость и угрызения совести и она не почувствует себя в своей тарелке, а кончилось тем, что она проследовала прямиком к Брэнне.

Но едва она ступила на порог мастерской, как стало ясно, что это была ошибка.

Возле большого рабочего стола стояли Брэнна с Фином и держали руки над серебряной чашей. То, что в ней варилось, сверкало и излучало ярко-оранжевый свет, от которого спирально вверх уходила тонкая струйка дыма.

Брэнна подняла палец свободной руки, делая ей знак: обожди!

— Ты с даром твоим, я с даром моим, жизнь и смерть вместе соединим. Кровь и слезы, что пролились, в гущу красную превратились. Сплавом дыма и огня решится пусть судьба твоя.

Содержимое чаши, ядовито-оранжевого цвета, забурлило, поднялось и пошло через край.

— Черт побери! — Брэнна отпрянула и уперла руки в бедра. — Опять не то! Должно быть красного цвета, кроваво-красного. Убийственно-красного! И густое. Мы опять что-то упустили.

— Только чур на этот раз без моей крови! — взмолился Фин. — Я тебе уже литр пожертвовал.

— Всего несколько капель! Что ты как маленький! — Брэнна в расстройстве потянула себя за волосы, собранные в хвост на макушке. — Я брала свою, Коннора и Айоны, так?

— Вас трое, а я один.

— Плюс из пузырька, где хранится *его* кровь, еще с солнцестояния, и то, что мы наскребли с меча.

— Если надо, можете взять мою, — предложила Мира. — В противном случае — не буду вам мешать.

— Ты не мешаешь. Вполне вероятно, нам как раз и нужен свежий глаз, свежий взгляд со стороны. Но пока сделаем перерыв. Мне необходимо подумать, — вздохнула Брэнна. — Давайте чаю выпьем.

— Ты чем-то расстроена, — обратился Фин к Мире, когда Брэнна принялась вытирать стол. — Ты же сегодня маму в Гэлоуэй провожала?

— Только что отправила, да. Не обошлось без слез и зубовного скрежета.

— Сочувствую! — подскочила Брэнна и потрепала подругу по руке. — Я так увлеклась собственными заботами, что совсем не подумала о твоих. Нелегко пришлось, да?

— В каком-то смысле — хуже, чем я ожидала, а в каком-то, наоборот, лучше. Но в общем и целом весьма утомительно.

— У меня есть кое-какие дела, а вы пока поболтайте, — вмешался Фин.

— Нет, не надо из-за меня уходить! Мне как раз нужно обсудить с тобой вопрос аренды.

— Тут тебе не о чем беспокоиться. Я уже говорил, я могу подождать, пока она не решит, чего хочет. Как-никак, она в этом доме почти десять лет прожила!

— Спасибо тебе, Фин. Правда, спасибо!

Брэнна молча углубилась в приготовление чая.

— Не думаю, что она вернется, разве что погостить приедет, — сказала Мира. — Надеюсь, что перемены ее встряхнут. И, конечно, внуки. Главным образом — внуки, поскольку с одними она будет жить под одной крышей, да и другие тоже совсем недалеко. Кроме того, мой зять Шон начнет ее обхаживать, он всегда тещу обожал. И она действительно не может жить одна, это факт. Ей нужен кто-то рядом, и не только для общения, но чтобы ее направлять, подсказывать, что к чему. Вот Морин как раз и обеспечит ей то и другое.

— Тогда перестань себя корить! — откликнулся Фин.

— С этим надо свыкнуться. — Стремясь успокоиться, Мира надавила пальцами на глаза. — Она так плакала... И говорила вещи, которых я от нее никак не ожидала услышать! Тебе, Фин, она передавала большое спасибо за дом, за то, что столько лет брал с нее смехотворную плату — а я-то была уверена, что для нее цены — темный лес. Оказывается, мама в курсе дела, и она тебе очень признательна, а я и того больше.

— Пустяки, Мира.

— Ничего не пустяки! И для нее, и для меня. Разве я потянула бы свою квартиру и ее домик, если бы ты не брал за него сущие гроши? И это при том, что Донал тоже нет-нет, да и подбросит деньжат. А если бы мы жили вместе, без смертоубийства бы не обошлось. Считай, ты уберег ее от смерти, а меня — от тюрьмы, так что от благодарности не отмахивайся.

— Ну, тогда на здоровье. — Он подошел к ней и обнял, потому что глаза у нее уже были на мокром месте. — Хватит, моя милая. Довольно.

— Понимаешь, когда мы с Доналом грузили мамины вещи в его пикап, она опять разрыдалась и повисла на мне так, словно я ухожу на войну. Что отчасти соответствует действительности, только она об этом не догадывается. Бьюсь об заклад, она все эти годы закрывала глаза на то, чем заняты трое моих лучших друзей, и теперь ее беспокоит одно — как это мы с Коннором спим, не будучи связаны священными узами брака.

Фин не сдержал улыбки и погладил Миру по спине.

— Да уж, ну и денек у тебя выдался...

— Ага. А в довершение я выставила родную мать из ее дома.

— Ничего подобного! Ты помогла ей разрубить цепь, которая удерживала ее в клетке, а в доме, где живет семья и звучат детские голоса, ей будет намного лучше. Спорим, и года не пройдет, как она тебе спасибо скажет. Ну же, моя красавица, хватит плакать!

Фин отошел, похлопал себя по карманам, извлек из одного цветастый носовой платок и протянул ей. Она рассмеялась.

— Это еще что такое?

— После грозы всегда бывает радуга. — Он со щелчком пальцев вынул из ее волос розовую маргаритку. — И в дождь распускаются цветы.

— Ты бы мог озолотиться на семейных праздниках!

— Попридержу на черный день.

— А я стопроцентная дура.

— Вовсе нет. — Фин снова прижал ее к себе. — Максимум — на пятьдесят процентов.

Поверх ее головы он перехватил взгляд Брэнны. И улыбка, которую она ему послала, острым кинжалом вошла в его сердце.

Мира выпила чаю, съела предложенное Брэнной лимонное печенье в количестве аж трех штук и, хотя ровным счетом ничего не смыслила в составлении заговоров и заваривании зелий, старалась быть полезной изо всех сил.

Она перетирала в ступке сушеные травы — шалфей, полынь, розмарин — для изгнания злых сил. Отмеряла черный порошок размолотого кристалла плавикового шпата, отрезала куски витой медной проволоки и дозировку скрупулезно заносила Брэнне в тетрадь.

К тому моменту как вместе с Айоной и Бойлом прибыл Коннор, все необходимые ингредиенты были подготовлены.

— Мы уже дважды сегодня потерпели фиаско, — доложила Брэнна. — Остается уповать на то, что бог любит троицу. Кроме того, на сей раз нам помогала Мира, а это должно принести удачу.

— Ты теперь у ведьмы в подмастерьях? — Коннор быстро притянул ее к себе и поцеловал.

— Едва ли. Но молоть и отмерять могу.

— С мамой попрощалась?

— Да. Пришлось утирать ей слезы — она их ручьями лила. Потом приехала сюда, и тут уже Фин утирал слезы мне.

— Ты должна радоваться! — Теперь Коннор поцеловал ее в лоб. — Потому что ей там будет хорошо.

— Час назад Донал написал, что семейство Морин устроило ей грандиозный прием, с гирляндами и цветами, шампанским и тортом, так что я уже немного успокоилась. Мне даже чуточку стыдно, что я не подозревала, что Морин способна затеять целый праздник, но это у меня скоро пройдет — стоит только сестренке вывести меня из себя. Донал говорит, она разволновалась, как девчонка — мама, конечно, а не Морин. Так что один камень у меня с плеч, считай, свалился.

— Как только получится выбраться, мы туда съездим и сводим ее в ресторан.

Отзывчивое сердце, сказала ее мать. И добрая душа.

— Ты будешь сильно рисковать, ведь ты спишь с ее дочерью, не будучи связан с ней священными узами брака.

— Что?

— Потом объясню. Мне кажется, Брэнне требуется твоя кровь.

— Мне нужна кровь от каждого, — возразила Брэнна. — Как мы делали, когда готовились к солнцестоянию.

— Но тогда это не помогло. — Бойл, насупясь, смотрел, как Брэнна аккуратно смешивает ингредиенты. — Почему ты думаешь, что поможет теперь?

— У нас есть *его* кровь — с земли и с меча, — пояснил Фин. — Это прибавит нашим чарам *его* силу, черную силу, которую мы против него же и обратим.

— Коннор, возведи над мастерской защиту. — Брэнна отмерила соли и всыпала в чашу. — Айона, будь так добра, подай мне свечи. На этот раз будем делать все вместе, раз уж мы все здесь. И внутри магического круга.

— Внутри и снаружи, вовне и внутри, — нараспев начала она, — мы дьяволу нынче конец сотворим. — Брэнна взяла кусок медной проволоки и согнула в форме человеческой фигурки. — Пусть он в тени заляжет, мы тоже в тень войдем и изнутри прикончим, когда его найдем. Мы чарами своими его воспламеним и порожденье ада мы в пепел обратим.

Она поставила медную фигурку на серебряный поднос, где стояли склянки, магический кристалл и ее самый старый атам[1].

— Строим круг.

Этот ритуал Мира видела многократно, но всякий раз ее по коже пробирал мороз — от того, как по мано-

---

[1] Ритуальный нож мага.

вению руки разом зажигались расставленные по кругу свечи и как воздух внутри этого круга затихал и делался совершенно неподвижным.

А потом начинал двигаться.

Трое потомков Смуглой Ведьмы и четвертый участник, Фин, встали по четырем частям света, и каждый воззвал к стихиям, богам, богиням и своим советчикам.

Вызванный Айоной огонь вспыхнул белым пламенем на фут от земли, и над ним воспарила серебряная чаша.

Травы и кристаллы плюс заговоренная вода, льющаяся из руки Брэнны и колеблемая вызванным Коннором дуновением. Из сжатого кулака Фина сквозь пальцы выдавилась черная земля, смоченная пролитыми ведьмой слезами.

И кровь.

— Кровь храброго сердца, верней не бывает, — Айона взяла свой ритуальный нож и рассекла Бойлу ладонь, — я с кровью своею соединяю.

И, резанув по своей руке, плотно прижала ее к его ладони.

— Жизнь и свет — ярче нет! — провозгласила она и наклонила ладонь над чашей, сливая в нее перемешавшуюся кровь.

Коннор взял за руку Миру, поцеловал ее в ладошку.

— Из сердца, вернее которого нет. — Он рассек руку ей, потом себе. — Смешайся с моей, вырвем с корнем вред. Жизнь и свет — ярче нет!

Брэнна повернулась к Фину и хотела было взять его за руку, но тот не дал, а вместо этого спустил рубашку с одного плеча.

— Возьми из *его* клейма.

Она покачала головой, и тогда он схватил ее руку, сжимавшую нож.

— Из клейма!

— Как скажешь.

Брэнна провела лезвием по пентаграмме — его родовому проклятию.

— Кровь из клейма я смешаю с моею, черную с белой — и стану сильнее. Из черного знака я крови возьму, смешаю с своею и в чашу волью. И белое с черным сольется в одно и силы нам даст побороть это зло. — Когда она наложила свою порезанную руку на его плечо, плоть к плоти, кровь к крови, пламя свечей взметнулось вверх и воздух задрожал.

— Черное с белым — вот наш ответ, жизнь и свет — ярче нет!

Кровь тонкой струйкой сбежала с ее руки в чашу. Зелье закипело, запузырилось, задымилось.

— Именем Сорки, всех, кто был до нас, всех, кто будет после. Силы мы объединяем, чтоб на смертный бой пойти. На свет злодея вызываем: ты из тени выходи!

Она кинула проволочную фигурку в чашу, где та вспыхнула оранжевым, золотым, красным пламенем, сопровождаемым страшным, как ураган, гулом, в котором слышались зовущие издалека тысячи голосов.

А потом все стихло. Наступила звенящая тишина.

Брэнна заглянула в чашу и выдохнула.

— Получилось. Вот теперь все правильно. Теперь ему придет конец.

— Убрать огонь? — спросила Айона.

— Пускай еще часок покипит, а потом убавим жар — и пусть томится до утра, набирает силу. И когда придет Сауин, мы его этим зельем прикончим.

— Значит, на данный момент закончили? — поинтересовалась Мира.

— Закончили. И мне хочется проветрить голову и выпить доброго вина.

— Тогда мы сейчас вернемся. Мне надо только... — Она уже тянула Коннора к выходу. — Мне надо с Коннором переброситься.

— Что такое? — забеспокоился тот, когда она крепко схватила его за руку и потащила из мастерской, через кухню, в глубину дома. — Ты расстроилась? Я знаю, ритуал вышел напряженный, но...

— Да. Да. Напряженный, — повторяла Мира нараспев, увлекая его в гостиную и дальше, вверх по лестнице.

— Это из-за крови, да? Я знаю, это больно, но честное слово, иначе бы ничего не вышло.

— Нет. Да. Господи. И то, и это, и все вместе! — Задыхаясь, она втолкнула Коннора в его собственную спальню и захлопнула дверь.

Потом приникла к нему поцелуем с таким жаром, что, казалось, их губы сейчас сплавятся.

— Ух! — только и сумел выдохнуть Коннор, наконец догадываясь, в чем дело, а Мира уже стягивала с него свитер и отбрасывала подальше в сторону.

— Дай... Дай мне! — Она сдернула с него рубаху и впилась зубами в его голое плечо. — Дай же мне!

Он бы предпочел сбавить темп — хоть немного, — но Мира уже расстегивала ему ремень, а что в таком случае остается делать мужчине?

Коннор начал стягивать свитер с нее — раздевать женщину было одним из его любимых удовольствий, — но запутался в ее суетливых руках. Решил было разорвать этот свитер к чертовой матери, потом...

— Да ну к черту!

В следующий миг Мира уже была без одежды, и Коннор тоже.

— Да, да, да! — Она вцепилась ему в волосы, впилась в рот, застонала от наслаждения, когда он взял в руки ее груди.

Никогда еще Мира не испытывала такой безудержной страсти, не знала такого бьющего через край, трепещущего желания. Должно быть, на нее подействовал этот колеблющийся по кругу воздух, пульсирующий огонь, поразительный всплеск энергии, слияние энергетических полей и магии.

Одно она знала наверняка: если прямо сейчас она его не получит, то сойдет с ума.

От Коннора все еще исходил вкус этой волшебной экзотики — могучей, соблазнительной на грани порока и тьмы. Она чувствовала, что колдовство еще продолжает в нем бурлить и никак не уляжется.

И она хотела этого колдовства. Хотела его. Хотела всего.

Теперь его руки сделались нетерпеливыми, стали жадными, грубыми и проворными. И этого она тоже хотела, жаждала его прикосновений, страстно желала принадлежать ему — как будто от этого зависела и его жизнь тоже.

Для нее это точно был вопрос жизни и смерти.

Он развернул ее, вынудил отступить к двери. На один лишь миг она взглянула в его глаза, лютые, неприрученные, — и он вошел в нее.

Она думала, что сойдет с ума, если он этого не сделает, но теперь, когда это произошло, в самом деле лишилась рассудка.

Ее бедра ритмично бились, призывая его подстроиться под ее бешеный ритм. Ногтями она впивалась в его тело — в спину, в плечи, она стискивала зубы так, что слышался скрежет. Короткие удары боли, горячей и стремительной, давали ему такое наслаждение, что он сделался покорнее раба. Кровь в жилах билась, как удары молота, и он все глубже, быстрее и сильнее входил в нее, так что от бешеного ритма перехватывало дыхание.

Она издала крик, в котором соединились шок и жажда продолжения. Потом вскрикнула снова, и на этот раз прозвучало его имя — с оттенком недоумения. И когда он подхватил ее за бедра и приподнял, она с готовностью обвила ногами его торс.

Он жадно впился в ее шею, не в силах насытиться ее вкусом и, в свою очередь, наполняя ее своей страстью, пока не отпали последние условности.

Он извергся, она сжала его еще сильней, и в этот момент — он готов был поклясться — даже воздух вокруг задрожал, как дрожит стекло под напором ветра, а потом ее финальный возглас стих, превратившись в судорожный вздох.

Обмякшие, они сползли на пол, сплетя потные руки и ноги.

— Боже. Боже милостивый. — Мира судорожно хватала воздух, как вытащенная из воды утопленница.

Коннор тоже силился отдышаться и сумел лишь промычать что-то нечленораздельное, после чего, не открывая глаз, плюхнулся на спину с прерывисто вздымающейся грудью.

— Под нами пол не трясется?

— Не думаю. — Коннор открыл глаза и уставился в потолок. — Может быть. Нет, все-таки нет. Наверное, это мы сами трясемся — точнее сказать, вибрируем. Говорят, при землетрясении после первого толчка всегда бывают афтершоки.

Он, не глядя, протянул руку ее погладить и попал прямо на грудь. Дивное место!

— Так ты в порядке?

— Я не в порядке! Я в шоке, в том числе и от себя самой. У меня такое чувство, будто я опять летала. Это на меня так твой вид подействовал: ты словно изнутри светился, волосы развеваются в сотворенном тобою же ветре, и вся эта мощь гудит, как ритуальный барабан. Я была не в силах устоять! Прости, но я потеряла самообладание.

— Считай, что ты уже прощена. Я, знаешь ли, из тех, кто легко прощает.

Мира тихонько засмеялась и накрыла его руку своей.

— И вот мы здесь, на полу твоей спальни, — а в комнате сущий бедлам. Как, впрочем, и всегда.

Коннор обернулся и оглядел комнату. Ничего катастрофического, рассудил он. Конечно, ботинки, сапоги, одежда, книги — все разбросано где попало. Но он никогда не мог понять, зачем застилать постель, если скоро опять ложиться — что постоянно являлось причиной непримиримых споров с сестрой.

Желая угодить Мире, он повел рукой, и обувь, вещи, книжки — и что там еще было разбросано по полу — собрались аккуратными стопками в углу. Он как-нибудь выберет момент и наведет у себя порядок — но не сейчас.

А пока Коннор еще раз повел рукой — и с потолка посыпались розовые лепестки. Мира рассмеялась, поймала горсть душистых лепестков и насыпала ему на голову.

— Коннор, ты романтичный дурачок.

— Не вижу ничего глупого в романтике. — Он притянул ее к себе, прижал головой к плечу. — Вот. Так гораздо лучше.

С этим трудно было поспорить, и все же...

— Надо спускаться. Ребята, наверное, ломают голову, куда мы делись.

— Бог с тобой, все давно догадались, где мы и что. Так что спешить некуда.

Ладно, решила она, можно и не спешить.

— Мне опять понадобится моя одежда. Куда ты ее отправил?

— Все верну. Но чуточку позже.

Мира позволила себе насладиться этим моментом: она держит голову у него на плече, а в воздухе кружатся розовые лепестки.

14

Сентябрь перешел в октябрь, и Брэнна чуть не силой заставила Коннора с Айоной помогать ей с урожаем овощей на огороде. Айоне она поручила собирать бобы, Коннору — копать картошку, сама же занялась морковью и репой.

— Вкусно пахнет! — Айона выпрямилась и потянула носом воздух. — Весной, когда сажали, все пахло свежестью и молодой листвой, и это было чудесно. Теперь это запах спелых, созревших плодов, и это тоже замечательно, но на свой лад.

Коннор послал ей сердитый взгляд.

— Посмотрим, как ты запоешь, когда она заставит тебя все это отскребать, варить или бланшировать — знать бы еще, что это слово означает.

— Небось не жалуешься, когда всю зиму ешь мою стряпню, а готовлю я из этих самых овощей, которые замораживаю или консервирую впрок. Ну-ка, ну-ка... — Брэнна подошла, сорвала с ветки мясистый сливовидный помидор и понюхала. — На сегодня запланирован мой фирменный томатный суп с голубым сыром.

Зная, что это любимый суп Коннора, Брэнна с улыбкой встретила его укоризненный взгляд.

— Ты это нарочно говоришь, чтобы я продолжал тут пахать. Хитрая какая!

— А я вообще хитрая.

Сбор урожая приводил ее в хорошее расположение духа. Брэнна могла все лето щипать зелень с огорода, но изобилие, которое ей теперь предстояло законсервировать либо заложить на хранение на зиму, давало ей ни с чем не сравнимое чувство исполненного долга.

А нелегкий труд, с которым это было сопряжено, лишь усугублял это чувство, во всяком случае — у Брэнны.

— Айона, не сорвешь пару огурчиков? Я потом займусь кремами для лица, и они мне понадобятся.

— Диву даюсь, как ты все успеваешь! Содержишь дом, сад, готовишь, делаешь столько всего на продажу. Ведешь бизнес, в конце концов! И еще готовишься уничтожить мировое зло.

— Колдовство, наверное, помогает. — Брэнна положила в ведро еще пару помидоров. Какое наслаждение — вдыхать их аромат, ощущать в ладони тяжесть спелых плодов! — Но на самом деле я просто люблю то, что делаю, так что можно сказать, это для меня не работа, а удовольствие.

— Расскажи это мужику с лопатой, — проворчал Коннор, но был проигнорирован.

— У тебя и самой дел невпроворот, — Брэнна повернулась к Айоне. — По-моему, ты тоже не ропщешь, когда изо дня в день возишь за лошадьми навоз, скирдуешь сено и солому, водишь по лесу конные группы туристов и развлекаешь их разговорами, когда они наверняка задают одни и те же вопросы. Добавь сюда занятия и тренировки, благодаря которым ты достигла такого мастерства в нашем деле — разве сравнить с тем, что было зимой? Вспомни: ты тогда и свечку зажечь не умела!

— А мне это все тоже нравится. У меня есть дом и кров, есть цель в жизни. Есть семья, мужчина, который меня любит. — Айона подняла голову к небу и вдохнула полной грудью. — И колдовство. Раньше я имела самое смутное о нем представление, ведь до приезда сюда моей семьей, по сути, была одна бабуля.

Она присела возле грядки с огурцами и выбрала два посимпатичнее.

— И мне бы очень хотелось научиться вести хотя бы небольшой огородик. Если бы я немного умела консервировать, я бы не чувствовала таких угрызений совести, а то ведь у нас только Бойл в состоянии что-то приготовить.

— Кстати, у Бойла в квартире вдвоем не повернуться. Вы где планируете жить после свадьбы?

— Знаешь, на первое время нам и этого хватит. Мы там вдвоем прекрасно умещаемся, и все под рукой, что тоже удобно. Но... рано или поздно мы бы хотели завести детей.

Брэнна поправила соломенную шляпу. Она надела ее скорее по привычке, потому что солнце хоть и выглядывало из-за косматых туч, но грело уже совсем несильно, при том что день все же больше был похож на летний, чем на осенний.

— Тогда вам понадобится свой дом, а не пара комнат у Фина над гаражом.

— Мы об этом подумываем, но нам обоим не хочется уезжать далеко от всех вас. И от конюшен. Так что пока мы только размышляем. — Айона снова склонилась над грядкой и сорвала ярко-желтую тыкву. — Сперва надо свадьбу спланировать, а я еще даже платья и букета не выбрала.

— Но у вас уже есть какие-то соображения? И у тебя, и у Бойла?

— Я примерно представляю себе, какое я хотела бы платье. Я думаю... Коннор, предупреждаю: у тебя сейчас от скуки мозги засохнут.

— А то они у меня от картошки не засохли! — Он отряхивал выкопанные клубни от земли и кидал в ведро.

— Ну ладно. Мне хочется белое платье в пол, но не какое-нибудь новомодное, а скорее винтажное. Никакого шлейфа и фаты, что-нибудь попроще, но все равно элегантное. Как, к примеру, оделась бы ваша бабушка, только в более современном исполнении. Бабуля предложила мне свое, но оно кремовое, а я хочу белое, к тому же она ростом выше. И это не совсем то, что мне представляется, хотя надеть фамильное платье было бы здорово!

Она сорвала помидорчик черри и отправила в рот. Плод был теплый от солнца и сочный.

— Боже, как вкусно! В общем, я уже облазила Интернет и идею почерпнула. После Сауина надеюсь вытащить вас с Мирой на настоящую охоту.

— Я с удовольствием. А с цветами что?

— Я все думала, думала, а потом вдруг поняла... Мне хочется, чтобы цветы были твои.

— Мои?

— Да. Цветы из твоего сада. Они особенные, понимаешь?

Айона снова выпрямилась и махнула рукой в сторону клумбы с веселой смесью из цинний, наперстянок, бегоний и настурций.

— Мне нравится не какой-то конкретный цвет, а все они вместе. Эти краски будто смеются — ты умеешь их посадить так, чтобы они смотрелись естественно и жизнерадостно. И одновременно это так красиво!

— Тогда тебе нужна Лола.

— Лола?

— Она флорист, живет на окраине Гэлоуэй-Сити.

Моя клиентка. Я ей канистрами шлю крем для рук, потому что работа с цветами — для рук смерть. И еще она часто заказывает свечи оптом, как раз для свадебных композиций. Если хочешь, дам ее телефон.

— Хочу. Похоже, это то, что нужно.

Айона бросила взгляд в сторону Коннора. Тот сидел на корточках и вглядывался в картофелину с таким выражением, словно на кожуре клубня отпечатались вопросы, на которые он сейчас искал ответ.

— Я тебя предупреждала, что мозги засохнут?

— Нет, я не поэтому. Просто ваш разговор напомнил мне о семье, о садах и цветах. И о колокольчиках, которые Тейган просила посадить на могиле ее матери. Я ведь этого так и не сделал.

— Сейчас идти к дому Сорки слишком рискованно, — остерегающе напомнила Брэнна.

— Я знаю. Но она ведь просила о такой малости! Девочка помогла излечить Миру, а сама попросила всего лишь посадить цветы.

Брэнна отставила ведро, подошла к брату и присела рядом с ним на корточки.

— Мы их посадим. Мы посадим целый гектар колокольчиков — если ты этого хочешь. Мы почтим память ее матери, которая и наша праматерь тоже. Но никто из нас и близко не подойдет к дому Сорки, пока не минует Сауин. И ты мне это пообещаешь!

— Я бы не стал подвергать себя опасности, тем более что это означало бы рисковать всеми. Но ты пойми, Брэнна, на мне висит этот груз. Она же просто маленькая девочка! Кстати, на тебя похожа, Айона. И Брэнног, — опять повернулся он к сестре, — я видел так, как сейчас вижу тебя. Представляешь — смотрел на нее и уже знал, какой она станет еще через десять лет. И видел, какой была ты в ее возрасте. И в ее глазах было слишком много печали и чувства долга — точь-в-точь, как в твоих.

— Когда сделаем то, что мы поклялись сделать, эта печаль и чувство долга пройдут. — Сестра сжала его выпачканную в земле руку. — И они, дети Сорки, узнают об этом одновременно с нами, я в этом убеждена.

— Но почему мы этого не видим, мы с тобой? Тем более что мы трое теперь все вместе? Почему не видим, чем все закончится?

— Ты сам знаешь ответ. Пока есть выбор, финала не предугадаешь. То, чем *он* обладает, и все, что происходило до этого, туманит наш взор, Коннор.

— Но мы же свет! — Айона выпрямилась с ведром фасолевых стручков, колени ее джинсов были все в садовой земле. А на пальце сверкало подаренное Бойлом кольцо. — Неважно, с чем он нагрянет и как нагрянет, мы в любом случае будем сражаться! И мы победим. Я в это верю! И верю потому, что веришь ты, — повернулась она к Коннору. — И Брэнна тоже. Потому что вы всю жизнь к этому шли и знали об этом — и все равно верите. Он негодяй, подонок, прячущийся за магической силой, полученной путем сделки с дьяволом. А мы, что есть мы? — Она положила руку на сердце. — То, чем мы владеем, дано нам от рождения и от света. Этим-то светом мы его сразим и отправим в ад. Я это точно знаю!

— Прекрасно сказано! Между прочим, — Брэнна пихнула Коннора в бок, — это речь нашей Айоны по случаю Дня святого Криспина[1].

— Да, сказано отлично. Это на меня что-то нашло. Невыполненное обещание давит.

— Ты его обязательно выполнишь! — заверила Брэнна. — Но причина столь нехарактерного для тебя кислого настроения — не в этом. И не в том, что тебя заставили копать картошку. Вы что, с Мирой поссорились?

— Да нет! Все прекрасно. Меня только беспокоит, что Кэвон то и дело проявляет к ней интерес. Когда это кто-то из нас, нам есть, чем сражаться — колдовством

---

[1] Легендарный христианский мученик III века н.э. День св. Криспина — 25 октября.

против колдовства. У нее же только смекалка и сила духа, да еще меч, если окажется при себе.

— Которым она отлично владеет. На ней твои защитные камни. И наши обереги. Это все, чем мы можем помочь ей.

— У меня на руках была ее кровь. — Коннор и сейчас, глядя на свои ладони, видел на них не черную плодородную землю, а кровь возлюбленной. — Я обнаружил, что не в состоянии игнорировать это обстоятельство, сделать вид, что ничего не было, поэтому я решил по нескольку раз на дню отправлять ей сообщения, только чтобы узнать, что с ней все в порядке. А для этого понадобится придумывать всякие несуществующие поводы.

— Она тебя за это по головке не погладит.

— Да знаю...

— Я тоже о Бойле беспокоюсь, — вставила Айона. — А ведь к нему Кэвон еще интереса не проявлял! Это естественно, — добавила она, — что мы тревожимся о самых дорогих нам людях, тем более что они не обладают нашими способностями. — Она перевела взгляд на Брэнну. — Да и тебе неспокойно.

— Да, неспокойно. Я знаю, мы сделали все, что было в наших силах, чтобы их защитить, и все равно тревожно.

— Если тебе станет легче — обещаю, что большую часть рабочего дня буду рядом с Мирой, — сказала Айона. — А когда она уходит с группой на маршрут, я вплетаю в гриву ее лошади специальный оберег, я же помню, как волк ее подкараулил.

Коннор улыбнулся.

— Правда вплетаешь?

— Она не возражает. И Бойл тоже. Я это со всеми лошадьми делаю, когда успеваю. Так мне спокойнее, когда мы оставляем их одних на ночь.

— А я на днях дала ей один лосьон и попросила пользоваться им изо дня в день, поскольку мне нужно испытать его действие. — Брэнна заулыбалась. — И я его, конечно, заговорила.

— Это тот, что пахнет медом с абрикосами? Восхитительный! — Коннор расцеловал сестру в обе щеки. — Это тебе от меня колдовское и романтическое спасибо. Мне бы следовало догадаться, что вы обе тоже будет принимать меры предосторожности. А я, когда она не в поле моего зрения, доверяю ее попечению Ройбирда.

— Ты можешь иногда перепоручать ее Мерлину, Фин будет только рад. А сам тем временем пойти с Ройбирдом на охоту. — Брэнна оперлась ему на плечо и поднялась. — Отнеси картошку в маленький подвал и иди прогуляй своего сокола. Подозреваю, вам обоим это будет полезно.

— А как же варка, бланшировка и все прочее?

— Ты свободен.

— А суп?

Она рассмеялась и шутливо стукнула брата кулаком по макушке.

— Вот что я думаю. Скажи Бойлу, что мне скоро понадобится Мира. Примерно... — Брэнна посмотрела на солнце, прикидывая время. — В три часа будет в самый раз. А остальные чтоб раньше половины седьмого не показывались! Будет тебе и суп, и салат из рукколы — пошлю Айону нарвать с грядки. А еще черный хлеб и торт с кремом.

— Торт? По какому случаю?

— Устроим кейли[1], что-то у нас давно праздника не было.

Коннор встал и вытер руки о штанины.

— Не боишься, что я сделаю вывод, что мне надо чаще впадать в меланхолию?

— В другой раз не прокатит. Иди же убери эту картошку, найди своего ястреба и возвращайся в половине седьмого.

— Слушаюсь. Спасибо!

---

[1] У ирландцев и шотландцев неофициальный праздник с пением, танцами и рассказыванием историй.

Брэнна вернулась к работе, нарвала еще помидоров, ведь теперь предстояло варить суп на шестерых, и, дождавшись ухода Коннора, повернулась к Айоне.

— Он еще не знает, — проговорила та. — Если бы знал — сказал бы. Тебе в первую очередь. А пока... Пока он еще сам не знает, что полюбил.

— Не знает, но на пути к тому. Естественно, он любил ее с детства, но, чтобы понять, что это любовь совсем не того сорта, чем та, какую он себе позволял, требуется время.

Брэнна посмотрела на дом, думая о брате и о Мире.

— Она единственная женщина, с кем он хотел бы жить вместе, причем до конца дней. У него бывали увлечения, кто-то даже трогал его сердце, но разбить его может только Мира.

— Она не разобьет.

— Она его любит. Всегда любила. Он единственный мужчина, с кем она хотела бы жить вместе, причем до конца дней. — Она процитировала сама себя. — Но у нее нет такой, как у него, веры в любовь, в ее могущество. Если у нее получится доверять себе и ему — они поладят. Если нет — она разобьет сердце ему и себе.

— А я вот верю в любовь и ее могущество. И уверена, что при наличии выбора Мира потянется к любви, станет за нее держаться и будет ею изо всех сил дорожить.

— Я тоже на это очень и очень надеюсь. — Брэнна вздохнула. — А пока что эти двое еще даже не поняли, почему ни с кем другим им никогда не было так хорошо, как друг с другом. Сердце — штука необузданная и загадочная. — Она помолчала. — А теперь давай отнесем все это в дом и хорошенько отмоем. Я покажу, как варить суп, а потом закрутим несколько банок, пока не явилась Мира. Сколько успеем.

Мира явилась вовремя и не в духе.

Пройдя на кухню, она приняла воинственную позу и хмуро оглядела остывающие на столе сверкающие банки с яркими овощами и кипящий на плите суп.

— Как это понимать? Если ты позвала меня заниматься заготовками — могу тебя сильно разочаровать. Я сегодня уже напахалась.

— Мы почти закончили, — примирительно ответила Брэнна.

— Вы как хотите, а я — пива! — объявила Мира, прошла к холодильнику и достала себе бутылку «Смитикса»[1].

— На конюшне все в порядке? — поинтересовалась Айона.

Мира ощерилась.

— В порядке?! Ну да, конечно, более чем. В такой летний день, да еще в конце октября, каждая собака в радиусе пятидесяти километров решила, что лучшего не придумать, как прокатиться верхом. Тут так: или группу веди — или скреби, седлай, расседлывай и все остальное.

Она поболтала бутылкой в воздухе и откупорила крышку.

— Да еще этот Цезарь... Удумал, видишь ли, куснуть Руфуса в круп, и это после того, как я специально наказала этой испанской дамочке держать между лошадьми дистанцию. И вот у меня на руках бьющаяся в истерике особа, причем все по-испански, так что понять ничего невозможно, к тому же половина негодования выражается жестикуляцией, и поводья летают во все стороны, из чего Цезарь заключает, что наездница хочет пустить его в галоп.

— О боже! — Айона хотела выразить сочувствие, но не удержалась и фыркнула.

— Ну конечно! Тебе весело!

— Самую малость. Я знаю, ты не подпустила бы ее к Цезарю, не будь она опытной наездницей. А значит, что? Значит, все в порядке.

— Она хоть и истеричка, но в седле — чистый конкистадор, и есть у меня даже подозрение, что галоп она

---

[1] Очень известный сорт ирландского красного эля, второй по популярности (после «Гиннесса») сорт пива в Ирландии.

задумала с самого начала. К счастью, я была на твоем Аластаре и легко ее догнала. У нее, мерзавки, рот до ушей, хоть она и попыталась свалить с больной головы на здоровую, когда я ухватилась за поводья и как следует натянула их. И честное слово... — Мира сделала многозначительный жест. — Богом клянусь: эти два жеребца от души хохотали над происшествием. — Она решительно отхлебнула пива. — А потом у меня еще были пятеро подростков. Пять девиц, если быть точнее. И об этом я лучше умолчу, иначе у меня самой начнется испанская истерика. А ты... — Она с укором ткнула в Айону пальцем. — Ты наслаждаешься выходным днем и резвишься в садике. Еще бы! Ты же с самим боссом спишь!

— Какая я безнравственная!

— И я о том же. — Мира глотнула еще. — Вот почему я не намерена делать никакой работы в саду или на кухне, а если опять надо мудрить над зельями или заклинаниями, то гоните еще пива!

Брэнна обернулась на банки, откуда раздались три негромких хлопка — верный признак герметизации.

— Хороший звук. Все, на сегодня с делами покончено! У нас выходной.

На этот раз Мира пила не спеша.

— Что это у нас с Брэнной? Саму заколдовали? — повернулась она к Айоне. — Или к вискарику приложилась?

— Не то и не другое, но виски будет, только позже. У нас сегодня кейли.

— Кейли?

— Мы собрали первый урожай и сделали первую партию заготовок. И у нас в конце октября выдался настоящий летний денек. — Брэнна вытерла руки, отложила тряпку. — Так что давай, Мира, распевайся и готовь свои танцевальные туфли. Я настроена повеселиться на славу.

— Ты уверена, что колдовство тут ни при чем?

— Мы работали, тревожились. Строили планы и обдумывали свои действия. Настало время развлечься.

Будем надеяться, что *он* нашу музыку услышит и у него завянут уши.

— Против этого мне возразить нечего. — Мира глотнула еще пива, теперь уже в задумчивости. — Не хочу портить тебе настроение, оно у тебя нечасто такое бывает, но должна сказать, что сегодня я видела его дважды. Точнее — его тень. В первый раз это была тень мужчины, потом — волка. Он только наблюдал, больше ничего. Но этого достаточно, чтобы поиграть на нервах.

— На то и расчет. А мы покажем, что он не может испортить нам жизнь. И по сему поводу я приглашаю вас обеих наверх.

— Ты сегодня полна сюрпризов и тайн, — заметила Мира. — А ребята в курсе, что ты затеваешь гулянку? — Они уже поднялись по лестнице.

— Коннор им скажет.

Брэнна привела девушек к себе в спальню, где в отличие от комнаты Коннора царил идеальный порядок.

Ее комната была самой большой в доме, и, когда они с Коннором делали к нему пристройку и кое-какой ремонт, Брэнна оформила ее по своему вкусу. Стены выкрасила в густо-зеленый цвет — цвет листвы и хвои, а поверху пустила коричневую кайму под цвет коры — она часто думала, что это все равно что спать в лесу. К украшению стен она подошла особенно тщательно и выбрала картины с изображением фей, русалок, драконов и эльфов.

Кровать тоже отражала вкус хозяйки, с тройным кельтским узлом, вырезанным на изголовье и в ногах. На пухлом белом одеяле громоздились многочисленные подушки. В ногах стоял сделанный и покрашенный руками ее прадеда сундук, где Брэнна хранила самые ценные инструменты своей магии.

Она достала из шкафа длинный крюк, вставила его в маленькую прорезь на потолке и опустила люк и чердачную лестницу.

— Мне надо достать кое-что. Обождите минутку.

— Здесь всегда такой покой! — Айона подошла к окну, выходящему на поля и леса, фоном для которых служили зеленеющие вдали холмы.

— Здорово они все обустроили, Брэнна с Коннором. Встроенный санузел, большая ванна, мраморная поверхность на целый гектар... Аж завидно! Конечно, будь у меня в ванной такая полка, я бы ее захламила будь здоров. А у нее тут... — Мира подошла к двери ванной комнаты и заглянула. — Роскошная ваза с каннами, всевозможное душистое мыло в мыльнице, три толстых белых свечи в красивых серебряных подсвечниках. Я бы сказала, это ее ведьмовская натура, но на самом деле она просто помешана на аккуратности.

— Хотелось бы, чтобы хоть капелька этой аккуратности привилась и мне, — вздохнула Айона.

А Брэнна уже спускалась с чердака с большой белой коробкой.

— Ой, давай помогу!

— Я справлюсь, она не тяжелая. — Она поставила коробку поверх белого покрывала. — Меня осенило, когда мы с тобой говорили о свадьбах, платьях и цветах.

Она открыла коробку, откинула многочисленные листы черной упаковочной бумаги и достала длинное белое платье.

Айона ахнула. Это была именно та реакция, на которую и рассчитывала Брэнна.

— Ох ты, какое красивое! Роскошное!

— Да, действительно. Это платье было на моей прабабке в день ее свадьбы, и я подумала, вдруг оно тебе подойдет?

Айона округлила глаза и отступила назад.

— Я не могу. Нет, Брэнна, я не могу, оно должно быть твое, оно для тебя. Это же платье твоей прабабушки!

— Она такая же родственница тебе, как и мне. Мне оно не подойдет, хотя оно прелестно. Фасон не для меня. А она была такая же миниатюрная, как ты.

Склонив голову набок, Брэнна держала платье перед Айоной.

— Попрошу тебя его примерить — уж сделай мне такое одолжение. Если не подойдет, если это не то, что ты бы хотела, — ради бога, ни от кого не убудет.

— А ну-ка, Айона, надевай! — встряла Мира. — У тебя же у самой слюнки текут!

— Ладно, ладно. Ой, как интересно... — И она стала стягивать с себя одежду, пританцовывая от нетерпения. — Вот уж не думала, что буду сегодня примерять свадебное платье.

— А бельишко-то прямо для медового месяца, — заметила Мира, с изумлением разглядывая голубой кружевной лифчик и такие же трусики, что были на подруге.

— Я, как приехала, все купила новое. Оказалось, не зря деньги потратила. — Она засмеялась, а Брэнна уже помогала ей с платьем.

— Мира, не застегнешь там сзади? — попросила она, а Айона осторожно просовывала руки в тонкие гипюровые рукава.

— Слушай, тут пуговиц миллион, и все такие маленькие! Кстати, очень на жемчуг похожи.

— Моей прабабкой была Шивон О'Райан, она вышла замуж за Колма О'Дуайера и, между прочим, Айона, являлась тетушкой твоей родной бабушки, если я ничего не напутала. Длина — то, что нужно, ты же на каблуках будешь, как я понимаю? — Брэнна взбила пышные воздушные юбки с каймой из гипюра.

— Прямо как на тебя сшито, — заключила Мира, продолжая возиться с пуговицами.

— Какое красивое! — Айона крутилась перед зеркалом и сама себе улыбалась, проводя руками по гипюровому лифу и вниз, к многоярусной юбке.

— Вот! Кажется, все! — выдохнула Мира, застегивая последние пуговки у невесты на спине. — Айона, хороша, как на картинке!

— Да. И правда.

— Мне кажется, юбка сидит идеально. — Брэнна одобрительно покивала и обошла сестренку вокруг, а та покачалась из стороны в сторону, чтобы заколыхалась юбка. — Мягкая, романтичная, достаточно пышная, но без излишеств — как раз то, что нужно. Но лиф, мне кажется, надо бы переделать. Уж больно он старомодный и излишне скромный. Я понимаю — винтаж, но необязательно же закрывать тебя до подбородка!

— Нет, мы тут ничего менять не можем. Ты столько лет его берегла!

— Как изменим — так и назад вернем. Ну-ка, покрутись еще. — Она сама развернула Айону спиной к зеркалу. — Это надо убрать. — Брэнна провела руками по рукавам — и они тут же исчезли. Она взглянула на Миру.

— Уже лучше. А спинку? Может быть... — Мира очертила глубокий V-образный вырез, Брэнна закусила губу и, поразмыслив, повторила это движение, обнажая спину почти до самой талии.

— Да, спина у нашей невесты красивая, ровненькая, почему бы и ее не показать? Теперь спереди. — Брэнна обошла Айону со всех сторон, то так, то сяк наклоняя голову. — Может, вот так? — Она оставила маленький лиф с прямой линией верха и узкими лямочками.

Мира сложила на груди руки.

— А мне нравится!

— Ммм... Что-то не то... — Брэнна подумала, представила разные варианты и попробовала другой — без лямок, с маленькими рукавами «фонарик». Потом отступила на шаг, чтобы вместе с Мирой оценить результат.

Обе покачали головой.

— Можно, я только...

— Нет! — хором завопили подруги, не дав Айоне рассмотреть себя в зеркале через плечо.

— Первый вариант был намного лучше.

— Да, но... — Брэнна закрыла глаза, и образ обрел очертания. Она открыла глаза и медленно повела руками над лифом платья.

— Вот! — Мира положила руку Брэнне на плечо. — Больше ничего не трогай. Теперь пусть посмотрит.

Все было сказано одними глазами. Теперь это была не просто довольная улыбка, а восхищенный взгляд, от которого Айона вся засветилась счастьем.

Лиф из белоснежного гипюра теперь был без бретелек и оканчивался вырезом в форме сердца. От узкой талии мягкими романтическими фалдами струились вниз слои окаймленного гипюром тюля.

— Ей нравится, — со смехом констатировала Мира.

— Нет, нет и нет! Не «нравится» — а я в восторге! Передать не могу, какая красота. Ой, Брэнна... — Айона поймала в зеркале взгляд сестры, и у нее на глазах блеснули слезы.

— Спина была моей идеей! — напомнила Мира, и Айона тут же взглянула на себя через плечо.

— Ой... Ой! Мира, спина восхитительная. Очень красиво! Это самое красивое платье на свете!

Она кружилась и смеялась сквозь слезы.

— Я невеста!

— Почти. Давай еще чуточку поиграем.

— Ну, пожалуйста! — Айона закрыла руками лиф, словно желая уберечь его от дальнейших переделок. — Брэнна, мне и так очень нравится.

— Я не о платье говорю, платье на тебе смотрится идеально. Ты сказала, без фаты. Тут я согласна. А как насчет чего-то в этом роде?

Она провела рукой по коротко стриженным волосам Айоны, и на них возникла сверкающая лента с крошечными бутонами роз.

— К платью это очень подходит. Но надо что-то в уши. Что тебе бабуля подарила — будет в самый раз, только кое-что добавим... — В сережках появились бриллиантовые звездочки.

— Отлично!

Платье, которое подходит и к щедрому солнцу, и к

мерцанию луны, подумала Брэнна. Идеальный наряд для
дня любви и обетов — и для ночи наслаждений.

— У меня нет слов, чтобы тебя отблагодарить. Дело
не только в платье — смотрится оно так, как я и представить себе не могла. Но главное — это платье фамильное.

— Ты же мне родная, — сказала Брэнна. — И Бойл
тоже. — Она обхватила за талию Миру. — Вы нам оба
родные. Вы — наши.

— Мы тоже команда, мы трое. — Мира взяла Айону за руку. — Это очень важно понимать. И ценить. Это
важнее всего — что мы тоже команда.

— И это самое важное, о чем я могла мечтать. В день
нашей с Бойлом свадьбы, в мой самый счастливый день,
вы обе будете стоять со мной рядом. Так мы и встанем:
трое и шестеро. И нашу связь ничто не может разрушить.

— Не может — и не разрушит, — согласилась Брэнна.

— Теперь я вижу, что именно вы решили отметить.
А испанские истерики... К черту их! — объявила Мира. —
У меня настроение петь и плясать.

15

На кухне стоял запах еды и потрескивающих в очаге
торфяных брикетов. От огня шел яркий свет, отбрасывая
яркие, праздничные блики на окна, к которым вплотную
подступила тьма. У очага распластался на полу пес, положив крупную голову на большие лапы и любовно наблюдая за людьми, которых относил к своей семье.

Пока шли последние приготовления к праздничной
трапезе, из маленького айпода лилась музыка с преобладанием струнных и духовых. Голоса, пение и обмен
репликами мешались и сливались, а Коннор подхватил
Айону и закружил в стремительном танце.

— До чего же я все-таки нескладная!

— Ничего подобного! — возразил он. — Просто надо чаще практиковаться. — Коннор разок покружил сестренку, она засмеялась, он повторил движение, после чего так же непринужденно вручил ее Бойлу. — Потанцуй-ка, старик. Я тебе партнершу разогрел.

— Хочешь, чтобы я отдавил ей ноги?

— Когда ты в настроении, тебя ноги хорошо слушаются.

Бойл улыбнулся и поднял кружку с пивом.

— Для этого мне надо еще выпить.

— А мы и об этом позаботимся! — Коннор схватил за руку Миру, подмигнул и изобразил быстрый и замысловатый шаг, пристукивая и прищелкивая сапогами о сверкающий деревянный пол.

А Мира склонила голову набок, давая понять, что вызов принят. И исполнила те же движения в зеркальном отражении. Мгновение — и они уже с идеальной синхронностью стучали каблуками и выбрасывали вперед ноги в такт музыке, следуя, как подумалось Айоне, неведомым ей законам какой-то особой, энергичной хореографии.

Она следила, как они выплясывают друг перед дружкой, держа корпус прямо и неподвижно, в то время как ноги их будто летали над полом, его не касаясь.

— Прирожденные танцоры, да?

— Насчет Куиннов ничего не скажу, — заметил Фин, — но О'Дуйаеры всегда были очень музыкальными. Руки, ноги, голоса — все им было подвластно. Лучшие в наших местах кейли устраивались как раз в доме О'Дуайеров.

— Колдовские кейли, — улыбнулась она.

Фин перевел взор на Брэнну и на минуту задержал глаза на ее лице.

— Во всех смыслах.

— А Бэрки? Как они себя проявляют в смысле танцев?

— Мы плясуны известные. Но я предпочитаю в танце обнимать женщину, так у меня лучше получается. А поскольку Бойл ни мычит ни телится, придется мне взять эту роль на себя.

И он поверг Айону в изумление, притянув к себе и быстро закружив, а потом перейдя на шаг вдвое медленнее. Она быстро поборола замешательство, поймала ритм и довольно ловко подстроилась под шаг партнера, а тот вел ее уверенной рукой.

— Я бы сказала, Бэрки тоже не сплоховали.

Когда Фин крутанул ее, Айона прибегла к левитации и на несколько дюймов приподнялась над землей, чем вызвала его веселый смех.

— Как и американская сестренка. Жду не дождусь, когда станцую с тобой на вашей свадьбе. Не удивлюсь, если мне придется в этом плане заменить жениха, пока тот будет скучать в сторонке.

— Вижу, выбора у меня нет. Того и гляди, Финбар Бэрк меня посрамит, — вмешался Бойл.

Он перехватил Айону и компенсировал отсутствие танцевальных талантов тем, что оторвал миниатюрную девушку от земли и закружился в такт музыке, держа ее на весу.

А Брэнна оказалась лицом к лицу с Фином.

Заметив это, Коннор сжал Мире пальцы.

— Можно тебя? — пригласил Фин.

— А я на стол собралась накрывать...

— Всего один танец, — возразил он и взял ее за руку.

А у них получается, подумал Коннор, глядя, как пара гладко скользит под музыку, делая синхронные шаги в нужном ритме и темпе — так, словно были созданы для того, чтобы двигаться вместе.

Сострадательное сердце Коннора заныло за них, в равной мере за обоих, ведь в этом танце, в каждом шаге сквозила любовь. Они кружили, плыли, снова кружили по кухне, неотрывно глядя друг другу в глаза, раскованные и счастливые, как было когда-то.

Мира рядом с ним тоже остановилась и положила голову ему на плечо.

И на какой-то дивный миг все в этом мире наладилось. Все стало таким, как было когда-то и каким может стать снова.

Потом Брэнна остановилась и, хотя она продолжала улыбаться, волшебный миг остался позади.

— Ну что, нагуляли аппетит?

Фин что-то прошептал ей по-ирландски, но так тихо, что Коннор не разобрал. Ее улыбка погрустнела, и она отвернулась.

— Еще будет музыка. После ужина. И вина у нас — хоть залейся. — Порывистым движением Брэнна приглушила музыку. — Сегодня мы не работаем и ни о чем не тревожимся. Сегодня у нас еда со своего огорода, а суп варила Айона!

Это сообщение повергло всех в долгое, недоуменное молчание, которое прервала Айона громким хохотом.

— Что, испугались? Я что, совсем ни на что не гожусь?

— Нет, конечно, — ответил Бойл с видом человека, взвалившего на себя тяжкий, неблагодарный труд. Он подошел к плите и прямо из кастрюли зачерпнул ложкой супу на пробу. Проглотил, поднял брови и зачерпнул еще. — Вкусно. Правда, очень вкусно!

— Не знаю, можем ли мы доверять влюбленному парню, — сказал Коннор. — Но мы съедим.

Ужин, приготовленный из свежесобранного урожая, прошел на ура. Они утоляли голод и вели непринужденный разговор, стараясь не затрагивать тяжелых тем. Вино лилось рекой.

— А как дела у твоей матушки в Гэлоуэе? — поинтересовался Фин у Миры.

— Пока не могу с уверенностью сказать, что она останется там насовсем, но, кажется, к тому идет. Я говорила с сестрой, она страшно удивлена, но все довольны — по крайней мере на данный момент. Мама трудится в саду, поддерживает там порядок. И даже подружилась с соседкой, которая сама ухаживает за своим садом. Если бы ты мог еще какое-то время не сдавать дом...

— Столько, сколько тебе будет нужно, — перебил ее Фин. — Я как раз подумываю там кое-что переделать. Коннор, когда будешь чуть посвободнее, надо обсудить это дело на месте.

— На это у меня время всегда найдется. С тех пор как мы построили этот дом, мне недостает такой работы — люблю делать что-то руками. Айона, ты правда сама суп варила? Просто объедение! — С этими словами Коннор зачерпнул еще половник.

— Брэнна за мной присматривала орлиным взором и инструктировала пошагово.

— Надеюсь, ты все эти шаги запомнила, потому что я намерен просить тебя сварить такой суп мне, — вставил Бойл.

Айона, довольная, улыбнулась.

— Для этого придется сначала вырастить помидоры. У меня, кстати, неплохо получается ухаживать за садом. Может, весной попробуем, скажем, в контейнерах?

— А может, мы к тому времени найдем себе жилье с участком земли, тогда ты сможешь завести себе настоящий сад.

— Думаю, весной, со всеми свадебными хлопотами, вам будет не до сада-огорода, — заметила Мира.

— К тому же мы всегда можем поделиться, — добавила Брэнна. — Пока ничего себе не подобрали более подходящего, чем нынешнее жилье?

— Пока нет, да и куда спешить? — отозвался Бойл, взглянув на Айону.

— Совершенно некуда, — поддакнула та. — Нам нравится, что мы близко от всех вас и от конюшен. Для нас обоих это самое главное, так что, пока не попадется что-то, отвечающее всем критериям, мы охотно поживем там, где сейчас.

— Насколько я понимаю, всем критериям может отвечать только собственный дом, если его строить под себя. — Фин долил всем вина.

— Когда строился, ты себе немало крови попортил... — напомнил Бойл.

— А я вот помню, как здорово было в этом участвовать! — вступил в разговор Коннор. — Хотя Фин доставал нас не хуже твоей тетушки — то ему плитка криво лежит, то ручки у шкафа не так прикручены...

— Зато какое потом получаешь удовлетворение! Если, конечно, спешить некуда. Кстати, на задах моего дома достаточно земли, чтобы поставить там дом, — продолжал Фин. — Как раз между деревьев встанет, если это кому-то интересно. А я охотно бы продал участок хорошим соседям.

— Ты это серьезно? — У Айоны из руки выпала ложка.

— Про хороших соседей? Да. С кем попало связываться не стану, хотя там между домами выйдет приличное расстояние.

— Домик в лесу... — Глаза у Айоны заблестели, она повернулась к Бойлу. — Мы могли бы стать отличными соседями. Мы могли бы стать потрясающими соседями!

— Когда ты покупал столько земли, то говорил, что это специально для того, чтобы у тебя на голове никакие чужаки не поселились.

— Чужаки — это одно, — ответил Фин. — А друзья, родня, партнеры — другое дело. Если вам интересно, можем как-нибудь пройтись там, посмотреть...

— Вот прямо сейчас мы, пожалуй, не пойдем, — засмеялась Айона. — А вообще-то я понятия не имею, как проектируется и строится дом.

— Считай, тебе повезло: твои брат и сестра на этом деле собаку съели, — заметил Коннор. — И кстати, у меня есть на примете неплохая бригада местных рабочих, если вы решите пойти этим путем. Что лично меня бы очень устроило, — прибавил он, — если мое слово хоть что-нибудь значит. Я же тогда смогу ходить в ту сторону на охоту с птицами, а по дороге заскакивать на тарелку супу.

— Коннор у нас мыслит желудком, — прокомментировала Мира. — Но он прав. Это чудесное место для дома, и как раз там, где вы хотите жить. Отличное предложение, Фин!

— Предложение отличное, но хорошо бы еще цену назвать, — проворчал Бойл.

Фин улыбнулся в ответ и поднял бокал.

— К этому вопросу мы вернемся, когда твоя невеста все посмотрит и примет решение.

— Всегда был дошлым в делах, — заметила Брэнна. — Айона влюбится в участок и будет согласна на любую цену. — Это было сказано без сарказма, а с добрым смехом. — Предложение действительно заманчивое. Помимо прочего, оно избавляет меня от затруднительного положения, потому что хоть поле за нашим домом и предназначено Коннору, но, поскольку Айона создает семью, я бы сейчас металась. Даже при том, что... Знаете, я это наше поле исходила вдоль и поперек, но ни разу мне не пришло в голову отдать его Айоне. Даже ничто не екнуло. Просто не могу себе представить, как бы вы с Бойлом стали жить здесь, хотя, если подумать, вы были бы у нас под боком, и вообще это чудесное место, и вид прекрасный. Я все никак не могла понять, почему так. Почему наше поле у меня с Айоной никак в голове не связывается. Сейчас все встало на свои места. Вы построите себе дом в лесу. — Теперь и она подняла бокал. — В добрый час!

После еды Брэнна принесла свою скрипку и они вдвоем с Мирой запели. Сегодня это были только веселые песни и резвые мелодии. Коннор притащил от себя яркий барабан и добавил к музыке немного туземного ритма. К удивлению Айоны, Бойл тоже ненадолго исчез и вернулся с гармошкой.

— Ты играешь? — изумилась она, глядя на инструмент в его руках. — Не знала, что ты умеешь!

— Я не умею. Ни одной ноты не сыграю. А вот Фин — тот может.

— Да я инструмент сто лет в руки не брал! — запротестовал Фин.

— А кто виноват? — Бойл сунул ему гармонь.

— Сыграй, Фин, — взмолилась Мира. — Устроим настоящий ирландский сейшен!

— Только не жалуйтесь потом, если я все испорчу. — Он взглянул на Брэнну. Та подумала, пожала плечами и, выстукивая ногой ритм, заиграла что-то легкое и плясовое. Коннор со смехом застучал палочками по разукрашенному барабану.

Фин подхватил мотив и размер и влился в ансамбль.

— Мне надо записать названия, на свадьбе могут пригодиться. Такие веселые, жизнерадостные песни! — Айона представила себя в своем шикарном белом платье, как они с Бойлом танцуют под эти бодрые, веселые мелодии в окружении родных и друзей, и просияла. — Вот так мы с тобой и заживем. Радостно!

Бойл ответил ей жарким поцелуем под продолжительное «О-о-о!» со стороны Миры.

Одним словом, в теплой, ярко освещенной кухне царили смех и веселье, звучала музыка и песни, и все это было намеренно вызывающим торжеством жизни, надежд на счастливое будущее, торжеством света.

А снаружи сгущался мрак, растекались тени, стлался по земле туман...

В бессильной злобе, охваченный завистью, этот туман изо всех сил тужился поглотить дом. Но ему мешали искусно возведенные заслоны, так что ему оставалось лишь затаиться, вынашивать свои замыслы и беситься из-за этого блеска и сияния, продолжая искать и искать слабое звено в цепи.

Почувствовав жажду, Мира перешла на воду и принесла стакан для Брэнны. На нее вдруг навалились усталость и легкое опьянение. Ей хотелось не столько пить, сколько глотнуть воздуха. Прохладного, влажного, темного воздуха.

— Вот пройдет Сауин, — мечтательно произнес Коннор, — и закатим настоящий кейли. Позовем соседей со всей округи, как делали мама с папой. Где-нибудь поближе к Рождеству, а, Брэнна?

— Поставим у окна елку, зажжем во всем доме свет... И чтобы столы ломились от яств. Обожаю Рождество! Считай, что я согласна.

Коннор редко прибегал к телепатическому общению с сестрой, но сейчас это показалось уместным.

— *Он близко, кружит совсем рядом, напирает что есть сил. Чувствуешь его?*

Брэнна кивнула, но продолжала улыбаться.

— *Он летит на музыку, как оса на свет. Но мы еще не готовы, не совсем готовы ему противостоять.*

— *Но это шанс попробовать свои силы, и его нельзя упустить.*

— *Тогда так и скажи ребятам. Рискнем — и пусть внезапность сыграет нам на руку.*

И Коннор, и Брэнна видели, что теперь Фин тоже ощущает давление, чувствует эти черные пальцы, скребущиеся о яркий свет. Коннор видел, как едва заметно вздрогнула Айона, когда он мысленно обратился к ней.

Она сжала руку Бойла.

Коннор поискал глазами Миру.

И, едва осознав, что ее в комнате нет, буквально увидел, как она протягивает руку, чтобы распахнуть дверь дома.

Страх железными клещами перехватил ему горло, кровь отхлынула от лица. Он крикнул ей — и вслух, и мысленно — и бросился вон из комнаты.

В полусонном состоянии, плывя над мягкими, смутными тенями, Мира шагнула на улицу. Вот что ей было нужно, вот где ей хорошо. В темноте, в густом и безмолвном мраке.

Она и разу не успела вздохнуть, как Коннор схватил ее поперек талии и втащил в дом.

Все задрожало — пол, земля, воздух. Изумленным взором она увидела, как темный туман с улицы устремляется внутрь, давит на дверь, словно на них всем своим весом напирает что-то огромное и ужасное. Бойл захлопнул дверь перед самым туманом, и раздался глухой рев — словно вскипели разгневанные морские волны.

— Что случилось? Что это было? — Мира набросилась на Коннора, который накрыл ее своим телом.

— Кэвон. Оставайся в доме! — крикнула Брэнна и вновь распахнула дверь.

Снаружи бушевала буря, тени извивались и перекручивались. А под их покровом зазвучал какой-то тонкий писк, сопровождаемый хлопаньем тысячи крыльев.

— Летучие мыши, да? — с омерзением вскрикнула Брэнна. — Ты можешь прибегать к любым гадостям! — воинственно прокричала она в темноту. — Можешь пустить в ход весь свой мерзостный арсенал, и не один раз. Но это мой дом, и ты на его порог не ступишь!

— Господи! — прошептала Мира, когда туман немного разошелся и летучие мыши стали видны. Это была живая колышущаяся стена, сотни горящих красных глаз и трепещущих острых крыльев.

— Оставайся здесь! — перекрывая шум, прокричал Коннор и кинулся на улицу на помощь сестре. Вслед за ним устремились Айона с Фином и встали в ряд.

— В нашем свете ты вертись и извивайся, — начал Коннор.

— И в огне сгорай и пеплом разлетайся, — подхватила Айона.

— Мощь одной и сила трех соединится, — продолжил Фин.

— Воля наша пусть немедленно свершится! — закончила Брэнна.

Увлекаемая назад Бойлом, Мира смотрела, как летучие мыши вспыхнули подобно факелам. И к ее стыду, их писк, вид их лопающихся от огня и корчащихся дымящихся тел заставил ее содрогнуться.

Подобно черному дождю, на землю посыпался пепел, хлопья его закружились в поднявшемся шквальном ветре.

А потом все стихло.

— Тебя сюда никто не звал! — проворчала Брэнна и плотно закрыла дверь.

— Цела? — Теперь, когда опасность миновала, Коннор опустился на колени рядом с Мирой.

— Цела, цела. Боже, это ведь я его впустила! Я всех поставила под удар!

— В дом никто не проник. — Коннор сгреб Миру и прижался губами к ее волосам. — Ты всего лишь открыла дверь.

— Мне было надо. Я почувствовала, что задыхаюсь, захотелось — безумно! — тишины и темноты. — Потрясенная, Мира сжала кулаки и поднесла их к вискам. — Он опять меня использовал. Пытался использовать против всех нас.

— И ничего не достиг, — сухо ответила Айона.

— Он считает тебя слабой. Ну-ка, взгляни на меня! — Фин присел рядом с ней. — Он считает тебя слабой, поскольку ты женщина и не ведьма. Но он ошибается, потому что слабости в тебе нет и в помине.

— И все равно он меня использовал!

— Он хотел, чтобы ты вышла наружу, из-под защиты всех оберегов и заслонов. — Коннор убрал ей волосы с лица. — Пытался выманить тебя, чтобы ты оказалась подальше от нас. Но не для того, чтобы тебя использовать, солнышко, а чтобы тебе навредить. Потому что его страшно бесит то, чем мы тут занимаемся. Музыка, понимаешь ли, свет, простые человеческие радости... Если бы он смог, то напал бы на тебя за одно это.

— Ты уверен? Все дело в музыке и ярком свете? — Мира перевела взгляд с Коннора на Брэнну и снова на Коннора. — Тогда ладно. Станем играть громче! И еще я вас попрошу: сделайте так, чтобы свет горел еще ярче, хорошо?

Коннор поцеловал ее и помог подняться.

— Нет, ты у меня совсем не слабая!

Далеко за полночь, когда они наконец разошлись после бурного веселья совершенно обессиленные, Коннор лежал в постели и сжимал Миру в объятиях. Отпустить ее было выше его сил. Перед глазами все еще стояло ее лицо, его ошеломленное выражение, когда она шагнула из света во тьму.

— Он использует трюки с сознанием. У него их в запасе много — достаточно, чтобы проникать сквозь наши заслоны. — Коннор говорил и вел пальцем по ее бусам. — Мы придумаем что-нибудь посильнее.

— Почему-то к Бойлу он не лезет. Или Фин прав? Это оттого, что я женщина?

— Он предпочитает охотиться за женщинами, разве не так? Мужа Сорки он убил для верности, а заодно — чтобы ее помучить, разбить ей сердце, пошатнуть моральный дух. И в ту последнюю зиму он мучил ее снова и снова. Если верить легенде, он то и дело выманивал девушек из замка, и назад они уже не возвращались, а Сорка из-за этого не находила себе места.

— Однако сейчас он метит в мальчика, в Эймона.

— Заберешь мальчика — и девочки останутся перед ним совсем беззащитными. Ему нужна Брэнног — и та, первая, и наша. Всякий раз, как я его впускаю, я это чувствую.

Она пошевелилась.

— Впускаешь... его?

— В свои мысли. Совсем на капельку. Или наоборот — когда мне удается, по его примеру, проникнуть в его мысли. Там всегда холодно и темно. И так много алчности и злобы, что и разобрать-то что-нибудь трудно.

— Но впускать его в свое сознание, даже на мгновение, рискованно. Он ведь тоже может прочесть твои мысли, разве не так? И использовать их нам во вред. Во вред тебе!

— У меня есть от этого средство. Он не может прочесть то, что у меня в голове, максимум — какие-то обрывки. И то же самое с Эймоном, а он бы мечтал высосать у мальчика всю энергию и забрать себе.

Коннор медленно гладил ее по волосам, сейчас ее роскошная коса была расплетена. Несмотря ни на что, он с удивлением убеждался, что ему хорошо просто быть с ней рядом, хорошо ощущать ее теплое тело, негромко беседовать с ней в темноте.

— Пока не приехала Айона, он нас почти совсем не беспокоил. А Фина не оставлял в покое с того дня, как выжег у него на плече клеймо.

— Фин никогда об этом не говорит. Почти никогда.

— Со мной говорит, — возразил Коннор. — Иногда еще с Бойлом. Но все равно редко. С тех пор как он носит клеймо Кэвона, вся жизнь вокруг переменилась. А когда приехала Айона — переменилась еще больше. Поначалу он преследовал ее — во-первых, потому что она женщина, а во-вторых, потому что она среди нас новенькая и неопытная, только постигающая нашу науку. Ее он тоже считал слабой.

— Но она доказала, что это не так.

— Как и ты, причем не один раз. — Коннор поцеловал ее в лоб, затем в висок. — Но своих попыток он не оставит. Причинить зло тебе — значит навредить нам всем. Это он прекрасно видит, хоть это и выше его понимания, ведь за все время своего существования он никого не любил. Каково это, по-твоему, жить на протяжении стольких лет, стольких поколений и так и не узнать, что значит любить, дарить свою любовь и получать ее взамен?

— Есть же люди, которые живут без любви, но никого не мучают и не убивают. Но, конечно, они проживают так всего одну жизнь, а не много веков...

— Я не имел в виду, что это его оправдывает. — Теперь Коннор оперся на локоть, чтобы удобнее было смотреть на нее. — Он может заколдовать женщину и завладеть ее телом, и даже ее колдовской силой, если она у нее есть. Похоть без любви — какой бы то ни было и к кому бы то ни было — это и есть мрак. Зло. А те, кто так проживает свою жизнь? Думаю, это или несчастные, или очень злые люди. Люди зла. Ведь сердце помогает нам пережить трудные времена. И приносит радость.

— Брэнна говорит, вся твоя сила — от сердца. — Мира легонько нарисовала на его груди крестик — там, где сердце.

— Это она так думает, но, пожалуй, она недалека от истины. Если бы я не мог чувствовать, я бы и жить не смог. У него тоже есть чувства. Похоть, злоба, жадность — но ничего светлого. Ну, заберет он у нас то, чем мы владеем — и что? Этого недостаточно. И всегда будет недостаточно. Он хочет, чтобы мы изведали тьму, в которой он существует, чтобы мы мучились, страдали.

Мира усилием воли подавила дрожь, пробравшую все ее тело.

— Ты это прочел в его мыслях?

— Не все. Кое-что я и сам вижу. А сегодня в какой-то момент я точно знал, что он чувствует: это было ужасное злорадство, мол, наконец он отнимет тебя у меня, у нас. У тебя самой.

— Сегодня ты проник в меня — в мое сознание. В этот раз он не звал меня по имени, а ты — окликнул. Я услышала, как ты меня зовешь, и на мгновение остановилась. Было такое ощущение, будто я стою на каком-то краю и меня тянут в разные стороны. А потом я очутилась на полу, под тобой, так что если бы не ты, даже не знаю, в какую сторону пошла бы сама.

— Зато я знаю, и не только оттого, что ты у меня сильная. А вот из-за чего. — Он нагнул голову, встретился с ней губами, легонько коснулся их. — Из-за того, что это больше, чем влечение.

Она затрепетала, в животе забились бабочки.

— Коннор...

— Это намного больше, — прошептал он и закрыл ей рот поцелуем.

Нежно, так мягко и нежно, что ее губы сами захотели

отдаваться и отдаваться, уступали искушению и жаждали еще и еще, так что делалось больно. Если источник его силы действительно в сердце, то теперь он дал ему волю и позволил ей утонуть в океане незамутненной чувственности.

Ей следовало бы сказать нет — нет, это не для нее, так не должно быть! Но он уже вел ее вперед в эту сладостную негу, увлекая на мерцающий свет, в глубину сияния.

Его руки, легкие, как воздух, скользили по ней, но и это воздушное прикосновение вызывало в ней жар.

Тихо, тихо и проникновенно, он просил ее верить в то, во что она никогда не верила. Поверить в то, чего она боялась и что отрицала.

Поверить в любовь, в то, что она проста, что она могущественна. И что она неизменна.

Эта любовь не для нее. Не для нее, думала Мира, но продолжала плыть на ее шелковистых облаках.

На мгновение, на одну ночь она отдалась такой любви. Отдалась ему.

И он брал, но очень нежно, и давал взамен еще больше.

Подлинная правда любви открылась ему в тот момент, когда Мира оказалась на границе между тьмой, где властвовал Кэвон, и светом, исходившим с его стороны. Коннор понял, что она, эта любовь, бывает сопряжена со страхом и опасностью. Он понял, что может блуждать в ее лабиринтах, и был согласен продираться сквозь ее тернии, идти на ее свет и жить жизнью, полной восторгов и разочарований, безмятежного счастья и внезапных ухабов.

С ней.

Всю жизнь они были друзьями, но эта дружба никак не подготовила его к нынешней перемене, к этому стремительному переходу от братской любви к тому, что он чувствовал к Мире теперь.

Единственная. Только она. И это то, о чем он всегда мечтал.

Он не просил ответных слов — со временем они придут сами. Сейчас ему было достаточно того, что она вся в его власти. Эти прерывистые вздохи, этот трепет, глухие, неровные удары ее сердца.

Мира приподнялась. И устремилась по волнам такого беспредельного счастья, что, казалось, волны эти залили все ее тело чистым белым сиянием.

А потом он заполнил ее всю и продолжал давать и давать, пока ее взор не затуманили слезы. На вершине блаженства, стараясь удержаться подольше на этом ярком, ослепительном краю, она мысленно услышала его голос. И снова. И снова.

И голос этот говорил: это нечто большее, это любовь.

— Почему всегда бывает так неловко?

— Что? — Мира непонимающе уставилась на него, потом огляделась. — Мы где? В доме Сорки? Мы спим?

— Это больше, чем сон. А любовь — это больше, чем ложное представление о ней, которое ты пытаешься себе внушить.

— Это дом Сорки, но он стоит под лианами, которые растут вокруг него. И сейчас не время рассуждать о любви и о всяких ложных представлениях. Это *он* нас сюда притащил?

Она обнажила меч, благодарная, что во сне, который был как бы и не сон вовсе, оружие оказалось при ней.

— Любовь — это источник света.

— Источник света — это луна, и где бы мы ни находились, надо радоваться, что сегодня полнолуние. — Она развернулась, вглядываясь в тени. — *Он* рядом? Ты его чувствуешь?

— Если ты никак не можешь поверить, что любишь меня, то хотя бы поверь, что я тебя люблю. Я ведь тебе в жизни не лгал, в важных вещах уж точно!

— Коннор! — Она зачехлила меч, но оставила руку на его рукояти. — Ты что, растерял способность чувствовать?

— Наоборот, она у меня обострилась. — Он улыбнулся. — Это ты потеряла способность чувствовать, потому что у тебя не хватает духу взглянуть правде в глаза.

— Меч у меня, так что следи за тем, что говоришь!

Прежде чем она его оттолкнула, Коннор успел наградить ее поцелуем.

— Ну какая же ты слабая? У тебя сердце сильнее, чем ты думаешь, и оно станет моим.

— Я не намерена стоять здесь, в этом месте, и разглагольствовать о всякой ерунде. Я возвращаюсь.

— Не туда. — Она отвернулась, но Коннор взял ее за локоть.

— Я отлично знаю дорогу.

— Нам не туда! — повторил он. — И еще не время, потому что к нам как раз гость.

Ее пальцы сжали эфес меча.

— Кэвон?

Коннор удержал ее руку, не дав выхватить клинок, и достал из кармана белый камешек. Он светился у него на ладони, как маленькая луна.

— Нет, к нам идет Эймон.

Мира смотрела, как он выехал на поляну, уже не мальчик, а взрослый мужчина. Еще совсем юный, но уже рослый и стройный. И так похож на Коннора, что у нее екнуло сердце.

Волосы у него были длиннее и сзади заплетены в косу. Он невозмутимо появился верхом на норовистом с виду гнедом коне, готовом, казалось, проскакать полокруга, не сбавляя темпа.

— Добрый вечер тебе, братишка, — окликнул Эймона Коннор.

— И тебе того же, и твоей даме. — Эймон ловко соскочил на землю. Стреноживать коня он не стал, а просто закинул поводья ему на спину. По тому, как, подобно статуе в лунном свете, неподвижно стоял конь, было видно, что он и шагу не сделает от хозяина.

— У тебя, смотрю, немало времени прошло, — заметил Коннор.

— Пять лет. Мои сестры с мужьями живут в Эшфорде. У Брэнног двое детишек, сын и дочь, а со дня на день должен родиться второй мальчик. Тейган тоже ждет. Первого.

Он посмотрел на домик, потом перевел взгляд на надгробие матери.

— Вот мы и вернулись домой.

— Чтобы сразиться с *ним*.

— Это мое самое заветное желание. Но он сейчас в вашем времени, и с этим ничего нельзя сделать.

Высокий и прямой, с «ястребиным глазом» на шее, Эймон еще раз оглянулся на могилу матери.

— Тейган побывала здесь раньше меня. Она видела ту, что произойдет от нее. Видела, как та следила за ней, пока Тейган сражалась с Кэвоном. Мы трое, мы первые, но то, чем мы владеем, мы передадим вам. Это все, что я вижу.

— Нас теперь шестеро, — сказал Коннор. — Трое и еще трое. Моя женщина, мужчина моей двоюродной сестры, и наш друг, причем очень сильный маг. — Поскольку мальчик уже стал мужчиной, Коннор решил, что настало время обсудить и этот вопрос. — Этого нашего друга зовут Финбар Бэрк. В нем течет кровь Кэвона.

— Он клейменый? — Как Мира, Эймон потянулся рукой к клинку.

— Помимо его воли.

— Но кровь Кэвона...

— Я бы доверил ему свою жизнь. И уже доверял. И доверил бы ему жизнь моей женщины, а ее я люблю больше жизни — хотя она в это не верит. Нас шестеро, — повторил Коннор, — и он один из нас. Мы сразимся с Кэвоном. И покончим с ним! В этом я тебе клянусь.

Коннор взял у Миры меч и шагнул к надгробному камню. Несильно рассек себе ладонь и дал крови стечь на землю.

— Клянусь кровью, мы его одолеем!

Он порылся в кармане и совсем не удивился, обнаружив там колокольчик. Кончиком меча вырыл ямку и посадил в нее цветок.

— Ну вот, обещание исполнено.

Коннор пошевелил пальцами в воздухе, извлек из него влагу и оросил землю водой и кровью.

— А ведь я от нее уехал. — Эймон неотрывно смотрел на могилу. — Не было выбора. Да она и сама этого хотела и велела нам так сделать. И вот я приезжаю домой уже мужчиной. Все, что в моих силах, я исполню. Все, что мне дано, пущу в ход. Ты свое обещание сдержал. — Он протянул руку Коннору. — Я не могу доверять этому потомку Кэвона, но тебе и твоим близким я верю.

— Он тоже мой близкий.

Эймон посмотрел на могилу, на цветы, на дом.

— Значит, вас шестеро. — Он тронул амулет, точь-в-точь такой же, как у Коннора, потом прикоснулся к подаренному Коннором камню на кожаной тесемке. — Мы все с вами. Надеюсь, еще увидимся. Когда все будет кончено.

— Когда все будет кончено.

Эймон вскочил в седло и с улыбкой повернулся к Мире.

— Ты должна верить моему брату, прекрасная дама, потому что когда он говорит, то говорит от сердца. Прощайте!

Он развернул коня и так же бесшумно, как появился, исчез.

Мира хотела было ответить — и резко проснулась. Она была в постели с Коннором. Тот сидел рядом и с полуулыбкой рассматривал свою пораненную ладонь.

— Господи Иисусе! Когда ложишься спать с таким, как ты, никогда не знаешь, где можешь очутиться. Осторожнее! У тебя кровь, постель запачкаешь!

— Сейчас залечу. — Он потер рукой об руку, остановил кровь, и неглубокая рана затянулась.

— И что это было? — спросила она.

— Небольшой визит к родне. Вопросы, ответы.

— Какие еще ответы?

— Как раз готовлюсь в этом разобраться. Но цветок посажен, как и просила Тейган, и этого пока достаточно. Он вроде в добром здравии, наш Эймон, правда?

— Тебе виднее, ты же его копия. А Кэвон должен бы знать, что они вернулись.

— Им его не одолеть, но и ему их — тоже. И этого факта нам пока достаточно. Разделаться с ним должны мы, это я тоже знаю.

— А откуда ты знаешь?

— Я чувствую. — Коннор показал на сердце. — А своим чувствам я доверяю. В отличие от тебя.

Мира бросила на него раздраженный взгляд и выбралась из постели.

— На работу пора.

— Еще перекусить успеешь. Можешь не беспокоиться, на выяснение отношений времени как раз нет. Но в другой раз мы его найдем. Мира, я люблю тебя до беспамятства, и хотя для меня это неожиданность, я этой неожиданности рад.

Она подобрала свои вещи.

— Ты путаешь дела и романтические отношения и смешиваешь секс с колдовством, опасностями и кровью. Я рассчитываю, что ты скоро войдешь в разум, а пока намерена принять душ и собраться на работу.

Мира вышла.

Коннор проводил ее улыбкой, довольный тем, что, пока она шла в ванную, которую они делили с Айоной, ее роскошное тело было перед ним как на ладони.

Я-то как раз в разум вошел, подумал он — хотя на это ушли все прожитые годы. Теперь надо дождаться, пока образумится она.

А пока... Он посмотрел на свежий шрам на ладони. Было о чем подумать.

16

Для Коннора женщины таили в себе вечную загадку, но в этих тайнах и необъяснимых поступках и состояла для него их непреходящая привлекательность.

Он стал думать о той, которую любит. Отважная и до предела прямолинейная во всем — во всем, но не в делах сердечных. И способная внезапно превратиться в пойманную в силки птицу, испуганную, трепещущую и так же готовую упорхнуть при первой возможности.

И тем не менее сердце ее оставалось сильным, верным и преданным.

Загадка.

Конечно, он напугал ее своим признанием. Он полюбил, а настоящая любовь приходит однажды и длится вечно.

И все же он предпочел бы видеть ее в свободном полете, по крайней мере сейчас, а не бьющейся о стены клетки.

С такими мыслями он разбудил Бойла.

Отправить Бойла на конюшню вместе с Мирой, да еще до начала рабочего дня, означало решить сразу две задачи: рядом с ней будет надежный человек, а трое магов получат возможность поговорить наедине.

Над лесом и холмами неслись и проливались дождем тучи, ветер и дождь стучали в окна. Коннор выпустил собаку, вышел сам, обошел дом кругом, как они делали накануне вечером, — проверяя, не осталось ли чего от колдовских приемов Кэвона.

Возделанный сестрой палисадник радовал глаз всеми цветами радуги, особенно ярко выделявшимися на фоне густо-зеленого травяного ковра. И в воздухе он не почувствовал ничего, кроме дождя и ветра. И кроме чистой магии, в которой участвовал он сам, когда они возводили вокруг своего жилища магический круг.

Коннор остановился у навеса Ройбирда, и ястреб в качестве приветствия легонько потерся головой о его щеку. Это была любовь, бесхитростная и естественная.

— Ты ведь тут приглядишь за порядком, да? — Коннор провел тыльной стороной кисти по груди птицы. — Конечно, приглядишь. Сейчас пока полетай в свое удовольствие, поохоться с Мерлином. На данный момент мы все в безопасности.

В ответ ястреб распростер крылья и взлетел. Описал круг и устремился в сторону леса и исчез в кронах деревьев.

Коннор еще раз обошел дом кругом и вошел через кухонную дверь, придержав ее для возвращающегося с прогулки Катла.

— Ну что, все проверил? Я тоже. — Он погладил пса, потрепал ему уши. — Надо понимать, ты не собираешься подниматься к Брэнне и будить ее, чтобы избавить меня от приготовления завтрака?

Катл только сухо посмотрел на него в ответ — насколько на это способны собаки.

— Я так и думал... Это я так, наудачу спросил.

Смирившись со своей участью, Коннор покормил пса, налил ему в миску чистой воды. Затопил камины — на кухне, в гостиной, даже в мастерской, после чего рассудил, что дальше оттягивать невозможно, и занялся приготовлением пищи.

Он поджарил бекон, порезал хлеб, взбил несколько яиц.

Коннор как раз выливал яйца на сковородку, когда появились вместе Брэнна с Айоной. Айона была одета по-рабочему, а Брэнна все еще в пижаме и с недовольным выражением, которое у нее всегда бывало по утрам, пока она не выпьет кофе.

— Что-то сегодня все ни свет ни заря вскочили. — Зная порядки в доме, Айона первым делом дала Брэнне заняться кофе. — Бойл с Мирой уже уехали.

— Мира захотела переодеться и обещала Бойлу, если он ее подбросит, соорудить ему на скорую руку завтрак.

— Коннор, следи за яичницей, она у тебя вечно пригорает, — попросила Брэнна по привычке: она делала это всегда, когда завтрак готовил брат.

— Не волнуйся, не сгорит.

— Почему, скажи на милость, что бы ты ни готовил, тебе всегда надо выкрутить огонь на максимум?

— Потому что так быстрее, вот почему.

И конечно, поскольку она его отвлекла, он и на этот раз едва не спалил яйца.

Коннор выложил их на блюдо вместе с беконом, прибавил несколько тостов и все это водрузил на середину стола.

— Если бы ты удосужилась встать чуть пораньше, у тебя была бы возможность приготовить их по своему вкусу. А теперь вот будешь есть в моем исполнении. Милости прошу!

— Выглядит аппетитно, — бодрым тоном объявила Айона, пригладила свой ежик и села к столу.

— Послушай, тот факт, что он впервые за несколько недель приготовил завтрак, еще не основание для подхалимажа. — Брэнна села рядом и потрепала Катла за уши.

— Когда человек голоден, это подхалимажем не считается. — Айона положила себе еды. — Сегодня придется отменять прогулки. — Она кивнула на окно, исполосованное струями обложного дождя. — Мало того что дождь, так еще холодный какой! В обычной ситуации это бы меня огорчило, но сейчас я думаю, дополнительное свободное время нам не помешает.

Она еще раз откусила яичницы. И решила, что яйца... крутоваты.

— Если погода не изменится, а пока таких признаков не замечается, то я, пожалуй, сумею удрать пораньше. Если хочешь, Брэнна, могу приехать и поработать с тобой.

— У меня вчера осталась кое-какой товар недоделанным. Надо закончить и отвезти в магазин. Но к полудню,

я думаю, буду здесь. Мы с Фином закончили дорабаты-
вать состав зелья, которое использовали на солнцестояние, теперь оно будет сильнее. А вот над заговором еще
надо покорпеть. И момент выбрать с умом. Да и весь
план нуждается в доработке.

— Время еще есть.

— Дни уходят. А *он* делается все наглее и наглее. То,
что он попытался проделать вчера вечером...

— Но ведь не сработало, так? — возразил Коннор. —
И что теперь осталось от его летучих мышей? Кучка пепла, развеянного по ветру и размытого дождем? В связи с
чем мне пришла в голову пара мыслей.

— У тебя еще и мысли водятся? Скажите, пожалуйста! — Брэнна подняла кружку с кофе.

— Водятся, а еще я хочу тебе рассказать одну историю. Я во сне давно искал Эймона, а он — меня. И вот
мы друг друга нашли.

— Ты с ним опять виделся? — спросила Айона.

Коннор кивнул.

— Виделся. И Миру с собой утащил. Он был уже
взрослый, лет восемнадцати — во всяком случае, он
сказал, что после нашей предыдущей встречи прошло
пять лет. У Брэнног уже двое детей и третий на подходе.
А Тейган беременна первым.

— Тейган была беременна, — задумалась Айона, —
когда я видела ее в своих снах.

— Помню, как же. Выходит, для меня это происходило в то же время их жизни, что и для тебя. И, как и в
твоем случае, дело было возле домика Сорки.

— Я думала, у тебя хватит ума там не появляться! —
возмутилась Брэнна. — Неважно, во сне или наяву.

— Я не могу тебе сказать, чьих рук это было дело —
моих или его, поскольку, если честно, я и сам этого не
знаю. Но я знал, что нам там ничто не угрожает, иначе
бы я тут же вернулся. Я бы не стал опять подвергать Миру
опасности!

— Ладно... Ладно тогда.

— Так вот, они вернулись домой, — продолжал Коннор, щедро намазывая поджаренный ломоть хлеба джемом. — Они знают, что им предстоит сразиться с Кэвоном, и знают, что им не победить, не одолеть его, поскольку он потом просуществовал по меньшей мере до нашего времени. И объявился в наших краях. Я сказал Эймону, что нас теперь шестеро и что в одном из этих шестерых течет кровь Кэвона.

— И как он отнесся? — поинтересовалась Брэнна.

— Он меня знает. — Коннор приложил руку к сердцу. — И верит мне. А Фин из моего ближнего круга, так что доверие распространяется и на него. На парне был камень, что я ему дал в прошлый раз, и амулет, такой же, как мой. У меня тоже был с собой подаренный им камешек, и, когда я его достал, он у меня в руке светился. Тут ты оказалась права, Брэнна. В этом камешке есть магическая энергия.

— Однако в пращу, чтобы поразить Кэвона, я бы его заряжать не стала, но иметь его при себе полезно.

— Вот я его в кармане и ношу. И более того, у меня с собой был колокольчик.

— Цветок Тейган, — уточнила Айона.

— Я его посадил, оросил своей кровью и водой, которую извлек из воздуха. И на могиле Сорки зацвели цветы.

— Ты сдержал слово. — Айона погладила его по руке. — И тем самым дал им то, что для них очень важно.

— Я сказал, что мы его одолеем, потому что я в этом убежден. И мне кажется, я знаю, что именно мы упустили в прошлый раз, на солнцестояние. Музыку, — сказал он, — и радость, какую она приносит.

— Музыку... — повторила Айона, а Брэнна с задумчивым выражением откинулась к спинке стула.

— Ведь вчера что его сюда привело, такого обозленного, такого наглого? Наш свет, это само собой, и то, чем мы обладаем. Конечно, и мы сами по себе. Но мы вчера музицировали, а музыка — это свет.

— Веселый шум, — сказала Айона. — Житейские радости.

— Вот именно. Этот свет его ослепляет, чужая радость безумно бесит его. Но почему она его не сковала, вот вопрос!

— Музыка, говоришь... А помнишь, Айона, прошлой весной мы как-то вечером тоже музицировали? Я принесла скрипку, мы играли, пели, а он крался за окнами, превратившись в туман и тени. Его привлекла музыка, — сказала Брэнна. — Привлекла, несмотря на всю его ненависть к ней, ненависть к тому, что в нас она живет и мы можем ее извлекать.

— Помню.

— Да, с этим можно работать. — Брэнна сузила глаза, прикусила губу. — Из этого может что-то получиться. Хорошая мысль, Коннор.

— Блестящая мысль! — согласилась Айона.

— Не могу спорить. — Улыбаясь, Коннор выложил себе остатки яичницы.

— Уверена, что Мира сказала то же самое.

— Это еще впереди — когда я с ней поделюсь. Меня осенило только утром, — добавил он, — а она уже очертя голову на работу умчалась.

— С чего бы? У нас до смены еще полчаса. — При этих словах Айона пошла за второй чашкой кофе. — Если бы она подождала, мы с Бойлом могли бы... Ой! — Она округлила глаза. — Вы что, поссорились?

— Поссорились? Нет. Я признался ей в любви, а она ушла в глухую оборону. Как я и ожидал. С ее характером ей понадобится некоторое время, чтобы свыкнуться с этой мыслью.

— Ты, я вижу, все рассчитал. — Айона из-за спины обхватила его руками. — Это здорово!

— Дело не в расчете... А может, и так, — подумав, согласился он. — Но она еще не сделала для себя правильного вывода. Когда сделает, ей будет намного легче. А пока я с удовольствием наблюдаю, как она пребывает в умственных корчах.

— Ты там поосторожнее, Коннор! — негромко предостерегла его Брэнна. — Ее удерживает не упрямство и не твердолобость, а шрамы от былых ран.

— Не может же она прожить всю жизнь, не замечая собственного сердца — по той лишь причине, что у ее негодяя папаши сердца не было вовсе.

— Поосторожнее! — повторила Брэнна. — Что бы Мира о нем ни говорила, что бы ни думала на его счет — это, скорее всего, самообман, потому что она его любила. Она и теперь его любит, вот почему обида до сих пор жива.

Коннор испытал внезапный приступ раздражения.

— Я не ее отец! Могла бы знать меня и получше!

— Да что ты, родной. Она за себя боится — что в ней скажутся его гены.

— Что за бред!

— Ну конечно, бред. — Брэнна поднялась и стала собирать со стола. — Но это бремя, которое на ней висит. Уж как я ее люблю, и как она меня любит — а все равно мне так и не удалось снять его с ее души. До конца — не удалось. Это тебе предстоит сделать.

— И ты это сделаешь. — Айона отодвинулась от стола и снова кинулась помогать. — Потому что любовь, если не пускать все на самотек, побеждает все.

— На самотек я ничего пускать не собираюсь.

Айона чмокнула Коннора в макушку.

— Я знаю. Яичница удалась.

— Я бы так не сказала, — возразила Брэнна. — Но раз уж ты сегодня готовил — если это можно так назвать, — то посуду мыть нам.

— Ну и отлично. Тем более что мне пора звать Ройбирда и отправляться на работу.

Под звон тарелок Коннор снял с крючка куртку и кепку.

— А Миру я действительно люблю, — снова сказал он, уж больно ему ласкали слух эти слова. — Люблю безраздельно!

— Ох, Коннор, глупый ты, глупый. Ты ее всегда любил!

Он вышел на дождь. Что ж... сестрица его права. Он всегда любил Миру.

Работа на навозной куче была в духе ее скверного настроения: раздражения и желания поубивать всех и каждого.

Мерзкий день для мерзкой работы, подумала Мира, переобуваясь в самые старые свои рабочие сапоги и надевая толстую рабочую куртку. И действительно: чувствовала она себя хуже не бывает. А поскольку она не могла отрицать, что сама затеяла ссору с Бойлом — после того как отругала Мика, огрызнулась на Айону и все утро проходила мрачнее тучи, — то и Бойла нечего винить, что поставил ее возить дерьмо.

И она покорно возила.

Ее группу Бойл перепоручил Айоне — крепкие ребята из центральной части Англии, которых никаким дождем не испугаешь. У Мика был урок в манеже, тут дождь тоже не помеха. Не мешал он и Пэтти, которая чистила упряжь, и Бойлу, засевшему у себя в кабинете.

Так что месить грязь под струями дождя досталось ей, вместе с таким прелестным делом, как переворачивать компостную кучу.

Мира повязала на шею шарф, низко надвинула кепку и вышла, толкая перед собой тачку с лопатой и длинным железным шестом. Она шла далеко за конюшни к тому месту, которое носило не слишком любовное название Дерьмовая гора.

Целая конюшня лошадей производила для этой горы достаточно материала, и теперь пришло время заняться побочным продуктом коневодства — если прибегнуть к столь изящному эвфемизму. А самые умные и просвещенные в экологическом плане не только «занимались» этим побочным продуктом, но и использовали его на полях и огородах.

В обычный день Мира рассуждала бы об этом в одобрительном ключе. В такие дни, когда она не была зла на весь мир. И когда с неба не лил дождь как из ведра.

Навоз, если с ним правильно обращаться, превращается в компост. А компост обогащает почву. Вот почему Фин с Бойлом отвели для этого специальное место, причем подальше от конюшни, чтобы не слышать запаха.

Дойдя до Дерьмовой горы, Мира обнаружила, что забыла айпод и наушники, и выругалась. Даже музыкой не отвлечешься.

Оставалось лишь, ворча себе под нос, снять с кучи старые мешки из-под корма и методично переворачивать вилами ее содержимое.

Чтобы получить настоящий компост, нужна высокая температура — она убивает семена сорняков, всяких паразитов и превращает навоз в прекрасное удобрение. Эту работу Мира делала миллион раз и сейчас действовала не задумываясь, добавляя удобрение, ускоряющее разложение навоза, перемещая наружные слои к середине, в самое тепло, делая вторую кучу и протыкая ее шестом для циркуляции воздуха.

Хорошо, хоть шланг разматывать не придется — всю работу по смачиванию этого дерьмового месива сделает дождь.

Дерьмовое месиво, подумала она, продолжая вкалывать. Именно так следует назвать ситуацию, в которую втянул их обоих Коннор.

Зачем понадобилось приплетать любовь? Любовь, обещания, разглагольствования о будущем, о семье, о том, что это навсегда? Разве им без этого было плохо? Мало им было секса, дружбы, времяпровождения?

А теперь он произнес все эти слова, причем многие из них — по-ирландски. И это была намеренная тактика, подумала она, орудуя лопатой и вилами. Нацеленная на то, чтобы выкрутить ей руки. Чтобы она вздохнула и сдалась.

Коннор сделал ее слабой — сделал, сделал! — и теперь она не знает, как с этой слабостью справиться. Слабость — это враг, а он этого врага напустил на нее. И больше того — поверг ее в страх.

Но ведь она сама это все начала, разве нет? Ох-ох-ох, винить за ситуацию надо только себя. За ситуацию и за то, как она пагубно отразится на всем.

Она первая его поцеловала, спорить не приходится. Она затащила его в постель и разом изменила их прежние отношения.

Коннор — романтик, это ей тоже было известно. Но, зная, как он порхает от одной бабы к другой, она не ожидала от него признания в любви.

У них и так забот полон рот, а тут... Времени до Дня Всех Святых остается все меньше, а что-то пока не слышно, чтобы у них был выработан четкий и ясный план действий.

Оптимизм Коннора, решимость Брэнны, внутренняя ярость Фина, убежденность Айоны. Все это есть. И еще их с Бойлом преданность.

Но из этого не сошьешь стратегии и тактики действий против сил зла.

И вместо того чтобы сосредоточиться на выработке этой стратегии и тактики, Коннор О'Дуайер занят тем, что рассказывает ей, что она для него свет в окошке, любовь всей его жизни.

И все это — по-ирландски. По-ирландски и параллельно со всеми невероятными чудесами, что он творил с ее телом.

И разве наутро, когда они пробудились от своего странного сна, он не смотрел на нее в упор и не говорил прямым текстом, что любит?

«Еще усмехался!» — подумала Мира и закипела с новой силой. Как будто перевернуть ее жизнь вверх тормашками — очень забавная, милая шутка.

Надо было сразу вышвырнуть его из кровати, пусть бы на пол шлепнулся! Вот что надо было сделать.

Ну ничего, она разберется, Бог свидетель. Потому что не родился еще тот человек, из-за которого Мира Куинн даст слабину. Или испугается. Или позволит вертеть своим сердцем и вытягивать из нее обещания, которые она заведомо не станет выполнять.

Она не позволит себе сделаться мягкой и глупой, как ее мать. И беспомощной, неспособной о себе позаботиться. Опозоренной и оплакивающей предательство, обрушившееся на нее как удар обухом по голове.

Более того — и хуже того, — она не позволит себе стать беспечной и эгоистичной, каким был ее отец. Человек, дававший обещания и даже державший их, пока все шло гладко. Но с легкостью нарушавший их при первых же ухабах на жизненном пути, тем самым разбивая сердца своих близких.

Нет, ничьей женой она не будет, никому не станет обузой, никому не разобьет сердца. Особенно Коннору О'Дуайеру.

Потому что, Бог свидетель, этого человека она слишком любит.

Мира поняла, что сейчас расплачется, и со злостью сглотнула слезы.

Это все временно, сказала она себе, вновь застилая компостную кучу пустыми мешками. Сердце не может так долго гореть огнем.

И никто не может этот огонь выдерживать продолжительное время.

Скоро она снова станет собой, равно как и Коннор. А все, что было, останется одним из этих странных сновидений, которые то ли сны, то ли не сны...

Мира сказала себе, что ей уже легче, что физический труд пошел ей на пользу. Сейчас она вернется на конюшню и со всеми помирится, а в первую очередь — с Миком.

— Ты свое послушание исполнила, — произнесла она вслух, шагнула назад и развернулась.

И увидела, как ей улыбается отец.

— Вот ты где, моя принцесса.

— Что?

В ветвях тутовника пела какая-то пичуга, а розы цвели ярко, как в сказке. Мира обожала эти цветники, их краски и ароматы, голоса птиц, пение фонтана: прекрасная дева держит на плече кувшин, из которого вода льется в круглый бассейн.

И обожала уединенные уголки и тенистые беседки, где можно было скрыться от родни, если вдруг захочется побыть одной.

— Опять витаешь в облаках — даже не слышала, как я тебя зову. — Он засмеялся, и заразительные раскаты его смеха вызвали у нее улыбку, хоть на глаза и навернулись слезы.

— Ты — и здесь? Это невозможно!

— Имеет человек право взять выходной, чтобы повидаться со своей принцессой? — Продолжая улыбаться, он постучал указательным пальцем по крылу носа. — Недалек тот день, когда вокруг тебя начнут увиваться все окрестные парни и для отца у тебя времени совсем не останется.

— Для отца время у меня найдется всегда.

— Милая моя девочка... — Он взял ее за руку, продел себе в сгиб локтя. — Моя прелестная цыганская принцесса!

— Какая у тебя рука холодная!

— Вот ты и согреешь. — Он зашагал рядом с ней по каменистым тропинкам, мимо кустов роз, кремовых чашечек калл и ярко-синих лобелий, а игра солнечных лучей напоминала переливающуюся внутреннюю поверхность жемчужной раковины.

— Я просто пришел тебя повидать, — начал он своим доверительным голосом и хитро подмигнул, как делал всегда, когда хотел поведать ей какие-нибудь секреты. — Все в доме.

Мира повернулась в ту сторону, к трехэтажному кирпичному особняку, выкрашенному в белый цвет — так захотела мама. Большую террасу окружали цветники, переходящие в гладкий зеленый газон, где мама любила устраивать чаепития, когда выдавались погожие летние деньки.

Только маленькие сэндвичи и пирожные с глазурью.

А вон там — ее комната, подумала Мира, подняв голову. Да, вон она, со стеклянными дверями и небольшим балкончиком. Балкон Джульетты, вот как он его называл.

Значит, она была его принцессой.

— А почему все в доме? Такой чудесный день! Давайте устроим пикник! Миссис Хэнниган могла бы что-нибудь испечь, мы бы поели сыру с хлебом, пирожных с джемом...

Она хотела повернуться, побежать к дому, позвать всех в сад, но он увлек ее в другую сторону.

— Сегодня неподходящий день для пикника.

На мгновение ей почудилось, что она слышит стук дождя, а когда взглянула вверх, увидела, что на солнце нашла какая-то тень.

— Что это такое? Что это, пап?

— Ровным счетом ничего. Ну вот, пришли. — Он сорвал с куста розу и протянул ей. Мира понюхала и улыбнулась прикосновению к щеке мягких белых лепестков.

— Если не пикник, то, может быть, хоть чаю с тортом попьем? Устроим праздник, раз ты дома?

Он медленно и печально покачал головой.

— Боюсь, праздника не получится.

— Почему?

— Никто не хочет тебя видеть, Мира. Все знают, что это твоя вина.

— Моя вина? В чем? Что я сделала?

— Ты знаешься с ведьмами. Плетешь с ними заговоры.

Он повернулся к ней и крепко схватил за плечи. Теперь тень прошла по его лицу, и сердце у нее сжалось от страха.

— Знаюсь с ведьмами? Плету заговоры?

— Ты строишь планы, якшаешься с дьявольским отродьем. Ты даже спишь с одним из них, как шлюха!

— Но... — У Миры закружилась голова, мысли затуманились. — Нет, нет! Ты не понимаешь!

— Да уж понимаю получше твоего, Мира. Они прокляты, и ты будешь проклята с ними вместе.

— Нет! — Она умоляюще прижала ладони к его груди. К холодной, ледяной груди. Такими же холодными были его руки. — Ты не можешь так говорить. Ты не можешь так думать!

— Могу и говорю. И думаю. А почему, ты считаешь, я ушел? Все из-за тебя, Мира. Я ушел — от тебя. От эгоистичной порочной шлюхи, жаждущей власти, которой ей никогда не получить.

— Я не такая! — Потрясенная, она отшатнулась, словно от физического удара. — Ничего я не жажду!

— Ты меня опозорила так, что я видеть тебя не могу!

Мира разразилась рыданиями, потом ахнула, видя, как белая роза в ее руке начала кровоточить.

— Это все твоя порочность, — сказал он, когда она бросила розу на землю. — Она разрушительно действует на всех, кто тебя любит. Все, кто тебя любит, истекут кровью и увянут. Или сбегут, как я. Я бросил тебя, до того мне было стыдно и тошно. Слышишь, мать рыдает? — воскликнул он. — Она льет слезы оттого, что ее дочь предпочла дьявольское отродье родным братьям и сестрам. Это ты виновата!

По щекам Миры струились слезы — слезы стыда, раскаяния и горя. Опустив голову, она увидела, что из розы натекло столько крови, что цветок утонул в этой луже.

В луже крови пополам с дождем, который хлестал и хлестал.

Дождь.

Ее качнуло, до слуха донеслось пение птицы в тутовнике и веселое журчание фонтана.

— Пап...

Воздух прорезал ястребиный крик.

Коннор, мелькнуло у нее в голове. Коннор.

— Нет! Я не виновата!

Насквозь промокшая, она очнулась от своего видения и взмахнула лопатой. Удар стал для него неожиданностью, но все же он успел отскочить, так что лопата просвистела возле самого его лица.

Которое уже не было лицом ее отца.

— Проваливай к черту! — Она ударила снова, но земля словно вздыбилась у нее под ногами. И в этот момент что-то вонзилось ей в сердце.

Она вскрикнула, а Кэвон обнажил зубы в злорадной усмешке. И растворился в тумане.

Мира сделала один неуверенный шаг, за ним второй. Земля продолжала вздыматься, а небо над ее головой кружилось и падало.

Издалека, сквозь дождь и туман, Мира услышала голос, звавший ее.

Один шажок, приказала она себе, потом еще.

Она услышала ястреба, увидела коня, серую тень, метнувшуюся в гущу тумана, и кинувшуюся следом собаку.

Увидела Бойла, бегущего к ней с такой скоростью, словно на него сзади наседали бешеные псы.

Все вокруг вертелось и опрокидывалось, и вдруг она с изумлением увидела, как с Аластара спрыгивает Коннор.

Он что-то прокричал, но в голове у Миры стоял такой гул, что она расслышала лишь сдавленный звук.

Тени, подумала она. Мир теней.

Они обступили ее и поглотили.

Она попробовала выплыть из них, но захлебнулась и утонула в этих тенях. И услышала смех отца — жестокий, очень жестокий. И слова Кэвона...

«Это ты виновата, эгоистичная, бессердечная девчонка! У тебя ничего нет. Ты сама — ничто. И чувств у тебя никаких нет».

«Я дам тебе власть, — обещал Кэвон, и голос его ласкал слух. — Это то, чего тебе по-настоящему хочется.

Чего ты жаждешь и к чему стремишься. Принеси мне его кровь, и я дам тебе власть. Возьми его жизнь, и я дам тебе бессмертие».

Она боролась, силилась пробиться сквозь эти тени, назад к свету, но не могла сдвинуться с места. Ее словно приковали, придавили книзу, а тени все сгущались и сгущались, и с каждым вдохом она набирала в грудь не воздух, а этот туман.

И каждый следующий вдох был холоднее предыдущего. И каждый следующий вдох был темнее.

«Делай, как он говорит, — наставлял отец. — Этот ведьмак для тебя ничего не значит, а ты не значишь ничего для него. Всего лишь сплетенные в темноте тела. Убей ведьмака! Спаси себя! Я еще вернусь, принцесса».

Потом ее взял за руку Коннор. Он излучал свет, прорезавший эти густые тени, и глаза его были ярче изумрудов.

«Идем со мной. Вернемся со мной. Ты нужна мне, любовь моя. — Опять по-ирландски. — Возвращайся ко мне. Возьми мою руку. Тебе надо только взять меня за руку».

Но она не может — ну как он не видит? Не может! За спиной кто-то рычал и огрызался, но Коннор лишь улыбался ей.

«Нет, ты можешь, конечно, можешь! Вот моя рука, родная. Теперь не оглядывайся. Просто возьми меня за руку. Иди со мной!»

Было больно, очень больно поднять эту тяжелую руку, вырваться из невидимых пут. Но в нем был свет и тепло, а ей отчаянно требовалось то и другое.

Обливаясь слезами, Мира с усилием потянулась к руке Коннора. Ощущение было такое, будто ее вытягивали из густой грязи за кончики пальцев, а некая другая сила тянула ее назад.

«Я тебя держу, — сказал Коннор, не сводя с нее глаз. — И больше не отпущу».

Тут Мира почувствовала, что вылетает, словно выбитая из бутылки пробка. Вырывается на свободу.

В груди жгло. Жгло так, будто сердце превратилось в раскаленные угли. Она попыталась втянуть воздух — и этим жаром обдало гортань.

— Тише, тише. Тихонько. Дыши медленно. Медленно. Ты вернулась. Ты в безопасности. Ты здесь. Тшш... Тшш...

Раздались рыдания — жалобные, мучительные. Она не сразу поняла, что рыдает сама.

— Ты со мной. Ты с нами.

Мира повернулась и уткнулась Коннору в плечо — боже, боже мой, один его запах был подобен прохладной воде после пожара. Он поднял ее на руки.

— Я сейчас же везу ее домой.

— Ко мне ближе, — узнала она голос Фина.

— Пока это все не закончится, она будет жить у нас. Но все равно спасибо. Сейчас я везу ее домой. Но ты ведь приедешь, когда освободишься?

— Ты же знаешь, что да. Мы все приедем.

— Мира, я здесь. — Теперь это был голос Брэнны. Ее рука погладила ее по волосам, по щеке. — Я здесь, рядом.

Она хотела заговорить, но вместо слов вырывались одни жуткие, душераздирающие рыдания.

— Отправляйся с ними, Айона, — сказал Бойл. — Езжай с ними! С ней сейчас должны быть все трое. Аластара я отведу. Бери пикап и езжай следом за ними.

— Я мигом.

Мира повернулась и увидела, как Айона бегом мчится к машине Бойла и садится за руль. Бегом сквозь дождь, сквозь туман, а мир вокруг качается взад-вперед, взад-вперед, как палуба застигнутого штормом корабля.

И эта боль в груди, в горле, в каждой части ее тела жгла ее адским огнем.

А вдруг она уже умерла, подумалось ей. Умерла про́клятой, как сказал отец, оказавшийся вовсе и не отцом, а Кэвоном.

— Тшш... — повторил Коннор. — Ты жива, ты в безопасности, и ты с нами. Отдыхай, милая. Просто отдыхай.

Не успел он договорить, как она провалилась в блаженный сон.

17

Она расслышала негромкие голоса. Шепот — тихий, успокаивающий. Она чувствовала руки, прикосновения — легкие, нежные. Казалось, она плывет на теплой воздушной подушке, а вокруг распространяются запахи лаванды и свечного воска. Она была вся в лучах света, в полном умиротворении.

Невнятный шепот превратился в слова, глухие, плохо различимые, будто сказанные под водой.

— Сейчас ей нужен отдых. Отдых и покой. Пусть лечение сделает свое дело. — Голос Брэнны, такой усталый.

— Кажется, щеки немного порозовели, да? — Голос Коннора, встревоженный, дрожащий.

— Порозовели, и пульс наполняется.

— Коннор, она сильная. — Теперь голос Айоны, чуть с хрипотцой, как после сна или слез. — И мы тоже.

И она снова провалилась в беспамятство. И поплыла, поплыла в желанную тишину.

Пробуждение было подобно сну.

Она увидела, что рядом сидит Коннор, с закрытыми глазами и лицом, освещенным бесчисленными зажженными в комнате свечами. Он был словно на портрете, написанном бледно-золотыми красками.

Ее первая осознанная мысль была, что нелепо мужчине быть таким красивым.

Мира хотела произнести его имя, но он опередил, открыл глаза и посмотрел на нее в упор. И ей все сказали его глаза, их цвет, насыщенно-зеленый. Сказали больше, чем пламя свечей.

— Ну вот. — Он улыбнулся, и напряжение во взоре

ушло, остался просто Коннор и свечи. — Лежи тихо и спокойно. Еще немножко.

Он подержал руки над ее лицом, опять закрыл глаза, словно под ресницами скользнув взглядом вниз, туда, где билось ее сердце, и обратно. — Вот и хорошо. Теперь все отлично.

Он снял что-то с ее лба и с яремной ямки, отчего осталось легкое пощипывание.

— Что это? — Неужели это ее голос? Это хриплое кваканье?

— Целебные камни.

— Я что, болела?

— Да, ты была больна, но теперь все хорошо.

Слегка приподняв больную, он убрал камни из-под спины и из-под рук, собрал их в мешочек и крепко завязал.

— И долго я спала?

— Ну... почти шесть часов. Не так долго по вселенским масштабам.

— Шесть часов? Но я же... я же была...

— Не спеши. — Его тон, бодрый и веселый, заставил ее нахмуриться. — Какое-то время ты еще будешь как в тумане, у тебя будет слабость, будет пошатывать. Но это пройдет, я тебе обещаю. И вот еще: это тебе питье. Брэнна оставила, чтобы ты выпила, до капли. Как только проснешься.

— А что это?

— То, что тебе поможет.

Коннор усадил ее в подушках и снял крышку с узкого флакона, наполненного красной жидкостью.

— До дна?

— До дна. — Он вложил флакон ей в руку, сверху накрыл своей и поднес к ее рту. — Не торопясь. До последней капли.

Мира приготовилась к горькому лекарству, а оказалось, что питье прохладное и вкусное.

— Похоже на жидкие яблоки с чем-то цветочным.

— Отчасти угадала. Все до капли, моя милая. Тебе нужно выпить все!

Да, теперь щеки точно порозовели, подумал Коннор. И глаза хоть еще и не вполне проснулись, но ясные. Не те незрячие и выпученные, какими были, когда она находилась под воздействием черной магии Кэвона, когда лежала бездыханная на мокрой траве.

Перед его мысленным взором вновь возникло это зрелище, отчего дрогнули руки. Коннор отогнал жуткий образ и посмотрел на больную.

— А потом ты поешь. — Потребовалась вся его воля, чтобы голос прозвучал ровно и даже с оттенком бодрости. — Брэнна сварила бульон, вот мы и посмотрим, как он тебе поможет. И еще чай.

— Мне кажется, я умираю с голоду, но точно сказать не могу. У меня такое чувство, что я здесь только наполовину. Но мне лучше. Вкусное питье!

Мира вернула флакон, и Коннор отставил его в сторону с такой осторожностью, словно это была бомба.

— Теперь поесть. — Ему удалось улыбнуться, и он поцеловал ее в лоб. И замер.

Мира почувствовала, что он весь дрожит, и протянула ему руку. Он схватил ее с таким жаром, что она чуть не ойкнула.

— Что, совсем худо было?

— Неважно. Важно, что теперь все в порядке. Все в полном порядке. О боже!

Он притянул ее к себе и обнял крепко-крепко. Если бы он мог, он растворил бы ее в себе.

— Теперь все в порядке, теперь все хорошо, — повторял и повторял он, успокаивая не только ее, но и себя.

— Не знаю, как он проник сквозь заслоны. Наверное, недостаточно мощные были. И это я виноват. — В его голосе звучало отчаяние. — Он забрал твое ожерелье — вот уж чего я не ожидал! Унес. И лишил тебя дыхания. Я должен был сделать больше! Я все наверстаю.

— Кэвон. — Она никак не могла вспомнить. — Я...

я ворошила компостную кучу. Навоз. А потом.... Потом вдруг перестала. Все как в тумане.

— Не волнуйся. — Коннор пригладил ей волосы, пальцами провел по щеке. — Когда ты окрепнешь, все вспомнится. Я сделаю тебе еще ожерелье, более сильное. И сестры помогут мне для пущей надежности.

— Ожерелье? — Мира поднесла руку к шее, где оно должно было быть. Вспомнила. — Да оно у меня в куртке. Я сняла его!

Она напряглась, вспоминая. Коннор медленно выпустил ее из объятий.

— Ты его сняла?! Сама?

— Я была такая злая! Сняла и пихнула в карман. Наорала на бедного Мика — и на всех остальных, так что Бойл... Да, Бойл отправил меня работать на компостную кучу. Я надела брезентовую куртку, а свою оставила на конюшне.

— Так ты была без всякой защиты? Силы небесные... И обереги, которые носила в кармане, — ты тоже их не взяла? Я же... О... ну как ты могла?

— Я так была зла... я попросту не подумала... Я... потому что... Коннор!

Он резко поднялся, и в лице его читалось одно — холодная ярость.

— Ты все сняла и оставила на конюшне, потому что их тебе сделал я.

— Нет! Да. — Боже, что она натворила! — Я плохо соображала, понимаешь? Я была так нестерпимо зла...

— Из-за того, что я тебя люблю, ты так разозлилась, что вышла на улицу без защиты! Я правильно тебя понимаю?

— Я не так думала. Точнее, я вообще не думала. Я была идиоткой! Коннор...

— Хорошо. Что сделано, то сделано, но теперь ты, слава богу, в безопасности и пойдешь на поправку. — Он помолчал пару секунд. И добавил надменно: — Я пришлю к тебе Брэнну с бульоном.

— Коннор, не уходи! — закричала она, но голос ее был жалким и немощным. — Пожалуйста, позволь мне...

— Тебе нужен покой, — холодно прервал он ее. — Я сейчас не могу сидеть тихо, следовательно, мне лучше уйти.

Он вышел и затворил за собой дверь.

Мира попробовала встать, однако ноги совсем не держали ее. Неужели это она — всегда гордившаяся своей силой и крепким здоровьем? Жалкая попытка встать заставила ее облиться потом.

Прерывисто дыша, она откинулась на подушки. Что же она наделала... Все, что она совершила — невероятная глупость, теперь это ей отчетливо ясно! Она готова была реветь и рвать на себе волосы от досады на собственное безрассудство.

Вошла Брэнна с подносом.

— Куда он ушел? — набросилась она на нее.

— Коннор? Вышел воздухом подышать. Он с тобой несколько часов просидел.

Брэнна установила поднос на кровать — маленький столик на ножках. Мира взглянула на него с отвращением.

— Поешь, и сил у тебя прибавится. Но не сразу, а постепенно.

— Такое чувство, словно я болела всю жизнь. — Мира подняла глаза и, несмотря на свои растрепанные чувства, сумела разглядеть усталость и тревогу в глазах Брэнны. — Я не умею болеть, ты же знаешь. В жизни дольше нескольких часов кряду не проболела. Ты об этом заботилась. И так было всегда. Прости, Брэнна. Мне безумно жаль, что так вышло.

— Не дури. — С мукой в глазах, кое-как причесанная, Брэнна села на край кровати. — Ну давай выпей бульону. Это следующий шаг.

— К чему?

— К тому, чтобы окончательно прийти в себя.

Мира принялась за еду, поскольку это соответствовало ее желаниям: сейчас, когда она с трудом поднимала ложку, у нее не было сил выяснять отношения с Коннором. Вкус у бульона оказался божественный.

— Я чувствовала, что голодна, но остальные органы чувств как будто отмерли. Хорошо быть голодной, когда тебя кормят так вкусно. Не могу толком ничего вспомнить. То есть помнить-то помню, во всяком случае, до того момента, как я собралась возвращаться на конюшню, но дальше — сплошной туман.

— Вот придешь в себя — и все вспомнишь. Это просто защитная реакция психики.

— О боже! — Мира зажмурилась.

— Что-нибудь болит? Солнышко...

— Нет, нет — физической боли нет. Брэнна, я такую глупость сделала! Я была расстроена, в жутком настроении и не могла мыслить здраво. Коннор... он сказал, что любит меня. Такой любовью, которая ведет к браку, к детям, домику в горах — и все это меня дико возмутило. Такие вещи не для меня — это всем известно.

— Никому это не известно, но вижу, что сама ты в этом убеждена. Тебе нельзя волноваться, Мира. — Брэнна погладила ее по ноге. — Отдыхай, чтоб скорее поправиться.

— Легко сказать — не волнуйся... Коннор... он ушел. Он так на меня обижен! Он на меня никогда так не злился. Никогда!

— С чего это он на тебя разозлился?

— Брэнна, я сняла бусы. — Мира потерла себя по шее, где должно было висеть заговоренное ожерелье. — Клянусь, я ничего не соображала. Поддалась настроению — я такая злая была! Сняла ожерелье и сунула его в карман, когда пошла ворошить навоз.

Рука Брэнны замерла.

— С голубым халцедоном, нефритом и яшмой? — осторожно спросила Брэнна.

— Да, оно самое. Я просто сунула его в карман... вместе с оберегами. И пошла ругаться со всеми подряд, пока Бойлу это не надоело и он не услал меня на компост.

А поскольку это грязная работа, да еще на улице лило как из ведра, то я переоделась в брезентовую куртку. Я не подумала — даже не вспомнила, что я без ожерелья, понимаешь? Я бы ни за что без него не вышла! Клянусь, даже в том состоянии, в каком я была, я бы намеренно так никогда не сделала.

— Ты сняла то, что он подарил тебе в знак любви, дал тебе для защиты. Чтобы оградить от беды тебя — ту, кого он любит. Ты всадила нож ему в сердце, Мира.

— Ой, Брэнна, ну пожалуйста... — Мира всхлипнула, а Брэнна встала, подошла к окну и стала смотреть в темноту. — Пожалуйста, не отворачивайся от меня!

Брэнна повернулась, и теперь ее глаза горели праведным гневом.

— Как ты можешь говорить такие жестокие и бессердечные вещи?

Мира вновь стала бледной как полотно.

— Нет. Нет! Я...

— Бессердечные, жестокие и эгоистичные. Ты всегда, сколько себя помню, была мне подругой, сестрой — разве что не кровной. И ты могла подумать, что я от тебя отвернусь?

— Нет! Не знаю. Я совсем запуталась, все в голове перемешалось.

— Поплачь, тебе будет полезно, — сухо проговорила Брэнна и кивнула. — Ты редко плачешь, но сейчас слезы тебе на пользу. Это своего рода очищение. В этом доме пять человек — нет, не совсем так, поскольку Айона с Бойлом, сразу как ты очнулась, поехали собрать твои вещи.

— Собрать мои...

— Тихо! Я не закончила. Эти пятеро тебя любят, и никто из нас не заслужил подозрений в том, что может тебя разлюбить, раз ты натворила дел.

— Прости. Прости меня! Мне ужасно жаль.

— Это я знаю. Но, Мира, пойми, я стою между вами двумя — между тобой и Коннором — и люблю вас обоих.

Понимаешь, он же винил себя, что недостаточно тебя защитил!

— Я знаю. — При каждом слове ее голос запинался и дрожал. — Он мне сказал. Я вспомнила. Я ему сказала. И он от меня ушел.

— Да не от тебя он ушел! Он ушел из комнаты, Мира, дурочка ты. Он же Коннор О'Дуайер, самый порядочный и честный мужчина на свете! Это не твой папаша, будь он неладен. Не подонок какой-нибудь.

— Я не имею в виду... — На Миру волной нахлынул весь ужас происшедшего, с такой силой и отчетливостью, что у нее перехватило дыхание.

— Успокойся! Дыши спокойно! — Брэнна кинулась к подруге, схватила за руки, напрягла волю и подавила поднимающуюся в ней панику. — Ты будешь спокойна, будешь дышать ровно. В глаза. Смотри мне в глаза! Вот, хорошо. Ты спокойна, ты дышишь полной грудью...

— Я вспомнила.

— Сперва успокойся. Сюда никакому злу не проникнуть. Никакой черной магии! Мы ворожили на свечах, разложили всюду травы и камни. Здесь святилище. Здесь покой.

— Я вспомнила, — опять повторила Мира, на сей раз спокойнее. — Там был *он*.

— Ты сейчас немного успокоишься, и, хотя мне не терпится узнать, как все было, ты расскажешь тогда, когда все будут в сборе. Тебе не придется пересказывать одно и то же несколько раз.

И Коннор, подумала Брэнна, тоже заслуживает того, чтобы все выслушать.

— Что *он* мне сделал? Ты мне можешь объяснить? Насколько все было серьезно?

— Сначала выпей бульон.

Охваченная нетерпением и оттого чувствуя себя крепче и уверенней, Мира подняла кружку и залпом выпила все ее содержимое. Чем вызвала у Брэнны смех.

— Ну вот, молодец.

— Скажи мне... ой!

Это было похоже на удар током. Или молниеносный оргазм. Или разряд молнии. В нее разом хлынула энергия, так что она даже отпрянула.

— Это что такое?

— Предполагалось, что ты выпьешь его медленно, но это твое дело.

— У меня ощущение, словно я могу бегом добежать до Дублина. Спасибо!

— Не за что. Просто вот с этим давай повременим. — Из предосторожности Брэнна отодвинула чай подальше.

— Я бы сейчас слона съела, и еще бы место осталось. — Мира потянулась рукой к Брэнне. — Прости, я виновата. Правда.

— Я знаю. Правда.

— Ты можешь мне сказать, что он со мной сделал? Отравил, как тогда Коннора?

— Нет, тут другое. Ты оказалась открыта, без защиты, а он это учуял. Он применил свою магию теней, и думаю, на какое-то время это послужило для нас заслоном. Мы не сразу почувствовали. Но, говоря словами Коннора, он не может долго держать этот ящик в плотно закрытом состоянии. И мы все кинулись тебе на помощь. Это он тоже учуял, поэтому стал действовать быстро и со всей беспощадностью. Он тебя заколдовал, пустил в дело чары, которые можно было бы назвать «спящей красавицей», только это было не так прекрасно, как в сказке. Это, можно так сказать, смерть.

— Я... Он меня убил?

— Нет, не так явно. Он перекрыл тебе дыхание и остановил сердцебиение. Это своего рода паралич, который несведущий человек легко примет за смерть. Если ничего не предпринять, он может продолжаться дни и недели. Даже годы. А потом ты бы проснулась.

— Вроде зомби, что ли?

— Ты бы очнулась, Мира, но лишилась рассудка. Ты бы выгрызла или вырыла себе путь наверх из могилы.

Или умерла в неистовстве. Или же... он явился бы за тобой, когда ему этого захотелось бы, и обратил тебя в покорное ему существо.

— Это все равно что умереть, — убитым голосом уронила Мира. — Все мое существо осталось бы в прошлом. А если бы при мне были сделанные Коннором амулеты и обереги, ничего бы у него не вышло!

— Да. Он бы мог тебе навредить, мог попытаться переманить на свою сторону, но не смог бы тебя заколдовать, останься ты под защитой. — Брэнна помолчала. — Это Коннор вернул тебя к жизни. Он первым до тебя домчался. Вытащил тебя — вернул дыхание, наладил сердцебиение. Потом уже мы все прибежали — он как раз выводил тебя из твоего сна. А ты, Мира, уже глубоко в него погрузилась, хоть и прошло всего несколько минут. Ты только рыдала и тряслась. Коннору пришлось снова погрузить тебя в сон, теперь уже целебный, чтобы ты лежала спокойно, пока мы над тобой колдуем.

— Свечи, камни, травы... Слова. Я вас слышала — тебя, Коннора, Айону.

— И Фина.

Пятеро людей, которые ее любят, подумала Мира. Все в тревоге и страхе — и все из-за ее невероятной глупости.

— Из-за моего ребячества он бы мог нас одолеть.

— Это верно.

— Брэнна, мне так стыдно! Простите меня! Я это всем скажу. Но сначала мне бы хотелось поговорить с Коннором.

— Конечно. Так и надо.

— Ты не поможешь мне немного привести себя в порядок? — Мира улыбнулась криво и жалко. — Как-никак я слегка умерла и выгляжу наверняка соответственно.

Поскольку дождь так и лил, Коннор сидел в мастерской у Брэнны, пил уже вторую банку пива и задумчиво глядел на огонь.

Когда вошел Фин, он набычился:

— Лучше тебе сейчас уйти. Общаться нет настроения.

— Жаль. — Фин плюхнулся в кресло с пивом в руке. — Ты сказал, она очнулась и ей лучше — и больше ничего. Брэнна еще не спустилась, Айона с Бойлом только-только приехали с ее вещами, вот я и решил уточнить, что это значит «лучше»?

— Проснулась, в сознании. Выпила отвар и, когда я уходил, выглядела поживее.

— Тогда ладно. — Фин глотнул пива и стал ждать продолжения. Когда оно не последовало, он приготовился к новым расспросам, но тут вошел Бойл.

И к лучшему.

— Привез шмоток, обуви и бог знает чего, наверное, на целый месяц или даже больше — Айона говорит, это все жизненно необходимые вещи. Потом меня отослали, что меня больше чем устраивает.

Он сел, как и Фин, с пивом в руках.

— Брэнна сказала, она неплохо восстановилась и даже пошла в душ. Черт знает что, страху натерпелись... Врагу не пожелаешь. — Бойл сделал большой глоток. — Это ведь я ее туда отправил. Она на всех кидалась, спокойно разговаривать не могла, в конце концов мне это надоело, и я услал ее на компост. Надо было оставить ее в помещении, пусть бы занималась упряжью. Не следовало мне...

— Ты не виноват! — Коннор вскочил и заходил по комнате. — Ни в чем себя не вини, ты тут ни при чем. Виноват не ты. Она сама его сняла. Я ей сказал, что люблю ее. И представляете, после этого она как выбежит! Только и успела сказать, что едет прямиком на работу.

— Так вот почему я сегодня целый час не доспал! — хмыкнул Бойл. — И вот какая муха ее укусила.

— Нет, погоди, — перебил его Фин. — Что, ты говоришь, она сняла?

— Ожерелье, что я ей дал. Голубой халцедон, яшма,

нефрит. Сняла и вышла на улицу, и все из-за того, что я ей признался в любви!

— О господи! — Фин остолбенел. — Бабы. Они нас, мужиков, с ума сводят. И вот вопрос: зачем? Впрочем, ответ-то известен, скорее нас надо спросить, почему мы хотим, чтобы они были рядом, если они при каждой возможности выкидывают такие фортели?

— Ты за своих баб говори, — возразил Бойл. — У меня с моей все в порядке.

— Дай только срок, — мрачно предостерег Фин.

— А, пошел ты... Она была не то чтоб сердитая, а вне себя, — добавил Бойл, следя за перемещениями Коннора. — Конечно, поступила глупо и безрассудно, но от вспыльчивого человека в таком настроении всего можно ожидать.

— Мы ее едва не потеряли.

— А вот этому не бывать! — поклялся Фин.

— Она, считай, уже ушла. Несколько минут была не с нами, а для меня — что несколько минут, что годы. — Коннору даже подумать об этом было страшно. От одного предположения, что Миры могло не стать, у него внутри все леденело. — Бойл, ты же сам видел, ведь ты следом за мной приехал. Через несколько секунд.

— Да, и в первый момент у меня будто вся кровь отхлынула. Я хотел делать искусственное дыхание, но ты меня отпихнул.

— Прости.

— Нечего извиняться. Ты знал, что надо делать, я тебе только мешал. Ты вдохнул в нее свет. Никогда раньше такого не видел!

Вспоминая этот момент, Бойл глубоко вздохнул.

— Ты сел на нашу девушку верхом и стал призывать богов и богинь, а глаза у тебя — вот тебе крест! — сделались прямо черными. Поднялся вихрь, тут все вбежали, а ты воздел руки, как человек, цепляющийся за спасательный круг. И извлек свет из дождя, прямо из дождя, и сам стал светиться — ну прямо вспыхнул, как факел. А потом вдохнул в нее этот свет. Трижды. И каждый раз полыхал все жарче, так что я даже испугался, как бы ты у нас не воспламенился.

— Три раза — это необходимое число, — сказал Фин. — С огнем и светом всегда так.

— И я видел, как она втянула воздух. Я держал ее за руку и почувствовал, как она чуть шевельнулась. — Бойл сделал еще один большой глоток. — Господи Иисусе.

— Я перед всеми вами в долгу, — проговорила от двери Мира. Она стояла, сцепив руки, с распущенными волосами, с глазами, полными переживаний. — Можно попросить вас ненадолго оставить нас с Коннором? Всего на пару минут, если вы не против.

— Конечно, не против. — Бойл быстро поднялся, подошел к ней и крепко обнял. — Выглядишь хорошо. — Он подался назад, ободряюще похлопал Миру по плечу и сразу вышел.

Фин поднялся медленнее, глядя на закипающие в ее глазах слезы. Он ничего не сказал, лишь легонько чмокнул ее в щеку и тоже вышел.

Коннор стоял на месте.

— Брэнна разрешила тебе подниматься и выходить?

— Разрешила. Коннор...

— Лучше, если ты расскажешь, что произошло, за один присест. Всем сразу.

— Расскажу. Коннор, прости меня, пожалуйста. Ты должен меня простить! Если нет — я этого не вынесу, не вынесу сознания того, что я все разрушила. Я была не права, во всех отношениях, и я все сделаю, все, что пожелаешь или попросишь, чтобы загладить свою вину.

Мира была исполнена такого стыда и раскаяния, что казалось, оно сейчас выплеснется и затопит комнату. И все равно он не мог заставить себя сделать шаг в ее сторону.

— Тогда ответь мне на один вопрос, только честно.

— Я не стану тебе врать, хоть правда и может выйти мне боком. Я тебе никогда не врала.

— Ты сняла мои обереги потому, что решила, я использую их, чтобы тебя удержать? Чтобы приворожить?

Шок, который она испытала от этих слов, был сильнее горя, Мира даже попятилась.

— Господи, нет! Ты бы никогда так не поступил! И я бы никогда так не подумала, во всяком случае о тебе. Никогда в жизни, Коннор!

— Ладно. — Хоть это немного успокоило его кровоточащее сердце. — Ты, главное, поспокойнее.

— Я просто была в неистовстве, понимаешь? — продолжала она. — Психический сдвиг какой-то! И испугалась. — Говори как есть, приказала она себе. — Больше всего — испугалась, а потом разозлилась, и все это вместе начисто лишило меня здравого смысла. Клянусь тебе, клянусь! — я вовсе не собиралась выходить без них. Я просто забыла. Была взвинчена, дергалась как бешеная, так что когда Бойл меня выпроводил такую проветриться на навозе, я тупо переоделась в другую куртку и даже не вспомнила, что обереги остались у меня в той... Вот так нелепо...

Она чуть не задохнулась от такой речи и была вынуждена замолчать, закрыв глаза руками.

— Ну, прочитай мои мысли, ты же это умеешь! Войди вот сюда, — Мира постучала себя по черепу. — Прочти мои мысли — и узнаешь правду.

— Я тебе верю. Я чувствую, когда мне говорят правду.

— Но ты меня простишь?

Интересно, подумал Коннор, так ли трудно ей об этом просить, как ему — исполнить просьбу? Наверное, да. И все равно, прежде чем принимать решения, надо все прояснить.

— Я дал тебе то, что считаю важным, потому что ты мне очень дорога.

— Да. А я отнеслась с этому крайне небрежно. И к тебе тоже. Настолько небрежно, что мы все чуть не поплатились. — Она сделала шаг к нему. — Прости меня!

— Мира, я люблю тебя так, как никогда и никого не любил. Но тебе эта любовь не нужна.

— Я просто не знаю, что с нею делать, а это разные вещи. И еще — мне страшно. — Она приложила обе руки к сердцу. — Мне страшно, потому что я не в силах остановить то, что во мне происходит. Если ты меня не простишь, если не сможешь меня простить, мне кажется, часть моей души просто умрет от горя!

— Конечно, я тебя прощаю.

— Ты такой... Я тебя не заслуживаю.

— Ох, Мира. — Коннор вздохнул. — Любовь — это не награда, которая дается за заслуги. И не то, что отнимается, если человек оступился. Это дар, причем для дающего — не меньший, чем для получающего. И когда ты примешь его, оставишь себе, твой страх уйдет.

Не дав ей возразить, Коннор покачал головой.

— Достаточно. Ты теперь очень устала, ты даже не представляешь, насколько ты устала! А тебе еще столько рассказывать. Тебе надо посидеть, пока ноги не подкосились. И давай посмотрим, что нам приготовила Брэнна. Господи, сколько же времени прошло после завтрака?

Он подошел к ней, и Мира протянула ему руку.

— Спасибо тебе! За свет, за дыхание, за... мою жизнь. И, Коннор... Спасибо тебе за этот дар.

— Что ж, неплохое начало... — Он взял ее за руку, повел на кухню.

Мира сбивчиво рассказывала свою историю, поглощая спагетти с фрикадельками — свои любимые. Ей казалось, она никогда не наестся и не напьется, хотя с удивлением обнаружила, что даже от нескольких глотков вина голова идет кругом.

— Тебе сегодня лучше обойтись водой, — сказала Брэнна.

— Думаю, в глубине души я понимала, что это всего лишь видение, но все выглядело, пахло и звучало совсем как в реальной жизни. Цветники, фонтан, дорожки — все было таким, как я помню. Дом, костюм, в котором был отец, то, как он постукивал пальцем себе по крылу носа.

— Это оттого, что *он* построил свое колдовство на мыслях и образах, существующих в твоем мозгу. — Фин подлил ей воды.

— И то, как он называл меня принцессой. — Мира кивнула. — А ведь я в самом деле начинала чувствовать себя принцессой, когда он уделял мне внимание. Он был... — Ей было больно даже вспоминать. — Он был душой нашего дома, понимаете? Его заразительный смех, то, как он украдкой совал нам карманные деньги сверх положенного или шоколадку — так, будто это самый большой секрет. Я его боготворила, и вот все это, все эти чувства вернулись, когда мы с ним теперь прохаживались по саду, а в кроне шелковицы заливалась какая-то птица.

Мира вынуждена была сделать паузу, собраться с силами.

— Я его боготворила, — повторила она, — а он нас бросил — бросил меня! — и даже ни разу не оглянулся. Сбежал втихаря, как вор, а так, собственно, и оказалось, ведь все сколь-нибудь ценное он прихватил с собой. Но там, в саду, все было так, как раньше. Светило солнце, цвели цветы... И я была так счастлива!

Потом он вдруг на меня набросился, да ни с того ни с сего! Объявил, что ушел из-за меня, потому что я водила дружбу с вами. Дескать, я его опозорила тем, что якшалась и вступала в сговор — его слова — с ведьмами. И за это он меня проклял.

— Еще один трюк, основанный на твоем сознании, — вступила Брэнна. — Взял твои мысли и извратил.

— Мои мысли? Но я никогда не считала, что он ушел из-за нашей с вами дружбы.

— Но ты не раз думала, что он ушел из-за тебя. Чтобы это знать, мне даже не требуется залезать в твои мысли, — добавил Коннор.

— Я знаю, что это не так. В смысле — что он не из-за меня нас бросил.

— И тем не менее ты нет-нет, да и задаешься этим вопросом. — Айона бросила на нее понимающий взгляд. — Когда тебе плохо, ты спрашиваешь себя, что с тобой не так, что в тебе такое, что мешает другим тебя любить. Мне это хорошо знакомо, я знаю, как трудно смириться с тем, что люди, которые, казалось бы, должны любить тебя беззаветно, не любят. Или любят, но мало. Но ни я, ни ты в этом не виноваты. Это они, это у них не хватает способности любить.

— Я знаю, но ты права. Бывает, что... Роза, которую он мне дал, начала кровоточить, а он сказал, что я шлюха, раз сплю с ведьмаком. Но до того как отец нас бросил, этого уж точно не было! Господи, да, учитывая, каким трусом был этот мужик, разве он осмелился бы кому-нибудь бросить такое в лицо!

Она помолчала, глядя в тарелку.

— Он был такой слабак, мой папаша. Тяжело признавать, что ты любила такого... такого малодушного человека.

— Родителей не выбирают, — проговорил Бойл, — да и они нас, в общем-то, тоже. Нам всем приходится худо-бедно ладить друг с другом.

— А любить... — Коннор помолчал, пока она не подняла на него глаза. — Это не то, чего надо стыдиться.

— То, что я любила, было иллюзией. Как и то, что я видела сегодня. Но верила и в то и в другое, но недолго. Но когда сегодня он принялся говорить мне все эти вещи, все вдруг переменилось. Мне стало ясно, что при всех своих недостатках такого он бы мне никогда не сказал. Я вновь услышала дождь, услышала Ройбирда —

тут и поняла, что это обман. Будто очнулась. И в руках у меня была лопата. Пока мы с ним прохаживались, я была без нее, а тут она опять оказалась у меня. Я замахнулась и ударила его, метила прямо в голову, но он увернулся. Я замахнулась еще раз, но все вокруг стало кружиться и валиться. А тут смотрю, как безумный, скачешь на Аластаре ты, Коннор, и Бойл бежит с конюшни, и еще Катл... *Он* усмехнулся мне — и теперь это был уже не отец, а Кэвон.

Теперь Мира видела его ясно, это до невозможности красивое и порочное лицо, эта улыбка на нем....

— И когда он с улыбочкой взвился и исчез в тумане, меня будто ударили ножом в самое сердце, холодным и острым ножом.

— Была черная вспышка, — припомнил Бойл. — Мне так показалось. Короткая молния, ударившая из камня, что он носит на шее.

— Я этого не видела. — Мира подняла стакан с водой и вновь осушила. — Я пыталась идти, но это было невыразимо трудно — все равно как плыть в густой жиже. Меня тошнило, кружилась голова, и теперь, когда тени сделались такими плотными, я даже дождя не чувствовала. Я не могла из них выпутаться, не могла сдвинуться с места, не могла подать голос. И в этом тумане звучали голоса. Голос отца, голос Кэвона. Угрозы, обещания. Я... Он сказал, что готов наделить меня властью. Если я убью Коннора, он дарует мне бессмертие.

Она нащупала руку Коннора и ободряюще сжала.

— Я не могла выбраться, а тьма все сгущалась. Я не могла ни говорить, ни двигаться, словно была связана по рукам и ногам. И еще было ужасно холодно. Потом появился ты, Коннор, заговорил со мной, и возник свет. Этим светом был ты. Ты велел взять тебя за руку. Не знаю, как, но ты сказал, чтобы я взяла тебя за руку.

— И ты взяла.

— Я не думала, что у меня получится, было ужасно

больно! Но ты все твердил, что я смогу. Все повторял, чтобы я взяла тебя за руку и пошла с тобой.

Мира сплела их пальцы и крепко сжала.

— Когда я это сделала, у меня было ощущение, что меня вытаскивают из глубокой ямы, в то время как кто-то другой тянет назад. А ты все тащил и тащил, и свет... он был ослепителен. Тогда я снова почувствовала дождь. Все болело, все сразу: тело, сердце, голова. Тени были устрашающие, но мне хотелось вернуться к ним, туда, где не было так больно.

— Отчасти причиной был шок, — рассудила Брэнна. — И чары, которые он применил, чтобы подчинить тебя своей воле. И тут тебя рывком выдергивают назад. Вот почему Коннор погрузил тебя в сон — чтобы не было так больно.

— Я перед всеми вами в долгу, — повторила Мира.

— Мы же команда! — возразил Бойл. — Никто никому ничего не должен.

— Нет, я должна. За то, что вы пришли за мной. Конечно, ты прав, любой из нас встал бы за другого. И еще я должна извиниться, что была такая дура и дала ему шанс захватить себя. И тем самым всех нас поставила под удар.

— Проехали. — Бойл протянул руку и погладил Миру по плечу.

— Вот именно, — поддакнула Брэнна. — Сейчас ты выпьешь чаю и ляжешь в постель, тебе нужен покой.

— Я уже достаточно поспала.

— До «достаточно» еще далеко, но ты можешь посидеть с чаем у камина, пока не надумаешь идти наверх.

— Давай я тебя устрою как следует, — вызвался Фин.

Мира нахмурилась.

— Уж до второго-то этажа я в состоянии дойти!

— Надеюсь, ты не собираешься перечить после стольких извинений? — Он обошел стол и выдернул ее из кресла. — А ты крепкая, Мира Куинн!

— Даже теперь?

Он с усмешкой обернулся на Коннора и отнес Миру в гостиную на диван. Щелчком пальцев заставил огонь трещать веселее, поудобнее уложил пострадавшую и накрыл покрывалом, а она взирала на него с возмущением.

— Терпеть не могу, когда со мной вот так возятся!

— Я тоже. Прямо до тошноты. Почему я это и делаю. Ты заслуживаешь небольшой трепки.

— Ну, валяй, заставь меня раскаиваться еще сильней.

— В этом как раз нужды нет. — Фин присел рядом и внимательно посмотрел на нее. После чего достал из кармана бусы. — Я подумал, тебе это может пригодиться.

— Ой... Как ты...

— Подскочил на конюшню, нашел твою куртку и порылся в карманах. — Он побренчал бусами. — Так берешь или нет?

— Еще как беру!

Он надел ей ожерелье.

— Береги себя, эти камешки помогут. И его тоже береги.

— Обязательно. — Мира подняла взор и посмотрела ему в глаза. — Клянусь! Спасибо. Спасибо тебе, Фин.

— Да ради бога. А сейчас мы узнаем, не подают ли в этом доме к чаю каких-нибудь кексиков.

Он двинулся к двери, обернулся. Мира держала камни на ладони, нежно поглаживая большим пальцем.

Любовь, подумал он. Она способна сделать из тебя идиота или героя. А иногда получается то и другое разом.

18

Мира проснулась в постели Коннора. Одна. На туалетном столике под тремя стеклянными колпаками горели три белых свечи. Что-то из целительной магии, решила она — наряду с запахом лаванды, шедшим от разложенных под подушкой веточек вместе с какими-то кристаллами, — наверное, чтобы помочь ей выздороветь и в первую очередь как следует выспаться.

Последнее, что она помнила, когда стала мысленно отматывать время назад, было то, как ее принес в гости-

ную Фин и уложил на диване, а она расслабленно вы-
тянулась и ждала, что другие тоже придут к камину со
своим чаем.

Интересно, подумала теперь Мира, пили они чай
или нет.

Ее злила мысль, что она, как хворый ребенок, отклю-
чилась в один момент. А еще больше — что потом оказалась в постели, одна.

Она попробовала встать и обнаружила, что ноги дер-
жат плохо, отчего раздражение лишь усилилось. После
того бульона она чувствовала такой прилив сил! Вот почему теперь осознание, что до полного выздоровления
еще далеко, оказалось неприятной неожиданностью.

Кто-то переодел ее в ночную рубашку, и это тоже было неприятной неожиданностью.

Слегка пошатываясь, Мира побрела в ванную и посмотрела на себя в зеркало над раковиной. Да, бог свидетель, случалось ей выглядеть и получше. Но и похуже
тоже бывало.

Она нахмурилась, обнаружив свою зубную щетку,
кремы и прочие туалетные принадлежности, аккуратно
расставленные в корзинке на узкой полке.

Пока она спала, ее переселили сюда. Взяли и собрали
ее вещи и переселили без всякого спроса.

Потом она вспомнила причину и вздохнула.

Она это заслужила, крыть нечем. Она поставила под
угрозу себя и всех остальных, заставила ребят не на шутку поволноваться. Нет, сопротивляться таким решениям
она не станет. И жаловаться тоже.

Вот что бы она точно сделала, так это отыскала Коннора.

Мира распахнула дверь в комнату Айоны. Если Бойл
с Айоной уехали к нему, как они теперь делали частенько, Коннор наверняка расположился здесь. А лучше бы
ему спать у себя, вместе с нею.

По стеклу стучал дождь, луна никак не могла пробиться сквозь тучи, и ей пришлось ждать, пока глаза при-

выкнут к темноте. Только после этого Мира на цыпочках вошла в комнату. Она услышала звук дыхания и подошла ближе. Мелькнула мысль просто юркнуть Коннору под бок, тогда и посмотрим, что он на это скажет.

Но, подавшись вперед, она ясно увидела, что это Айона, в обнимку с Бойлом, головой на его плече.

Трогательная сцена, подумала Мира. И очень интимная. Но не успела она отпрянуть, как Айона подала голос:

— Тебе нехорошо?

— Ой, нет, нет, прости, — прошептала в ответ Мира. — Прости. Я проснулась и ищу Коннора. Я не хотела вас будить.

— Ничего страшного. Он внизу, на диване. Тебе что-нибудь нужно? Могу сделать тебе чаю, чтобы уснулось легче.

— Да у меня такое чувство, будто я неделю кряду проспала.

— А кому-то и ночи поспать не дают, — проворчал Бойл. — Мира, уходи!

— Ухожу. Прости.

Она вышла в коридор, слыша за спиной недовольный бас Бойла и приглушенный смех Айоны. Мира плотно закрыла дверь.

Хорошо им, подумала она, лежат себе вместе, как голубки, в тепле, а она шастает по всему дому аки тать в нощи в поисках своего мужчины.

Она преодолела половину лестничного пролета, как вдруг ее осенило.

«Своего мужчины»? С каких это пор она стала воспринимать Коннора как своего мужчину? Она одурманена, вот и все, одурманена белой и черной магией. Ничего не соображает, не может ясно мыслить, и похоже, ей лучше поскорее вернуться в постель.

Отоспаться.

Но она его хотела, вот в чем загвоздка! Хотела положить голову ему на плечо, как Айона сейчас — на плечо Бойла.

Мира спустилась.

Коннор спал на диване, завернувшись в плед, который был ему явно короток, так что ноги торчали наружу, на подлокотнике, а лицо было уткнуто в подушку, неловко пристроенную на втором подлокотнике.

Чтобы в таком положении чувствовать себя удобно, надо было напиться до бессознательного состояния. Мира покачала головой, удивляясь, как, с учетом всех обстоятельств, ему удается выглядеть так притягательно.

Угли в камине с вечера сгребли горкой, и теперь они тихо тлели, алые, как бьющиеся сердца. Над ними чуть мерцал огонек, придавая этому восхитительному спящему мужчине вид чуть демонический.

Независимо ни от чего, ей надо сказать ему несколько слов, и ему придется ее выслушать.

Не сводя глаз с лица Коннора, Мира шагнула вперед и... споткнулась о скинутые кое-как сапоги.

И рухнула на него всем весом, да еще, как на грех, приземлилась животом на выставленный локоть. Так что первое слово, которое она ему сказала, было: уфф!

А ответом Коннора было глухое: какого черта! Он приподнялся и схватил ее за плечи, словно приготовившись скинуть.

— Мира?

— Я споткнулась о твои сапожищи и получила твоим костлявым локтем в живот.

— Кажется, ты мне одно легкое промяла. Вот тут. — Коннор приподнял ее и умудрился сесть, держа ее распростертой у себя на коленях.

Хорошенький разговор.

— Тебе что, плохо?

Коннор поднес руку к ее лбу, словно намереваясь проверить температуру, но Мира ее оттолкнула.

— Почему все думают, что мне плохо? Мне не плохо. Я проснулась, вот и все. Проснулась, потому что проспала большую часть дня и полночи.

— Тебе нужно было отоспаться, — возразил он совершенно резонно. — Чаю не хочешь?

— Если мне потребуется чай, будь он неладен, я уж как-нибудь сама себя обслужу.

— Стало быть, тебе хочется чего-то другого.

Она злилась, но на глаза навернулись слезы, однако этого Мира не допустила.

— Ты сказал, что простил меня.

— Верно. И простил. Слушай, да ты совсем замерзла!

Коннор стал укутывать ее в плед, но Мира опять отмахнулась.

— Отстань! Ты можешь перестать вокруг меня суетиться? — Противные слезы все закипали и закипали, вызывая стыд и недоумение. Она чувствовала себя идиоткой. — Отстань, пожалуйста!

Она попыталась отодвинуться, откатиться и встать, но Коннор обхватил ее и сжал в объятиях. Крепко-крепко.

— Ты, главное, успокойся, Мира Куинн. Посиди секунду спокойно. Помолчи.

Попытка вырваться оставила ее без сил, она задохнулась и была готова разрыдаться.

— Хорошо, я успокоилась.

— Еще нет, но близка к тому. Передохни. — Он мягко покачал ее, потом взглянул на огонь и сделал его посильнее.

— Не надо за мной ухаживать, Коннор. От этого меня тянет реветь.

— Так пореви! Это все реакция, Мира, вполне естественная реакция на то, что с тобой сделали и что понадобилось предпринять в ответ.

— И когда это пройдет?

— Сейчас уже легче, чем было, ведь правда? А утром, когда отдохнешь и успокоишься, станет еще легче. Наберись терпения.

— Ненавижу это выражение!

Коннор рассмеялся и поцеловал ее в волосы.

— Я знаю. Но тебе терпения не занимать. Сам видел.

Да, но для этого ей приходится делать над собой немалое усилие! А Коннору терпение дано от природы, как цвет глаз, как тембр голоса.

— Против твоего терпения я ничего не имею, — проворчала Мира.

— Отрадно слышать, поскольку трудно было бы от него избавиться, чтобы только тебе угодить. Лучше скажи: тебя что-то разбудило или ты проснулась сама?

— Просто проснулась. Проснулась — а тебя нет. — Прозвучало капризно, она и сама это чувствовала. Оставалось надеяться, что это тоже была реакция, иначе она скоро себя возненавидит. — Если ты на меня не сердишься, тогда почему спишь здесь, свесив ноги с дивана?

— Тебе был нужен покой и отдых, только поэтому. — Коннор видел, что Мира успокоилась. Он изловчился и, приподнявшись с нею вместе, задвинулся в угол дивана, где они устроились и стали глядеть на огонь. — Мы не успели выйти из кухни со своим чаем, а ты уже спала. Даже не шелохнулась, когда я нес тебя наверх, а Брэнна переодевала тебя в пижаму. Это целебный сон, солнышко, сон лечит. Благодаря ему твой мозг и твое тело — и даже твоя душа — получили то, что им было необходимо.

— Я решила, ты не хочешь быть со мной, и пошла тебя искать, чтобы разобраться. Я уже настроилась на выяснение отношений.

— Тогда я рад, что ты споткнулась о мои сапоги, потому что это лучше, чем выяснять отношения.

— Прости.

— Что ты все время извиняешься? — Он провел пальцем по камешкам в ее ожерелье.

— Фин сгонял на конюшню и мне его привез, представляешь?

— Я знаю.

— Больше никогда не сниму!

— Я знаю.

Воплощенное доверие, терпение, прощение. Нет, она его недостойна, решила Мира и прижалась лицом к его шее.

— Я тебя обидела.

— Да уж.

— Коннор, почему любовь дается тебе так легко? Свободно и легко! Я говорю не о той любви, что всегда была между нами, и не о вашей с Брэнной любви.

— Знаешь, для меня самого это что-то новое, так что я и сам толком не пойму. Я бы сказал, это все равно как если бы ты владел чем-то так давно, что оно уже стало частью тебя. Потом ты смотришь на это что-то чуть под другим углом зрения. Знаешь, как бывает с кусочком стекла: ты держишь его, а потом чуть меняешь наклон — и оно ловит солнце и фокусирует луч? Можно зажечь огонь, всего лишь капельку наклонив стеклянную линзу. Вот... что-то в этом духе. И то, что уже существовало, вдруг повернулось другой стороной и вобрало в себя весь свет.

— Это «что-то» могло бы чуть повернуться опять и снова этот свет растерять.

— С чего бы, если этот свет такой притягательный? Видишь там огонь?

— Конечно, вижу.

— Все, что ему нужно, это чуточку внимания, слегка поворошить, подкинуть дров — и он будет гореть и день и ночь, давать свет и тепло.

— А можно забыть его поворошить. Или дрова вдруг кончатся.

Коннор со смехом потерся о ее шею.

— Тогда можно будет сказать, что ты беспечна, стыд тебе и позор. Любовь надо лелеять, вот о чем я толкую. Поддерживать свет и тепло — это своего рода работа, но ты же не захочешь сидеть в темноте и холоде?

— И никто не захочет, однако люди об обязанностях легко забывают.

— Мне кажется, это такие обязанности, которые двое несут поровну и выполняют, иногда — один чуть больше другого, а потом роли могут опять поменяться. — Это вопрос равновесия, подумал он, плюс бережное отношение и небольшое усилие. — Что дается легко, не всегда бывает правильным, и иногда требуется об этом напомнить.

А главное, Мира, я что-то не припомню, чтобы ты стремилась к легкой жизни. Никогда ты работы не боялась.

— Там, где я могу что-то поднять и нести, или чистить, или горбатиться — нет, не боялась. И не боюсь. Но душевная работа — это совсем из другой оперы.

— Да и тут я не замечал, чтобы ты сачковала. Ты слишком невысокого о себе мнения. Дружеские отношения тоже требуют усилий, согласись. Как тебе удавалось оставаться таким верным, заботливым другом, и не только мне, но и Брэнне, Бойлу, Фину, а теперь и Айоне? А еще твоя родня... — добавил он, не давая ей возразить. — Родственные отношения — особая статья, здесь приходится трудиться еще больше. Ты для своих сделала больше, чем кто-либо другой.

— Да, но...

— А то, что ты иногда ворчишь, совершенно неважно, — опять опередил он. — В конечном счете важны не слова, а дела.

Он поцеловал ее в переносицу.

— Ты должна поверить в себя.

— Это самое трудное.

— Тогда учись! Ты же, когда училась ездить верхом, не стояла в стороне и не гадала, что будет, если ты упадешь?

— Ни разу в жизни не упала с лошади.

— Но ты меня поняла?

Пришла ее очередь улыбнуться.

— Какой же ты умный!

— Значит, тебе повезло — отхватила такого умника и влюбила в себя. Да еще и терпеливого настолько, что готов ждать, пока ты не научишься и не уловишь суть.

— Когда ты так говоришь, у меня сердце заходится, — призналась Мира. — Когда ты так говоришь, мне делается так страшно, что сердце екает.

— Тогда ты мне сама скажешь, когда оно перестанет екать и потеплеет. А сейчас постарайся снова уснуть.

— Здесь?

— Ну, мы же здесь, и нам удобно, разве нет? И от огня так тепло и уютно! А ты видишь в огне всякие истории?

— В огне я вижу огонь.

— Да ты что? В угольках, в языках пламени — везде свои истории. Одну я тебе сейчас расскажу.

И он рассказал о замке на холме, о храбром рыцаре на белом коне. О королеве-воительнице, искусно обращавшейся с луком и мечом, которая летала по небу на золотом драконе.

Как все красиво, подумала Мира, и как выразительно! Она будто наяву видела все, о чем рассказывал Коннор.

И она снова погрузилась в сон с улыбкой на лице, а голова ее покоилась на его плече, как на подушке.

Понадобилось три дня, чтобы Мира начала бодрствовать больше, чем спать и лежать в постели. В первый день она с утра до вечера пробыла в кровати, на диване или выполняя мелкие поручения Брэнны. Но ко второму уже почувствовала себя в силах вернуться на несколько часов на конюшню и помогала ухаживать за лошадьми и раздавать корм.

А еще она извинилась перед коллегами.

К третьему дню Мира почувствовала, что вновь обрела себя.

Это было такое чудесное чувство, что она вывозила навоз и все время пела.

— Тебе впору с Адель[1] соревноваться, — заметила Айона.

— У нее великолепный голос. — Мира помолчала и улыбнулась подруге, которая стояла, опершись на распахнутую дверь денника. — Знаешь, я никогда не понимала этого выражения: спасибо, хоть здоровье есть. Я ведь по-настоящему и дня в своей жизни не болела. Во-первых, конституция крепкая, а во-вторых, в лучших подругах — ведьма с выдающимися целительскими способностями.

---

[1] Английская певица, композитор и поэт, исполняющая поп-джаз, соул, блюз.

Только теперь, когда свалилась, и начинаю понимать, что значит снова быть на ногах. Ценить здоровье.

— Выглядишь ты прекрасно.

— А чувствую себя еще лучше.

Мира выкатила тачку из стойла, и Айона вошла туда, чтобы вымести грязь. Поменявшись местами с подругой, Мира огляделась, желая убедиться, что они одни.

— Поскольку мне уже лучше, может, расскажешь, насколько все было ужасно.

— А ты что, ничего не помнишь? Тебе же все это уже рассказывали — сразу как ты пришла в себя.

— Нет, я помню. Я имею в виду — насколько все было плохо, Айона? Насколько *он* был близок к тому, чтобы меня умертвить? Я не хотела раньше спрашивать у Брэнны с Коннором, — добавила она. — Но теперь я на ногах и вот, спрашиваю у тебя. Мне кажется, если я буду знать всю правду, то мое исцеление можно будет считать законченным.

— Было очень плохо. Мне с таким раньше сталкиваться вообще не приходилось. Честно говоря, подозреваю, что и остальным тоже, но они лучше меня знали, что в таких случаях делать. Насколько мне известно от Брэнны, самые критичные — первые минуты. Чем глубже ты погружалась, тем сложнее было бы тебя оттуда вытащить. И тем вероятнее... понимаешь, мозг мог пострадать.

— То есть мне грозило помешательство.

— Вроде того. Потеря памяти. Психоз. Брэнна говорит, все решило то, что Коннор так быстро до тебя добрался.

— Значит, он спас меня от смерти. И от безумия.

— Да. После этого все решили следующие час или два. Брэнна точно знала, что делать — или очень убедительно блефовала, отдавая указания нам с Коннором. Я не понимала, насколько испугалась, пока мы всего не закончили. А сначала... надо было действовать — и я действовала. Потом примчался Фин, и это очень помогло. И еще Бойл. Он сидел и держал тебя за руку на протяжении всего ритуала. А он длился больше часа, и ты была совсем белая и бездыханная. Потом понемногу стала розоветь, едва заметно, но это уже был прогресс.

— Ты из-за меня сейчас расплачешься. Я не хотела, прости!

— Нет, нет, все в порядке. — Айона смахнула слезы, и они вместе вскрыли новый тюк соломы. — Ты стала розоветь, а Бойл сказал, что твои пальцы чуть шевельнулись у него в руке. И только тут я осознала, насколько перепугалась. Только тогда, когда, по словам Брэнны, худшее было позади.

— Он меня глубоко усыпил, — сказала Мира, разрыхляя солому вилами. — Очко в его пользу.

— Может быть, но мы вернули тебя к жизни, и вот ты здесь, расстилаешь свежую солому в очередном деннике. Это уже больше, чем одно очко в твою пользу.

Во всем можно найти что-то хорошее, подумалось Мире. И Айона это умеет. А может быть, и ей пора начать воспринимать мир по-другому?

— И я собираюсь оставить преимущество за собой. Буду больше тренироваться с мечом. Мне требуется больше практики.

Практика, подумала она, переходя к следующему деннику, мне нужна во многих вещах.

Коннор тоже занимался уборкой, такой, какую он обычно делал в конце рабочего дня. Птиц надо кормить и, как и в конюшне, регулярно чистить их клетки и вольеры. Согласно его личному графику, сейчас пора было чистить и дезинфицировать то, что называлось ястребиной ванной.

Коннор жаждал физического труда. Потребность в чисто механической, бездумной работе он ощутил в последний день болезни Миры. Ему было трудно сохранять спокойствие ради нее, нарочито бодриться, чтобы поддержать ей настроение, когда она была так ослаблена и измучена. И так не похожа на саму себя.

Одним женщинам даришь цветы или шоколад. Мире же — при том что букетик или конфеты тоже не исключались, — легче было угодить деревенскими новостями и пересудами или же рассказом о работе, о людях, появляющихся в школе ловчих птиц или на конюшнях.

И он делал все, чтобы у нее не было недостатка в свежих новостях. Садился, задрав сапоги, поднимал стакан пива и потчевал ее рассказами, в которых он нередко что-то присочинял, а то и выдумывал все от начала до конца.

Но главное его желание состояло совсем в другом. Он жаждал выследить Кэвона, каким-то способом выманить его на свет божий из его логова. А потом вызвать ветер такой силы, чтобы у колдуна затрещали кости и застыла в жилах кровь.

Жажда мести пылала в нем так сильно, что иссушала его.

Но он был осторожен, предельно осторожен.

Такие мысли вертелись у Коннора в голове, пока он драил лохань под пристальными взорами сидящих на насесте птиц. Но знать и чувствовать было далеко не одно и то же. И он надеялся физическим трудом выжечь из себя эту жажду мести.

Потом он увидел Миру, увидел, как она идет через широкий, засыпанный гравием двор. Он бросил все и поспешил ей навстречу.

— Что ты себе думаешь — расхаживаешь одна? — накинулся он на нее.

— То же самое я могу спросить у тебя, но поскольку ответ мне известен, то я лучше промолчу. Меня Айона с Бойлом подвезли, они отправились в Конг выпить пива и поужинать, так что одна я ни минуты не была — как и в данный момент.

Мира огляделась по сторонам.

— Что-то ты припозднился, а, Коннор? Где народ?

— Мы закончили последнюю прогулку с клиентами, и я всех отослал. Брайану надо заниматься на своих интернет-курсах, а у Кайры свидание. Остальным тоже лишний час свободного времени не помешает, я так рассудил.

— А тебе захотелось какое-то время провести наедине со своими друзьями, — закончила она, махнув на птиц.

— И это тоже. Слушай, я тут уборку затеял, надо закончить.

— Я войду с тобой, если ты не против, а потом ты подвезешь меня домой.

Он кивнул в знак согласия. При виде гостьи птицы слегка разволновались, оглядывая ее с головы до ног.

— В последние месяцы я у вас редко появлялась, — заметила Мира. — Молодые меня вообще не знают. Или знают, но плохо.

— Ничего, узнают. — Коннор вернулся к уборке. — Как у тебя день прошел?

— Все по плану. Водила две группы. — Он быстро взглянул, но Мира наклонила голову набок и достала из-под шарфа бусы. — И еще Айона заставила меня взять Аластара — и вплела ему в гриву новые обереги. Я ничего не видела, кроме леса и тропы. Коннор, тебе не о чем тревожиться, я больше не допущу такой беспечности. И ради собственной безопасности, и потому, что я совсем не хочу, чтобы ты или ребята опять проходили через тот ужас, в который я вас уже один раз втянула.

Она помолчала.

— Мне работа и лошади необходимы — так же, как тебе необходима твоя работа и твои птицы.

— Ты права. Надеюсь, *он* тебя чуял. И понял, что ты сильная и смелая, вопреки всем его проискам.

Коннор начал заполнять лохань водой, слушая журчание струи.

— Думаешь, я не знаю, что ты злишься? — тихо проговорила Мира. — Я знаю. Я и сама злюсь. Я хотела его прикончить, всегда хотела, потому что это *надо* сделать, для вас с Брэнной и для Фина. Но теперь я не только жажду его смерти, я хочу сперва причинить ему боль и унижение, заставить его страдать — и чтобы я об этом знала. Брэнне я ничего не говорю, потому что она меня ни за что не одобрит. Для нее это только борьба добра со злом, света с тьмой. Вопрос крови, вопрос права по рождению. И я понимаю, что так и должно быть, но я хочу, чтобы *ему* было больно!

Продолжая сидеть на корточках, Коннор поднял на нее глаза.

— Я бы доставил тебе это удовольствие, и даже больше. Ты бы увидела его агонию.

— Но мы не можем. — Присев рядом с ним, Мира легонько тронула его за рукав. — Потому что это право принадлежит Брэнне. И потому что это сделало бы тебя другим человеком. Жить одной жаждой мести? Стремиться причинить ему страдания, чтобы он поплатился за то, что сделал мне? Ты бы стал другим человеком, Коннор. Меня это вряд ли бы изменило, но это уже мой дефект.

— Это никакой не дефект.

— Я так устроена, так что придется нам всем с этим смириться. Но ты — это свет, и тому есть причины. Покончить с ним необходимо! Но это должно быть сделано так, как следует. И если будет боль, то лишь потому, что так должно быть, а не потому, что ты этого захотел.

— Вижу, ты много размышляла.

Коннор отмерил химикаты, затем, как обычно, перемешал воду, всего лишь подержав над ней руки, добавил того самого света, о котором только что говорила Мира, для здоровья и благополучия его птиц.

— Господи, еще бы! И даже слишком. И, думая над этим так упорно, я поняла, что тебе необходимо знать, что я чувствую то же, что и ты. Но я не этого от тебя хочу, для себя я хочу другого. Я хочу, чтобы мы шестеро остались собой. Я хочу, чтобы правда была на нашей стороне. И чтобы, когда с ним будет покончено и дело сделано, мы знали, что были правы. Я хочу, чтобы над нами не висели никакие тени, и над тобой в первую очередь. Вот что для меня будет полноценной местью.

— Мира, я тебя люблю. И мне нравится, что ты все

поняла, что ты сама к этому пришла и сказала мне. Я был сам не свой. Никогда со мной такого не случалось.

— Не надо. Ты только знай, что я говорю от чистого сердца. Я хочу, чтобы правда была на нашей стороне.

— Так и будет.

Удовлетворенная, Мира с облегчением кивнула.

— И пора нам это все опять обсудить. Я знаю, в последние дни вы совсем не собирались.

— Ты была не в состоянии что-либо обсуждать.

— Зато теперь я более чем готова. — Мира подтянулась, демонстрируя бицепсы. Коннор улыбнулся. — Так что надо нам вшестером опять собраться.

— Сегодня?

— Сегодня, завтра... Посмотрим, что ребята скажут.

— Тогда я заканчиваю. — Он с улыбкой посмотрел на нее.

Одним женщинам нужен шоколад и цветы, подумал он.

А Мире?

— Вытяни руки.

— Что? Зачем это?

— Затем, что я тебя прошу. Вытяни руки в стороны.

Мира закатила глаза, но сделала, как он просил. Коннор протянул ладони к птицам, самым молодым, и мысленно послал приказ.

По мановению его рук они взлетели, негромко прошуршали крыльями и закружили над Мирой. Она засмеялась.

— Сиди смирно и не тревожься: и куртка, и ты сама будете в целости и сохранности, я все учел.

— Что... Ух ты!

Молодые ястребы легко и грациозно опустились ей на руки.

— Мы их тут хорошо дрессируем, хоть данное упражнение учебным планом и не предусмотрено. Но они как будто не возражают. Зато теперь, Мира, они тебя будут знать. Теперь вы, считай, знакомы.

— Какие они красивые! Очень красивые. Когда смотришь в их глаза, кажется, что они понимают больше нашего. Куда больше нашего.

Она опять засмеялась, и от звука этого смеха иссушающая жажда, терзавшая его все эти дни, наконец отступила.

19

Они сидели в гостиной и пили чай, для желающих — с каплей виски. Брэнна выставила блюдо с имбирным печеньем и решила, что на этом ее хлопоты на сегодня исчерпаны.

— Когда начинаем? — спросила она. — Против Сауина пока возражений нет?

— Это значит, что у нас в запасе две недели, — заметил Бойл. — И, насколько я понимаю, это время нам следует использовать с толком. Но...

— Но! — Фин решил выпить чистого виски и налил себе на два пальца, не разбавляя. — *Он* только что атаковал нас. Мы оказались к этому не готовы, теперь это совершенно очевидно.

— Это моя вина! — вставила Мира.

— Дело не в том, кто и в чем виноват, Мира, — возразил Фин. — Он выслеживает и объявляется, когда ему заблагорассудится, и может напасть на любого из нас, если поймает момент, когда тот уязвим. Исходя из его логики, следующей будет Брэнна.

— Пусть только явится! — Брэнна невозмутимо глотнула чаю.

— Ты слишком самонадеянна, — возразил Фин. — Самоуверенность — не сила и не оружие.

— Ну, тебе-то она никогда не мешала.

— Прекратите! — Коннор вытянул ноги, покачал головой. — Вы оба. Приберегите свои шипы и стрелы на тот момент, когда у нас будет на них время. С таким же успехом он может еще раз напасть на Миру, только теперь она уже не свалляет дурака.

— Могу поклясться.

— И с такой же долей вероятности он может попробовать подступиться к Бойлу, к самому Фину или ко мне — если увидит такую возможность.

Рискуя навлечь обвинение в самонадеянности и на себя, Коннор пожал плечами.

— Фин, конечно, прав в том смысле, что, если ему наскучит лезть к Мире, он переключится на Брэнну, но это никак не влияет на то, что мы собираемся делать и когда. И каким именно образом мы окончательно и бесповоротно отправим его в преисподнюю.

— Коннор прав, — сказала Айона. — Мы защищаемся, и это оборона, которая, конечно, жизненно необходима. Но совершенствовать нам надо нападение.

— Это она со мной за компанию футбола насмотрелась, — усмехнулся Бойл. — В прошлый раз, когда мы с *ним* схлестнулись, мы были близки к успеху. Заставили его драпать, истекая кровью и воя от боли. Но этого оказалось недостаточно. А чего не хватило? Вот вопрос.

— Зелье на этот раз сильнее, что делает его применение рискованным. Но рискнуть придется. — Фин взглянул на Брэнну, та кивнула в ответ.

— В июне мы рассчитывали застать его врасплох, — заметил Коннор. — А вышло наоборот — врасплох застиг он нас. Но даже тогда, как сказал Бойл, мы были близки к цели. Если мы базируемся возле домика Сорки, это именно то место, где он может перемещаться во времени, а это его заведомое преимущество. Мы не будем знать, когда он нападет и нападет ли вообще, сможет ли он, как уже бывало, атаковать нас по отдельности и разбить наголову, чтобы получить возможность вновь собраться с силами.

— Если не там, то где? — спросила Мира.

— Это место, где концентрируется энергия. Мощное место, и для нас, и для него. Я думаю, все должно произойти там. Но ты прав, Коннор, — добавила Брэнна, — нельзя, чтобы он нас разъединил. Я рассматриваю нас троих как единое целое, а Фина с Бойлом и Мирой — как еще одну тройку, причем тоже нерушимую. Мы можем это сделать — и на сей раз непременно сделаем!

— А мы не можем перекрыть ему возможность перемещаться во времени? — спросила Айона.

— Думаю, могли бы, вот только понять, как он это делает. Чтобы противодействовать магии такого рода, надо знать ее составные части. Иначе это работа вслепую, — с досадой ответила Брэнна.

— Сперва переместимся мы. — Коннор потянулся и взял печенье. — Ты тут не единственная, кто в состоянии анализировать, обдумывать и планировать. — Он повел печеньем в сторону Брэнны и откусил. — Зато единственная, кто печет такое изумительное имбирное печенье. Мы предпримем наступление, а начнем с перемещения во времени.

— А как, умник ты этакий, мы найдем для этого способ? Ведь это непростая задача! Как мы заманим его в то время, в какое переместимся сами?

— А мы уже знаем, как это сделать, — напомнил Коннор сестре. — Даже Айона это уже проделывала, стоило ей лишь чуть-чуть вспомнить о своих магических способностях.

— Правда, что ли? — Айона заморгала, потом выбросила вверх сжатый кулак. — Вот я какая!

— И я тоже это делал, — добавил он, — и один, и с Мирой, и общался со своими братом и сестрами из далекого прошлого.

— Ты говоришь о путешествиях во сне? — Брэнна поставила чашку на стол. — Нет, Коннор, это чересчур рискованно!

— Времена такие рискованные... Тут нужно все как следует рассчитать.

— А что, блестящий план! — похвалил Фин и заслужил улыбку Коннора и скептический взгляд Брэнны.

— Он имеет в виду всех нас шестерых ввести в один сон.

— Я понял. Потому и говорю, что план блестящий. Чтобы атаковать, Кэвону придется оказаться с нами на одном уровне, так ведь? В одном с нами месте и времени. А выберем их мы.

— И он не сможет обратить этот фактор против нас, — добавил Коннор, — поскольку не будет знать деталей наших магических действий, так же, как мы не знаем, что и как предпринимает он. Но придет он к нам, а не наоборот, и, чтобы нас одолеть, его силы будет недостаточно.

— Минуточку! — Бойл почесал в затылке. — Вы хотите сказать, что мы нападем на Кэвона во сне?

— Сон под воздействием магии отличается от естественного сна. Это не то, что ты лежишь и храпом отгоняешь черные силы. Ты же сам в этом немного участвовал, — напомнил Коннор, — оказался вовлечен в сон Айоны — помнишь? И разве не ты тогда врезал этому подонку по физиономии?

— Было дело, у меня даже кулак в его крови оказался, когда я проснулся. Но вести во сне настоящую битву? Я согласен, что вы способны на многое, с детства привык, но это уже перебор.

— Такого *он* точно не ожидает, — рассудительно заметила Мира. — Только... реально ли это?

— Скажи лучше, возможно ли, чтобы были задействованы все шестеро и никто не остался прикрывать... — Брэнна запустила обе руки в волосы, всесторонне обдумывая все «за» и «против» и пытаясь решить, что перевешивает. — Конечно, ничего подобного мне еще делать не доводилось. Проще было бы попробовать с нами тремя — напасть на него втроем, а вы трое чтобы оставались здесь. И чтобы Фин для верности был у руля на случай, если придется нас возвращать — вдруг у нас нарушится магическое равновесие или мы потеряем ориентацию.

— Или идем все шестеро — или ничего не будет! — решительно заявила Мира.

— Мира, я ведь не для того говорю, чтобы тебя обидеть. Или еще кого. Просто речь идет о сновидении с шестью участниками сразу, причем двое из них — без колдовских способностей.

— Что, поубавилось самоуверенности? — спросил Фин с легкой издевкой.

— Да иди ты! — огрызнулась Брэнна.

— И тебе того же, радость моя, за то, что думаешь, будто мы с Бойлом и Мирой останемся сидеть здесь, как маменькины детки, пока вы там воюете.

— Я не это имела в виду.

— А мы поняли именно так. — Мира повернулась к Коннору: — Ты что скажешь?

— Или все шестеро, — без колебаний ответит тот, — или никто.

— Все или никто, — поддакнул Бойл.

— Согласна. — Айона кивнула и взяла его за руку. — И если кто и способен придумать, как это все устроить, то только ты, Брэнна.

— О черт... Дайте как следует подумать. — Брэнна отставила чашку с чаем и налила себе виски — более щедрой рукой, чем до этого Фин.

И залпом выпила, словно это была вода.

— Всегда восхищался твоей способностью потреблять виски без последствий, — сказал Фин, а Брэнна уже вскочила и принялась выхаживать по комнате.

— Сидите тихо. Пожалуйста. Шестеро разом... — повторила она, двигаясь по комнате. — Ради всего святого — это безумие! И более того, двое из шестерых вооружены лишь смекалкой, кулаками и мечом. А на одном вообще клеймо Кэвона. Помолчи! — прикрикнула она на Фина, который и не думал возражать. — Это факт.

— Они вооружены чем-то большим, чем смекалкой, кулаками и мечом. И обладают чем-то большим, нежели незаслуженно полученным клеймом, — тихо проговорил Коннор. — У них есть сердце.

— Думаешь, я не знаю? Думаешь, я не ценю это превыше всего? — Она остановилась и прикрыла глаза. Вздохнула. — Ты меня своим планом огорошил, Коннор. Мне надо все продумать. Это не тот случай, когда кто-то из нас отправляется в магическое сновидение и берет с собой того, кто спит с ним в одной постели, с кем у него самые близкие отношения. Даже такой сон сопряжен с определенным риском, Бойл с Айоной это отлично знают.

— Конечно, это не тот случай. То, что мы собираемся сделать, будет совершенно осознанной вещью, запланированной, продуманной. Это будет видение, которое мы сами сотворим. — Коннор выставил вперед руки и повернул ладонями вверх. — Со всеми мыслимыми мерами защиты. Конечно, риск будет, но мы и без того рискуем. А Сауин, когда граница между миром живых и миром духов становится особенно тонкой, идеальное для этого время.

Он поднялся, подошел к сестре, взял ее руки в свои.

— Если бы ты могла, то оставила бы их дома — и я тоже. Ради любви и дружбы — и из-за того, что это бремя и ответственность, доставшиеся нам по наследству. Тебе, мне, Айоне. Но не им.

Он легонько поцеловал сестре руки.

— Но это по многим причинам будет неправильно. Мы команда, трое на трое. И пойми, Брэнна: это предначертано — чтобы мы были вместе, все шестеро. Я в этом убежден!

— Я знаю. Мне это тоже ясно.

— Ты боишься их подвести. Этого не случится! Ты никого не подведешь, и это бремя нести не только тебе.

— Мы никогда этого раньше не делали.

— Когда я приехала, я и перышка в воздух поднять не могла, — напомнила Айона. — А теперь?

Она выставила руки, обратила ладони вверх. Диван, на котором сидели они с Бойлом, плавно приподнялся, беззвучно и неспешно описал круг и встал на место.

— Вот это я понимаю! — восхитился Фин.

— Это ты меня научила, Брэнна. Ты и Коннор. Вы открыли мне то, что во мне было. Все мое существо. Мы придумаем, как это сделать, и сделаем!

— Хорошо, хорошо. Навалились впятером на одну... А идея действительно чертовски заманчива. Бесстрашная, крайне опасная и чертовски замечательная идея! Я знаю одно зелье, можно над ним поколдовать, оно должно сработать. И еще мы составим новое заклинание, для чего мне придется две недели корпеть без передышки.

— А мы тебе поможем! — вставил Коннор.

— Вы все мне тоже понадобитесь. И тем не менее мне было бы легче, если бы кто-то оставался за пределами сновидения — так сказать, за пультом управления.

— Этот человек обязательно должен быть прямо здесь — ну, то есть где-то у нас поблизости? — спросила Мира.

— Ты имеешь в виду — физически? — Коннор бросил на нее взгляд и задумался. — Не думаю.

— Тогда у вас есть отец — твой с Брэнной отец. И еще бабушка Айоны. Вас с ними связывает одна кровь и общая цель. И любовь.

— Вот вам еще одна блистательная идея! — засмеялся Коннор, повернулся к Мире, поднял из кресла и покружил. — Это может сработать, причем неплохо. Так ведь, Брэнна?

— Может. Нет, не так: сработает. Как я сама не догадалась? Это все моя голова — забита кучей всяких мыслей. Бабушка Айоны, наш папа и... — она повернулась к Фину, — твоя двоюродная сестра Селена. Согласится, как думаешь? Число «три» лучше, чем «два», и энергия от нас всех сложится вместе. Думаю, трое будут хорошо уравновешивать, если нам потребуется помощь в возвращении.

— Селена наверняка будет только рада помочь. Она в Испании, но я с ней свяжусь. Я с ней поговорю.

— Тогда будем считать, эту часть мы уладили. Из этого и буду исходить.

— Я тут поизучал, — сообщил Коннор. — Насчет зелья, которое потребуется, чтобы всем внутри ритуального круга открылась способность к видению. Его лучше готовить на улице, на воздухе. И еще нам надо будет взять с собой наших советчиков — коня, собаку, ястреба.

Брэнна хотела что-то сказать, но передумала.

— Стало быть, ты уже кое-что поизучал.

— А как же! Фин, возьмем твоего коня и твою птицу. А вот с собакой как быть? За две недели верного пса не добудешь. А нам нужны трое на трое.

— А у меня и пес есть. Багс, — предложил Фин.

— Крошка Багс? — переспросила Айона, вспомнив о веселой собачке, живущей на большой конюшне.

— Сама-то ты не крошка? И такая же бесстрашная. Трое на трое, — повторил Фин и кивнул. — Конь для Бойла, сокол для Миры, собака — какая ни есть — для меня. Все сходится, Коннор.

— Связь между ребятами и животными обеспечишь ты, поскольку это твои звери.

— Сделаю.

— Точно так же — и у нас троих: мы и наши советчики, — сказал Коннор. — Значит, так: встанем внутри круга, мы и наши советчики, возьмемся за руки и произнесем заклинание. Соединим руки и мысли — и выступим вместе, в магическом сне, в ночь накануне Дня Всех Святых, в год, когда дети Сорки, Брэнног, Эймон и Тейган, вернулись в Мейо.

— Их присутствие умножит наши силы. — Брэнна снова села и взяла себе печенье. — Тем более в ночь, когда граница истончается. Мы сможем взять себе их энергию, и энергию Сорки тоже. Нет, такого *он*, конечно, ожидать никак не может. Для доработки зелья и заклинания времени достаточно. И чтобы выманить его туда. Это уже Мирина забота.

— Моя?

Брэнна засопела на брата.

— Ты с ней не говорил?

— Хочешь, чтобы мы обсуждали такие вещи между делом? Нет. Понимаешь, на данном этапе он хочет использовать тебя, — объяснил Коннор Мире. — А мы сделаем наоборот: использовать его должна будешь ты. Ты выманишь его пением.

— Пением?

— Музыкой, светом, весельем — эмоциями. Он летит на них, как мотылек на огонь, — пояснил Коннор. — Когда он явится, все должно произойти как можно быстрее, чтобы не дать ему времени опять улизнуть.

— В общем и целом, будем действовать, как на солн-цестояние, — сказала Брэнна.

— Нет! — Теперь поднялся Фин. — Мы ведь в тот раз потерпели неудачу, забыла?

— Теперь у нас новая стратегия и оружие посильнее.

— А что, если ему вновь удастся разъединить вас тро-их, пускай на мгновение? Если заклинание, магический ритуал и конец колдуна — ваша задача, то, пока вы его изгоняете, его надо будет удерживать на расстоянии. Мы вступим с ним в бой, я, Бойл и Мира. В прошлый раз мы пролили его кровь и причинили боль. На этот раз мы сделаем ему еще хуже, а вы свою роль исполните лучше.

— Фин, ты жаждешь его погибели или его крови?

— И того и другого, как и ты, Брэнна. Ты же не ста-нешь проливать его кровь ради выгоды или удовольствия.

— И ты не станешь.

— Вот и я о том же. Мы и не будем. Но для защиты вас троих, для защиты света от темных сил мы ее про-льем — и даже хуже. Почему не получить удовольствие в придачу? В конце концов ведьме ничто человеческое не чуждо.

— Тут я с Фином согласен, — поддержал Бойл. — Ай-она мне не чужая. И все вы мне как родные. Я буду бить-ся и за нее, и за вас. В стороне не останусь.

— Целиком и полностью поддерживаю, — поддак-нула Мира. — Словом, решено. — Она сложила руки на коленях. — Итак, насколько я поняла: через неделю мы все, включая лошадей, птиц и собак, отправляемся во сне на несколько столетий назад. Я стану петь и, как в сказке про Крысолова и крыс, выманю Кэвона. Трое из нас всту-пят с ним в бой, трое других произнесут заклятье, чтобы его уничтожить. Когда дело будет сделано, мы открани-ваемся и просыпаемся уже здесь, где нам придется рас-кланиваться снова, по случаю победы над мировым злом. После чего, как я понимаю, мы все идем в паб веселиться.

— Коротко и ясно, — похвалил Коннор.

— Тогда ладно. Предлагаю теперь пустить виски по кругу, раз здесь все такие одержимые. — Она выдохнула, взяла печенье и надкусила. — По крайней мере, как уже было сказано, одна из нас печет восхитительное имбирное печенье.

Довольный, Коннор разлил всем виски, поднял стакан и чокнулся с Мирой.

— Победим мы или потерпим неудачу — все равно нет других таких ребят, с кем я готов идти в бой. Так что... к черту все! Будем.

Все выпили.

И закипела работа, и нешуточная. Брэнна почти не выходила из мастерской. Она либо сидела уткнувшись в колдовскую книгу — будь то книга Сорки, ее прабабки, или ее собственная, — либо находилась у стола, испытывая разные отвары или составляя заклинания.

Когда получалось, к ней присоединялся Коннор, или Айона, или Фин. Мира все больше исполняла разные поручения помельче — принести, отнести, приготовить — и иногда делила их с Бойлом.

Как только позволяло время, она вытаскивала кого-то из троих на тренировку по фехтованию.

И все они напряженно вглядывались в лес, в поля и дороги в поисках хоть какого-то знака.

— Уж больно тихо. — Мира с легкостью парировала выпад Коннора, которого наконец сумела оторвать от работы и колдовства и вытащить на тренировку.

— *Он* наблюдает и выжидает.

— И все, правда? Он выжидает. Я уже сколько дней и тени его не видала. Держится на расстоянии. Он ждет, пока мы сделаем ход, поскольку догадывается, что мы к нему готовимся.

Она уколола, сделала обманный выпад и еще чуть-чуть — и выбила бы меч из его руки.

— Ты совсем невнимателен, — упрекнула Мира. — Если бы эти клинки не были заколдованными, ты бы уже красовался без уха.

— Тогда твой голос звучал бы для меня вдвое тише — вот была бы жалость!

— Коннор, мы должны напасть.

— У нас же есть план, Мира. Терпение!

— Дело не в терпении, а в стратегии.

— В стратегии, говоришь? — Коннор повел свободной кистью и устроил небольшое завихрение в воздухе. Мира отвлеклась, он воспользовался этим, сделал выпад и приставил меч к ее горлу. — Ну, как тебе?

— Если ты решил жульничать...

— А Кэвон, конечно, будет играть по правилам.

— Я тебя поняла. — Она отступила. — Я что хочу сказать? Надо схитрить. — Мира нанесла укол, отскочила и снова уколола. — Заставить его думать, что мы пошли в атаку, и даже немного поддаться — пусть решит, что одно или два очка за ним. Он будет думать, что мы свой ход сделали, а когда мы выступим по-настоящему, это станет для него неожиданностью.

— Хмм... Любопытно. Что-то конкретное имеешь в виду?

— Кто из нас ведьмак, ты или я? Вот ты и твои сестрицы и должны придумать, как и когда это сделать.

Она опустила меч и стала продумывать идею, только еще зреющую в ее голове.

— А что, если нам сделать это прямо тут — рядом с домом, куда мы можем отойти, поскольку отступление будет составной частью плана. Пусть думает, что он обратил нас в бегство.

— Конечно, верится с трудом, но мне твоя идея, кажется, ясна. А ну, пошли! — Коннор схватил ее за руку и привел в мастерскую, где Брэнна через воронку заливала в узкий флакон бледно-голубую жидкость, а Айона толкла в ступке сухие травы.

— У Миры есть идея.

Брэнна сосредоточенно следила, как жидкость тонкой струйкой вливается в сосуд.

— Я еще предыдущую идею не проработала.

— Брэнна, все просто отлично! — Айона остановилась. Брэнна закупорила флакон хрустальной пробкой.

— И сколько на твоем счету сонных заговоров на шестерых человек и их животных?

— Это будет первый. — Но Айона сияла. — И он пре-
восходный. Жаль, вы не видели эти звезды, — повернулась она к Коннору с Мирой. — Когда она закончила,
над чашей поднимались и кружились крошечные голубые звездочки.

— Да, кажется, получилось. — Брэнна потерла поясни-
ницу. — Как ты посоветовал, Коннор, я добавила аме-
тиста, и, думаю, это было правильно. Теперь дня три, не
меньше, чтобы зелье настоялось без доступа света.

Она взяла флакон и убрала в шкаф.

— Давай я тебе чаю заварю, — предложила Айона, но
та покачала головой.

— Спасибо, не надо. Я в последние дни чаю на полгода вперед выпила. Я лучше выпью вина.

— Тогда мы все его выпьем, а ты выслушаешь, что Мира придумала. А еще лучше... у тебя нет настроения приготовить что-нибудь вкусное? — Коннор изобразил по-
бедную улыбку. — Разве ты не соскучилась по своей кухне,
моя радость? Такую идею, какая пришла Мире, лучше обсуждать за доброй тарелкой супа, в присутствии всех.

Мира ткнула его в бок.

— По-моему, идея хороша и надо, чтобы ее услыша-
ли все. Но суп и я могу сварить, пока вы тут вино рас-
пиваете.

— Я сама сварю, поскольку, хоть мой брат и думает
желудком, я действительно соскучилась по своей кухне.
Тем более что в саду еще полно овощей. — Она повернулась к Коннору: — Иди-ка нарви!

— Чего желаете?

— Всего и сразу. Что будет, из того и сварю. А ты,
Мира, раз тебя посетила такая замечательная идея, сядь
и расскажи мне, пока я пью вино. Не вижу причин, поче-

му мне надо дожидаться всех. Айона, бросай все. Потом доделаем. Давай немного поколдуем на кухне.

Мира проследовала за ними и принялась рассказывать, на ходу дорабатывая какие-то детали. Когда прибыли остальные, ее план был заметно усовершенствован.

— Итак, — заключила она, — если мы сделаем это сейчас, можно сказать, ничем не рискуя, мы заставим его думать, что мы свою атаку предприняли, провалили или по меньшей мере потерпели частичную неудачу. Мы вынуждены отступить в дом — где мы надежно защищены. Типа — бежали, поджав хвост, понимаете? И в страхе. Если он обратит нас в бегство, то никак не подумает, что мы готовим новое нападение через считаные дни.

— Но если мы ударим вполсилы, он может нас серьезно потрепать, — предостерег Бойл. — Почему не напасть по-серьезному?

— Нам еще требуется время на подготовку главного плана. Я готовлю заклинание на ту ночь, о которой мы сговорились, — пояснила Брэнна. — И не хочу испытывать его в какой-то другой день. Это должен быть Сауин.

— Идея в том, что, проиграв сейчас, мы повышаем свои шансы на главную победу, — сказал Коннор, похлопав Бойла по плечу. — Я знаю, старик, что с поражением, даже запланированным, смириться нелегко.

— Надо будет ударить эффектно. Его не проведешь показной трухой. — Фин говорил с улыбкой. — А эффектов мы можем нагородить массу. Огонь, буря, землетрясение, потоп. Мы бросим против него все стихии. Не нужно, чтобы они действовали наверняка — во всяком случае, пускать на самотек мы не станем, — но все должно быть громко, сильно и так, чтобы чувствовался накал.

— Обращение к стихиям? — Теперь заулыбалась Брэнна. — Ну, это-то мы можем устроить! Шуму наделаем. Можем даже сделать так, чтобы у него земля под ногами дрожала. Только надо будет воздвигнуть экран, у нас тут все-таки соседи. Сделаем все в поле — на пригорке за садом.

— Это дальше, чем я думала, — заметила Мира. — Если мы собираемся обратиться в бегство, то это не ближний путь к спасению.

— Мы не станем обращаться в бегство — во всяком случае, не в буквальном смысле, — пояснил Коннор. — Мы полетим.

— Полетим? — Мира вздохнула. — Пожалуй, за такое дело мне надо выпить еще.

— Лучше и не скажешь. — Айона приветственно подняла бокал. — Мы терпим поражение, но улетаем в безопасное место. И когда попробуем?

— Луна на ущербе. — Коннор посмотрел в окно. — Это может сыграть нам на руку. Я бы предложил прямо сегодня, но, наверное, лучше будет поближе к главному выступлению. Через пару дней? Тогда будет еще время зализать раны, если таковые появятся.

— Через два дня. — Брэнна пошла помешать суп.

Даже ложная атака требует подготовки.

Трое потомков Сорки окружили дом усиленным защитным заслоном. Если Кэвон решит, что они ослаблены, он может попробовать нанести смертельный удар. А они рисковать не могут.

Мира рассматривала затею как своего рода игру. В этой игре часть сценария была написана заранее, и она свою роль учила очень старательно, но что-то будет дописываться и импровизироваться на ходу.

— Я нервничаю, — пожаловалась она Коннору. — Даже больше, чем тогда, на солнцестояние.

— Все будет хорошо. Мы все справимся. Помни: здесь главное — оборона. Наступление если и возможно, то лишь в порядке бонуса.

— Уже совсем скоро. — Мира потерла руки, словно желая согреть. — А что, если он вообще не явится?

— Думаю, явится. Он решит, что ты ослаблена, а мы разрознены. Увидит свой шанс и захочет им воспользоваться. Ему неведомо, что значит семья, узы дружбы. Но то, чем мы станем его подманивать, он хорошо знает.

Коннор взял ее за руку и повел в мастерскую, где другие уже собрались.

Даже в этом, казалось бы несерьезном, деле обряд должен быть соблюден, подумала Мира.

И они зажгли ритуальные свечи и стали смотреть, как над чашей поднимается бледно-голубой пар.

Брэнна взяла ритуальный кубок, который стоял в середине круга, и стала произносить уже знакомые слова:

— Испьем сейчас из этой чаши, вином скрепим единство наше. Когда шесть душ соединим, на бой мы выйдем, как один. Что пьет один — то выпьет каждый, и в бой мы ринемся отважно.

Трижды прошел кубок по кругу, переходя из рук в руки, от уст к устам.

— Кольцо единое построим — одно, где будет два по трое. Чтоб в черный час не сплоховать, о силе будем мы взывать. Мы все стихии призываем, их на Кэвона направляем. Огонь, земля, вода и воздух, явитесь нам как буря в море! Мы так велим, да будет так!

Трое замкнули круг.

— Мы готовы. Круг завершен, начало заклинанию положено. Хватит времени поставить круг на холме — тем лучше. — Брэнна взглянула на Миру. — Ты почувствуешь, когда начинать.

Та тоже на это рассчитывала.

Они стали подниматься на холм, неся с собой свечи, котел, оружие и жезлы, защищенные от чужих глаз магическим заслоном — но не от глаз Кэвона: Коннор объяснил Мире, что они специально оставили для него окошко.

Дойдя до самой высокой точки, он взял Миру за руку. Та резко дернулась.

И спектакль начался.

20

— Я сказала тебе, не подходи ко мне!

— Брось, Мира! Подумаешь, пинта пива в пабе.

— Говорить ты горазд, Коннор. А то я не знаю, как ты провел время в пабе! — Она бросила на него взгляд, полный глубочайшего презрения. — И это в то время, как я едва держусь на ногах — после всего, что со мной сделали. Причем по твоей воле!

— Господи, Мира, это был легкий флирт. Ну, переброслились парой фраз, посмеялись вместе.

— Ты волен говорить и смеяться с кем хочешь и сколько хочешь, только не думай, что после этого ты сможешь как ни в чем не бывало подваливать ко мне. — Мира намеренно ускорила шаг. — Знаю я твои штучки. Мне ли не знать!

— Чего ты хочешь? — Он ссутулился, тропа вилась вокруг вершины холма. — Мне требовалась передышка, только и всего. Я изо дня в день либо сижу в четырех стенах в доме, либо вкалываю на работе как проклятый. А ты только и делаешь, что спишь целыми днями.

— А по чьей милости, позволь спросить? — Мира остановилась и развернулась к нему лицом. — Это же ты с твоим колдовством меня до постельного режима довел!

Коннор тоже остановился и смерил ее сердитым взглядом.

— Ах так? Да между прочим, я со своим колдовством тебе жизнь спас!

— И пока я изо всех сил за эту жизнь цеплялась, ты подался в паб, чтобы переброситься парой фраз с Элис Кинан!

— Ну, хватит. Хватит, хватит! — накинулась на обоих Брэнна. — Нашли время. Я вам что говорила? Звезды сказали: сегодня — самый подходящий для нас момент, чтобы его прикончить? А как мы сможем исполнить то, что на нас возложено, если вы двое будете грызться?

— Я здесь. Какие претензии? — Мира вздернула подбородок. — Я здесь и готова снова рисковать жизнью, потому что обещала. А слово свое я держу. В отличие от некоторых.

— Мужик угощает девушку пивом — и сразу изменщик?

— Разложи свечи, Коннор. — Брэнна пихнула ему связку свечей. — И сосредоточься на том, что предстоит сделать. Ради всего святого, нельзя, что ли, было дождаться, пока мы сделаем дело, а уж потом кадрить Элис Кинан?

Мира с негодованием зашипела и швырнула рюкзак оземь.

— То есть ты хочешь сказать, что после того, как вы мною воспользуетесь, кадрить девок за моей спиной будет в порядке вещей?

— Я не это имела в виду, — отмахнулась Брэнна. — Перестань вести себя как идиотка!

— Так я теперь идиотка? Ты всегда на его стороне, даже если знаешь, что он с этой змеей!

— Прекратите все немедленно! — Айона закрыла руками уши.

— Ты лучше в это дело не лезь, — предостерег Бойл.

— Я не могу не лезть. Они моя родня, и я не могу больше выносить все эти пикировки и ругань. Дай-ка мне! — Она выхватила у Коннора свечи и начала расставлять их по кругу на вершине холма. — Как мы можем работать вместе, делать то, что нам предназначено, когда мы все время ссоримся?

— Тебе легко говорить. — Мира хлопнула ладонью по рукояти меча. — У тебя вон Бойл на задних лапках ходит.

— Мира, полегче на поворотах! И не лезь не в свое дело.

— А я вам сразу сказал: неудачный сегодня день! — Фин вынул свой атам из ножен и стал рассматривать при свете стареющей луны.

— Да тебе лишь бы мне перечить! — огрызнулась Брэнна. — Если я говорю — белое, ты наверняка скажешь: черное. Лишь бы назло!

— А разве не ты уговорила нас на солнцестояние? И что теперь? Спустя четыре месяца мы опять выступаем тогда, когда твоей милости угодно.

— А я до сих пор не разобралась, не твой ли саботаж был причиной той неудачи. Послушали бы меня — ты бы сейчас был не здесь. Тебя вообще бы с нами не было!

— Брэнна, это уже перебор. — Коннор положил ей руку на плечо. — Тише! *Он идет,* он сам ей сказал. И остальным тоже. *Быстрей!*

— Перебор или недобор — теперь уже неважно. Мы здесь.

Брэнна простерла руку и зажгла свечи. Чашу поставила в самой северной точке круга.

У нее за спиной Коннор легонько тронул Миру за руку.

Та затаила дыхание и собралась с силами.

Сгустился туман, пал тяжелым занавесом, а с ним пришел и лютый, пробирающий до костей холод. Сквозь пелену донесся гул, высокая трава заволновалась.

Мира еще выхватывала меч, а Коннор уже резко отпихнул ее в сторону.

Она почувствовала, как что-то пронеслось совсем близко, черкнуло по руке, обжигая болью. Можно было не изображать ни страх, ни смятение: оба эти чувства захлестнули ее, как наводнение.

Потом у нее в голове прозвучал голос Коннора: «Я с тобой. Я тебя люблю».

Она развернулась и, двигаясь спина к спине с Бойлом, изготовилась к атаке или обороне.

Фин воззвал к земле, и почва под ногами у Миры завибрировала.

— Прошу Дану[1], богиню-мать: заставь здесь землю задрожать!

Даже будучи защищенной проведенным ритуалом, Мира едва не грохнулась ничком, когда земля под ней вздыбилась горбом.

---

[1] Кельтская богиня, прародительница всех богов.

— Асьонна, Мананнан мак Лир[1], к вам взываю! — вскричала Брэнна. — Ваш гнев на Кэвона сейчас призываю!

Среди ясного неба хлынул дождь, как будто некое божество опрокинуло на землю бурлящие потоки небесной реки.

Сквозь туман и ливень Мира увидела, как на нее обрушиваются раскаленные черные стрелы. Туман, к ее ужасу, зашипел, как живое существо, и змеем обвился вокруг ее ног. Мира инстинктивно замахала мечом, рубя его на части. Из пелены брызнула черная кровь.

Навстречу черным стрелам полетели шаровые молнии, по велению Айоны обращая эти стрелы в золу.

— Именем Бригид огонь посылаю, пусть пламя и свет эту тьму выжигают!

Мира почувствовала, как качнулся и занял оборонительную стойку Бойл, увидела, что он ударом отбивает ощетинившийся шипами клок тумана, метнувшийся к Фину.

Она резко пригнулась, ударила мечом, но была вынуждена припасть к земле, снова вздыбившейся прямо у нее под ногами.

— Ши[2], отыщи своего слугу, свое порождение и дыханьем своим навлеки на него проклятие!

Она следила за Коннором, высоко воздевшим руки. Тот весь светился — факел внутри столба пламени. Мира попыталась встать на ноги и увидела, как разверзаются над головой бурлящие небеса. И все завихрилось.

Сверкнула молния, вырвалась из мрака и вонзилась в колышущуюся землю. Даже дождь сверкал огнем. Ми-

---

[1] Богиня воды в галло-римской мифологии и бог морей в ирландской.

[2] Иначе — Сид; в кельтской мифологии — потусторонний мир, обитатели которого могут проникать в мир людей и забирать их с собой. Два мира, обычно разделенные непроницаемой для человека стеной, сближаются в ночь с 31 октября на 1 ноября, а также тесно переплетаются в густом тумане, который считается «пороговым состоянием».

ра увидела, как упала Айона и Бойл ринулся ее поднимать. Из ладоней девушки вырывались языки пламени, направленные на волка, на человека, на извивающиеся, ползучие ручьи тумана.

Она с усилием пробивалась назад, туда, где все еще горели, подобно сигнальным огням, расставленные по кругу свечи. Назад к Коннору, который взял за руку Брэнну, затем Айону, и они втроем превратились в живые свечи.

Выл волк.

Смеялся человек.

Свечи, и восковые и живые, начали одна за другой шипеть и гаснуть.

— Отходим! — выкрикнула Брэнна. — Мы проиграли. Эту ночь мы потеряли, она упущена. Бежим, пока не поздно!

Коннор схватил Миру поперек талии — сильные руки, свирепый взгляд, сам весь блестит от пота и крови.

— Сначала я во второй раз спасу тебе жизнь, а потом буду держаться от тебя подальше.

В воздухе проносились мириады звезд, рассыпались огненные искры. Свет был таким ярким, что Мире, чтобы не ослепнуть, пришлось зажмуриться и отвернуться.

Они падали быстро, так быстро, что от скорости у нее перехватило дыхание. Потом она пришла в себя. Она лежала сверху Коннора на полу кухни, ощущая под собой бешеное биение его сердца — как топот копыт вырвавшегося на волю скакуна.

Наверху и вокруг — со всех сторон — слышался ужасный гул, от которого дрожали стекла. В двери и по стенам колотили гигантские кулаки, дом сотрясался. В какой-то момент Мира приготовилась к тому, что колдун сейчас обрушится им на головы.

А потом все стихло.

Остальные лежали пластом, как выжившие после ужасной катастрофы. Катл подскочил к Брэнне и стал лизать ей лицо и поскуливать.

— Все в порядке. Ну же, ну! С нами все в порядке.

— Теперь он должен решить, что сегодня мы свою атаку предприняли. По-моему, получилось правдоподобно. — Коннор чуть подвинул Миру и погладил по голове. — Не пострадала?

— Не знаю. Не думаю. А вот у тебя кровь.

Он провел пальцами по глубокой ране на виске.

— Не успел увернуться.

— Ну-ка, дай я займусь, — подскочила Брэнна. — Айона!

— Я знаю, что тебе нужно. — Девушка метнулась в мастерскую, а Мира поддернула штанину и увидела большой синяк, расплывающийся как раз над щиколоткой.

— Дай-ка я все сделаю, — повторила Брэнна, но Коннор подался вперед и наложил Мире руки на синяк.

— Туман... он превратился в змей. И шипы. Шипы на нем прямо на глазах вырастали.

— Это не шипы, а зубы. — Фин, тоже с блестящим от пота лицом, сидел на полу, прислонившись спиной к шкафу.

— Ты ранен! — Теперь Брэнна рванулась к Фину, на ходу отдавая указания вбежавшей Айоне: — Коннору висок смажь. — И тут же повернулась к Фину: — Тебя не укусили?

— Да просто запыхался.

Она приложила ладонь к его груди.

— Нет, не «просто запыхался». Пусти, посмотрю.

— Я сам себя вылечу, дай только отдышаться.

— Ох, что за... — Мановением руки она раздела его по пояс.

— Если ты собралась меня раздеть, может, уединимся?

— Помолчи. — Она обернулась через плечо и требовательным тоном произнесла: — Айона, бальзам!

— Я сам собой займусь, — повторил Фин.

— Сиди тихо! Если не угомонишься, я тебя отключу. Ты знаешь, я это могу. И сделаю. Коннор, ты мне нужен.

— Что, плохо дело?

Он увидел это сам, когда, не вставая с пола, придвинулся ближе.

Кровоточащие и черные колотые раны шли вниз по

обоим бокам Фина, как будто на его торсе сомкнуло челюсти какое-то невиданное чудовище.

— Неглубокие. — Брэнна говорила ровным, тихим голосом. — Спасибо и на этом. А яд... — Она резко вскинула голову. — Что ты сделал, чтобы он не распространялся?

— Я же с ним одной крови. — Фин дышал с усилием и говорил медленно, слишком старательно выговаривая слова. — То, что он выделяет из своей крови, в моей теряет силу.

— Но ведь больно же! — сказал Коннор.

— Всегда бывает больно. — Фин бодрился, но, когда Брэнна нажала чуть сильнее, со свистом втянул воздух. — Господи, женщина, от твоего лечения больнее, чем от раны.

— Я должна вытянуть яд — независимо от того, ослаблен он или нет.

— Фин, на меня смотри! — приказал Коннор.

— Спасибо, боль я уж как-нибудь перетерплю.

Коннор молча взял Фина за подбородок и повернул к себе.

Забирает от него боль, догадалась Мира. Берет ее себе, чтобы ускорить выздоровление. Выходит, Брэнне это не под силу.

Бойл достал виски, и она поднялась, чтобы принести стаканы. Потом, снова усевшись на пол и дождавшись кивка от Брэнны, раздала всем.

— Кажется, получилось.

— Пошумели чуть больше, чем хотели. — Как и Фин, Коннор прислонился спиной к шкафу, только напротив. Теперь и его лицо блестело от пота — от приложенного усилия, от боли. — Но мы задали ему приличную трепку, а сами целы и невредимы.

— Он будет думать, что мы струсили, — сказала Брэнна. — Решит, что мы друг с другом перегрызлись, а теперь и вовсе зализываем раны и не знаем, стоит ли вообще предпринимать следующую попытку.

— И когда через два дня мы на него нападем, то спалим дотла прежде, чем до него дойдет, что его надурили.

Чудесный спектакль, раз — и готово. — Коннор поднял стакан. — Блестящая идея, Мира, любовь моя. Есть все шансы повернуть ход событий раз и навсегда. Недаром я тебя люблю.

Он выпил, все последовали его примеру, но Мира в задумчивости держала стакан.

— Виски не хочется? — спросил он.

— Жду, пока сердце дрогнет. Для меня это своего рода шок. Почему бы тебе не повторить? Возможно, тогда до меня дойдет.

Коннор отставил стакан и на коленях приблизился туда, где она сидела на полу.

— Мира, я тебя люблю и всегда буду любить.

Она осушила свой виски и встала рядом с ним на колени.

— Нет, не дрогнуло. Но если подумать... каким слабым и глупым должно быть сердце, чтобы дрогнуть от любви? Вот твое, к примеру, дрогнуло бы? — Она прижала руку к груди. — Давай проверим. Коннор, я тебя люблю и всегда буду любить.

— На секунду остановилось. — Он накрыл ее руку своей и поднес к груди. — Но страха нет. И сомнений тоже. Чувствуешь? Оно танцует от радости.

Мира рассмеялась.

— Коннор О'Дуайер по прозванию Танцующее Сердце. Ты мне подходишь.

Она обхватила его руками и поцеловала.

— Может быть, нам тогда лучше удалиться? — предложил Бойл. — Оставить вас тут вдвоем, в кухне на полу?

— Я дам знать, — пробурчал Коннор и продолжил целоваться.

Он встал, помог подняться Мире, взял ее на руки и легонько подбросил. Она счастливо засмеялась.

— Но если подумать... мы лучше сами удалимся.

Под дружный хохот он унес ее из комнаты.

— Это то, о чем ты всегда мечтала, — сказал Фин Брэнне.

— Всегда знала, что это возможно, чувствовала, что это должно произойти... И — да, я действительно об этом мечтала. — Она вздохнула. — Поставлю чайник.

Позже, лежа в постели в обнимку с Мирой в тишине уснувшего дома, Коннор спросил:

— Это бой на тебя так подействовал? Вопрос жизни и смерти придал твоему сердцу твердости?

— Ты забрал себе его боль.

— Не понял: чью боль?

— Там, в кухне. Фин сопротивлялся, но ты не мог допустить, чтобы он страдал, и поэтому взял себе его боль. Я подумала: вот он какой на самом деле. Человек, готовый принять на себя боль друга — или просто чужую боль. Сильный и добрый человек. Веселый, музыкальный, верный. И он меня любит.

Она положила руку ему на щеку.

— Я любила тебя столько, сколько себя помню, но я не позволяла себе этой любви, не позволяла иметь этот дар, о котором ты говорил, не позволяла его давать. Это все от страха. А сегодня, когда я за тобой наблюдала — сначала в пылу сражения, потом в ярком свете кухонной люстры, я подумала: как можно бояться того, что я люблю? Зачем я упорно убеждаю себя, что могу превратиться в подобие своего отца? Разве можно допустить, чтобы его поступок определил всю мою жизнь? Я в долгу перед Кэвоном.

— Кэвоном?

— Он думал, что если вызовет мне видение моего отца, то этим меня оскорбит, унизит и потрясет. И это ему удалось, но только из-за меня самой. А когда я ясно увидела свои комплексы, мне начала открываться правда. Отец ушел не от меня, или от моей матери, или от остальных. Он ушел от собственного позора, от своих ошибок и неудач, потому что не мог больше стоять и смотреть на них в зеркало.

— Но ты же всегда стоишь и смотришь.

— Я пытаюсь, но дело в том, что я все время смотрела не под тем углом. Я не давала себе сделать правильные выводы. Это моя мама осталась после его ухода опозоренной, это она, со свойственной ей нерешительностью, продолжала жить со всеми его ошибками и неудачами.

И она защищала меня и моих братьев с сестрами — даже тогда, когда мы уже выросли. Теперь она счастлива, свободна от прошлого, пусть она этого, возможно, и не осознает. И я тоже от него свободна. Так что перед Кэвоном я в долгу. Но это не остановит меня, когда придет время отправить его в ад.

— Тогда я тоже перед ним в долгу. И мы отправим его в ад вместе.

В последующие два дня самым трудным для Коннора было вне дома сдерживать радость, которую он так и излучал. Приходилось заниматься делами, всячески избегая контактов с Мирой, пока они не возвращались под надежный кров.

Пару раз он уловил, как Кэвон прощупывает почву, очень легко и осторожно. Отчасти причиной этой осторожности, конечно, были его синяки и раны, ведь друзья не оставили негодяя безнаказанным.

Он явно сделался слабее, чем раньше, и считал, что их команда понесла большие потери, тогда как на самом деле она была сильна и жизнеспособна как никогда.

И все же...

— У тебя еще есть сомнения, — сказал Коннор Брэнне. До решающего удара оставалось всего несколько часов, и он приехал домой, чтобы по мере сил помочь с последними приготовлениями.

— План хорош.

— Однако?..

Она достала сонное зелье, бережно уложила флакон в фамильную серебряную коробку, рядом с бутылкой кроваво-красного отвара, который, по ее представлениям, должен был прикончить Кэвона.

— Просто предчувствие, причем не могу понять, насколько оно верно. Может, я сейчас так сомневаюсь потому, что на солнцестояние была чрезмерно самоуверенна? Или действительно я что-то упускаю из виду, не делаю того, что надо видеть и делать.

— Брэнна, этот груз — не только на твоих плечах.

— Да знаю. Что бы там Фин ни думал, я это отлично понимаю. — Она собрала вымытые и заговоренные инструменты колдовства и завернула в белый бархат.

Открыла ящик, вынула небольшую серебяную коробочку.

— Чем бы сегодня ни кончилось, у меня для тебя кое-что есть.

Охваченный любопытством, Коннор открыл футляр и увидел кольцо — густо-красный рубин в кованом золоте.

— Это же досталось тебе от нашей прабабки!

— Теперь оно твое, если ты захочешь подарить его Мире. Она мне сестра, а когда ты вручишь ей это кольцо, наше родство станет еще теснее. Это кольцо должно принадлежать ей. Но только если ты сам этого захочешь.

Коннор подошел к столу и обнял сестру.

— Дождемся, пока ночь минует... Спасибо!

— Я мечтаю, чтобы это все закончилось. Никогда еще так сильно этого не желала! И мечтаю увидеть, как вы с Мирой строите совместную жизнь.

— Мы положим этому конец. В этом наше предназначение.

— Это говорит твое сердце.

— Да, и если бы у тебя так громко не говорил разум, ты свое сердце тоже бы услышала. — Он разжал объятия. — Не веришь своему сердцу — поверь своей крови. И моей.

— Я верю.

Он собрал свои колдовские орудия и приготовился к грядущей ночи.

Друзья собрались на большой конюшне, и по просьбе Фина Коннор оседлал Анью, молодую белую кобылицу, которую Фин купил на племя в пару Аластару.

— Я думал, Фин возьмет своего жеребца — Бару, — удивилась Мира.

Коннор обернулся. На ней были крепкие сапоги, грубые штаны и толстый ремень с мечом в ножнах. Он знал, что Айона вплела ей в косу обереги.

И поверх фланелевой рубашки на ней было его ожерелье.

— Он его и берет. Мы с тобой возьмем Анью, а Айона с Бойлом — Аластара. С третьей лошадью добраться до места будет легче.

— Значит, к дому Сорки мы поедем верхом?

— В некотором смысле. Готова к предстоящему?

— Насколько это возможно.

Коннор протянул руку и тронул ее.

— Мы все преодолеем.

— Нисколько не сомневаюсь.

Вместе они вывели лошадь и присоединились к друзьям в бледном сиянии месяца.

— Когда прибудем на место, все должно происходить быстро и четко, без ошибок. Мой отец, бабушка Айоны и двоюродная сестра Фина будут нас страховать и в случае любых непредвиденных поворотов незамедлительно вернут нас назад.

— А ты вернешь назад меня, — уточнила Мира.

Едва Коннор вскочил в седло, как она устроилась сзади. Он обернулся на Бойла с Айоной — те уже были верхом на бьющем копытом Аластаре.

Видно было, что конь рвется вперед, рвется в бой.

Коннор посмотрел, как Фин подзывает собачонку, садится на черного жеребца и протягивает руку Брэнне.

— Ей нелегко, — прошептал Коннор. — Трудно решиться ехать с ним вместе на такое дело.

— Ему тоже нелегко.

Но Брэнна вскочила в седло и махнула Катлу. Пес мигом примчался. Над головой прокричал Ройбирд, ему ответил ястреб Фина — Мерлин.

— Держись за меня! — крикнул Коннор Мире, и три коня пустились в галоп.

А потом они полетели.

— Господи Иисусе! — воскликнула Мира и рассмеялась. — Как это здорово! Почему мы раньше этого не делали?

Они оседлали восходящие воздушные потоки, прохладные и влажные, а облака то застилали луну, то вновь открывали ее взору. В воздухе пахло пряностями и землей, пахло отвагой.

Сделали остановку на отдых.

Потом опять полетели, снова поймав воздушный поток. Они опустились в чащу леса, преодолели заросли лиан и очутились на поляне у домика Сорки.

— Теперь действуем быстро, — сказал Коннор.

Ему надо было оставить Миру и присоединиться к Брэнне с Айоной, начертить круг, расставить сто свечей, разместить чаши и котел.

Брэнна открыла серебряную шкатулку и достала сонное зелье.

— В ночь, которой правят духи, мы вступаем с ярким светом. К силам света мы взываем, чтоб победу одержать. Три и три пройдут в те двери, что ведут в мир сновидений, там мы миссию исполним, что возложена на нас. Пустим чашу мы по кругу, три и три ее осушат.

Она налила зелье в серебряную чашу и подняла ее. Потом опустила и сделала глоток.

— Тело, разум, сердце, кровь — отправляемся в мир снов.

Она передала чашу Фину. Тот тоже глотнул, повторил формулу и передал Айоне, а та — дальше по кругу.

У этого зелья вкус как у звезд, подумал Коннор, когда до него дошла очередь.

Он взял за руки сестру и Миру и вместе со всеми произнес слова:

— С нами правда святая, с нами сила и мощь, свет поможет проникнуть в эту главную ночь. Пусть во сне мы во времени путь совершим и злодея Кэвона в золу обратим. Там, где Смуглая Ведьма когда-то жила, мы одержим победу над силами зла. Да будет так!

На этот раз в отличие от предыдущих они не парили, а как будто плыли сквозь туманы и краски, слыша за спиной доносящийся из прошлого шепот множества голосов и самым краешком зрения различая образы их обладателей.

Когда туман рассеялся, Коннор оказался там, где уже бывал прежде, со своими товарищами, держась за руки с Мирой и Брэнной.

— Мы уже в прошлом? — спросила Мира.

— Вон туда взгляни, — сказал Коннор.

Домик зарос лианами, но он еще стоял. И на земле у могильного камня цвели колокольчики.

Кони остановились, птицы уселись на ветки над их головами. Катл с царственным спокойствием сел подле Брэнны, а Багс слегка подрагивал, вертясь у Фина под ногами.

— Мы все здесь, как и должно быть. Сейчас, Мира, ты его призовешь.

— Сейчас?

— Начинай, — подтвердила Брэнна и достала флакон с красной жидкостью. — Замани его сюда.

Внутри флакона запульсировало и закружилось что-то светящееся. Жидкий свет, магический огонь.

— В центр круга. — Коннор взял ее за плечи и поцеловал. — И пой, что бы ни случилось!

Ей пришлось взять себя в руки, успокоить сердце, затем распахнуть его.

Она выбрала балладу и запела по-ирландски, хотя не была уверена, что понимает все слова. Они были очень печальными и по красоте могли соперничать с голосом, который несся над поляной, в ночь и через все века, что они преодолели в своем сне.

Когда разберемся с черными силами, когда останемся наедине, решил Коннор, попрошу ее спеть эту балладу для меня. Она исполнит ее снова, специально для него.

— Он слышит, — прошептал Фин.

— Это особая ночь, ночь, взывающая к свету и тьме, к белому и черному. Он явится.

Брэнна вышагнула из круга, следом за ней — Коннор и Айона.

— Что бы ни случилось, — повторил Коннор, — пой. Он идет.

— Да. Идет, — подтвердил Фин и тоже шагнул из круга, оставив Бойла охранять Миру.

Он выхватил меч и воспламенил его.

Она возникла из тумана — тень, превратившаяся в волка. Зверь осторожно крался к шеренге из четырех ведьм и колдунов, потом взвился вверх и прыгнул в направлении круга.

Бойл закрыл своим телом Миру, но волк отпрянул, шарахнувшись от огненного шара, который метнула в него Айона.

Он выхаживал по поляне, всматривался в коней, пока Аластар не стал бить копытом в землю, и тогда из волка вырос человек.

— Что, решили еще раз попытать счастья? Думаете уничтожить меня пением и вашей никчемной белой магией? — Он повел рукой, и пламя на клинке у Фина погасло.

Фин только поднял меч, и тот вспыхнул снова.

— А ты меня испытай! — предложил Фин и встал впереди троих.

— Сын мой, кровь от крови, ты не враг мне.

— Я твоя погибель. — Фин сделал выпад, ударил мечом, но рассек лишь туман.

Появились крысы, целая бурлящая река крыс с дикими красными глазами. Те из них, что устремились к кругу, попадали в огонь и издавали жуткий писк. Но Мира заметила, что одна свеча уже оплыла.

Тогда она обнажила меч и продолжала петь.

Анья попятилась, взбрыкнула. Глаза лошади округлились от ужаса. Фин схватил поводья и с помощью меча обнес ее огненным кольцом. Два жеребца давили крыс копытами, а сверху грызунов атаковали ястребы.

Тут с неба посыпались летучие мыши.

Коннор увидел, как гаснет еще одна свеча.

— Он пытается пробиться в круг, чтобы добраться до нее. Пора, Брэнна.

— Надо выманить его поближе.

Коннор запрокинул голову и призвал ветер. Огненный вихрь вошел в скопище вампиров, и воздух наполнился запахом гари и писком.

Один трупик упал с краю круга, и погасла третья свеча. Голос у Миры дрогнул.

— Спокойно, девочка, — тихо проговорил Бойл.

— Я спокойна. — Набрав воздуху, она запела громче, перекрывая омерзительный писк.

— Я вспорю тебе горло и вытащу через него твое сердце. — Кэвон, с глазами почти такого же цвета, как его алый камень, метнул в круг черную молнию.

Бойл нашел просвет и ударил кинжалом, пролив первую кровь. Раздался взрыв, отбросив его назад. Кровь с кончика его клинка падала на землю и шипела, черная, как гудрон.

— Пора! — прокричал Коннор и начал декламацию.

Накал энергии, чистой и жаркой, заметно возрос. Коннор снова услышал голоса, не только Миры и Айоны, но и остальных. Далекие, тихие и невнятные, доносящиеся сквозь тонкую пелену между двумя мирами. Их перекрывало пение Миры, наполняя его сердце новой силой.

Фин взмахнул мечом, и потухшие свечи вновь запылали. Огненный круг восстановился.

Крысы повернули назад, устремившись к *троим*. Кэвон встал на четыре лапы, вновь оборотившись волком, и бросился на Катла.

Коннор почувствовал, каким страхом охвачена Брэнна, повернулся вместе с ней, Айона — тоже, и вместе они направили энергетический заряд на зверя. Но земля под ним уже встала дыбом — то была работа Фина. Катл сомкнул челюсти на лопатке волка, а Ройбирд ударил сверху.

Зверь взвыл, вырвался и кинулся к деревьям на опушке.

— Отсеките его! — крикнул Коннор. — Верните назад! — Но тут он увидел, как Бойл с Мирой выбегают из круга, чтобы помочь Фину, и сердце его обмерло.

Зверь метнулся вправо, повернул и от отчаяния стал

наступать. Меч в руках у Миры воспламенился. Под кончиком клинка задымилась волчья шерсть, зверь остановился и повернул вспять.

Краешком глаза Коннор уловил движение. Он обернулся и увидел возле дома три фигуры. Видение было смутным, голоса силились пробиться сквозь границу миров.

Потом для него перестало существовать все вокруг. Остались только Брэнна и Айона, только они трое и жаркий всплеск колдовской энергии.

Брэнна подняла чашу в воздух и заставила парить перед ними, и, сплетя руки, сознание и энергию воедино, они метнули ее в волка.

Свет взорвался фейерверком, рассыпался на тысячу солнц. Пронзил зверя, прошел насквозь.

— Силой трех ты сокрушен. Светом мрак твой побежден. Светом сеть свою сплели и злодея завлекли. Черной магии конец — нашей миссии венец. Нету больше колдуна, светом жизнь теперь полна. Да будет так!

Свет вспыхнул вновь, еще ярче. Он полыхал у Коннора в глазах, мерцал в его крови. И сквозь этот свет он опять различил три фигуры. Одна протянула к нему руку и дотронулась. Дотянулась.

Потом они исчезли, и свет тоже. Спустилась тьма, нарушаемая только лунным светом и кругом из свечей. Оторвавшись от сестер, Коннор кинулся к Мире.

— Ты цела? Нигде не болит?

— Нигде.

— Ты не должна была прекращать пение. Зачем ты вышла из круга?

— В горле пересохло. — Она улыбалась, лицо было измазано сажей. И она обхватила его руками. — Мы все сделали? С ним покончено?

— Погоди минуту. — Земля была усеяна пеплом и полита кровью, отдельные крошечные клочки черной плоти еще горели. — Клянусь богами, здесь должно быть все, что от него осталось. Дай мне минуту.

— Нет, — возразил Фин, — он не здесь. Я его чувствую, даже по запаху. Я найду его! И прикончу.

— С поляны ты никуда не уйдешь! — Брэнна схватила его за руку. — Нельзя, иначе можешь не вернуться!

Фин сердито вырвал руку.

— Какая разница, вернусь или не вернусь, если я с ним разделаюсь и все закончится?

— Это не твое место.

— А это не тебе решать.

— И не тебе! — ответила Брэнна и втянула его назад в круг. — Коннор!

— Черт!

Не скрывая сожаления, Коннор сбил Фина с ног, прижал к земле и получил удар кулаком в лицо, прежде чем успел подскочить Бойл.

— Живей! — Брэнна положила руку Коннору на плечо, взяла Миру за руку, кивнула Айоне, но мужчины продолжали бороться на земле.

Брэнна закрыла глаза и сняла чары.

И снова — сквозь тьму и свет, через цвета и туманы, на поляну, где стоят развалины дома колдуньи и ухает сова.

— Ты не должна была меня останавливать!

— Не только она, — уточнил Коннор, потирая скулу и пристально глядя на Фина, — мы все были вынуждены это сделать. Без тебя нам не обойтись.

— Ты точно знаешь? — спросила Мира. — Уверен, что Кэвон уцелел?

Фин молча снял куртку и стянул через голову свитер. Отметина на его плече превратилась в живую кровавую рану и пульсировала, как сердце.

— Это еще что? — накинулась Брэнна. — Ты что, чувствуешь его боль?

— Ваше племя постаралось. Он ранен, но откуда мы знаем, что это смертельно? А я мог его прикончить!

— Ты бы ушел с поляны и остался в том времени, — сказал Коннор. — Фин, ты же с нами! Твое место и время здесь. Мы его не прикончили. Я тоже его чувствовал — перед тем, как Брэнна сняла чары. Но он находился не здесь и не сейчас. Мы на этот раз отделались только синяками и шишками — это если считать фингал на моей физиономии, — а он сильно побит, потрепан и истекает кровью. И даже, насколько я успел разобрать, наполовину ослеп. Он может и до утра не дожить.

— Дай я сниму тебе боль, — предложила Брэнна.

В ответ Фин лишь смерил ее взглядом.

— Она все равно останется.

— Фин! — Айона подошла, поднялась на цыпочки и обхватила его лицо ладонями.

— Брат, — обратилась она к нему по-ирландски. — Ты нужен нам здесь!

После короткой внутренней борьбы Фин нагнул голову, коснулся лбом ее лба и вздохнул.

— Ну хорошо.

— Надо возвращаться. — Мира протянула Фину Багса, собачонка завертелась у того на руках и стала лизать ему лицо. — Может быть, мы и не закончили дело, но сегодня отлично потрудились. А у меня от этого пения совсем в горле пересохло.

— Да, дело мы не закончили. — Брэнна подошла к надгробию Сорки и провела пальцем по высеченным на камне буквам. — Дело не сделано, но скоро будет сделано. Клянусь, что будет!

Они сели на коней, грязные, измученные. Коннор держался чуть сзади всех и через плечо все поглядывал на поляну, пока они не ступили в заросли лиан.

— Я их видел. Надо сказать ребятам.

— Кого видел?

— Тех троих. Детей Сорки — вернее, их тени. Эймон был с мечом, Брэнног — с луком и стрелами, Тейган — с жезлом. Какая-то их часть была там, пробилась в наш сон. Они пытались до нас добраться.

— Они могли бы оказаться нам полезными — не тени, конечно, а сами.

— Святая правда. — Он развернул лошадь по направлению к дому. — Я думал... В какой-то момент мне показалось, мы с ним разделались.

— И мне тоже. А ты ведь хотел пойти с Фином. Пойти с ним и завершить начатое любой ценой.

— Хотел, но не мог.

— Потому что предначертано иное.

— Не только поэтому. Я не мог бросить тебя. — Коннор остановил Анью и повернулся к Мире, коснулся ее лица. — Мира, я не мог тебя оставить и никогда не оставлю. Даже ради такой великой цели. — И, помолчав, добавил: — У меня для тебя кое-что есть.

Он порылся в кармане, достал серебряный футляр, открыл — и рубин засиял в лунном свете.

— Но, Коннор...

— Это прекрасное кольцо, и я сразу вижу, что оно тебе подойдет — как ты сама подходишь мне, а я — тебе. Кольцо фамильное, передавалось из поколения в поколение. Мне его дала Брэнна, чтобы я тебе подарил.

— Ты мне делаешь предложение? Сейчас, в седле, когда мы насквозь провоняли серой?

— А по мне, так очень даже романтично. Во всяком случае, будет, что вспомнить. Смотри сюда! — Легонько подтолкнув, он надел кольцо ей на палец. — Смотри, как раз впору, что я говорил! Теперь тебе придется выйти за меня замуж.

Мира взглянула на кольцо, потом на него.

— Наверное, и впрямь придется.

Он поймал ее губы, поцелуй вышел сладкий, хотя и неловкий.

— Теперь держись крепче, — сказал он.

И они полетели.

В поисках своего логова *он* полз по земле. Не столько волк, сколько тень. Не столько человек, сколько волк. И темная его кровь оставляла за ним опаленный след на земле.

Сейчас для него существовала только боль. Боль, ненависть и неутолимая жажда.

Неутолимая жажда мести.

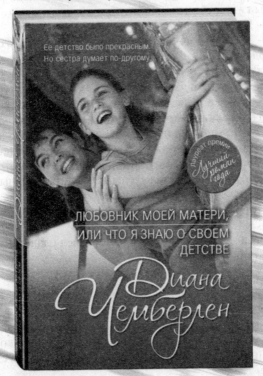

Клэр Харт-Матиас была свято убеждена в том, что с серьезной катастрофой человек сталкивается только раз в жизни. Достаточно однажды пережить нечто подобное, чтобы затем считать себя в полной безопасности. С Джоном такое несчастье произошло давным-давно, ну а Клэр постоянно держалась рядом — как будто могла сделать его трагедию своей, избежав тем самым собственных неприятностей. Она не расставалась с этой мыслью вот уже двадцать три года, с тех самых пор, как ей исполнилось семнадцать.

Ей и в голову не могло прийти, что снег, падающий за окнами их гостиницы в Харперс Ферри, может представлять для них с Джоном какую-то опасность на пути домой. Большинство других участников конференции предпочли задержаться еще на сутки в ветшающей гостинице «Половодье», чтобы не выезжать на дорогу в такой снегопад, но Клэр не сомневалась, что они без малейших проблем преодолеют те шестьдесят миль, которые отделяли их от дома во Вьенне.

Девушка за деревянной стойкой с тревогой глянула на Клэр, когда та расплачивалась по счету.

— На дорогах сейчас опасно, — предупредила она.

— Не волнуйтесь, с нами все будет в порядке, — Клэр бросила взгляд в сторону камина, где жарко пылал огонь, наполняя теплом уютный вестибюль. Джон сидел у камина в своем инвалидном кресле. В окне за его спиной Клэр разглядела все тот же снег, густо сыплющий с потемневшего неба. Джон что-то оживленно обсуждал с Мэри Дрейк, вице-президентом вашингтонского отделения реабилитационного центра. Он уже успел надеть свою коричневую куртку и теперь сидел, сжимая в руках кожаные перчатки. Отблески огня золотом лежали на его щеках и поблескивали в седине, пересыпавшей густые каштановые волосы. При взгляде на мужа Клэр ощутила мгновенный укол желания. Может, и правда задержаться еще на сутки в их уютном номере, чтобы провести эту ночь в объятиях Джона? Конференция позади, и они могут наконец-то расслабиться.

— Вы уверены, что не хотите задержаться еще на ночь? — спросила девушка за стойкой.

Клэр лишь покачала головой. Мечты мечтами, но нельзя забывать и о Сьюзан.

— Нет, — заявила Клэр. — Наша дочь уезжает утром в колледж имени Уильяма и Мэри, и нам бы хотелось попрощаться с ней.

Подписав чек чернильной ручкой в нефритовой оправе, которую Джон подарил ей на сорокалетие, Клэр направилась было к камину, но ее тут же перехватил Кен Стивенс.

— Вы с Джоном, как всегда, неотразимы, — заявил он. — Сколько бы я вас ни слушал, обязательно узнаю что-нибудь новенькое.

— Спасибо, Кен, — она признательно обняла его, ощутив щекой колючую щетину. — Увидимся в следующем году.

Джон весело перешучивался с Мэри Дрейк, но стоило Клэр приблизиться, как он тут же поднял голову:

— Ну что, готова?

Она кивнула, наглухо застегивая свою красную куртку, и снова бросила взгляд в окно. Там, на небольшом пятачке у дверей, ярко синел их джип. Клэр подогнала его к гостинице около часа назад, после чего перенесла в машину дорожные чемоданы.

— Вы, ребята, должно быть, совсем спятили, если собираетесь ехать в такую непогоду, — заметила Мэри, вставая со своего места.

Клэр поглубже натянула черную вязаную шапочку, упрятав под нее свои длинные волосы.

— Зато никакой толкучки на дорогах, — сказала она, обнимая на прощание Мэри.

Джон наградил Мэри крепким рукопожатием.

— Попрощайся за нас с Филом, — попросил он. Та кивнула и наклонилась, чтобы поцеловать его в щеку.

— Поосторожнее на дороге, — Мэри была не одинока в своих опасениях: с десяток их общих друзей тут же поспешили присоединиться к ее пожеланиям.

На улице Клэр и Джон с удовольствием вдохнули морозный воздух. Снег укутал землю белым покрывалом, которое легонько поблескивало в свете гостиничных фонарей.

— Как же тут красиво! — Клэр запрокинула голову, подставив лицо под осыпающиеся снежинки.

— Это точно, — Джон на мгновение задержался у снеговика, которого еще днем слепила Клэр с помощью друзей. — Какой красавец! — рассмеялся Джон.

Снеговик удобно пристроился в своем снежном инвалидном кресле, вот только лицо его успело превратиться в сплошной белый шар. Клэр смахнула налипший снег, чтобы Джон мог полюбоваться на глаза и рот, сложенные из кусочков гальки. Ей хотелось подойти к краю обрыва и в последний раз взглянуть на струящиеся внизу реки, но она предпочла обойтись воспоминаниями. Она и так со всей ясностью представляла, как два эти потока с шумом ударяются друг о друга, чтобы затем, слившись воедино, мирно устремиться в сторону гор.

Джон открыл дверцу возле водительского сиденья, и Клэр привычным жестом взялась за спинку инвалидного кресла. Пока она придерживала его, Джон переставил ноги на пол кабины, а затем, ухватившись за руль, забрался туда сам. Нажав на кнопку на боку кресла, Клэр быстро разобрала его и уложила в багажник джипа. Затем она смахнула снег, налипший на ветровое стекло, и устроилась на пассажирском сиденье.

Джон повернул ключ зажигания, и мотор негромко чихнул, нарушив безмолвие тихого снежного вечера. Джон с улыбкой поманил Клэр:

— Иди сюда, — он сопроводил свои слова поцелуем. — Ты хорошо поработала, детка.

— А от тебя тут просто все в восторге.

Казалось, будто их джип был единственной движущейся машиной в притихшем Харперс Ферри. Дороги не выглядели слишком скользкими, но Джон тем не менее старался не гнать. Темные магазины, выстроившиеся вдоль главной улицы, были едва различимы за сплошной пеленой падающего снега. В такую погоду трудно разглядеть разделительную полосу на шоссе, подумала Клэр. Судя по всему, это и станет их главной проблемой.

За эти дни они успели вдоволь наговориться как друг с другом, так и с остальными участниками ежегодной конференции, и теперь им хотелось просто помолчать. Это была хорошая, успокаивающая тишина. Их выступление на конференции прошло с неизменным успехом. Все потому, что среди аудитории было полно новичков, которые жаждали увидеть Джона и Клэр Харт-Матиас. Участие в их семинаре приравнивалось едва ли не к ритуалу посвящения.

Джон медленно ехал по улице, которая шла параллельно Шэнандоа. Клэр знала, что муж пробует дорогу — пытается понять, так ли уж тут опасно.

Джип легонько подбросило, когда они въехали на мост, протянувшийся высоко над рекой. На длинной белой полосе перед ними не было ни единого следа от протекторов. Свет фонарей озарял падающий снег и еле различимую линию белого ограждения, и Клэр казалось, будто они едут сквозь снежное облако. Жаль, что Джон вынужден сконцентрироваться на дороге и не может просто полюбоваться этой сказочной красотой!

Они доехали уже почти до середины, как вдруг в отдалении Клэр заметила что-то странное. Вон там, впереди и чуть слева, на самом краю моста. Поначалу ей показалось, что это какой-то предмет, густо присыпанный снегом. Она прищурилась, и в этот момент предмет шевельнулся.

— Джон, взгляни-ка, — махнула она рукой. — Похоже, там человек.

— Человек? Здесь? — Джон бросил взгляд на край моста. — Быть не может.

Они практически поравнялись с объектом, и Клэр отчетливо разглядела, как в воздух взметнулась покрытая снегом рука — взметнулась и снова упала вниз.

— Бог ты мой, это и правда человек, — Джон затормозил посреди дороги.

Это была женщина. Со своего места Клэр ясно видела длинные, припорошенные снегом волосы. Бездомная? Безумная? Или просто незадачливая особа, у которой кончился бензин?

— Она по ту сторону ограды, — заметил Джон.

— Ты же не думаешь, что она собирается совершить какую-нибудь глупость? — Наклонившись, Клэр всмотрелась в очертания фигуры. — Может, ей просто нравится приходить сюда в снегопад? Где еще увидишь такую красоту, как не на мосту?

Джон глянул на жену с изрядной долей скептицизма. С тем же успехом он мог назвать ее Поллианной, как это частенько делала Сьюзан.

— Пойду взгляну, — Клэр распахнула дверцу и выбралась из машины. Ноги сразу же утонули в снегу.

— Поосторожнее там, — сказал Джон.

Ветер на этой высоте задувал с невероятной силой. Он яростно хлестал Клэр по лицу, осыпая ее пригоршнями снега.

Подойдя к краю моста, Клэр увидела, что на женщине только легкая, покрытая снежной наледью куртка. Ни шапки, ни перчаток. Сколько она уже стоит тут? Волосы у незнакомки были густо припорошены снегом. Неужели она совсем не чувствует холода?

Женщина стояла на самом краю, безучастно глядя в черную бездну.

— Мисс! — окликнула ее Клэр.

Женщина не оглянулась.

— Мисс! — крикнула Клэр погромче, но ее слова унесло порывом ветра. — Эй! — новая попытка. — Вы меня слышите? Прошу вас, повернитесь!

В своем безмолвии женщина была похожа на фигуру изо льда.

В паре метров от себя Клэр увидела проем в линии ограды. Она нерешительно оглянулась, всматриваясь в неясные очертания джипа. За снежной круговертью Клэр не могла разглядеть лицо Джона, не могла подать ему знак, призывая позвонить в полицию. Впрочем, скорее всего он и сам догадался это сделать.

Потуже застегнув ворот куртки, Клэр зашагала к проему в ограде. Проскользнув в него, она выбралась на платформу. Теперь только эта узкая полоска отделяла ее от воды и промерзших камней там, внизу. На мгновение Клэр показалось, будто она парит над бездной, привязанная к земле лишь скользкой полосой бетона. Другое дело, что она никогда не боялась высоты, никогда не чувствовала ее магической тяги.

Крепко вцепившись в перила, Клэр зашагала к женщине. Шла она медленно, поскольку боялась спугнуть незнакомку. Впрочем, когда женщина наконец обернулась, во взгляде ее не читалось ни капли удивления. Пару мгновений она молча смотрела на Клэр. Совсем еще молодая — лет тридцать, не больше. В неясном свете фонарей глаза незнакомки казались полупрозрачными. Они походили на серый лед на поверхности зимнего озера. Снег бил по щекам и лицу, но она даже не сморгнула.

Сжав одной рукой перила, Клэр протянула вторую женщине.

— Давайте я помогу вам выбраться отсюда, — сказала она.

Незнакомка неспешно отвернулась и устремила взгляд в бездну, как будто видела там что-то еще, кроме снега и тьмы. Клэр заметила, что брючки женщины слишком коротки для этого времени года, а поверх белых носков на ней красовались лишь теннисные туфли. Носки этих промокших насквозь туфель выступали далеко за край платформы, и Клэр впервые в жизни почувствовала головокружение. Метель ледяными крупинками била ее по лицу, а где-то там, под ворохом одежды, трепыхалось пойманной птичкой сердце.

Сглотнув, Клэр вновь обратилась к незнакомке:

— Скажите, зачем вы сюда пришли?

— Оставьте меня в покое, — еле слышно ответила та, и Клэр рискнула сделать крохотный шажок в ее сторону. Теперь ей ничего не стоило дотронуться до женщины, однако Клэр не решалась отпустить металлический поручень.

— Прошу вас, отойдите от края. Вы же упадете.

У женщины вырвался горький смешок.

— Думаю, так оно и будет.

— Но вы же умрете, — никогда еще Клэр не чувствовала себя такой беспомощной.

Женщина вскинула голову к непроницаемо черному небу.

— Я умерла тут давным-давно.

— Что вы хотите этим сказать?

Ответа не последовало.

— Но это же безумие, — промолвила Клэр. — Не может быть, чтобы все было так плохо. Если подумать, всегда найдется, для чего жить.

Медленно оторвав одну руку от перил, она протянула ее к женщине и сжала ту за запястье. Клэр поразило, насколько худенькой была у нее ручка. Незнакомка никак не отреагировала на это прикосновение. Похоже, она его даже не заметила.

Внезапно она вновь вскинула голову.

— Слышите? — спросила она. — Слышите Шопена?

— Шопена?

— Ноктюрн номер двадцать.

Клэр изо всех сил вслушивалась, но не расслышала ничего, кроме шороха падающего снега.

— Увы, — покачала она головой. — Мне очень жаль, но я ничего не слышу.

— Вот и с ним была та же проблема. Он не умел слышать музыку.

— Кто? Шопен? О чем это вы?

Женщина промолчала, а Клэр вдруг показалось, что она и в самом деле слышит что-то еще, кроме падающего снега. Она замерла, вслушиваясь. Так и есть — сирены. Городской звук, совершенно неуместный в этом призрачном безмолвии.

Женщина тоже расслышала вой сирен. Голова ее дернулась и повернулась в сторону Харперс Ферри. По худенькому, как у птички, телу пробежала дрожь.

— Вы позвонили в полицию, — женщина взглянула на Клэр так, будто ее предали.

— Мой муж позвонил, — кивнула та.

— Отпустите меня, — ровным тоном произнесла незнакомка.

— Что вы имели в виду, когда говорили о музыке? — спросила Клэр. Ноги у нее дрожали от напряжения, мокрый снег бил в глаза. *Говори же. Говори, что угодно, только не прыгай.*

Женщина вновь взглянула ей в лицо, но на этот раз в ее глазах ясно читался страх. Клэр крепче сжала худенькую ручку.

— Все будет хорошо, — сказала она. — Скоро вы окажетесь в безопасности.

Женщина попыталась выдернуть руку.

— Пустите меня, — повторила она. Сирены звучали все ближе, и вот уже первая машина притормозила возле джипа.

— Пустите! — Голос женщины сорвался на крик.

Клэр лишь крепче сжала руку.

— Я хочу помочь вам, — сказала она.

Женщина глянула ей прямо в глаза. Когда она заговорила, голос ее звучал спокойно и размеренно.

— Отпустите, — промолвила она, — или я заберу вас с собой.

Клэр понимала, что она не шутит. Где-то позади шумели голоса, слышался визг тормозов. Женщина, не отрываясь, смотрела Клэр в глаза.

— Отпустите, — повторила она.

Клэр медленно разжала пальцы, и по лицу незнакомки скользнула улыбка торжества. Или благодарности. Она не столько спрыгнула, сколько слетела с моста. Не столько упала, сколько унеслась, подхваченная снегом. Кристаллики льда, налипшие на волосы и одежду, вспыхнули в свете фонарей мириадами огоньков, и Клэр вдруг показалось, что она видит ангела.

Она не вскрикнула, не вымолвила ни слова. Она будто замерла, зависнув на миг между шумом земных голосов и парящей, исчезающей во тьме фигурой ангела. Клэр едва заметила, как руки в теплых перчатках опустились ей на плечи, как ее саму потянули от края моста. Неотрывно глядя в бездну, она постаралась отключиться от шума голосов, таких громких и назойливых, поскольку на мгновение ей и правда почудилось, будто она слышит музыку.

Все два часа, что они провели в полицейском участке, Джон слышал, как у Клэр постукивали зубы. Полицейские в конце концов опросили ее. Это был не столько допрос, сколько беседа, за что Джон был им искренне признателен: Клэр и так пришлось пережить сегодня более чем достаточно.

Кто-то — он уже не помнил, кто именно — набросил на плечи Клэр шерстяное одеяло. Сама она примостилась на одном из металлических стульев, которые ровным рядком стояли вдоль стены. Отодвинув соседний стул, Джон устроился рядом на своем кресле. Он обнял жену за плечи, но даже его прикосновение не помогло Клэр расслабиться.

Полицейские отвезли ее в участок, а Джон последовал за ними на своем джипе. Ее хотели сразу отправить в больницу, но Клэр решительно воспротивилась. У нее нет никакого шока, заявила она, так что и беспокоиться не из-за чего. Она в полном порядке. Но Джон понимал, что это не так. Он наблюдал за Клэр в палате скорой помощи, когда сильно разбилась Сьюзан, упав с велосипеда. Он видел жену сразу после того, как она обнаружила в гостиной бездыханное тело своей матери. Но ни разу еще Клэр не было так плохо. Ее безостановочно трясло. Да, она не плакала, но в этом не было ничего необычного. Клэр с легкостью могла пустить слезу, читая какую-нибудь печальную историю или просматривая мелодраму, а вот в реальных событиях она не любила показывать свои эмоции.

Теперь они ждали, пока им найдут место для ночлега. В принципе они могли бы вернуться в «Половодье», но сама мысль о том, что придется объясняться с друзьями, казалась им невыносимой.

Наклонившись, Джон поцеловал Клэр в щеку.

— Нужно позвонить Сьюзан, — сказал он. Клэр в ответ кивнула. Джон поплотнее закутал жену в одеяло, а затем попытался поймать ее взгляд, но та отрешенно смотрела куда-то в пространство. Джон взглянул на детектива Патрика, добродушного коренастого полицейского, сидевшего за рабочим столом.

— Разрешите? — кивнул он на телефон.

— Пожалуйста, — ответил детектив.

Джон подкатил к столу и поставил телефон себе на колени. Было уже почти восемь. Очень может быть, что Сьюзан ушла к кому-то из друзей, подумал Джон. Однако та почти сразу взяла трубку.

— Привет, детка.

— Привет. Вы все еще в Харперс Ферри?

— Да. Нам придется задержаться тут на ночь.

— Понимаю. На улице ужас что творится.

Расслышав нотку облегчения в голосе Сьюзан, Джон ощутил привычный укол боли. В свои девятнадцать дочка нуждалась в них куда меньше, чем они в ней. За последний год он вынужден был признать, что Сьюзан поспешила окончить школу вовсе не потому, что отличалась блестящими способностями или повышенным честолюбием. Ей просто хотелось поскорее ускользнуть из дома. Впрочем, он никогда не делился своими мыслями с Клэр: пусть считает, что их девочка не мыслила своей жизни без университета.

— Мы уже направлялись домой, но... — Джон попытался собраться с мыслями. Надо как-то пересказать эту историю дочери — тем более что им не раз еще предстоит рассказывать ее. — В общем, там была женщина на мосту, и мы остановились, чтобы помочь ей. Но она... она спрыгнула вниз, пока мама разговаривала с ней.

Сьюзан ответила не сразу. Джон отчетливо представлял, как она стоит в своих обтягивающих джинсах и широком не по размеру свитере, прислонившись к кухонной стойке. Каштановые волосы густой волной падают ей на плечи, а на лицо наползает тревожное облачко.

— Хочешь сказать, что она совершила самоубийство прямо у вас на глазах?

— Боюсь, что так. Во всяком случае, на глазах у мамы. Мама как раз была на краю моста, пытаясь отговорить ее от этого шага.

И вновь молчание.

— На краю моста? Что ты хочешь этим сказать? — вымолвила наконец Сьюзан.

— По ту сторону ограды.

В трубке что-то щелкнуло, как будто о стойку шлепнули книгой.

— Господи, ну почему она во все вмешивается? — выпалила Сьюзан. — Она сейчас там? Могу я с ней поговорить?

Джон бросил взгляд на Клэр.

— Она не очень хорошо себя чувствует и...

Клэр быстро потянулась к трубке, одеяло упало с ее плеч на стул. Джон с неохотой передал ей телефон.

— Привет, детка, — бодро промолвила Клэр. Детектив Патрик поднял голову, удивленный переменой в ее голосе. — С нами все в порядке, — Клэр нахмурилась, вслушиваясь в то, что говорила ей дочь. — Нет, Сьюзан, я не думаю, что могу спасти весь мир, — сказала она наконец. — Просто мне казалось, что я могу помочь этой бедняжке, — Клэр кивнула. — Да, я знаю. И мне очень жаль, что мы не сможем сегодня увидеться с тобой. Ладно, я передаю трубку папе.

Стоило ему взять трубку, как зубы Клэр выбили барабанную дробь, будто наверстывая упущенное.

— Сьюзи? — промолвил он.

— Она же могла погибнуть, — голос у дочери предательски дрогнул. Джону страшно хотелось увидеть Сьюзан, обнять ее перед тем, как она снова уедет из дома.

— С мамой все в порядке, — сказал он. Мысли о снеге вернули ему хорошее настроение. Дочь не сможет уехать в колледж, пока дороги не расчистят. — Думаю, завтра мы все-таки увидимся, — добавил он. — Ты же не можешь сесть за руль в такую погоду.

— Почему не могу? Вообще-то меня должны подвезти. Но через несколько недель я вернусь за своей машиной.

— С кем ты едешь?

— Да есть тут один парень с мини-фургончиком. Нас к нему набилась целая куча.

Джон недовольно поморщился.

— Скажи ему, пусть не слишком гонит.

— Ладно, — с легкой досадой промолвила Сьюзан.

— Я люблю тебя, детка.

— Ладно. Вы тоже там поосторожнее на дороге.

Он повесил трубку и поставил телефон на стол. Клэр тихонько вздохнула.

— Прогуляюсь-ка я до уборной, — сказала она, вновь закутывая плечи одеялом.

Как только Клэр вышла, детектив Патрик взглянул на Джона.

— Не возражаете, если я задам вам личный вопрос?

— Пожалуйста.

Пожилой полицейский опустил взгляд и потер рукой свой массивный подбородок.

— Я хочу спросить вас, поскольку мой племянник только что получил травму спины, — Патрик вновь поднял голову. — Повредил позвоночник.

Джон понимающе кивнул.

— Знаете, мы часто видим людей в инвалидных креслах, но как-то не задумываемся об этом, пока что-то подобное не коснется нас самих. И вот теперь парнишке грозит паралич, и я... Не возражаете, если я спрошу, что случилось с вами?

— Тоже несчастный случай, — ответил Джон. — Самолет потерпел крушение.

Он не стал говорить детективу, что это был их личный самолет. Не стал переводить его мысли на богатство.

— Мне тогда было шестнадцать. Родители и сестра погибли на месте, а я несколько месяцев провел в коме. А когда очнулся, мне сказали, что я никогда уже не буду ходить.

— Черт, — детектив смотрел на него широко открытыми глазами.

— А что произошло с вашим племянником?

— Мотоцикл. Врачи сказали, у него Т4. Вы знаете, что это значит?

— Да, — Джон поморщился, поняв, какую травму получил парнишка. — У меня самого L3, — добавил он, хотя вряд ли для детектива это имело какое-то значение.

Джон расспросил Патрика о той восстановительной программе, которую назначили парню, и предложил позвонить директору реабилитационного центра — женщине, которую он знал уже не один год.

Детектив Патрик написал на визитной карточке имя племянника и вручил ее Джону.

— Мне как-то полегчало после разговора с вами, — заметил полицейский. — Раньше казалось, что для парнишки это — конец света, и только. Но я смотрю на вас, — он вновь взглянул на Джона, — и вижу, что вы живете, в общем-то, нормальной жизнью. У вас симпатичная жена, а ведь встретились вы, наверно, уже после того, как... — он кивнул на инвалидное кресло.

— Да. Мы встретились уже в старших классах школы.

— Школьная парочка, да? — улыбнулся детектив.

Джон улыбнулся в ответ.

— Только не совсем обычная.

Проведя полгода в реабилитационном центре, он переехал к своей тете в Фолс-Черч и поступил в обычную школу — это после десяти лет безоблачного существования в престижных частных заведениях. У него до сих пор не выветрились воспоминания о той горечи, какой был пропитан первый год после катастрофы. Он и правда потерял все. Но затем его под свое заботливое крылышко взяла Клэр. Они начали встречаться, и оказалось, что это навсегда.

— Я так понял, у вас есть ребенок? — полицейский кивнул на телефон. Расслышав в его голосе нотку неуверенности, Джон рассмеялся. Он прекрасно знал, о чем думает пожилой детектив.

— Да, это моя дочь, — ответил Джон. Они с Клэр уже не первый год консультировали пары, в которых один из супругов был инвалидом. Джон понимал, что нет ничего более ценного, чем возможность открыто делиться своим опытом. Он без малейшего смущения мог говорить о своем отцовстве, а вот детектив Патрик покраснел.

Не стоило, впрочем, заранее обнадеживать человека.

— Мне здорово повезло, — добавил Джон. — Для человека с травмой позвоночника очень трудно стать отцом. Нам удалось обзавестись только одним ребенком.

— В любом случае, это здорово, — заметил пожилой детектив. — Как думаете, у моего племянника есть какие-нибудь шансы в этом плане?

Джон вздохнул.

— Мне трудно сказать. У всех свои особенности, — он заметил боль в глазах собеседника. — Но думаю, с вашим парнишкой все будет в порядке. Он находится в хороших руках, и о нем непременно позаботятся.

В этот момент в комнату вошла Клэр, и Джон вновь поразился тому, каким бледным было у нее лицо. Впрочем, это никак не сказалось на ее привлекательности. Клэр была одной из тех женщин, которые в сорок выглядят куда лучше, чем в восемнадцать. Острые черты ее лица смягчились, и даже яркая зелень глаз приобрела более спокойный оттенок.

С трудом выдавив из себя улыбку, Клэр вновь уселась на стул и сжала руку Джона. Пальцы у нее были влажными и холодными.

В дверях показалась женщина-полицейский. Она сказала Джону и Клэр, что для них удалось найти комнату в расположенной поблизости маленькой гостинице — из тех, что были оборудованы под инвалидные кресла. Клэр встала и свернула одеяло, после чего взглянула на детектива.

— Вы позвоните мне, когда выясните, кем была эта женщина? — спросила она.

— Разумеется, мэм, — ответил тот.

Снег на улице почти прекратился, но воздух был по-зимнему холодным. По пути в отель Клэр не проронила ни слова, да и с хозяевами гостиницы она держалась не более чем вежливо, хотя обычно вела себя с подкупающим дружелюбием. И лишь когда они устроились у себя в спальне под теплым одеялом, Клэр наконец заговорила.

— Не надо мне было отпускать ее, — сказала она.

Джон крепче прижал к себе жену.

— Ты сделала все, что смогла, — заметил он.

— Может, она бы и не прыгнула, если бы я продолжала держать ее за руку. А если бы и прыгнула, мне бы ничего не стоило отпустить ее в последнее мгновение, — она немного помолчала. — Это все равно, что я дала ей разрешение, Джон. Как будто сказала: давай же, прыгай. У меня был шанс отговорить ее, но я не справилась...

Литературно-художественное издание
НОРА РОБЕРТС. МЕГА-ЗВЕЗДА СОВРЕМЕННОЙ ПРОЗЫ

Нора Робертс

РОДОВОЕ ПРОКЛЯТИЕ

Ответственный редактор *О. Крылова*
Младший редактор *А. Черташ*
Художественный редактор *Д. Сазонов*
Технический редактор *И. Гришина*
Компьютерная верстка *Л. Панина*
Корректор *Н. Овсяникова*

В оформлении обложки использованы фотографии:
vita khorzhevska, rudall30 / Shutterstock.com
Используется по лицензии от Shutterstock.com

ООО «Издательство «Эксмо»
123308, Москва, ул. Зорге, д. 1. Тел. 8 (495) 411-68-86, 8 (495) 956-39-21.
Home page: **www.eksmo.ru**   E-mail: **info@eksmo.ru**

Өндіруші: «ЭКСМО» АҚБ Баспасы, 123308, Мәскеу, Ресей, Зорге көшесі, 1 үй.
Тел. 8 (495) 411-68-86, 8 (495) 956-39-21
Home page: www.eksmo.ru   E-mail: info@eksmo.ru.
Тауар белгісі: «Эксмо»
Қазақстан Республикасында дистрибьютор және өнім бойынша арыз-талаптарды қабылдаушының
өкілі «РДЦ-Алматы» ЖШС, Алматы қ., Домбровский көш., 3«а», литер Б, офис 1.
Тел.: 8(727) 2 51 59 89,90,91,92, факс: 8 (727) 251 58 12 вн. 107; E-mail: RDC-Almaty@eksmo.kz
Өнімнің жарамдылық мерзімі шектелмеген.
Сертификация туралы ақпарат сайтта: www.eksmo.ru/certification

Оптовая торговля книгами «Эксмо»:
ООО «ТД «Эксмо». 142700, Московская обл., Ленинский р-н, г. Видное,
Белокаменное ш., д. 1, многоканальный тел. 411-50-74.
E-mail: **reception@eksmo-sale.ru**
По вопросам приобретения книг «Эксмо» зарубежными оптовыми
покупателями обращаться в отдел зарубежных продаж ТД «Эксмо»
E-mail: **international@eksmo-sale.ru**
*International Sales: International wholesale customers should contact
Foreign Sales Department of Trading House «Eksmo» for their orders.*
international@eksmo-sale.ru

Сведения о подтверждении соответствия издания согласно
законодательству РФ о техническом регулировании можно получить
по адресу: http://eksmo.ru/certification/

Өндірген мемлекет: Ресей
Сертификация қарастырылмаған

Подписано в печать 10.02.2015. Формат 80x100 $^1/_{32}$.
Гарнитура «Ньютон». Печать офсетная. Усл. печ. л. 17,04.
Тираж 5000 экз. Заказ 1033.

Отпечатано с готовых файлов заказчика
в ОАО «Первая Образцовая типография»,
филиал «УЛЬЯНОВСКИЙ ДОМ ПЕЧАТИ»
432980, г. Ульяновск, ул. Гончарова, 14

ISBN 978-5-699-78864-4

9 785699 788644

16+